헛식에서
삶을짓다

초판 1쇄 발행 | 2020년 10월 1일
지은이 | 윤현희
펴낸이 | 최대석
펴낸곳 | 행복우물

캘리그라피 | 정병인
편집 | 홍은정
표지 | 서미선
마케팅 | 최연

등록번호 | 제307-2007-14호

등록일 | 2006년 10월 27일

주 소 | 경기도 가평군 가평읍 경반안로 115
전 화 | 031)581-0491
팩 스 | 031)581-0492
이메일 | danielcds@naver.com

ISBN 978-89-93525-87-8

CIP제어번호 CIP2020039203
정가 16,000원

음식에서 삶을 짓다

윤현희 지음

행복우물

순간에 사라지는 것들이
주는 감동

저자의 음식을 처음 접한 것은 내가 대학을 정년퇴임하고서다. 당연히 내 젊은 날의 제자였던 저자도 그만큼 나이가 들었다.

이 나이든 제자가 처음엔 육포를 가져오더니, 다음엔 한과, 그러더니 드디어는 내 앞에 떡을 내놓았다. 육포와 한과를 가져올 때만 해도 그 솜씨가 예사롭지 않음을 직감하면서도 일말의 우려가 없지 않았다. 내가 보아온 한에서 저자는 음식하고는 별 인연이 없는 길을 걸어온 걸 알기 때문이다. 일찍이 내 밑에서 문학수업을 받은 저자는 얼마 후 일본어로 전공을 바꿔 대학원을 가고, 기업체 홍보실에서 직장생활을 하고, 대학에서 일본어 강의를 하고……. 그렇게 음식과는 무관한 세계에서 살아온 사람이 과연 잘 해낼 수 있을까? 이런 우려에는 아마도 학문이나 문학에서 제 길을 찾으리라고 기대했던 제자가 엉뚱하게 음식으로 방향을 바꾼 데 대한 실망감도 포함돼 있을 것이다.

그러다 만들어온 떡을 보고는 실망도 우려도 말끔히 가셨다. 처음 본 떡은 송편이었는데 그건 그냥 송편이 아니었다. 맛이며 색감이며, 거기에 그 아기자기한 모양새까지. 그야말로 내가 평소 말해오던 '미의식이 가치가 되고, 감동이 상품이 되는' 바로 그런 떡이었다. 내 제자 중에도 이렇게나 정교한 솜씨에 심미안을 갖춘 사람이 있었던가 싶게 흐뭇한 가운데 무언가 마음을 울리는 여운이 있었다. 그 송편은 단순히 먹는 음식이 아니었던 것이다. 빵에 마음을 입혀 생일 케이크로 만들면 공감을 불러오는 선물이 되듯, 이 제자의 음식에는 그것이 있었다. 돈으로도 살 수 없는 마음의 공명을 자아내는 그 무엇이.

　세월을 두고 저자의 음식을 맛보고 감상하며, 그 노력과 열성이 가상한 한편으로 궁금증이 일었다. 왜, 이렇게, 공을 들이는가. 떡이나 한과는 오래도록 기록에 남는 글도 아니요, 벽에 걸어놓고 보는 그림도 아니요, 두고두고 곁에 놓고 쓰는 가구나 장신구도 아니다. 입에 넣으면 사라지고 말 그저 음식일 뿐이다. 그렇게 순식간에 사라지는 것에다 무엇 때문에 이렇게까지 혼신의 힘을 쏟아 붓는가.

　송편 이후로는 수가 놓인 산자를 보내왔다. 하얀 산자 위에다 과실 같은 것으로 온갖 자연의 무늬를 수놓은 그 신기한 걸 보고는 궁금해 하는 것도 그만두었다. 그냥 인정하기로 했다. '아, 이것이 이 사람이 사는 방식이로구나. 이 제자는 이렇게밖에 살 수 없는 사람이구나. 이게 본 모습이구나.' 하고. 누구든 이익이나 욕심을 앞세우지 않고 삶을 그 자체로 대하면 자신의 본 모습이 드러난다. 이런 사람들에게 왜? 라는 질문은 별 의미가 없다. 그런 사람들은 자기 앞에 주어진 삶을 맹목이다시피 열심히 살 뿐이다. 때로는 바보스럽게 보여 안타깝기도 하지만.

내게는 다양한 방면의 문학적 후배나 학문적 후계자들이 여럿 있다. 그러나 손으로 만드는 분야에서 창조적 상상력을 발현한 사람은 흔치 않다. 나 자신도 말하고 쓰는 일에서는 어떤 분야든 다 건드려보았다. 미지에 대한 목마름으로 여기저기 우물을 파는 도전을 이어갔던 것이다. 그런데도 하나 해보지 못한 것이 있다. 바로 손으로 무언가를 만들고 창조하는 일이다. 그 분야만은 나와 인연이 닿지 못했다. 그런데 이 제자가 그 일을 해주었다. 그것도 본문에서 어느 일본인이 언급했듯, 문학적 상상력으로 빚은 음식을 창조하는 일로 말이다. 이 분야에서만큼은 나를 훌쩍 뛰어넘은 이 제자에게 기꺼이 청출어람이라는 말을 선사하고 싶다.

저자와의 인연은 깊고도 오래되었다. 사제의 연으로 반세기를 넘겼으니 술로 치면 각별한 솜씨로 빚은 50년 묵은 가양주의 풍미가 배인 사이일 것이다. 그러나 술이 발효되는 과정을 사람이 속속들이 알지 못하듯, 나 역시 이 제자가 자신의 인생길을 어떻게 걸어왔는지 그 내막까지는 알지 못한다. 남 앞에 나서기를 좋아하지 않는 저자는 말수가 적어서 제 입으로 자신의 인생사를 털어놓은 적이 한 번도 없다. 때가 되면 절기에 맞는 음식을 보내오고, 책을 번역하면 부끄러운 듯 쭈뼛거리며 놓고 간다. 나는 저자의 결과물을 보고 그 삶의 단면을 짐작만 할 뿐이다.

사실 인간의 삶을 어찌 다 말로 설명할 수 있겠나. 그것이 자신의 삶이라 해도 말이다. 살다보면 어느 때는 그냥 살아지기도 하고, 어느 때는 용을 쓰고 살아내기도 하면서 이어지는 게 삶 아닌가. 이 책에는 그렇게 나도 알지 못하는 저자의 삶이 그대로 녹아있다. 저자의 뒤늦은 나이에 햇빛을 본 이 책에는 누구에게도 말하지 않은 이야기, 20년간 음식을 만들며 자기 앞에 놓인 삶을 묵묵히 살아낸 속 깊은 사연들이 담겨있다. 이제는 돌아와 거울 앞에 선 한 송이 국화꽃처럼. 무심히 땅에 떨어진 씨앗이 발아하여 하나의 꽃으로 피어나기까지, 그 생명의 뒤안길에는 우리가 알지 못하는 온갖 풍상을 견뎌온 이야기가 있기 마련이다. 그런 삶의 이야기가 바로 이 책이다.

나는 이 저자가 앞으로 어떤 인생길을 밟게 될지 알지 못한다. 다만 한 가지, 어느 길을 가더라도 이제까지 그래왔듯 슬기롭게 자신의 길을 찾아가리라는 믿음이 있다. 모쪼록 그러기를 희망하며 뜨거운 박수로 응원을 보낸다.

초대 문화부장관
이어령

기억 속의 섬
음식을 만지면서 산 시간

어떤 인생에나 기·승·전·결로 이어지는 이야기가 있다. 생애 첫울음으로 시작된 삶이 굴곡진 물굽이에 실려 여울 많은 이야기의 강물이 되어 흐르듯…….

그런 이야기에는 기승전결의 '전'에 해당하는 3막이 있다. 드라마나 소설처럼 1, 2막에서 펼쳐지던 스토리를 정점으로 끌어올리는 3막이.

하지만 나의 3막은 1, 2막과는 아무런 연고도 없이 시작되었다가 어느 순간 흔적조차 남기지 않고 사라졌다. 그 후 4막은 아무렇지 않게 앞의 1, 2막과 다시 이어졌다.

내 인생에서 별개의 삶을 산 듯한 3막, 그러다 어느 순간 소리 없이 증발해버린 3막. 그렇게 내겐 지금의 나와는 전혀 동떨어진 또 하나의 삶이 있다. 어느날 느닷없이 '음식'이란 영역과 맞닥뜨린 그 3막에는 기승전결의 형태로 이야기의 발단부터 결말까지가 고스란히 담겨있다.

인간 삶에서 일어날 수 있는 가지가지 사건, 거기에 맞물려 교차하는 희로애락의 감정, 인연의 고리로 빚어지는 숱한 갈등……. 이런 것들이 음식을 만지면서 산 20년 세월 속에 그대로 녹아있다. 도전과 좌절, 성공과 실패, 믿음과 배신, 선의와 악의, 만남과 헤어짐의 모습으로.

그렇다면 내 삶에서 3막은 과연 무엇이었으며, 거기에는 어떤 이야기가 숨겨있을까. 또 어떻게 시작되었을까.

이제 와 생각하니 그것은 시작부터가 애매하다. 무엇이 3막의 서두인지, 꼬투리가 무엇인지 너무도 미미해서 시작이라 부르기도 뭣하다. 어느 날 돌연, 제3막의 서곡이 울렸다고나 할까?

사라진 3막 1장

그날 나는 친구동생 집에서 차를 마시고 있었다. 모처럼 둘만의 호젓한 시간이었다. 차를 호로록거리며 신문을 들여다보던 동생이 문득 혼잣말하듯 그랬다.

"나도 음식 장사하라면 잘 할 텐데, 뭔가 뾰족한 수가 없네."

신문에 요식업계 기사라도 난 건가? 평소 음식에 관심이 많던 동생은 그 무렵 첫 선을 보인 궁중음식원의 〈폐백이바지〉 강좌를 막 수료한 터였다. 그런 동생이기에 예사로 들었다. 열린 창으로는 지난여름의 혹독함을 잊게 하는 삽상한 바람이 불어와 갓 다림질한 실크 천처럼 두 사람을 감쌌다. 그 무렵 나는 23년 결혼생활의 쉼표를 찍고, 헤어날 수 없을 것 같던 질곡의 삶에서 잠시 벗어난 참이었다.

그런데 참으로 알 수 없는 것이 사람일이다. 동생의 그 말에 내 입에선 무심코 이런 말이 흘러나왔다.

"우리, 회사 상대로 선물용 음식을 만들어보면 어떨까?"

어디까지나 '만들어보면 어떨까'였다. 굳이 뭘 어째보자는 것이 아니었다. 그냥 그럴 수도 있겠다는 생각이 미끄러지듯 말이 되어 나왔을 뿐이다.

"회사 상대로 음식을?" 동생은 얼른 감이 오지 않는 모양이었다.

"회사 다닐 때 보니까 명절에 오가는 선물이 장난이 아니더라고. 명절 선물로 전통음식도 괜찮지 않을까 해서……."

그러자 명절이면 회장비서실 한쪽에 쌓여있던 선물꾸러미며, 그 선물을 주고받느라 부산스럽던 광경이 선연히 떠올랐다. 그 정경을 동생에게 그려 보이며 어느새 나 스스로 도취되는 기분이었다.

그랬다, 그것이 내 인생 3막의 서곡이라면 서곡이었다. 서곡치고는 참으로 생뚱맞기 그지없다. 내 엉뚱한 제안에 동생의 반응이 의외였다.

"일 년 열두 달 하는 것도 아니고, 명절 때만 하는 거라면 것두 괜찮을 거 같은데?" 동생은 냉큼 일어나더니 이바지 강좌의 래시피 파일을 찾아들고 나왔다.

동생이 그렇게 나오자 무춤해진 건 오히려 내 쪽이었다. 음식에 관심 많은 동생이기에 분위기나 맞춰주려던 거였는데……. 하지만 곧, 뭐 어떠랴, 잠시 꿈 좀 꾸어보겠다는데. 꿈꾸는 데 돈이 드는 것도 아니고, 하면서 재미삼아 래시피 파일을 들여다보기 시작했다.

나는 회사생활 10년 경력이 있다. 그 앞에는 출판사나 잡지사의 이력이 약간 있지만 그런 곳을 딱히 회사라고는 생각하지 않았다. 출판사나 잡지사는 어쩐지 월급 받으며 익숙한 활자 일을 한다는 취미의 연장이랄까, 뭐 그런 느슨한 기분이었다. 그러다 기업체라는 조직에 몸담고 보니 회사라는 곳이 어떤 곳인지, 직장인의 프로의식은 어때야 하는지가 피부로 느껴졌다. 무엇보다 거기는 남자들의 세계였다.

내가 다니던 직장은 열댓 개의 자회사를 거느린 소위 대기업이라는 곳이었다. 당시 무교동 한복판에 19층 건물로 우뚝 서있었는데, 내가 근무하던 곳은 그룹비서실로 회장실 옆방이었다. 회장님 옆방이니 으레 그렇듯 그 건물 맨 꼭대기 층이었고, 1980년대 그곳은 남자에 의해 기획되고 남자에 의해 실행되는 남자들의 공간이었다. 그런 곳에서 강산도 변할 만큼의 세월을 지내다보니 자연 남자 회사원의 속성이나 취향에 눈떠지는 게 있었다.

그런데 희한하게도, 파일이 한 장 한 장 넘어가는 사이 나는 어느새 래시피를 기획서인 양 들여다보고 있었다. 그때 동생은 어떤 생각이었는지 알 수 없으나, 내 머릿속에선 파일이 넘어갈 때마다 어떤 기준이 작동하는 게 느껴졌다. 흔히 보던 거면 안 된다, 부피가 크면 안 된다, 냄새가 나거나 국물이 있으면 안 된다, 달짝지근하면 안 된다, 하루 이틀 묵혔다고 변질이 되어서도 안 된다. 남자들에겐 받은 날 즉시 집에 가져가지 못하는 일이 자주 발생하니까. 아무튼 이런 생각이 어찌도 그리 자연스럽게, 그것도 일목요연하게 떠오르던지.

나는 머릿속으로 '안 된다'를 새기며 래시피를 한 장 한 장 넘겼다. 그러다 선뜻 눈에 들어오는 게 있었다. 거기엔 '안 된다'에 저촉되는 사항이 없었다.

"이거 어떠니? 회사원 선물로 괜찮을 것 같지 않니?"

"음, 육포? 그거 괜찮을 것 같은데?" 동생도 선선히 동의했다.

그렇다, 육포였다. 그러고도 다른 마땅한 게 더 없을지 래시피를 뒤적여보았지만 육포보다 나은 건 눈에 띄지 않았다. 다른 음식들은 한두 가지씩 '안 된다'에 걸리는 요소가 있었다. 그렇게 해서 회사 선물용 후보 음식으로 육포가 제일 먼저 낙점을 받았다. 육포로 낙점되었으니 지체할 게 뭐 있나, 이제는 실습이다. 그냥 한 번 해본다는데 누가 말리겠나. 그때 동생이 일의 순서를 짚었다.

"언니, 이것도 일인데 준비하는데 자금이 필요하지 않겠어요?"

"자금? 물론 그래야지. 근데 얼마 정도면 될까?"

"우선은 재료비 정도 있으면 되지 않을까요?"

그래서 자금이라는 경제용어를 갖다 붙이기도 민망한, 각자의 오십만 원씩을 합한 백만 원으로 일을 시작하기로 했다. 가만, 콜럼버스가 배를 띄울 때 이사벨 여왕이 후원한 자금이 얼마였다더라? 뭐, 어쨌거나.

앞날에 대한 계획, 청사진, 목표, 그런 게 있을 리 없었다. 뭔지도 모르면서 그냥 시작해본, 아니 저질러본 것이다. 그러게 장난 끝에 일낸다고 하지 않던가.

며칠 후 이른 오전 시간, 우리는 가락시장에 모습을 드러냈다.

지체 없이 축산물만 취급하는 건물로 찾아들었다. 그곳에는 수많은 점포들이 시뻘건 고깃덩어리를 주렁주렁 매달고 있었다. 처음엔 그 뻘건 형상과 진한 피 냄새가 섬뜩하도록 낯설었다. 하지만 그 이물감은 곧, 우리는 한낱 찬거리를 사러 나온 게 아니라 '일'을 도모하기 위해 현장에 와있다는 묘한 자족감으로 바뀌었다. 주머니엔 든든한 자금까지 들어있었으니.

우리는 도매상들이 즐비한 실내를 돌아다니며 소위 육포고기 시장조사에 나섰다. 얼마를 돌아본 끝에 곱상하게 생긴 남자가 일하는 가게에 들어섰다. 마흔 전후의 남자는 그 가게 주인으로 한우 정보에 밝은 듯했고 가격도 다른 점포들에 비해 합리적이었다. 육포용으로는 주로 우둔살과 홍두깨살을 쓴다는데 실물을 비교하니 홍두깨살이 나아보였다. 홍두깨살은 근육질 남자의 팔뚝 모양으로 기름하고 통통한데 둘레엔 얇은 막이 덮여있었다. 육포 두께는, 일단은 학원 래시피대로 하기로 했다.

얼마 후 우리는 4밀리로 슬라이스 된 홍두깨살 열 근을 사들고 당당히 축산물 동을 걸어 나왔다. 마침 가을은 절정을 향해 달려가고 있었다. 구름 한 점 없이 맑게 갠 하늘은 얼마나 높고 파랄 수 있는지 스스로 시험하는 듯했다.

집으로 돌아온 우리는 고기부터 손질하기로 했다. 점심은 아직이었지만, 고기를 다듬어놓고 핏기가 빠지는 동안 먹을 작정이었다. 나는 즉시 고기 손질에 들어갔고, 동생은 고기를 널 채반이랑 부족한 양념을 사러 밖으로 나갔다.

그 동생은 내 친구의 동생이다. 내 친구와는 문학 동아리에서 알게 되었다. 나는 국문과, 친구는 독문과였다. 우리는 처음부터 죽이 맞아 한데 어울리거나 하진 않았다. 나는 상당히 내성적이어서 사람들과 잘 못 어울렸고, 친구는 꽤나 까칠해서 아무하고나 잘 안 어울렸다. 다만 우리가 속한 문학회 회장인 김선배가 워낙 사람을 좋아해서 그 선배가 주도하는 모임이나 술자리에서 한데 섞이는 정도였다.

친구와 나는 졸업 후 각자의 길로 갔다. 마침 김선배도 교사발령을 받고 지방으로 내려가 우리 모임은 서로의 관심에서 멀어졌다. 대학시절의 액자 속 추억으로 끝날 터였다. 그랬던 김선배가 오륙년쯤 지나 우리 앞에 모습을 드러냈다. 다시 만났을 때 선배는 세 살, 한 살짜리 두 딸의 엄마가, 친구와 나는 똑같이 네 살짜리 아들의 엄마로 변해있었다. 문학이나 인생을 날것인 채 맥주에 버무려 삼키던 옛 시절이 떠올라서였을까. 이 너무도 상식적인 삶의 궤적을 밟고 있는 우리들 모습에 나는 반가우면서도 무척이나 쑥스러웠다.

오랜 만에 만난 친구는 대학시절에 알던 친구가 아니었다. 까칠하기만 하던 옛 모습이 기억나지 않을 정도로 표정에서 말투까지 어딘가 변해있었다. 친구는 졸업과 동시에 문화원에서 원장 비서로 사회생활을 시작했다. 그 일을 다년간 하던 처지니 직업에서 오는 상냥함일 수도 있겠으나 그것과는 또 다른 따뜻함이 있었다. 친구와 만남이 잦아지면서 그 동생과도 얼굴을 마주할 기회가 많아졌다. 두 자매는 친구 같아서 사사로운 자리에는 늘 붙어 다녔다. 그 동생도 친구 못지않게 나를 따뜻이 대해주며 붙임성 있게 잘 따랐다. 천성적으로 숫기가 부족한 나를 이 자매는 퍽이나 살갑게 대해주었던 것이다.

그런 인연으로 엮인 동생이기에 친구가 독일로 떠난 뒤에도 별다른 거리감 없이 지낼 수 있었다. 그 동생이 얼마 전 혼자만의 시간이 많아진 내게, 뭐 좀 같이 해보지 않겠느냐고 운을 뗀 적 있으나 깊이 새겨듣지 않았다. 동생이 그렇게 말한 건 내 깜냥이 무얼 할 만해서가 아니라, 내게 도움 될 무언가를 해주고 싶어서 그런다는 걸 알기 때문이었다. 그때까지 살아오면서 활자와 친하게 지내거나 일본어를 공부한 일밖에 없는 내가 무얼 어떻게 할 수 있겠나. 그저 내 처지를 생각해서 한 말이겠거니, 그 뜻을 고맙게 여길 뿐이었다.

그런 내가 느닷없이 고기를 다듬고 앉아있다니. 정말 한치 앞도 내다볼 수 없는 게 사람 일인가 보다.

동생이 돌아와 일손을 보태자 고기 손질이 수월하게 끝났다. 육포고기 손질은 단순하지만 제법 시간이 걸리는 일이다. 고기 사이사이에 박힌 기름을 가위로 낱낱이 떼어내고, 둘레의 막까지 제거해야 하니 마냥 손쉽지만은 않다.

다듬은 고기를 망에 밭쳐두고, 핏기가 빠지길 기다리는 동안 후딱 점심을 먹었다. 차까지 한잔 마시고 나자 얼추 핏기 가신 고기를 양념해서 널 시간. 고기 버무릴 양념은 학원에서 배운 대로 하기로 했다.

래시피대로 간장양념을 만들었다. 그 간장에 고기를 한 장씩 담갔다 건진 후, 건진 고기를 모두 다시 섞어 위아래로 뒤적이며 꼭꼭 눌러주었다. 고기에 간장이 골고루 스며들면 다음은 채반에 널기. 너는 일은 간단하다. 고기를 결대로 채반에 반듯하게 붙이면 된다, 마치 도배하듯. 고기 열 근이 가지런히 채반에 올라앉자 베란다의 볕 잘 드는 곳에 놓아두고, 방충망이 완비된 창을 활짝 열어놓았다. 투명한 가을볕 아래 전신을 드러내고 일광욕하고 있는 고기들. 그 고기는 다음 날 오후면 맛있는 육포로 변해있을 거란다. 아, 기대된다.

소고기 열 근으로 시작된 이 일이 나와 친구동생을 어디로 어떻게 데려갈지 아무것도 모른 채 우리는 그렇게 첫발을 내디뎠다.

3.
엇갈린
존재
이유

　다음날은 학교 강의가 있어서 이틀 후에 만나기로 하고 동생 집을 나왔다. 태양은 잘 익은 홍시처럼 산마루의 높다란 가지 끝에 걸려있고, 주변의 구름은 노을빛을 받아 흩어놓은 다홍색 솜사탕이었다.

　이제 어디로 가야 하나. 당연히 집으로 가야지. 그런데 집이 어디더라? 차에 시동을 걸었지만 마음이 좀처럼 나아가질 않는다. 시동을 도로 끄고 오디오의 버튼을 눌렀다. 전주가 잦아들며 노래가 흘러나온다. 남자 가수의 허스키한 목소리가 애절하다.

　나는 이 노래를 며칠 전 처음 들었다. 2학기 강의가 시작되고, 6시 야간수업을 위해 늦은 오후 학교에 도착했다. 학과 사무실에는 남자 조교가 혼자 등을 돌리고 앉아있었다. 저물어가는 햇살이 나지막이 비쳐드는 가운데 조교 책상 쪽에서 노래가 가늘게 새나왔다. '알 수 없는 또 다른 나의 미래가 나를 더욱 더 힘들게 하지만……' 나는 우뚝 선 채로 귀를 기울였다. 노래가 끝나자 조교가 그제야 내 기척을 알아차렸다.

　"어, 언제 오셨어요?"

"조금 전에. 근데 이거 무슨 노래야?"

"존재이유라고요. 요즘 새로 나온 신곡이에요."

"그래? 노래 괜찮네. 미안하지만 이 곡, 녹음 좀 해줄 수 있을까?"

그곳은 관광통역일어과라 녹음테이프 만지는 건 일도 아니라는 사실을 잘 알고 있었다.

수업 끝나고 돌아오는 차 속에서 그 곡을 첫 소절부터 차분히 들을 수 있었다. '언젠가는 너와 함께 하겠지 지금은 헤어져 있어도…….' 건조한 목소리에서 스며 나오는 애틋한 울림은 내 귀를 통해 폐부 깊숙이 파고들었다. 그 허스키한 목소리가 차라리 나 외롭다고, 힘들다고 절규한다면 마음이 덜 아플 것 같았다. 담담한 듯 잔잔하게 깔리는 그 음색이 안 그래도 쓰린 내 가슴을 더 쓰라리게 했다. 그러나 그 노래는, 지금은 헤어져 있지만 다시 만날 수 있기를 간절히 염원하는 노래였다. 헤어져 있는 현실이기에 '알 수 없는 미래'에 대한 불안은 있으나, 그래도 언젠가는 다시 만나리라는 강한 믿음이 깔려있었다. 하지만 나는…….

나는 잘 알고 있었다. 두 번 다시 남편과 합치는 일은 없을 거라는 걸. 아니 그렇게 혼자 다짐했다. 그러니 그 긴 1, 2절의 가사와 중간의 독백, 그 어디에도 내게 해당되는 노랫말은 없었다. 가수는 '조금만 더 기다려 네게 달려갈 테니 그때까지 기다릴 수 있겠니'라고 호소하지만, 나는 달려가지도 않을 것이며 달려오는 사람을 기다리지도 않을 것이다. 노래 자체도 애달픈데 노랫말과 하나도 일치하지 않는, 기대도 희망도 남아있지 않은 내 앞의 현실이 더욱 아프게 나를 조여 왔다. 노래를 들으며 비로소 나 자신이 얼마나 사막처럼 황량하게 비어있는지, 얼마나 남은 게 아무 것도 없는지 가슴 저리도록 깨우쳐졌다. 순간 뿌연 액체가 시야를 가려 갓길에 차를 세웠다. 사막에서 날아오른 수분이란 수분이 내 세포 구석구석에 쌓였다가 한꺼번에 눈물샘으로 분출하는 듯했다.

나는 남편과의 헤어짐을 23년 결혼생활의 종지부를 찍는 일이라 생각했다. 하지만 남편은 쉼표로 받아들이는 것 같았다. 아니 억지로라도 그렇게 믿으려 했다. 그는 어떻게든 처자식을 자신의 존재이유로 삼으려 했고, 나는 더 이상 그의 존재이유로 남고 싶지 않았다. 그렇다고 남편의 그런 오해를 만류할 수도 없었다. 그것이 오해일지언정 이제부터 혼자 살아야 할 그에게 버티는 힘이 돼준다면, 내가 더 이상 곁에 머물지 않기로 한 이상 마지막 희망의 싹까지 잘라버릴 순 없었다. 이혼 말을 꺼내면 무슨 일이 터질지 모르니 잠시 헤어져 있자는 말로 회유했다. "일 년만, 일 년만이라도 그동안 쓰지 못한 글 마음껏 써 봐."

말은 참 그럴싸했다. 그것이 얼마나 가망 없는 일인지 나 자신 누구보다 잘 알면서. 하지만 그렇게라도 결말을 내지 않았다간 내 삶은 영영 수렁에 빠진 채 끝나버릴 것만 같았다. 그가 다시 글을 쓰리라는 희망은 퇴색된 지 오래지만, 설령 다시 쓴다 해도 우리 두 사람이 합칠 거라는 기약 따윈 내게 없었다. 다만 그리 된다면 그가 조금은 나은 삶을 살 수 있지 않을까, 가정은 해볼 수 있었다. 그리고 술버릇도 다른 방향으로 선회할지 모른다는 실낱같은 기대도 걸어보았다. 그의 고질적인 술버릇이 환경과도 상관있다면, 해묵은 결혼이라는 환경 자체를 깨버리는 것도 고질병의 극약처방으로 효과가 있을지 모를 일 아닌가. 극약처방이니 그건 마지막 비상수단이다. 나로선 그 길밖에 없었다. 나는 메릴 스트립의 소피처럼은 되고 싶지 않았다.

메릴 스트립의 〈소피의 선택〉 하면 누구나 그녀가 아우슈비츠에서 해야 했던 처절한 선택을 떠올릴 것이다. 가스실로 보내질 아들과 딸, 두 아이 중 누구를 살릴 것인지 한 아이만을 고르라는 나치의 명령. 엄마인 소피의 선택으로 한 아이는 가스실로 보내지고 한 아이는 살아남게 된다. 한 아이를 살리는 일이 다른 한 아이를 죽이는 일이 되는 것이다. 어찌 어미로서 그런 선택을 할 수 있겠나. 소피는 딸아이를 품에서 내놓으며 선택이 아닌 피맺힌 절규를 한다.

"이 아이를 데려가세요."

소피의 강요받은 선택 앞에선 너무도 애통한 나머지 눈물조차 제대로 나오지 않았다. 그러나 소피의 또 다른 선택을 두고는 나는 가슴 절절이 응원을 보냈다.

수용소에서 간신히 아들을 구해냈으나 끝내 그 아들의 생사마저 묘연해지자, 절망 끝에 자살을 시도한 소피. 하지만 용케 살아남아 종전을 맞은 그녀는 미국으로 건너가 새 삶을 시작하고, 새로운 사랑을 만난다.

예술적 감수성과 학문적 총기로 빛나는 네이단. 실은 그는 주위의 기대를 한 몸에 모은 촉망받던 천재였으나 자신도 모르는 사이 편집증 정신분열이라는 운명의 덫에 걸려버린 존재였다. 그의 예민한 감수성은 약물과 알코올에 집착하면서 차츰 서슬 퍼런 광기로 변해가고……. 나날이 심해지는 네이단의 광기를 감당할 수 없게 된 소피는 떠날지 말지를 망설인다. 주저하는 소피를 보며, 화면 바깥의 나는 애타게 주문을 넣는다.

'달아나 소피, 달아나.' 소피는 결심하고 네이단을 떠나지만, 하루 만에 다시 돌아가 둘이 함께 청산가리로 생을 마친다.

편집증 정신분열이라는 짓궂은 운명에 족쇄가 채워진 네이단, 가혹한 역사의 시련 속에서 오욕으로 얼룩진 삶을 살아야 했던 소피. 결국 두 사람은 죽음을 선택할 수밖에 없었겠지만, 그럼에도 나는 소피가 한번쯤은 과거의 망령에서 벗어나 자유로운 영혼으로 살아보길 원했다. 소피는 마땅히 그래야 했다. 그녀의 험난했던 생은 어떤 식으로든 보상받고 위로받아야 했다. 그랬건만 소피는 죽음을 택했다. 그러나…….

나는 그럴 수 없었다. 내게는 살아야 할 존재이유인 아들이 있는 것이다. 아들이 있어서 내 삶은 계속될 수 있었지만 그 처연함은 매번 내 인내심의 한계를 뛰어넘었다.

처음 내 손으로 장만한 신도시 아파트를 삼 년도 간수 못하고 팔아서 은행 융자 갚고, 급하고 소소한 빚들을 가렸다. 나머지로 남편이 혼자 살 공간을 마련해주고, 나는 또 하나의 우리 가족인 강아지와 함께 엄마한테 가기로 했다. 갓 대학생이 된 아들은 혼자 살겠다고 해서 엄마네와 가까운 곳에 원룸을 얻어주었다. 세 가족의 거처가 정해지자, 신학기 시작 전에 끝내야 한다고 한여름 복중에 이삿날이 잡혔다.

뿔뿔이 흩어지는 가족을 따라 짐들도 주인 따라갈 것들로 나눠 싸는데, 땀인지 눈물인지가 쉴 새 없이 볼을 타고 내렸다. 일이 그 지경에 이르자 알뜰살뜰 챙기고 싶은 살림살이도 없거니와 챙겨간들 놓아둘 데도 없으니 생으로 다 버려졌다. 세 식구 각자 끓여먹을 간단한 식기와 옷가지, 얼마간의 책을 건지는 게 고작이었다. 풍비박산이란 이럴 때 쓰라고 있는 말인가 보다. 웬만큼 모진 마음이 아니고서는 버려지고 흩어지고 폐기처분되는 살림살이들, 그것과 함께 산산이 깨져나가는 기억의 파편들을 제 정신으로는 마주할 수가 없었다. 살림살이만 흩어지는 게 아니었다. 막상 당해보니 마음과 함께 영혼마저 갈가리 찢겨나가는 것 같았다. 그야말로 풍비박산은 혼비백산이었다.

남편이 먼저 나가고 아들과 나는 다음날 나가기로 돼있었다. 남편이 나간 날, 뒷정리를 하러 서재로 갔다. 서재 방은 짐이 다 나가 썰렁하기 짝이 없는데 앨범 칸만 그대로 있었다.

이런 날 앨범 같은 걸 뒤적여선 절대로 안 된다. 나는 눈을 질끈 감고 빈 박스에다 앨범들을 쓸어 담았다. 그때 누런 대봉투 하나가 툭 떨어졌다. 겉면에는 시아버지 글씨로 남편 이름이 적혀 있었다. 그 얼마 전에 시아버지가 남편 거라며 주었는데 열어볼 정신이 없어 앨범 칸에 끼워둔 채 잊고 있었던 것이다. 봉투 안에는 남편 학창시절 성적표에 상장에 졸업장 같은 것들이 빼곡한 사이로, 수십 년 전에나 보았을 낡아빠진 누런 우편봉투가 눈에 띄었다. 그건 학창시절과는 아무 상관이 없어보였다. 우편봉투는 두 개였다. 내용물을 꺼냈다. 봉투도 낡았으려니와 종이도 누렇게 변색돼 나달나달했다. 종이를 펼쳤다.

그건 두 군데 신문사에서 온 신춘문예 결과를 알리는 통지서 겸 편지였다. 같은 해, 광화문에 있는 일간지에서는 장막희곡으로 당선을, 덕수궁 쪽의 신문사에서는 소설의 입선을 알리는 내용이었다. 편지에 적힌 날짜를 보니 남편 나이 26살 때였다. 그 젊은 나이에…….

이 편지를 받았을 때 당사자의 기분은 어땠을까. 하늘을 나는 것 같았을까. 세상을 다 가진 것 같았을까. 그 우편물을 받아든 삼십 년 전의 남편 모습이 어른거리며 참고 참았던 서러움이 한꺼번에 복받쳐 올랐다. 그 꿈 많던 시절은 다 어디로 간 것일까.

워즈워드는 찬란한 빛이, 꽃의 영광이 사라진다 해도 서러워 말라 했지만, 그래도 서러웠다. 아니 한스러웠다. 지난날의 영광이란 그것을 지켜내지 못 했을 때, 애초에 없었던 것보다 얼마나 더 허망하고 비참한 것인지 뼈저리게 느껴졌다. 거기에 과연 내 몫의 책임은 없었을까. 결혼 생활 내내 자문하던 물음이 다시 한 번 비수가 되어 가슴을 찔렀다. 그러나…… 모두가 지난 일이다. 지난날에 대한 아쉬움도 애석함도 세월에 묻혀 스러졌다. 이제는 그 모든 것에서 돌아서야 한다. 나는 모진 마음으로 편지들을 박스에 넣고 테이프로 봉했다.

그날 밤 자리에 누우니 내 집을 버리다시피 떠나는 데 대한 원통함도 없었다. 이제부터 세 식구가 뿔뿔이 흩어져 낯선 곳에서 밤을 보낼 일만이 씻을 수 없는 업보처럼 가슴을 짓눌렀다. 무엇보다 남편이 감당해야 할, 남자 혼자 사는 일상의 남루함이 자꾸만 눈에 밟혀 잠을 이룰 수 없었다.

4.
완성된
첫 육포를
만나고

이틀 후 동생 집으로 가자 고기는 다 말라 육포가 돼있었다. 육포 옆에는 책이 잔뜩 쌓였는데 동생 표정이 심란하다.

"왜?"

"야들을 책으로 눌렀는데도 반듯하게 펴지질 않네." '야들'이란 육포다. 고기가 마르면서 우그러진 부분을 무언가로 눌러 반듯하게 펴주는 것이다. "아무튼 언니, 첫 실습작이 나왔으니 맛이나 좀 봐야지."

동생은 육포 두어 장을 가스 불에 살짝 구워왔다. 구운 육포를 결대로 찢어 먹어 보니 맛이 썩 괜찮았다.

동생은 "음, 맛있네" 하며 만족해했다. 나도 "제법 그럴싸한데. 이만하면 일등 안주감이잖아" 하며 흡족해했다. 그러면서도 내 개인적 입맛에는 조금 달다싶었고, 간이 좀 세다는 느낌이 있었다.

내친 김에 저울을 가져다 무게를 확인했다. 소고기 열 근의 육포를 달아보니 1.8kg에서 저울눈이 바르르 떨었다. 생각보다 적은 양에 다소 실망스러웠지만 그 후로도 이 수치에는 변함이 없었다. 우리는 다시 설탕을 조금 줄이고 간장 양을 조절해서 육포를 만들어갔다.

　선물용으로 육포 하나만은 어쩐지 서운했다. 술 아닌 일반 음료와 함께 내놓을 간식 같은 무언가가 있었으면 싶었다.

　우리는 다시 래시피 파일을 펼쳐놓고 머리를 맞댔다. 파일을 검토한 결과 다음 메뉴로 떠오른 후보는 한과 가운데 주악과 개성약과였다. 나는 주악보다는 개성약과 쪽에 더 끌렸다. 후보에 오른 주악은 찹쌀가루가 들어가는 음식이라 당일로 먹기엔 괜찮으나 하루만 지나도 굳어버려 적합지 않았다. 그에 비해 개성약과는 유통기한이 넉넉한데다 또 다른 매력이 있었다. 제조 방법에 '파이처럼 부풀어 오르게 한다'라는 대목이 눈길을 끈 것이다. 우리는 다음 메뉴로 개성약과를 낙점하고 즉각 '시제품 제조'에 들어갔다.

　밀가루 500g을 기준으로, 반죽은 내가 하고 튀기는 일은 동생이 하기로 했다. 래시피 대로 부재료를 계량해서 밀가루에 섞었다. 개성약과는 반죽할 때 세심한 주의가 필요하다. 무엇보다 개성약과의 '개성'은 파이처럼 부푸는 데 있으니 그 점을 잘 살려주어야 한다. 수제비 반죽하듯 치대는 것만이 능사가 아니다. 수제비 반죽은 치대면 치댈수록 식감이 살지만, 개성약과는 그렇게 하면 질겨져서 잘 부풀지 않는다.

　내가 반죽하는 동안 동생은 약과를 집청(음식을 엿물에 담그는 일)할 엿물을 만든다. 조청에 용량의 물과 소금을 섞은 뒤 생강을 듬뿍 넣고 끓이는 일이다. 엿물이 완성될 즈음이면 약과 형태의 반죽이 나오기 시작한다. 도톰하게 민 반죽을 건빵보다 조금 큰 크기로 자른 다음 가운데 구멍을 두 개 뚫은 것이다. 이때만 해도 기술이나 노하우 같은 게 있을 리 없으니 어디까지나 래시피에 충실하게 했다. 반죽이 나오기 시작하면 동생은 튀기기에 들어간다.

기름 냄비에서 약과가 켜켜이 부풀어 노릇노릇하게 튀겨지면 재빨리 건져 기름을 뺀다. 기름기 빠진 약과를 집청해서 엿물이 충분히 스며들면 대망의 개성약과 완성. 드디어 약과를 시식할 시간이다.

나는 우선 개성약과가 제사상이나 차례상에서 봐오던 식상한 모양새가 아니어서 호감이 갔다. 그렇다면 맛은? 따뜻한 약과를 한입 베어 물자 향긋한 생강 내음이 입 안 가득 퍼졌다. 제법인데, 하고 씹어보니 파이처럼 부푼 반죽 사이로 스며든 엿물이 달큰하게 혀에 감겨왔다. 생각보다 괜찮았다. 내가 약과에서 찾던 맛이란 게 딱히 없을 때였으니 종래 먹어오던 약과에 비해 달지 않고, 건빵처럼 생겼으나 그보다 훨씬 부드러운 점이 마음에 들었다. 첫솜씨 치고는 그 정도면 만족할 만했다.

일단 한 고개는 넘었다. 다음은 포장. 우리가 만드는 음식은 선물용이니 포장에 특히 신경을 썼다. 물건 담을 용기를 찾으러 베이커리 도구와 포장재를 파는 대치동의 제과 제빵 상가, 방산시장, 동대문 광장시장까지 여기저기 헤매고 다녔다. 그 결과 육포를 담을 용기로는 한지상자를, 약과는 조청 때문에 코딩된 제과용 상자를 쓰기로 했다. 제과용 상자는 기성품을 쓰기로 하고 한지상자는 안양에 있는 지함공장에 맞췄다.

주문한 상자가 왔다. 직사각형의 단순한 모양인데 어두운 진빨강과 비취빛이 도는 초록으로 각각 다섯 개씩 완성돼 있었다. 둘 다 대담한 색상이었으나 상자가 작아선지 그다지 자극적이지 않고 솜씨도 깔끔했다. 또 질감은 톡톡한데다 윤기가 흘러 양단을 대하듯 진중한 맛이 느껴졌다.

상자가 나오자 육포 샘플이 완성되었다. 이제는 다음 순서로 넘어가야 한다. 달력은 어느새 11월도 중순을 지나고 있었다. 그동안 우리는 작은 고개들을 넘어왔으나 이제는 큰 산을 앞에 두고 있다. 큰 산이란 다름 아닌, 어디다 팔 것인가 하는 영업이다. 그러게 말이다, 대체 어디다 팔아야 하나? 회사의 명절용 선물이라는 기획을 내놓긴 했지만 영업과는 거리가 먼 나로선 다음 일이 막막했다. 우리의 순조롭던 행보는 잠시 주춤거렸다. 그때 문득 떠오른 사람이 있었다. 내 고교 3년 선배다.

그 선배로 말하면 내장된 배터리 용량이 보통 사람의 두세 배는 될 듯한 인물이었다. 달변에다 아는 것도 많아, 누가 뭘 물어도 우물거리는 법 없이 즉각 답이 돌아왔다. 게다가 오랜 잡지사 경력으로 발이 넓을 뿐 아니라, 음식 만들어 먹이는 걸 좋아해서 집에 드나드는 사람도 많았다. 광에서 인심난다는 말이 괜히 있겠는가. 그 선배를 찾아보기로 했다. 우리가 만든 음식의 맛이나 제품의 상품성에 대해 누군가의 평가를 받아야 한다면 그 선배만큼 적합한 인물은 없어보였다.

선배는 늘 그렇듯 스스럼없이 맞아주었다. 서로 안부 인사가 끝날 즈음 가져간 육포와 약과를 내놓았다. 보자기를 풀며 음식을 만들게 된 경위와 그 목적이 '회사 상대의 선물용' 상품이라는 점을 힘주어 설명했다. 선배는 한지상자에 담긴 육포를 보더니, 상자도 고급스럽고 육포도 얌전히 잘 말렸다고 평해주었다. 약과도 맛보더니 달지 않고 부드러워서 좋다고 했다. 됐다, 그만하면 원하던 반응이다. 다음은 회사 상대라는 껄끄러운 문제가 남았다. 다른 화제를 이어가며 어떻게 말을 꺼내나 전전긍긍하는데 눈치 빠른 선배가 알아서 운을 뗐다.

"가만 있어봐, 대학 선배 중에 보험회사 홍보실에 근무하는 상무가 있거든. 그 사람이 의전도 담당하나봐. 명절 때마다 전화해서는 '이번 명절선물은 뭘로 하지?' 하고 고민하는 거야. 매번 너무 골치 아프대. 이번에도 전화 올지 몰라. 그럼 그때 이 물건 말해 볼게."

그렇게까지! 혹시나 해서 찾아가긴 했으나 일이 이리 수월하게 풀릴 줄이야. 물론 어디까지나 '전화 올지 몰라'였으니, 다음이 어찌 될지는 알 수 없다. 그렇다 해도 선배가 자진해서 일을 진전시키는 건 우리 물건이 명절선물로 쓸 만하다는 걸 시사해주는 셈 아닌가. 선배처럼 음식에 일가견 있는 사람한테 인정받다니, 그 점이 무엇보다 뿌듯했다.

우리는 영업실적 제로인 상태에서 과연 어디다 팔 것인가를 두고 마음이 분주해졌다. 나는 우선 발 넓은 언니한테 주위에 소문 좀 내달라 부탁하고, 나도 절친한 사람들에게 인사 겸 샘플을 돌렸다. 동생도 지인들을 상대로 이리저리 말을 넣어보는 것 같았다. 그러면서 육포는 계속 만들었으나 어쩐지 속도가 붙질 않았다. 목표란 최상의 동기부여라는데, 목표가 되어줄 과녁이 불분명하니 공연히 헛바퀴만 돌리는 기분이었다. 그러다 연락이 왔다. 선배 만나고 일주일쯤 지난 때였다. 전화선을 타고 흐르는 선배 목소리가 낭랑한 울림으로 내 고막을 두드렸다.

"보험회사에서 전화가 왔어. 육포 이야길 했더니 샘플을 가져와보라네." 선배는 태평로에 있는 회사건물과 홍보실 상무의 연락처를 일러주며 빠른 시일 내에 찾아가 보라고 했다.

약속 당일. 때깔 좋은 고기와 잘 부푼 약과를 각각 상자에 담았다. 담는 내내 가슴이 일렁였다. 정말, 우리가 만든 음식이 회사의 명절상품으로 쓰일 수 있단 말인가? 그 사실 자체가 믿어지지 않는 한편으로, 그러다 채택이 안 되면? 하는 두 갈래 마음이 널을 뛰었다.

홍보실에서는 상무가 기다리고 있었다. 50대 초반의 약간 마른 체격에 깔끔한 인상이었다. 저런 샤프한 느낌의 사람이라면 우리 물건을 어떻게 받아들일까? 상무의 얼굴을 보자 희미한 기대 속에 걱정이 가물가물 스며들었다. 상무는 제품의 포장상태를 꼼꼼히 살핀 뒤 내용도 찬찬이 확인했다. 그러면서 육포 가격은 얼마며 상자 당 몇 그램이 들어가는지, 소고기는 한우인지 수입산인지, 어느 부위를 쓰는지, 유효 기간은 어떻게 되는지 상세히 물었다. 그러더니 결론을 내듯 입을 열었다.

"저희는 쓰게 되면 육포만 쓸 것 같습니다. 육포만 80상자 정도? 정확한 숫자는 명단이 나와 봐야 알겠지만, 아마 그 정도 될 겁니다. 집에서 수제로 하신다고 들었는데 물량을 맞출 수 있겠습니까? 1월 초에는 들어와야 하는데."

그때가 12월 초였으니 한 달 안에는 물건이 완성되어야 한다는 소리다. 80상자면 고기는 대체 몇 근을 말려야 하는지, 시간은 얼마나 걸리는지, 한 달 안에 그 일이 가능하기나 한지…… 계산도 요량도 서지 않았으나 나는 무조건 할 수 있다고 했다. 이런 절호의 기회를 절대로 놓쳐선 안 된다. 안 되면 되게 하라. 산업화 시절, 사보에 그런 기사를 시리즈로 내보내며 사원들의 의식제고를 부추기던 내가 아니던가.

상무가 상자를 덮으며 말했다.

"이 건은 담당자들과 의논해야 하니 이삼 일 기다려 주십시오."

나는 촉박한 시간을 생각해서 되도록 빨리 결정해달라고 했고, 상무는 그러겠노라 했다. 연락은 이틀 후에 왔다. 육포 총 86상자. 나중에 몇 상자 더 늘거나 줄 수도 있단다. 납기일은 1월 초. 정확한 날짜는 추후 알려줄 것이며, 배송은 자신들이 직접 할 것이라고 했다.

알았습니다, 감사합니다. 그런데 육포가 86상자라고요?

우리는 이 첫 발주의 의미를 제대로 음미할 겨를이 없었다. 감격할 여가도 없었다. 무조건 바빠졌다. 보험회사에선 추가물량도 나올 수 있다고 하니 최소한 90상자는 준비해야 한다. 육포 90상자면 고기가 300근이다. 다음날부터 고기가 배달되고 작업에 돌입했다. 고기는 주로 오후에 다듬었는데, 연말이 가까워오자 동생에게도 내게도 일이 생겨 고기 손질은 허구한 날 야심한 시각까지 이어졌다. 다듬은 고기는 망에 받쳐 냉장고에 넣어둔다. 그러면 밤새 핏기가 쏙 빠진다. 이튿날 아침엔 핏기 가신 고기를 양념해서 볕에 넌다.

이 단순한 작업이 날이 갈수록 계획대로 되지 않았다. 고기 마르는 속도가 한 달 전과 현저히 달라졌기 때문이다. 따사로운 가을볕에 서늘한 바람이 불 때와는 천양지차였다. 날이 추우니 창문을 맘대로 열 수도 없거니와 따사롭던 볕은 미지근한 온도로 식어버렸다. 생각 끝에 선풍기를 모조리 꺼내 돌려봤지만 별 소용이 없었다. 그때 동생에게 아이디어가 하나 떠올랐다. 바로 온돌방 효과. 그러게, 세상일은 궁하면 통한다고 하지 않던가. 다행히 동생네는 평수 큰 신축 아파트로 널찍하고 깨끗한 데다 방이 네 개였다. 당장 방 하나를 치우고 바닥에 널따란 천을 깔았다. 그러고는 베란다에 내다놓은 꿉꿉한 육포를 모두 거기에 널었다. 따끈따끈한 온돌 바닥은 고기의 남은 수분을 책임질 해결사였던 것이다.

그 무렵 나는 학교 성적까지 다 끝나, 아침이면 아예 동생네로 출근했다. 가보면 동생은 육포와 씨름 중이다.

"잘 말랐니?" 아침인사는 으레 그렇게 시작한다.

"아주 버쩍버쩍 잘 마르네. 근데 언니, 야들하고 노는 재미가 여간 쏠쏠한 게 아니다. 꼭 화투 패 떼는 것 같다."

동생은 처음엔 자못 호기롭더니 갈수록 지쳐갔다. 어떤 날은 심란한 얼굴로 자조 섞인 말을 읊었다. "밥도 못 먹고 씻지도 못하고 이러고 있다. 샤워한 지가 언젠지도 모른다. 알고 보면 나는 참 더럽은 년이다."

"어서 밥 먹고 씻어. 내가 할게."

나는 육포가 빈틈없이 널린 방으로 가서 보자기 앞에 자리를 잡는다.

밤새 마르면서 가장자리가 말려 올라간 손바닥만 한 육포를 뒤집어주는 일이다. 묵묵히 앉아 수백 장이나 되는 육포를 뒤집다보면 현실에 대한 막막함이나 마음에 남아 서성이던 그림자들이 어느 순간 모두 자취를 감춰버린다. 무아지경에라도 든 듯 생각이 말갛게 표백되는 것이다. 그때 알았다, 일이 구원이라는 것을. 그래, 내게 일은 구원이었다.

동생은 나하고 달랐다. 건사해야 할 가족이 셋이나 되니 식구들 끼니가 동생 손에 달렸다. 가게도 남편한테만 맡겨두고 나 몰라라 할 수 없었다. 게다가 아이들이 고등학생이니 입시 생각도 하지 않을 수 없었을 게다. 무엇보다 동생의 자랑이자 긍지이던 깔끔한 집안은 차츰 그 빛을 잃어갔다. 거실 한 구석엔 보자기에 싸인 육포 위로 책이 한 무더기씩 올라앉았고, 실내에는 어디랄 것도 없이 찝찔한 간장냄새가 떠돌았다. 집안은 갈수록 어수선해졌다. 고기 300근 고지가 눈앞에 다다랐을 때는 상자에 보자기에 포장재까지, 그 꼴이 절정에 이르렀다. 나는 그제야 '에구머니나' 싶었다. 보험회사에서 약과를 주문하지 않은 일이 얼마나 다행인가 하고. 만약 약과까지 주문했더라면? 생각만 해도 아찔하다. 나는 '약과는 무리'란 말은 결코 하지 않았을 테니 말이다.

모름지기 일이란 시작이 있으면 끝이 있는 법. 다만 그 끝에 도달하려면 예상하지 못한 난관과 고비를 수도 없이 넘어야 한다. 결국 난관이 남느냐 내가 남느냐의 싸움이다.

이 해의 보험회사 건은 그 싸움의 서곡인 맛보기에 지나지 않았다.

3월이 다가오며 강의준비로 분주했다. 새로 원주에 있는 대학과 부천의 어느 대학에 나가게 된 것이다. 기존의 대학까지 더하면 매주 수원, 원주, 부천으로 나다니게 생겼다. 다른 하루는 문화센터 강의지만 장소가 서초동이라 그나마 살만 했다.

당시 대학의 시간강사들은 스스로를 '보따리장사'라 불렀는데, 말 그대로다. 그 장사도 방학이면 임시휴업이다. 7, 8월 두 달을 생으로 놀아야 하는 것이다. 겨울은 더 고약해서 무려 석 달을 논다. 방학에는 그 얄팍한 강사료마저 없다. 생각이 거기에 이르자 무언가 뇌리를 건드리는 것이 있었다. 추석은 여름방학 다음에 오니 봄여름에 충실히 준비해두었다 9월에 물건을 내보내면 되고, 설은 아예 겨울방학 중이니 시간상 구애받을 일이 전혀 없다. 그렇다면…… 명절상품과 강사생활은 시간의 조합이 제대로 들어맞았다. 그러자 깜깜한 터널 속으로 한줄기 서광이 비쳐드는 듯했다.

나라는 사람은 양손에 떡을 들고도 불안한 성격인데다 워낙 강사료가 알량하다보니, 거기에 기대 사는 삶이 빗물로 식수를 해결하는 일만큼이나 막막하고 한심하던 차였다. 그러다 강사생활과 명절선물 간의 절묘한 타이밍을 확인하자 어떤 의욕 같은 것이 꿈틀거렸다. 아직 희망이라는 말은 조심스러우나 그래도 작은 불씨나마 살리려는 노력은 해야 할 것 같았다.

그렇다면 나도 이 기회에 음식공부를 해보나? 한다면 어느 분야가 좋을까. 역시 한과가 제일 나았다. 당장 궁중음식 연구원에 문의하니 4월부터 〈떡한과 반〉이 신설된다는 답이 돌아왔다. 새로 생기는 떡한과 반이라니, 그것도 꿰다 맞춘 듯 시기가 맞아떨어졌다.

4월이 되면서 궁중음식원에 다니기 시작했다. 〈떡한과 반〉에서는 이름 그대로 우리의 전통 떡과 한과를 수업했다. 나는 애초 이 강좌를 찾은 목적이 뚜렷했기에 다른 수강자들과는 수업에 임하는 자세부터 달랐을 것이다. 강의가 시작되면 내 머리는 저절로 그 음식이 선물용 상품으로 적합한지 아닌지, 아니라면 응용이 가능한지 어떤지로 움직여졌다. 래시피 암기는 중요하지 않았다. 그건 프린트해서 나눠주니까. 그보다는 한과의 상품화라는 관점에서, 지금 실습하는 한과가 그대로 상품이 될 수 있는지, 현 상태가 만족스럽지 않다면 개선의 여지는 있는지, 있다면 방법은 무엇인지, 그런 쪽으로 관심이 갔다.

그러다보니 조별 실습시간에도 한과의 경우는 소매를 걷어붙이고 앞장서지만, 떡을 실습하는 타임에는 뒷설거지나 하면서 한발 물러나 있었다. 그때까지 떡은 내 머리에 들어와 있지 않았다.

학교 강의 나가고 떡한과 반에 다니는 동안 동생도 바빴다. 수서의 새

아파트에서 압구정동의 해묵은 아파트로 이사한 것이다. 집들이 겸 동생 집을 찾았다. 설 지나고 두어 달이 지난 때였다. 동생은 나를 보자 황급히 베란다 쪽으로 끌었다. "언니, 이것 좀 봐, 육포가 이렇게 됐다."

세상에, 동생이 내미는 채반에는 육포마다 개미가 새까맣게 붙어 꼬물대고 있었다. 게다가 바닥에는 꼬리에 꼬리를 문 개미떼가 육포라는 거대한 대륙을 점령하기 위해 무리지어 돌진해오고 있었다. 아예 개미 군단이었다. 태어나서 그렇게 많은 개미를 한꺼번에 보기는 처음이었다. 내가 아주 싫어하는 것이 바퀴벌레인데, 그것들은 사람 기척이 나면 도망이라도 가지, 개미들은 눈도 귀도 없나보다. 오로지 후각뿐인 것 같았다. 사람이 멀쩡히 두 눈 뜨고 보는 앞에서 태연히 행군하고, 육포에 기어오르고, 육포를 갉아먹고…… 고물거리며 제 할 짓들을 다 했다. 개미가 그렇게 징그럽고 무서울 수 있다는 걸 그제야 알았다.

"이제 좀 짬이 나서 식구들 육포 좀 해먹이려다가 이 꼴이 됐다."

"개미가 이렇게 많은 줄 몰랐어?"

"가끔 한두 마리씩 보이더라고. 그래서 오래된 아파트라 그런가보다 했지."

"무슨 방법이 없는 거야?" 나는 그때 개미에 대해 너무 순진했다.

그 후 동생은 수차례 개미구멍을 찾아 메우고 약도 무지하게 살포했다. 다 소용 없었다. 육포를 만드는 한은 개미를 이길 수 없음을 확인했을 뿐이다.

어느새 5월도 중순을 넘어섰다. 줄장미 넝쿨에선 새빨간 봉오리들이 앞 다투어 터지고 있었다. 어, 하는 사이에 석 달이 흘러버린 것이다. 슬슬 추석을 생각하지 않을 수 없었다. 동생네서는 더 이상 육포를 할 수 없게 됐으니 이제 어찌하나. 고심 끝에 우리는 작업실을 얻기로 했다. 정보지를 뒤적이며 쓸 만한 장소를 물색했다. 육포를 말릴 장소가 우선이지만, 비용과 집과의 거리도 고려해야 했다.

우리 조건에 비슷하게 맞는 장소를 발견했다. 강남의 어느 상가건물 2층이었다. 그 건물 블록의 서쪽에는 선릉이, 동쪽으로는 한 블록 건너 봉은사가 위치해있었다. 작업실을 열면서 사업자등록증을 내기로 했다. 사업자등록에는 상호가 필요하다 해서 동생과 내 성씨를 따서 상호도 지었다. 다음은 누구 이름으로 하느냐의 문제. 동생은, 자기네는 이미 사업자번호가 있으니 내 이름으로 내는 게 어떻겠냐고 했다. 그런 일에는 맹탕인 나는 동생이 하라는 대로 내 앞으로 사업자등록증을 냈다.

작업실이 정해지자 나도 이사를 했다. 선릉 뒷담과 골목길 하나를 사이에 둔 주택가였다. 거기서 아들과 강아지와 나, 세 식구의 새로운 삶이 시작되었다. 이제는 최소한 돌아갈 집이 생긴 것이다. 비록 남의 건물에 세 들어 사는 형편이지만 우리만의 평화가 허락된 공간이었다. 그것만으로도 숨쉬기가 나아진 듯했다. 그럼에도 나는 그곳을 안락한 보금자리로 여기려하지 않았다. 그저 베이스캠프 정도로 생각해두었다. 내가 머무는 곳은 다른 곳이어야 했다. 그 다른 곳이 어딘지는 구체적으로 떠오르지 않았으나 적어도 지금의 이곳이 아니라는 것만은 분명했다.

'새로운 고지를 향해 쉬지 않고 기어오르리라, 그곳이 어딘지 아직은 잘 모르지만.' 그런 생각이 내 속에 불을 지폈다.

7.
양갱이
과편을
만나다

사업자로서 첫 단추를 꿰기 위한 안팎으로의 작업이 어느 정도 마무리되었다. 이제는 실무다. 다가오는 추석에는 어떤 상품을 내놓을 것인가 하는 핵심적 과제에 부딪쳤다. 6월도 중순을 넘어 기온은 차근차근 수은주를 끌어올리고 있었다. 설에는 추석이 까마득하다고 생각했는데, 달력은 어느새 추석까지 석 장도 남지 않았다. 나날이 습기를 더해가는 날씨는 마음을 바쁘게 재촉했다. 우리는 다시 래시피를 펼쳐놓고 몇 가지 음식을 실습하며, 그때마다 필요한 도구와 설비를 갖춰갔다.

세 번째 품목이 정해졌다. 양갱이다. 양갱은 〈떡한과 반〉에서 다룬 품목이지만, 단맛이 강한데다 일본적이라는 느낌이 강해서 그 부분을 보완하기로 했다. 방법은, 양갱에 과편을 접목하는 것이다. 과편은 앵두 살구 오미자 같은 유기산이 많은 과실에 녹말 전분을 넣고 되직하게 끓여서 굳힌 우리의 전통음식이다. 과편을 양갱에 접목해보니 의외로 궁합이 잘 맞았다. 조금 밍밍한 맛의 과편이 양갱의 단맛을 잡아주고, 고명으로 들어가는 전통재료들은 일본적이라는 마이너스 이미지를 보완해주었다. 그렇게 해서 고명이나 맛, 색상도 다른 네 종류의 양갱을 완성했다. 추석상품이 정비되면서 도우미도 한 사람 들였다. 처음 온 사람은 40대 초반의 정아엄마였다.

7월도 중반을 넘어서자 장마가 걷히기 시작했다. 학교는 종강을 했고, 〈떡한과 반〉도 7월말로 끝이다. 이젠 오롯이 일에 매진할 수 있게 되었다. 우리는 추석물량 계획을 세웠다. 육포는 150상자를 예상했다. 첫 인연을 맺은 보험회사에 결제 받으러 갔을 때 홍보실 담당자가 그랬다. 우리 육포를 본 옆의 부서에서 자기네도 다음 명절엔 우리 물건을 써보겠노라 했다고. 이어 담당자는 의미심장한 미소와 함께 이런 말을 덧붙였다. "잘해 보세요. 영업부는 우리보다 훨씬 규모가 크니까요."

그런 중차대한 언질을 어찌 그냥 흘려들을 수 있겠나. 나는 파종기의 농부처럼 그 씨앗을 심중에 고이고이 간직해둔 터였다. 약과나 양갱은 임박해서 해야 하지만 육포는 그때부터 해도 이르다 할 수 없게 되었다. 아니 시기를 놓친 편이었다. 어느새 시간이 그렇게 흘러버린 것이다. 그런데 육포가 150상자면 고기는 얼마나 되나. 무려 450근이다.

지금 생각하면 그때는 몰라도 너무 몰랐다. 푹푹 찌는 삼복더위에 어찌 그 많은 고기를 말릴 생각을 했던 것인지. 무식하면 용감하다고, 틀린 말이 아니었다. 자고로 경험은 선생님인데, 우리에겐 그 선생님이 없었다. 대신 몸으로 구르며 생으로 겪어낸 일들은 뒷날 모두 내 경험의 선생님이 돼주었다.

본격적으로 육포에 돌입하면서 작업량은 하루 20근씩 하기로 했다. 일을 시작하자 거들어주는 사람들이 나타났다. 동생 친구들이 일손을 보태러 와주었고, 정아엄마도 출근 일수를 늘려 육포 다듬는 손은 그럭저럭 충당이 되었다. 문제는 널고 말리기. 다듬어서 냉장고에 넣어둔 고기는 다음날 일찍 양념해서 널면 하루로 1차 말리기가 끝난다. 그렇게 창가 앵글에서 말린 고기는 밤새 눌렀다가, 2차로 시렁 위에 올라가 남은 수분을 날린다. 이때는 에어컨 바람의 도움을 받는다. 대충 이런 그림을 예상했는데……. 세상일이 어디 내 맘처럼 굴러가주던가.

비라도 내리면 그날은 고기 말리기 틀린 날이고, 하늘이라도 꾸물대는 날에는 하루로 1차 말리기가 끝나지 않았다. 서너 대의 선풍기가 육포를 위해서만 돌아가도 말이다. 갈수록 일에 차질이 빚어졌다. 생각 끝에 양념한 고기 일부를 백여 미터 떨어진 우리 집에서 말리기로 했다. 서둘러 집의 베란다에 앵글을 설치하고 거기다 고기를 널었다. 그러니 나는 작업실에 나가서도 육포요 집에 돌아와서도 육포였다.

집에 와서 고기를 널고 나면, 전날 말린 고기가 눌려지길 기다리고 있다. 작업실에도 눌러야 할 고기가 쌓이고 있으니 집의 것은 집에서 해결해야 했다. 널따란 면보에 육포를 차곡차곡 앉히고 야무지게 싸맨 다음 무거운 책 같은 걸로 밤새 눌러둔다. 이때만큼 다듬잇돌이나 내다버린 백과사전이 아쉬운 적이 없었다. 매일 밤 육포보따리를 붙들고 쩔쩔매는 나를 보더니 어느 날 아들이 그랬다.

"그거, 자동차 바퀴 밑에 놓고 앞뒤로 몇 번 왔다 갔다 하면 간단할 텐데, 안될까?" 아들의 얼굴은 제법 진지했다. 그런 방법이 이론적으로는 가능할지 몰라도, 어찌 이 귀한 육포를 바퀴 밑에다 깔고 압사를 시키겠나. 그래도 아들의 꾀가 재밌어서 웃음이 나왔다.

그야말로 육포로 해가 뜨고 육포로 해가 지는 나날이었다. 하지만 일이 힘들다거나 지겹다는 생각은 한 순간도 들지 않았다. 손발이 바쁘니 내 시름을 떠올릴 틈이 없어 좋았고, 머리가 베개에만 닿으면 곧장 잠으로 곤두박질쳐 꿈조차 꾸지 않는 잠이 고맙기만 했다. 꿈을 꾸지 않는 잠이 얼마나 개운한 것인지 그때 처음 알았다. 또 그런 고된 시간이 언젠가는 희망을 만질 수 있는 곳으로 나를 데려다줄지 모른다는 기대감에 일이 많을수록 기운이 났다. 그러나 동생은 꼭 그렇지만도 않은 듯했다. 함께 고기를 다듬는 친구에게 이따금 넋두리 섞인 푸념을 늘어놓았다.

"이건 사람 사는 게 아니다. 허구 한 날 육포에 엎어져서", "다 먹고 살자고 하는 짓인데 식구들 끼니를 제대로 챙기길 하나, 씻고 살기를 하나, 치우고 살기를 하나", "남들은 휴가철이라고 산이다 바다다 하더라만, 나는 하늘 쳐다본 지가 언젠지 모르겠다." 실제로 울적해 보이는 날도 있었다. 때로는 남편이나 아이들이 내비치는 불만의 소리가 동생 입을 통해 흘러나오기도 했다. 그럴 때면 나는 슬그머니 자리를 피했다. 나와는 입장이 다르니 충분히 그럴 수 있다고 백번 이해했다.

만약 그때 내가 한술 더 떠서 '그래, 이게 어디 사람이 할 짓이니? 일하는 기계지. 우리도 참 불쌍하다, 그치?'라고 너스레를 떨었다면 동생의 마음에 위로가 되었을까? 나는 그러지 못했다. '여름휴가 대신 가을 단풍구경 가자, 폼 나게. 그게 더 멋지지 않니?' 이런 입에 발린 소리도 하지 못했다. 그만큼 내겐 주위를 돌아볼 여유가 없었고, 있다 해도 드러내 표현할 만한 비위나 넉살이 없었다. 그런 것들은 애초 내 유전자에서 통째로 빠져있었다. 그때는 나 자신을 꽤 어른이라 생각했는데, 지금

돌이켜보면 그 무렵 나는 한참 덜 성숙해 있었다. 세상 물정에 어두운데다 고지식해서 사람살이에 부족한 점이 너무 많았다.

8월이 다할 무렵 육포의 목표량이 얼추 채워졌다. 설에 들었던 대로 보험회사 영업팀에서 육포를 주문해왔다. 과연 수량도 홍보팀보다 월등 많아 130상자에 육박했다. 이번에도 전량이 회사로 들어가 우리는 그 육포가 어디로 어떻게 세상구경을 나갔는지 짐작도 못했다. 보험회사 건이 끝나자 다음은 개인 물량. 내 언니, 그리고 동생이나 나와 친분이 있는 쪽에서 들어온 주문이 순서를 기다리고 있었다. 약과 주문도 있었으나 거기까지는 여력이 안 돼, 설득해서 양갱으로 돌렸다.

그때부터는 모두 양갱에 매달렸다. 아침 댓바람부터 한말짜리 들통을 끼고 양갱을 졸여댔다. 말복도 지나 아침저녁으론 살만했으나 한낮의 맹위는 여전했다. 밖의 더위에다 들통에서 올라오는 열기가 더해져 실내 공기는 흠씬 달아올랐다. 게다가 고명에 따라 양갱 색깔을 달리해서 수십 판을 졸여대니 그 후덥지근함을 말해 무엇 하랴.

어찌어찌 추석의 끝이 보였다. 정산이고 뭐고 돌아볼 새도 없이 나는 학교로 달려갔다. 그 해는 추석이 9월 중순이어서 주문 물량이 끝나갈 무렵 가을학기가 시작되었다. 나는 씩씩하게 신학기의 문을 열었다. 여름내 일에 시달렸으니 지칠 법도 하련만 기분은 오히려 개운했다. 기분이 개운하니 몸도 힘든 줄 몰랐다. 생각하면 할수록 명절선물과 강사생활은 타이밍이 절묘하고, 금딱지 붙은 스위스시계 톱니만큼이나 정확히 맞물려 돌아가는 그 상황에 나는 얼마간 도취돼 있었다.

8.
벼랑
끝에
서다

　시즌 이후 동생과는 몇 차례 통화만 했을 뿐 한동안 만나지 못했다. 작업실에는 밀린 일들이 발길에 채였다. 강의가 없는 날은 팔소매를 걷어붙이고 작업실 뒷정리에 몸을 던졌다. 또 서점을 들락거리며 전통음식에 관한 책들을 사들였다. 강의가 있는 날에도 수업이 끝나면 곧장 작업실로 달려와 서류정리를 하거나 책이라도 몇 줄 읽었다.

　서류정리에는 추석 정산 건도 있어서 영수증을 챙겨가며 꼼꼼히 가계부를 기록했다. 밑천도 종자돈도 없이 얼결에 시작한 일이었으나 그런대로 수익이라는 게 발생했다. 작업실 얻을 때 빌린 돈을 갚고도 두 사람이 일이백 정도는 손에 쥘 수 있었다. 그동안 수고한 우리의 인건비를 생각하면 보잘 것 없는 금액이지만, 작업실의 보증금이나 시설물에 들어간 돈이 적지 않으니 그게 남는 거라면 남는 거였다. 이런 걸 투자라고 해야 하나? 나는 통 크게 그렇게 생각하기로 했다. 그런 투자가 내 주머니에서 나가지 않고 힘들게 우리 손으로 벌어 충당하게 됐으니 얼마나 다행인가. 그런 현실이 고맙기만 했다.

정산이 끝나자 동생에게 대강의 수치를 전화로 알려주고, 날 잡아 한 번 만나기로 했다. 약속한 날 동생이 왔다. 추석 후 두어 주가 지나서였다. 창가에는 가을 들녘을 지나온 잠자리 날개 같은 산들바람이 한가로이 너울대고 있었다. 작업실로 들어선 동생은 실내를 둘러보며 한마디 했다. "다 정리됐네."

꼭 남 말하는 어투였다. 그러고 보니 거동도 어딘가 이상했다. 들어왔으면 앉을 일이지, 남의 집에 온 손님처럼 엉거주춤 서있을 뿐이다. 동생의 전 같지 않은 태도에 내 기분도 찜찜해지려 해서 얼른 가계부를 내보이며 전화로 알려준 내용을 다시 한 번 읊었다. 동생은 가계부에는 흘깃 눈길만 주더니 "다 맞겠지, 뭐" 하곤 그만이었다. 대체 왜 이러나?

"왜, 무슨 일 있니?"

동생은 망설이듯 한동안 뜸을 들이더니, 불쑥 입을 열었다.

"언니, 나 이제 이 일 못 할 것 같아. 그만 둘래."

이 무슨 마른하늘에 날벼락 치는 소린가. 나하고 한마디 상의도 없이.

"왜? 뭣 때문에?"

동생은 아들 이름을 대며, "개도 이제 고 이잖아. 내년이면 입시 준비에 대학도 가야 하는데……." 그러는 얼굴이 자못 심란해 보였다. 아들 문제로 남편하고 무슨 언쟁이라도 있었나? 그럴 수도 있겠다 싶었다.

"솔직히 음식 일은 하고 싶지만 취미삼아 하는 정도지, 살림살이 다 팽개치고 한꺼번에 난리를 치는 이런 일은 아닌 것 같아. 체력도 감당이 안 되고. 난 자신 없어." 그러더니 몇 마디 더 보탰다.

"이왕 그만둘 거면 하루라도 빨리 말하는 게 좋을 거 같아서. 수입도 둘로 나누는 것보다 언니 혼자 하면 더 많이 가져갈 수 있고…….”

이건 또 무슨 소린가. 내가 언제, 단 한번이라도 '돈' 소리를 입에 올린 적이 있었던가?

“니가 그만 두면 이걸 나 혼자 하라는 거야? 나 혼자 어떻게 해. 넌 내가 혼자서 할 수 있을 거라고 생각하니?”

“언니는 할 수 있을 거야. 인맥도 좋고.”

“여기서 인맥 얘기가 왜 나와. 우리가 언제 인맥 바라고 이 일을 시작한 거니?” 말도 안 되는 핑계 앞에서 내 목소리가 차갑게 굳어졌다.

동생은 내 말을 귓전으로 흘리며 무언가 골똘히 생각하는 눈치였다.

“언니가 나하고 하려면…… 그럼, 보험회사는 하지 마. 보험회사는 그만두자. 거길 그만두면…….” 그러면 같이 하겠다는 말이다.

지금 동생은 무슨 소리를 하는 건가. 보험회사가 어쨌길래…… 왜 거기를 그만둬야 하는데? 동생이 무슨 말을 하려는 건지 이해가 되지 않았다. 아들 이야기를 할 때는 수긍이 갔다. 충분히 그럴 수 있다고 생각했다. 체력에도 한계가 올 수 있다. 가정도 그렇게 장시간 내팽개쳐선 안 된다. 다 알겠다, 이해한다. 하지만 보험회사 건만은 납득이 가지 않았다. 왜 이 마당에 그 회사가 문제시 된단 말인가. 동생은 그때까지 내가 알던 동생이 아니었다. 내가 무슨 말을 해도 이른바 씨알도 먹히지 않는 상태였다. 무엇이 동생 마음을 그처럼 돌변하게 했을까. 내가 무슨 잘못이라도 한 걸까? 무슨 말 실수라도? 대체 어디서부터 잘못된 것일까? 아무리 생각해도 이유를 알 수 없었다. 더욱이 보험회사를 걸고넘어지는 데야 이해고 뭐고 절벽을 대하는 느낌이었다.

왜 동생은 우리의 이십 년 우정을 시험하면서까지 보험회사에 신경을 쓰는 걸까. 문득 독일에 있는 친구 얼굴이 떠올랐다. 우리가 이런 식으로 파투나버린 걸 알면 그 친구는 얼마나 상심이 클까. 나는 친구 생각을 해서라도 이렇게 끝내선 안 된다는 강한 압박감을 느꼈다. 어떻게든 난관을 돌파할 슬기로운 생각을 해내려고 머리를 쥐어짰지만, 머릿속은 온통 바닥을 휘저은 어항처럼 뿌옇기만 할뿐 신통한 묘수라곤 떠오르지 않았다. 그냥 동생이 돌아올 때까지 작업실을 지키고 있어야 한다는 눈 먼 마음뿐이었다. 둘이 갈라서는 건 내 사전에 없었다.

더 이야기해도 소용이 없을 것 같아 일단 시간을 벌어보기로 했다.

"무슨 이유인지는 모르겠다만, 그래, 넌 아들 대학 갈 때까지 잠시 쉬는 걸로 해. 대신 입시 끝나면 다시 돌아오는 거다. 그때까지라면 혼자 어떻게 버텨볼게."

나는 벼랑 끝에 선 심정이었지만, 또 내가 혼자 할 수 있다는 엄두도 용기도 나지 않았지만 그리 말할 수밖에 없었다. 앞날이 까마득한 중에도 보험회사 포기라는 백기를 들어 보일 수 없다는 생각만은 분명했다. 내 말에 동생은 가타부타 대꾸가 없었다. 그 완강한 얼굴이 외진 길에서 느닷없이 마주친 장승보다 낯설었다. 우리는 벌레 씹은 얼굴이 되어 정산을 마무리 지었다. 작업실 보증금도 일단은 동생 몫인 절반을 내주기로 합의했다. 이로써 동생은 작업실에서 발을 뺀 모양새가 되었다. 마지막으로 나는 기다리마고 했고, 동생은 아무런 대답도 없이 일어섰다.

그리고 우리는 헤어졌다.

9.
그래도
해는 또다시
- 개성약과

얼마 만에 보는 광경인가. 하늘 높이 잠자리가 날고, 파란 하늘을 화폭 삼아 희디 흰 새털구름이 한껏 자유로운 몸짓으로 붓질을 하고 있다. 나무들은 파편처럼 부서지는 가을빛 속에서 노랗고 빨갛게 불타오르고, 이름 모를 새들의 분주한 날갯짓과 재잘거림이 이따금 파란 화폭을 가볍게 흔들었다. 바야흐로 가을인가. 이사 온 지가 언젠데, 문만 나서면 저절로 눈에 들어오는 녹색지대건만 이런 숲이 있다는 사실조차 잊은 채 몇 달을 살았다. 그런데 나는 왜 여기 이러고 있나? 널따란 무덤을 덮은 잔디도 서서히 제 빛을 잃어가는 이곳에. 어느 날 작업실로 향하던 발걸음이 무심히 이곳, 선릉으로 나를 이끌었다.

동생과 마지막으로 얼굴을 마주한 후 나는 혹독하게 가슴을 앓았다. 도대체 왜, 무엇 때문에? 풀리지 않는 의문은 시도 때도 없이 나를 찾아와 있는 대로 속을 휘저어놓았다. 몇 날 밤을 뒤척이며 생각해봐도 끝내 이유를 알 수 없었다. 풀리지 않는 의문은 잘못 삼킨 알약처럼, 그러나 목이 아닌 가슴에 콕 박혔다. 그건 뭐랄까, 슬픔인 것 같기도 아닌 것 같기도 한 종잡을 수 없는 감정으로 나를 거세게 흔들었다.

그렇다고 언제까지 답도 없는 생각에 끌려 다닐 것인가. 이제까지 살아오면서 머리에 쥐가 나도록 골치 아프던 문제도 세월이 흐르는 사이 제풀에 답이 나오거나, 답이 필요 없을 정도로 의미 자체가 퇴색해버린 경우가 얼마나 많았던가. 그렇게 모든 건 시간과 함께 흘러가는 법. 그래, 흐르는 세월에 맡기자. 그 정도쯤은 알 나이가 되지 않았나.

벤치를 털고 일어나 작업실로 향했다. 상가 건물에 다다라서는 이층의 노인대학이라는 간판이 붙은 방의 문을 열었다. 사실 그사이 작업실이 이사를 한 것이다.

동생과 헤어지고 가슴앓이를 하던 때였다. 어느 날 건물주의 아들이라는 관리인이 찾아왔다. 우리가 세든 건물 2층 맨 구석엔 노인대학이 있었는데, 우리 작업실을 거기로 옮기면 어떻겠냐고 했다. 노인대학은 주에 이틀만 강의가 있고, 여름과 겨울 방학기간에는 수업이 전혀 없단다. 그런데도 꼬박꼬박 월세가 나간다는 것이다. 요컨대 우리가 내는 월세로 노인대학이라는 한 공간을 두 업체가 사용하라는 말이었다. 봄가을엔 일주일에 두 번, 그것도 낮 시간만 잠깐 일을 쉬어주고, 나머지 날은 전부 우리가 사용해도 된단다. 물론 노인대학의 방학기간에는 전체를 맘대로 쓸 수 있었다. 그 또한 우리와 시간 조건이 딱 맞았다.

가서 보니 노인대학은 사십 여평의 널찍한 공간이었다. 교실이라는 데는 삼사십 명이 앉을 만한 기다란 책상과 의자가 놓여있었다. 무엇보다 그곳은 남서 면이 온통 유리창으로 돼있어서 육포 말리기에 더할 수 없는 조건이었다. 또, 교실 남쪽으로는 여남은 평 크기의 교무실이 있었는데, 작업실 전용으로 써도 좋다고 했다.

작업실을 이사했다. 교무실 쪽은 사방 벽을 새로 도배한 뒤 한쪽은 싱크대와 가스를, 다른 한쪽엔 책상과 소파를 들여놓았다. 시렁도 넉넉히 매달았다. 바닥에는 리노륨을 깔아 신발을 벗고 들어가도록 했다. 그것만으로도 우중충하던 교무실이 사무실 겸 위생적인 작업공간으로 탈바꿈했다. 그 모든 걸 혼자서 진행하고 이삿짐도 날랐다. 새 공간으로 옮기니 기분이 한결 나아지는 듯했으나 그 느낌을 음미할 새도 없었다. 추석에 약과를 주문했는데 일정상 응하지 못한 고객한테서 다시 연락이 온 것이다. 이번엔 외국 나가는 데 필요하니 꼭 해줘야 한단다.

이사한 다음날 약과 만들기에 들어갔다. 오전에 반죽을 해서 일단 크기대로 잘라두었다. 점심을 간단히 먹고, 약과를 튀길 준비를 했다.

개성약과를 튀길 때는 기름 냄비가 두 개 필요하다. 1차는 냄비의 기름온도가 8, 90도일 때 약과를 넣는다. 약과를 넣으면 처음엔 가라앉는다. 가라앉았던 약과는 기름온도가 올라감에 따라 투명한 흰색으로 부풀면서 차례차례 위로 떠오른다. 부풀어서 떠오른 약과를 뒤집어가며 골고루 익히다 겉면이 단단해지기 시작하면 재빨리 건져, 160도의 2차 기름 냄비로 옮긴다. 약한 온도에서 끓던 약과가 갑자기 높은 온도로 들어가면 품고 있던 기름을 쫘 내뿜는다. 기름을 내뿜고 가벼워진 약과는 투명한 흰색에서 노르스름한 빛깔로 차츰 색이 짙어진다. 이때부터는 손놀림을 빨리해서 뒤집어가며 튀기다 원하는 색이 나오면 얼른 건져낸다. 이렇게 하면 옅은 갈색의, 겉은 바삭바삭하면서 속은 부드러운 개성약과 튀기기 끝.

이날도 1차 기름에 약과를 집어넣고, 잠시 후 2차 기름 냄비에 불을 붙였다. 1차 기름에서 약과가 부풀며 떠오르는 동안 2차 기름의 온도가 서서히 올라갈 것이다. 나는 이사 끝의 피로가 몰려와 다리도 쉴 겸 의자를 끌어다 앉은 채 약과가 떠오르길 기다렸다. 그런 순간이었다.

갑자기 눈앞에 거대한 불기둥이 나타났다. 이게 뭐지? 꿈인가? 아니, 생시였다. 깜빡 졸다 눈을 뜬 것이다. 번개같이 가스를 잠금과 동시에 의자를 박차고 일어났다. 가스를 껐는데도 2차 기름에선 여전히 시뻘건 불길이 혓바닥을 날름거리며 치솟고 있었다. 곧 천장까지 닿을 기세다. 큰일 났다. 순간 산소, 공기, 차단이란 단어가 동시에 떠올랐다. 주위를 둘러보다 들통 뚜껑이 포착되는 순간 냉큼 집어다 기름 냄비에 덮었다. 뚜껑을 덮자 불길은 거짓말처럼 사그라들었다. 다리에 힘이 쭉 빠지며 의자에 털썩 주저앉았다. 심장이 걷잡을 수 없이 두방망이질 쳤다.

그런데 어떻게 그 위기의 순간에 산소, 공기, 차단이란 단어가 동시에 떠오른 거지? 문득 고등학교 때 화학시간이 떠올랐다. 그 수업은 5교시에 있었다. 나른한 봄날, 점심시간 다음의 화학이라면 시간표만 봐도 하품이 나온다. 그날도 예외가 아니었다.

후리후리한 키에 30대 노총각인 화학선생은 감색 양복에 흰 와이셔츠를 단정히 입고 늘 그렇듯 넥타이핀도 빠지지 않았다. 그 정도 외형이라면, 갈 곳 잃은 연정을 주체 못하는 소녀들의 집중포화를 받기 마련이건만 이 선생은 그렇지 못했다. 여러 이유가 있겠지만, 무엇보다 그 목소리 때문이 아니었나싶다. 가늘고 나직한데다 느릿느릿 이어지는 음성, 거기엔 황해도 언저리의 이북사투리까지 살짝 섞여있었다. 그래서

인지 수업이 나른하기 짝이 없었다.

그날 수업은 산소에 관한 것이었다. 칠판에는 H_2O니 O_2니 하는 기호들이 적혀있었다. 어김없이 그날도 수업 초반부터 수마가 촉수를 뻗어오는 불길한 기운이 느껴졌다. 나는 수마에 사로잡히지 않으려고 눈을 부릅뜬 채 넥타이핀에 시선을 고정시켰다. 나 같은 아이가 한 둘이 아니었는지 선생님의 목소리는 한껏 데시빌을 높이고 있었다. 그래봤자 보통 사람이 평상시 말하는 정도였지만. 공기 중에는 산소가 있지요, 산소에는 어떤 성질이 있나요? 그렇지요, 잘 타지요, 산소에는 타는 성질이 있어요. 나는 수마에 저항하며 뚫어져라 넥타이핀을 노려보는데, 어느 순간 넥타이핀에서 화르르 불꽃이 피어올랐다. 선생님은 자기 가슴에 불이 붙은 줄도 모르고 열심히 '산소는 타지요'를 외치고 있었다. 나는 너무도 놀라 벌떡 일어서려는 순간 아차, 정신이 돌아왔다. 잠이 달아난 귀로 선생님 음성이 계속 흘러들어왔다. 그러니까 불이 나면 어떻게 한다고요? 공기를 차단해야겠지요, 산소를 끊어야겠지요.

그날의 화학 수업은 오늘의 나를 위한 계시 같았다. 간신히 놀란 가슴을 진정시키자 눈앞에 거뭇거뭇한 것들이 날아다녔다. 놀란 나머지 헛것이 보이나? 그 검은 것의 정체가 수상했다. 손으로 만져보니 미끄덩거리는 게 느낌이 영 좋지 않았다. 그제야 이것이 불길에서 나온 그을음이라는 데 생각이 미쳤다. 그 불연소탄소라는 그을음이 기름에서 생긴 것이니 당연히 기름기가 있을 수밖에. 큰일났다싶어 주위를 살펴보니 까만 입자들이 내려앉지 않은 곳이 없었다. 그 잠깐 사이에 어쩜 이리도 구석구석 퍼질 수 있단 말인가. 그냥 그을음이라도 문제인데 기름 그을음이라니 이 노릇을 어쩐다? 그날은 내가 움직이는 공간만 치웠다. 기름 냄비는 엄두가 안 나 신문지를 잔뜩 구겨서 넣어두었다.

이튿날은 아침부터 교실로 나와 약과를 반죽했다. 곧 정아엄마가 왔다. 이사하고는 처음이라 정아엄마는 들어서면서부터 목소리를 높였다.

"널따란 게 아주 좋으네요. 어머, 해도 저렇게 잘 들구. 육포 말리기에 딱이네요." 이어 사무실 쪽을 들여다보더니 목소리가 더욱 명랑해졌다.

"어머, 여기도 일하는 작업장이에요? 너무 깨끗하구 좋다. 선생님 이제 주문 많이 받으셔도 되겠어요. 작업장이 이렇게 넓고 좋으니."

언제는 작업실이 좁아서 주문을 못 받나. 그래도 정아엄마가 그리 말해주니 나도 덩달아 기분이 좋았다.

"근데, 약과 하시나 봐요?"

"응, 약과를 하긴 하는데, 저길 좀 봐." 신문지를 구겨 넣은 냄비를 가리켰다. "어머, 이게 뭐래요? 웬 기름이래요?"

그래서 전날 졸다가 불을 낼 뻔한 사건의 전말을 소상히 들려주었다. 황소 같은 눈을 굴리며 '어머나, 어머나'를 연발하던 정아엄마는 내 말이 끝나자마자, "근데, 이사한 집에 불이 나면 부자 된대요" 하더니 입이 찢어지게 웃으며 한마디 더 보탰다.

"이제 선생님 부자 되실 거예요."

누가 그런 근거 없는 말을 믿으랴 하면서도 부자가 된다는 소리는 듣기 싫지 않았다. 그날 나는 약과를 튀겨서 집청하고, 정아엄마는 불연소 탄성물질의 흔적을 지우느라 하루해를 다 보냈다.

10.
맛있고
작고
고급스럽게

문화센터 강의를 마치고 작업실로 향했다. 빛이 들어오지 않는 어두운 복도를 지나 이사한 작업실의 문을 열자 햇살이 환하게 반겨준다. 서쪽 창으로 스며드는 가을볕이 다사롭기 그지없다. 이제부터 할 일은 다가올 설 명절에 대비한 제품을 찾는 일이다. 궁중음식원에서 〈떡한과반〉을 수료한 일은 소중한 자산이 되었다. 거기다 그 무렵에 산 책 한 권이 아주 마음에 들었다. 강인희 선생님의 〈한국의 맛〉이라는 책이었다.

궁중음식원 책과 〈한국의 맛〉을 앞에 두고 설 제품구성에 들어갔다. 막상 '제품구성'을 하려니 그에 앞서 제품에 대한 콘셉트가 먼저라는 생각이 들었다. 새삼 이 일을 시작할 때 전제한 사항들을 떠올려보았다. '흔히 보던 거면 안 된다, 부피가 크면 안 된다, 냄새가 나거나 국물이 있으면 안 된다, 달짝지근하면 안 된다, 하루 이틀 묵혔다고 변질되어서도 안 된다.'

복습을 하다 보니 회사시절 익히 들었던 말들이 고구마 줄기처럼 제 풀에 엮여 나왔다. 경량화, 다품종 소량화, 고급화, 차별화……. 이들 단어는 산업화 시절의 대량생산, 대규모, 집단화에 이어 기업들이 차세대를 위해 내놓은 기업이념이었다. 80년대 후반, 새로운 이념이 키워드로 부상하자 선진기업들은 작고, 가벼우며, 친환경적인 제품개발에 너도나도 뛰어들었다. 향후엔 소량 다품종의 기술사회가 도래하리라는 전망이었던 것이다. 사보에는 이런 내용이 강조된 회장님의 신년사를 필두로, 기술 집약산업의 국내외 사례를 소개하는 지면이 빠지지 않았다. 그럴 때면 으레 희소가치, 틈새시장 같은 단어들이 양념처럼 따라다녔다.

복습하는 동안 가장 끌린 단어는 '차별화'였다. 그런데 전통음식은 수백 년 누대에 걸쳐 이 땅에 뿌리내린 음식문화를 지켜가는 분야다. 그런 만큼 래시피를 취향대로 개발할 수가 없어 차별화를 시도하는 일이 간단치 않았다. 그럼에도 무슨 수가 없을까, 궁리를 거듭했다.

과정이 쉽진 않았으나 비슷하게 답이 나왔다. 전통음식 가운데 아직 상품화되지 않았거나, 상품화되었더라도 맛에서나 눈에서 시대에 뒤떨어져 보인다면 보다 현대적 감각으로 개발하는 것, 그것이 아닐까싶었다. 요컨대 전통의 의미를 새롭게 보완하는 일이다. 또 선물용 상품이라면 고급화도 함께 지향해야 할 터였다. 그런 생각으로 '맛있고, 작고, 고급스럽고, 가능한 한 이제까지 다뤄지지 않은 음식'이라는 개념에 차별화의 초점을 맞췄다. 다시 책을 들여다보았다. 아닌 게 아니라 콘셉트를 정하자 어떤 품목을 선택해서 어떻게 만들어야 할지가 보다 잘 파악되었다. 그렇게 해서 몇 가지를 찾아냈다.

우선 육포 종류. 육포의 응용 제품인 육포쌈과 칠보편포를 처음 본 건 강인희 선생님 책에서였다. 육포를 다루는 끝에 '남은 자투리 고기로 가운데 잣을 넣어 육포쌈을 만들기도 한다'라는 간단한 설명과 함께, 반달 모양의 육포쌈 사진이 한 장 실려 있었다. 순간 심장에 찌르르 신호가 왔다. 육포만 해도 어딘데 거기에 잣이라니. 그 제품은 단박에 나를 사로잡았다. 그걸 보기 좋게 만든다면 틀림없이 괜찮은 상품이 될 듯싶었다. 그런가 하면 칠보편포는 양념한 소고기를 곱게 다져, 둥글게 빚은 다음 일곱 개의 잣을 박아서 말리는 것인데 이 또한 이채로워 보였다.

다만 아쉽게도 책에서 본 육포쌈과 칠보편포는 혹 하게 눈길을 끌만한 모양새가 아니었다. 그냥 이런 제품도 있다는 걸 샘플로 예시하는 정도였다. 학습교재용으로는 어떨지 몰라도 상품으로 쓰려면 보다 정교한 솜씨가 필요해 보였다.

육포류 다음은 한과. 한과 가운데 가장 눈길을 끈 것은 '숙실과 트리오'라 불리는 율란·강란·조란의 삼색란이었다. 보통 '한과' 하면 강정이나 다식, 약과 등을 떠올리지만 옛날 궁중이나 대갓집에서는 명절이면 이 숙실과를 즐겨 상에 올렸다고 한다. 나도 〈떡한과 반〉에서 이 음식들을 만들어보았다. 만들면서 상당히 고상한 음식이라는 인상을 받았다. 그래서 과감히 결정했다. 육포 응용제품과 숙실과를 겨울 상품에 시도해 보기로. 내가 아는 한, 두 종류 다 상품으로 유통된 적이 없으니 차별화라는 콘셉트와도 잘 맞아보였다. 또 이때부터 개성약과는 사각 모양에서 손가락 한마디 크기의 꽃약과로 형태를 바꾸었다.

시간표를 짰다. 샘플 완성은 11월 말, 겨우 한 달 남짓 남은 시간이었다. 그안에 제품 실습을 끝내야 한다.

11.
교감을 나누며
가까워지는
음식들

품목이 정해지자 설 준비에 시동을 걸었다. 도우미를 한 사람 더 불러 정아엄마와 함께 육포를 전담하게 했다. 주에 세 번 나와 하루 고기 20근씩을 다듬고, 다듬은 고기를 망에 밭쳐 냉장고에 넣어두는 것까지가 그네들 일이었다. 이때부터 육포에도 변화가 생겼다. 손질한 고기를 흐르는 물에 씻기 시작한 것이다. 다듬는 동안 묻은 체액이나 기름 찌꺼기를 말끔히 제거하기 위해서다. 이와 함께 누르는 방법도 과감히 바꿨다. 얼추 마른 육포를 책으로 누르는 게 아니라 발로 밟는 것이다. 이 방법을 실행하기까지는 마음의 저항이 적지 않았다.

외할머니는 1920년대 일본으로 건너갔다. 외할아버지의 잘못된 빚보증으로 하루아침에 가세가 기운 탓이다. 그때 다섯 살이던 엄마도 따라갔다. 자연, 엄마가 보고 배운 건 외할머니의 사고방식과 생활습관이었다. 상황에 몰려 일본으로 갈 수밖에 없었지만, 외할머니는 부산 동래의 강직한 진주 강 씨 집안의 외며느리로 법도와 예절에 엄했다. 그 못잖게 생활력도 강했다(몇 년 후에는 터를 다지고 외할아버지를 비롯한 가족들을 모두 일본으로 불러들였다). 그런 외할머니 밑에서 자란데다 엄마는 자칭 불교신자였다. 그러니 우리는 자랄 때 사사건건 규제가 심했다. 해서는 안 되는 일이 왜 그리 많던지. 발에 관련된 것만 봐도 이불이나 방석을 발로 밟으면 큰일 나는 줄 알았고, 누워있는 사람을 발로 타넘거나 하는 일은 상상도 할 수 없었다. 잠잘 때는 양말이나 아랫도리옷을 머리맡에 두어선 안 되고, 한 이불을 덮고 자는 자매간에도 발로 툭툭 치거나 건드리는 행동은 한 번도 해보지 못했다. 그런 교육을 받고 자란 내가 입으로 들어가는 음식을 발로 밟다니. 하지만 나는 나대로 이유가 있었다.

이사 오고 어느 날, 육포를 누르려니 책 꾸러미 같은 묵직한 게 얼른 눈에 띄지 않았다. 그때 문득 어려서 본 엄마의 빨래 밟던 모습이 떠올랐다. 엄마는 거의 모든 빨래를 한 차례 밟은 후에 다림질을 하거나 다듬이 방망이질을 했다. 나는 엄마가 시키는 일 중 하기 싫은 일 가운데 하나가 빨래밟기였다. 해가 좋은 날은, 아침 일찍 줄에 널린 빨래는 우리가 학교에서 돌아올 때쯤 고슬고슬 말라있다. 엄마는 저녁준비 전에 입으로 물을 뿜어 빨래를 녹녹하게 한 다음 다듬이돌 모양의 빨래방석으로 만들어 놓는다. 누구든 밟게 하는데 그 담당이 주로 나였다. 내가 학교에서 돌아오는 시간과 타이밍이 딱 맞았던 것이다.

학교에서 돌아와 겨우 옷만 갈아입은 내가 빨래를 밟고 있으면, 부엌에서 저녁준비에 한창인 엄마가 짬짬이 잔소리를 했다.

"꼭꼭 밟으래이, 구석구석 밟으래이."

그냥 체중을 실어 왔다 갔다 하면 됐지, 굳이 꼭꼭은 뭐람. 힘준다고 몸무게가 늘어나기라도 하나? 학교에서 돌아와 놀지도 못하고 빨래에 발목이 잡힌 나는 저물어가는 하늘을 보며 괜스레 심술이 났다.

나는 그때 생각을 하며 시험 삼아 육포를 밟아보기로 했다. 우선 녹녹하게 마른 육포를 넓은 비닐에 차곡차곡 앉혀서 야무지게 싸맸다. 그런 다음, 보자기로 다시 한 번 단단히 여며주고 그 위에 올라섰다.

발로 밟아보니 세상에, 발바닥에 그런 예민한 감각세포가 분포돼 있을 줄은 예전엔 미처 몰랐어요, 였다. 발바닥에 육포의 상태가 낱낱이 감지되며, 요기는 덜 말랐네, 요기는 가장자리라 딱딱하네, 요기는 육포가 겹쳤네…… 육포와 대화를 나누듯 저절로 교감이 이루어졌다.

'육포방석'을 앞뒤로 뒤집어가며 한참을 꼭꼭 밟아준 뒤 보자기를 펼쳤다. 어찌 이럴 수가, 이건 이제까지 봐오던 육포가 아니었다. 우선 때깔부터가 달랐다. 반들반들한 육포에선 윤기마저 자르르 흘렀다. 사람의 체온을 전달하며 밟는 것과 그냥 무거운 물체로 눌러두는 것의 차이가 한눈에 보였다. 무엇보다 보자기에 앞서 비닐로 싸준 것이 주효했다. 실제로 밟기의 효력을 눈으로 확인하고도 마음속 저항은 여전해서, 육포를 밟는다는 사실은 끝까지 작업실 내에서만의 기밀사항이었다.

육포를 진행하는 동안 설 제품도 대강의 그림이 잡혔다. 당시는 한과업계건 외식업계건 시장조사차 나가도 마땅히 둘러볼 데가 없었다. 별수 없이 책 몇 권을 놓고 내 나름대로 아이디어를 짜며 제품구상을 했다.

그렇게 해서 나온 것이 전통음식 가운데 술과 다과에 어울리는 품목만을 골라 구성한 구절판이었다. 남녀가 모인 자리에 그 구절판만 내놓으면 술이나 다과를 자유로이 즐길 수 있도록 한 것이다.

12.
음식의
시작
장보기

　제품 구성도 끝났으니 다음은 장보기. 음식은 재료 구입이 첫째다. 시장 답사 겸 장보기에 나섰다. 장보기는 제일 먼저 동대문 종합시장부터. 말 그대로 종합시장이니 특정 재료에 한하지 않고 두루두루 살펴보았다. 어떤 종류의 가게들이 어디쯤에 있는지만 눈여겨보면서. 이어 청계천 변에 면해 있는 보자기 가게에서 썩 마음에 들진 않지만 선물용 보자기를 종류별로 샀다. 보자기야말로 우리 상품의 겉옷이니 각별히 신경 써야 했다. 다음은 청계천을 건너 방산시장으로.

　제과 제빵 관련 식재료나 기구를 파는 상가들이 밀집해있는 방산시장은 지금처럼 대규모거나 체계적이지 않았다. 어디나 그랬다. 온 나라가 허리띠 졸라매고 '잘 살아보세'를 외치며 앞만 보고 달린 시절이 있었으니, 그 물살에 휩쓸려 다치고 피해본 사람도 적지 않았으리라. 하지만 그조차 돌아볼 겨를이 없었다. 그런 세월에서 한숨 돌린 지 얼마 되지 않았으니 어디를 둘러봐도 어설프긴 매한가지였다.

　우선 도구 파는 가게부터 들러 나무로 된 다식 찍는 틀, 약과에 쓸 꽃

모양과 잎사귀모양의 틀 같은 걸 몇 개 골랐다. 연이어 박스 가게를 돌아보며 한지로 된 구절판 상자를 찾았으나 헛수고였다. 한지상자가 몇 종류 되지도 않았거니와, 있다 해도 내가 원하는 것과는 형태나 크기에서 차이가 많이 났다. 결국 내 손으로 만들어 쓸 작정으로 두꺼운 판지와 한지를 종류별로 샀다. 그런데 아무리 종이라 해도 음식을 한지상자에 덜렁 담을 수는 없었다. 문득 어려서 본 미군부대에서 흘러나온 레이션박스 속 양과자가 유산지 같은 주름용기에 담겨있던 게 생각났다.

이번엔 주름컵을 찾으러 다녔다. 어쩌다 컵 모양의 주름용기가 있긴 했으나 구절판에 쓰기엔 크기가 맞지 않았다. 그렇다면 할 수 없지, 이 것도 직접 만들어 쓸 수밖에. 그러고는 주름 컵 원단을 구하러 지물포를 뒤지고 다녔다. 몇 군데 지물포를 헛걸음하고서야 겨우 찾아냈다. 형태는 골판지인데 유산지 느낌의 새하얀 종이로 된 '식품전용' 골판지였다. 주인은 자기네 가게밖에 없는 거라며 일반 골판지 값의 세 배를 불렀다. 그 마당에 돈이 문제겠는가, 파는 것만이 고마울 따름이다. 게다가 식품전용이라지 않나. 통 크게 열 장을 말아 쥐었다. 양손은 이미 포화상태였으나 심기일전해서 을지로 사차선을 건너 중부시장으로.

양손에 짐을 들고 남의 가게를 기웃거리기도 뭣하니 안면을 터둔 가게로 향했다. 가게로 들어서며 활기찬 목소리로 안녕하세요, 하고 인사를 건넸다. 그래야 짐도 들어주고 음료수도 빨리 나온다. 뜨악한 시선으로 물건을 흘깃거리면 주인도 손님 눈치 보느라 대응이 미적지근하다. 아니나 다를까 지리산 곰만큼이나 뚱해 보이는 중년 아저씨가 벌떡 일어나 짐을 받아든다. 그러더니 알아서 커피까지 대령한다.

의자에 앉아 커피 한 잔을 받아들고 그제야 물건에 눈길을 준다. 얼마 전 들렀을 때는 파란 햇대추가 새롭더니 그새 빨간 대추들이 멍석에 그득하다. 그 옆의 토실토실 살이 오른 씨알 굵은 밤에는 윤기가 반드르르하다. 밤이 참 실하기도 하지. 가을이 결실의 계절임을 새삼 말해 무엇하랴. 대지를 적시던 비와 뜨거운 햇살이 열매마다 달디 단 속살로 꽉 들어찼다. 맞은편 청과물 가게의 과일들도 반들반들 닦인 껍질 속에서 과육이 터질 듯하다. 앞으로 조란과 율란을 만들어야 하니 밤 대추 가격을 알아보고, 곶감말이에 쓸 호두랑 곶감 상황도 물어본다.

"햇곶감이 나올라면 십이월이나 가야지요." 아저씨 말투가 길게 늘어졌다.

"그렇죠. 찬바람이 불어야겠죠. 사장님 참, 짐 여기 놔두고 건어물 좀 보고 올게요. 그리고 밤 반말 하고, 대추 특초로 한 박스 준비해 주세요. 호두는 곶감 나오면 그때 함께 쓸게요."

"그럽시다. 댕겨오슈."

가방만 어깨에 메고 가뜬하게 장보기에 나섰다. 맨 먼저 챙긴 것은 두절새우. 4색 다식 가운데 분홍색은, 녹말가루를 오미자로 물들인 것이 아닌 새우로만 된 다식을 만들고 싶었다. 통통한 속살에 껍질이 발그레한 새우를 갈아 다식을 만들면 색다른 느낌이 날 것 같았다. 실습용으로 500g을 샀다. 마침 눈앞에 마른 문어가 낱개 포장되어 줄줄이 매달려있다. 가격을 물으니 예상을 크게 웃돌진 않았다. 그것도 몇 마리 샀다. 구절판에 육포 종류 세 가지는 별로 좋은 구성 같지 않아 육포를 대신할 만한 걸 찾던 중인데 문어라면 괜찮을 듯싶었다.

아버지는 제사나 명절 때면 담당하는 일이 있었다. 지방 쓰는 일과 향나무 깎는 일, 밤 치는 일, 그리고 문어 오리는 일, 이 네 가지는 아버지 몫이었다. 향나무를 깎아 향을 사르는 일은 선향線香이 보급되면서 그걸로 대체되었고, 문어는 웬일인지 시류가 변하면서 제사나 차례상에서 사라졌다. 아버지의 문어오림은 대단한 솜씨를 요하지는 않았다. 여덟 가닥의 다리를 적당한 크기로 잘라, 한쪽 면을 잘게 가위질한 뒤 부챗살 형태로 펴주는 것이다. 구절판에 넣는 것도 그 정도 모양새면 충분할 듯 싶었다. 밤도 아버지가 친 것은 입에 넣기 아까울 정도로 깔끔하고 가지런했다. 그나저나 아버지는 그 모든 걸 어디서 보고 익혔을까.

아버지는 초등학교를 졸업하자마자 홀로 일본에 건너가 가난한 유학생으로 대학까지 마쳤다. 말하자면 어린 소년시절부터 성인이 되도록 고학생이나 다름 없는 신분으로 전전한 삶이었던 셈이다. 그런 아버지였으니, 어디서 사람살이의 제대로 된 모습을 보고 배웠을 법하지 않은데, 어찌 그리 한결같이 반듯한 삶을 살 수 있었는지 궁금하다. 평소 잔소리라는 게 많지 않은 아버지였으나 밥상을 앞에 두고는 어쩌다 한 말씀했다. '하라 하치부'라고. 학은 위장의 80%밖에 채우지 않는단다, 그래서 무병하고 장수한다고. 평소 소식을 실천한 아버지는 일치감치 상에서 물러나 앉아, 수저를 놓지 못하는 우리를 바라보며 그런 말씀을 들려주었다. 그럴 때면 매번 밥의 양이 성에 차지 않았던 나는 빈 젓가락을 입에 물고 더 먹을지 말지를 고민했다.

아버지는 당신의 식사처럼 평생의 삶도 그렇게 욕심 없이 살았다. 주어진 직분에 충실하며 몸소 '하라 하치부'를 실천한 것이다.

장보기를 끝내고 돌아와서는 작업실 문을 단단히 걸어 잠갔다. 그날은 직원들이 출근하지 않는 날이어서 혼자 숨을 죽인 채 장봐온 물건들을 정리했다. 전날 내가 학교에 가고 없는 사이 웬 남자가 문을 두드리며 '여기가 육포 만드는 데냐'고 소란을 피웠다는 이야기를 들은 터였다. 직원들은 끝까지 사람이 없는 척 대응을 하지 않았단다.

"웬 남자였을까? 처음부터 문을 열어주지 그랬어."

"혹시 구청에서 나왔을까봐, 안에 사람이 없는 척했지요."

"구청에서 왜?"

"이런 음식 만드는 데는 구청에서 검사 나오고 그러잖아요."

식당 경험이 있는 일꾼들이라 어디서 주워들은 건 있는 모양이다. 그러고 보니 사업자 신고를 할 때, 구청 직원이 식품위생법 어쩌고 하던 생각이 났다. 그때까지 나는 그런 쪽으로는 눈을 돌리지 못해 구비된 서류가 하나도 없었다. 식품위생법을 어째야 하나 궁리하며 바삐 손을 놀리고 있는데 전화벨이 울렸다. 수화기를 들자 낯선 남자의 음성이 대뜸 용건부터 내질렀다. "거기 육포 하는 집이에요?"

나는 올 것이 왔구나싶어 목소리가 저절로 기어들어갔다.

"네, 그런데요……."

"어제 거기 갔더니 사람이 없더라고요."

"어제는 제가 사정이 있어서 자리를 비웠어요. 무슨 일로……?"

도둑이 제 발 저리다더니 가슴이 멋대로 쿵쿵거렸다.

"사장님이세요?"

"네……." 목소리는 점점 더 기어들어갔다.

"여기는 ○○건설인데요, 지난 추석에 사모님이 육포를 받으신 모양이에요. 마음에 드셨던지 거기가 어딘지 알아보라고 해서…… 백화점에 나가봐도 안 보이고, 할 수 없이 보험회사 쪽에 물어서 알아냈지요."

나는 그제야 본 목소리로 돌아왔다.

"어머, 그러세요? 죄송합니다, 헛걸음하시게 해서……."

동시에 숨죽이고 있던 뇌세포들이 일제히 깨어나 신속히 상황을 알려왔다. '지난번 홍보팀에서는 언론사 쪽으로 물건이 나갔다더니, 이번 영업팀에선 거래하는 회사 쪽으로 나간 모양이구나.'

남자는 아무개 과장이라고 자기소개를 하더니 다시 연락드리겠다 하고는 전화를 툭 끊었다. 소속부서도 대지 않은데다 그냥 사모님이라고만 하니 뭐가 뭔지 알 수가 없었다. 나중에 보니 과장이라는 사람은 회장 사모님 운전기사였다. 그런데 ○○건설이 어디더라, 많이 들어본 이름 같은데……? 그러다 한참 후에야 생각이 났다. 여의도에 있는 가장 높은 빌딩을 지은 회사라는 것이. 엘리베이터를 타고 귀가 먹먹하도록 올라가 전망 좋은 식당에서 몇 번 밥도 먹은 적이 있건만, 보통은 그 빌딩을 숫자로 부르기 때문에 건설사 이름까지는 알지 못했던 것이다.

13.
궁중한과의
트리오
삼색란 만들기

갈색의 플라타너스 잎들이 발길에 채이기 시작하자 마음이 조금씩 바빠졌다. 이제는 실습이다. 강의 이외의 시간은 작업실에 틀어박혀 실습에 열을 올렸다. 우선 육포쌈과 칠포편포. 몇날 며칠에 걸쳐 고기를 말려서 오리거나, 생고기를 갈거나 하며 실습을 거듭했다. 수차례의 시행착오 끝에 육포쌈과 칠보편포가 제법 모양을 갖춘 꼴로 완성되었다. 육포류가 일단락되자 다음은 한과. 그중에서도 삼색란이다. 여기서 '란'이란 '알'의 의미가 아닌, 익혀서 으깬 재료를 다시 원래의 형태(밤이나 대추, 생강)로 뭉쳤다는 뜻이다.

먼저 생강으로 만드는 강란. 깨끗이 손질한 생강에 물을 붓고 믹서에 곱게 간 다음, 베보자기를 걸쳐둔 양푼에 밭친다. 그러면 베보자기에는 건지가, 양푼에는 생강물이 고인다. 얼마 지나면 생강물이 고인 양푼에 녹말앙금이 하얗게 가라앉는다. 여기까지가 1차 작업. 다음은 바닥이 두툼한 냄비를 준비하고, 베보자기에 걸러진 생강 건지와 양푼의 녹말앙금, 여기에 분량의 설탕을 넣고 졸이기 시작한다. 마냥 졸이다 보면 수분이 날아가면서 되직한 반죽 형태가 된다. 이때 물엿을 넣고 조금 더 졸여 덩어리로 뭉쳐질 정도가 되면 강란 반죽 완성. 이 반죽을 조금씩 떼어 동그라미를 만든 다음 세뿔 모양으로 접어 잣가루를 입힌다.

실제 해보니 강란 만들기는 그리 어렵지 않았다. 과정이 복잡하고 시간이 한정 없이 걸리긴 해도. 그런데 완성된 강란을 잣가루에 굴려놓으니 얼마 지나지 않아 잣가루와 강란이 한 덩어리가 돼버렸다. 고물의 보스스한 느낌이 살지 않는 것이다. 그 점은 학원에서 실습할 때도 마찬가지였다. 고물 묻힌 음식이라면 소비자 손에 닿을 때까지 고물이 보슬보슬 살아있어야 한다는 게 내 상식이었다. 상식과 맞지 않으니 마음이 개운치 않았다. 고물의 느낌이 살지 않는 것도 문제지만, 대량생산 제품에 그 비싼 잣을 고물로 썼다가는 생강 값보다 잣 값이 더 들게 생겼다. 보다 효율적인 재료가 없을까 궁리하다 땅콩에 생각이 미쳤다. 그때까지 땅콩을 고물로 쓴 음식은 본 적이 없으나 그래도 한 번 해보기로 했다.

땅콩을 고물 느낌의 입자로 갈아, 강란을 굴려보았다. 의외였다. 강란에 연한 베이지색 땅콩가루가 보스스하게 덮인 것이 보기에 그럴싸했다. 또, 시간이 지나도 잣가루처럼 강란과 한 덩어리가 되지 않았다. 맛을 비교해 보았다. 잣가루에 굴린 강란은 씹으면서 잣 맛이 느껴지는데 비해, 땅콩가루에 굴린 강란은 입에 넣는 순간 고소한 내음이 입안으로 퍼졌다. 이어 쫀득하면서 알싸한 생강이 땅콩의 고소함과 어우러지는 맛이 일품이었다. 생강이 이렇게 맛있는 음식으로 변신할 줄이야. 결론은, 강란의 땅콩가루는 맛이나 모양에서 잣에 뒤지지 않는데다 효율성에서도 뛰어났다. 잣을 한지에 싸서 다지는 잣가루보다, 분쇄기에 갈아 만드는 땅콩가루 쪽이 가격이나 과정 면에서 월등 나았던 것이다.

다음은 율란. 깨끗이 씻은 밤을 푹 삶은 다음 속살만을 파내 중간체에서 내린다. 그러면 고슬고슬한 밤가루가 된다. 밤가루의 수분 상태를 봐가며 가볍게 볶아준 다음, 꿀과 계피가루를 섞어 율란 반죽을 만든다. 반죽이 촉촉하게 완성되면 밤톨만큼 떼어내 밤 모양으로 빚는다. 밤 모양의 율란 표면에는 계피가루를 살짝만 입히고, 바닥은 약간 진하게 묻힌다. 이 진한 바닥 부분을 통깨에 지그시 눌렀다 떼면 영락없는 밤 그대로의 율란이 된다.

완성된 율란을 먹어 보니 밤은 밤인데, 껍질 없는 부드러운 알밤이 통째로 씹혔다. 달달한 꿀맛에 쌉싸래한 계피 향, 거기에 참깨의 고소한 맛이 어우러지면서 부드럽기는 어찌 그리 부드러운지……. 밤이 이토록 격조 있는 음식이었든가, 절로 감탄이 나왔다.

이어서 도전한 음식은 조란. 조란은 역시 아니었다. 학원에서 배울 때부터 마음에 들지 않아 래시피를 바꿔가며 수차례 시도해보았으나 어느 것도 마음에 안 들긴 마찬가지였다. 뭔가 조리법 자체에 획기적인 전환이 필요해 보였다.

내친 김에 유자란도 시도해 보았다. 〈떡한과 반〉 강의를 들을 때, 앞으로 유자가 식재료의 유망주로 떠오를 것을 예상했다. 그래서 당시에는 없던 유자란을 내 나름으로 추가해 두었다. 난 종류는 원재료의 형태를 본떠 만드는데 유자는 둥근 모양이니 그냥 동그랗게 했다. 고물은 강란에서 힘을 얻어 땅콩가루로 정했다. 까다롭고 조심스런 삼색란의 뒤끝이어선지 유자란 만들기는 땅 짚고 헤엄치기였다.

유자란은 정과로 만든 유자를 믹서에 간 다음, 되직한 반죽이 될 때까지 졸이면 된다. 이것도 마냥 불 앞에 서서 하는 일이라 지루하긴 마찬가지나 작업 내내 유자향에 둘러 싸여 있으니 보다 수월한 느낌이었다. 또 유자란이란 것이 세상에 처음 나오는 음식이라 고증이니 뭐니 하는 부담이 없는 점도 좋았다. 기존 한과와 한데 내놓았을 때 튀지 않고 어울리면 되는 것이다.

난 종류를 실습한 뒤 강란은 생강란으로 이름을 바꿨다. 율란과 조란은 완성된 형태가 밤이나 대추 모양이라 한눈에 알 수 있지만, 강란은 먹어보기 전에는 이름이나 모양만으론 생강인 줄 모른다. 그래서 알기 쉽게 바꿔주었다. 내가 만들려는 건 전통음식이고 그 안에는 궁중음식도 포함된다. 그렇다고 그 음식이 예전 사람이나 궁중 사람을 위한 용도는 아니다. 어디까지나 오늘날의 소비자를 위한 것이다. 그렇다면 무턱대고 옛 방식만을 고수할 일이 아니라 옛것의 가치를 지키면서 입맛이나 취향에선 요즈음 사람에 맞도록 개선하는 것, 그것이 옳은 길이 아닐까 생각했다. 전통의 맥을 잇되 감각은 오늘의 것으로 살려서 말이다.

난 종류 다음은 4색 다식. 송화, 녹차, 흑임자다식은 배운 래시피 대로 하면서 조금 덜 달게 진행했다. 분홍색 다식은 오미자와 새우, 두 종류로 연습해 두었다.

실습 다음은 음식을 담을 용기. 이삿짐 한 구석에 잠들어있는 문구류 상자를 꺼내왔다. 실로 오래 만에 열어본 상자에는 별의별 것이 다 들어있었다. 기본적인 문구류뿐 아니라 설마 했던 분도기에, 몽당연필이 끼워진 컴퍼스까지 나왔다. 도구가 손에 들어왔으니 구절판 만들기에 도전했다. 두꺼운 판지를 지름 삼십 센티 크기로 자르고, 아홉 칸으로 나눌 칸막이를 재단하고……. 몇 시간을 끙끙댄 끝에 구절판의 골격이 갖춰졌다. 바닥에 식품전용 골판지를 까는 것도 잊지 않았다.

엉성하게나마 뼈대를 갖춘 구절판이 완성되었으니 이제는 음식물 담기. 실제로 음식을 담아보니 칸칸마다 모서리 채우는 일이 여간 까다롭지 않았다. 한참을 공들여 가운데 동그란 부분까지 아홉 칸을 다 채우자 그런대로 괜찮아보였다. 다만 대중적으로 소비하기에는 가격이 부담스러운데다 담는 일 자체에 시간소모가 많아 효율성이 떨어졌다. 잇달아 보다 낮은 가격대의 사각상자도 만들었다.

며칠 후 안양의 지함 사장을 불렀다. 내가 만든 상자들을 보여주며 용도를 설명하고 칸막이 문제에 도움을 청했다. 팔각이나 네모상자 모두 칸막이는 탈부착이 가능하도록 하되, 반드시 흰색 식품용지에 코팅된 것을 써달라고 했다. 역시 전문가는 다르다. 내가 이런 것도 있지 않을까 상상해서 말하면 그에 맞은 현실적 방안을 즉각 제시해주었다. 단, 내 상상이 현실화될 때마다 상자 가격은 올라갔지만. 이때부터 우리의 모든 한과상자에는 코팅된 식품용지로 속지와 칸막이를 만들어 넣었다.

상자까지 끝나자 본격적으로 밑재료 준비에 착수했다. 생강 졸이기, 대추고 만들기, 유자정과 담가서 졸이기……, 모두 중간단계까지 미리 해두어야 한다.

산지에서 유자가 도착하자 정과류를 몰아서 담그기로 했다. 설탕을 넉넉히 준비하고, 크고 작은 병이나 통도 전부 씻어 말렸다. 일찌감치 출근한 정아엄마와 도우미가 유자를 씻어 채반에 건졌다. 그 사이 나는 석류를 쪼개 알갱이들을 분리했다. 소쿠리에 담긴 석류알들은 영락없이 발갛게 물들인 진주알이다. 투명한 병에다 설탕을 켜켜이 뿌리며 석류알갱이를 담고, 전날 끓여둔 시럽을 부어 병속에 빈틈이 없게 했다. 이윽고 엄마도 나타나 일꾼으로 참여했다. 이제부터는 유자정과 담그기다.

한쪽에서 유자를 반으로 잘라 속을 제거하고 껍질만 옆으로 건네준다. 두 사람이 껍질을 받아 능숙하게 채를 썰고, 다음 사람은 채 썬 유자를 설탕에 버무려 병이나 통에 담는다. 시간이 흐를수록 손이 빨라지고 웃음소리가 높아지고 일꾼들의 정담도 무르익어갔다. 작업이 끝날 즈음엔 온 실내에 유자향이 꽉 들어차고, 서쪽 하늘가는 갓 담근 석류정과 빛깔로 붉게 물들어있었다. 예상보다 시간이 더디 걸렸다. 엄마는 아버지 저녁 해드려야 한다며 서둘러 떠나고, 도우미들도 분주히 뒷정리를 하고 돌아갔다. 숙제를 마친 기분이 어떤 것인지 오랜만에 맛보는 듯했다. 학교는 기말시험 기간이라 강의에 대한 부담도 없었다.

저녁을 간단히 먹고는 육포 보자기를 펼치고 TV를 켰다. TV를 보며 느긋하게 육포를 손질할 참이다. 그런데 이상하다?

어느 채널을 돌리나 비슷한 뉴스가 흘러나왔다. 차츰 '아이엠에프'가 어떻고 하는 말들이 귀에 들어오기 시작했다. 대체 아이엠에프는 무어고, 그래서 뭐가 어찌 됐다는 말인가? 속보, 긴급뉴스 같은 자막이 달린 걸로 보아 무슨 일이 나긴 난 것 같은데……

14.
아이엠에프 나락에서 건져 올린 조란

아이엠에프 외환위기가 터진 지 보름여가 지났다. 6.25 이후 최대의 국난이라며 나라가 금방 어찌돼버릴 것 같은 분위기는 날이 갈수록 심해졌다. 미디어에선 기업도산, 구조조정, 명퇴 같은 단어들이 일상용어인 양 활개를 쳤다. '아시아의 네 마리 용' 어쩌고 하면서 세계가 대한민국의 약진을 부러워하던 게 엊그제 같은데…….

나라가 그리 된 판국에 나 또한 예외겠는가. 내 앞에도 서서히 장막이 드리워지는 게 느껴졌다. 어렴풋한 희망 속에서 벌이던 일들이 한바탕 꿈으로 끝날 것 같은 불길함이 가슴을 압박해왔다. 그저 우울하고 답답한 나날이었다. 졸여서 1kg씩 담아놓은 반죽 덩어리가 늘어날 때마다 내 속에선 희망이 아닌 불안이 키를 키웠다. 일을 하고 있으면 이것들을 다 팔 수 있을까 한숨이 나왔고, 안 하고 있으면 안 하는 대로 정체 모를 불안으로 조바심이 쳐졌다. 가늠할 수 없는 불안은 물안개마냥 피어올라 걱정 근심의 덩어리로 내 안에 쌓여갔다.

그럴 때면 우유에 빠진 개구리 생각이 났다. 개구리 두 마리가 어쩌다 우유 통에 빠졌단다. 한 마리는 지레 절망하여 개골거리다 죽어버렸고, 다른 한 마리는 어떻게든 살아보려고 네 다리를 열심히 휘저었다. 그랬더니 우유가 응고되면서 치즈로 변해 그걸 딛고 밖으로 튀어나왔단다. 절망적 상황에서 개구리가 보여준 안간힘이랄까, 필사적인 몸부림은 남의 일 같지 않았다. 나는 두 번째 개구리에다 자신을 대입시키고는 '안 되면 되게 하라', '기회는 찬스다' 따위의 출처도 불분명한 말로 최면을 걸며 나락으로 떨어져 내리는 스스로를 건져 올리려 애썼다.

가슴속 불안을 꾹꾹 누르며 하루하루 작업을 이어갔다. 그렇게 무턱대고 하는 일이 불안을 해소해주진 않았으나 최소한 시간의 낭비는 줄여주었다. 나는 연습을 통해 조리법이 확정된 품목은 조리법대로 밑재료를 준비하는 한편, 수정이 필요한 품목은 조리법을 바꿔가며 실습을 거듭했다. 그중 하나가 조란이다.

조란은 씨를 뺀 대추를 잘게 다진 다음 시럽을 넣고, 덩어리로 뭉쳐질 때까지 마냥 졸인다. 되직하게 졸여져 대추반죽이 되면, 조금씩 떼어내 대추모양으로 빚고 그 위에 잣 한 알을 박으면 조란 완성이다. 그런데 이 조리법에는 몇 가지 문제점이 있었다.

안 그래도 당도 높은 대추를 달디 단 시럽에서 졸이다보니, 수분을 날리느라 시간이 한정 없이 걸리는데다 냄비에 끈적끈적 눌어붙는 것이 여간 성가시지 않았다. 또 수분을 최대한 날렸다 해도 조란으로 빚어 먹어보면, 달기도 달거니와 껍질 맛이 까끌까끌 느껴지는 게 영 마뜩찮았다. 그 점은 학원에서 실습할 때도 마찬가지였다. 그래서 대추의 종류를 바꿔가며 시도해보았으나, 대추 자체가 속살보다 껍질의 비율이 높은 재료다보니 딱히 맛이 개선되지 않았다. 그럴 땐 전문가의 도움을 받는 게 상책이다. 중부시장에 나갔다.

내 이야기를 들은 아저씨가 박스 하나를 가져오더니 말린 열매 같은 걸 꺼내보였다. 국산 대추보다 검붉은 색인데 크기가 예사롭지 않았다. 몇 개 올린 것만으로도 두꺼비 같은 아저씨 손바닥이 꽉 찼다. 게다가 표면에는 주름도 거의 없었다.

"이게 뭐예요? 이것도 대추예요?"

"잡숴봐유. 쓸 만한가."

대충 닦아서 먹어보니 확실히 대추였다. 그런데 살은 어찌 그리 두툼하고 달기는 왜 그리 달던지 껍질 맛이 거의 느껴지지 않았다. 게다가 씨라고 생긴 것은 살 속 깊이 보일 둥 말 둥 박혀있었다. 말하자면 씨는 국산 대추의 반만 하고, 살은 너덧 배나 많았다. 나는 이럴 때마다 조물주의 조화에 감탄하지 않을 수 없다.

어찌 하늘 아래 이런 열매들이 달리는 것인가. 처음 바나나를 봤을 때도 그랬다. 1964년 도쿄올림픽 때, 첫 친정나들이에서 돌아온 엄마의 짐 속에 바나나가 있었다. 권투선수 주먹만 한 나츠미캉(여름 귤)과 함께. 그때 본 바나나와 나츠미캉은 충격을 넘어 경이롭기까지 했다. 칼 같은 도구를 쓰지 않고도 손으로 껍질만 벗기면, 씨를 골라내는 수고도 없이 그 맛있는 것이 입으로 쏙 들어오다니, 나는 완전 감격해버렸다.

대추를 보며 아저씨한테 물었다. "얘들은 어디서 온 애들이래요?"

"중국산이라는데, 워낙 귀해서요. 인자 몇 박스 안 남았구만요."

가격을 물으니 국산 대추의 특초보다 조금 비쌌다. 수입산이라고 얕

볼 일이 아니었다. 하지만 조물주 솜씨에 감탄까지 나오게 한 대추니 선선히 값을 치르고, 몇 박스 더 구해달라고 당부해 두었다.

새로 사온 대추는 조리법을 달리했다. 깨끗이 씻어 씨를 제거하고 분쇄기에 곱게 갈았다. 그러고는 졸이는 방법이 아닌 찌는 방법을 택했다.

물을 넉넉히 부은 찜통에 널따란 보자기를 깔고, 갈아놓은 대추를 넣은 다음 보자기 윗부분을 잘 여며주었다. 잠시 후, 김이 오르면서 달큰한 단내가 올라오기 시작했다. 가끔 뚜껑을 열어 대추에 김이 골고루 스미도록 뒤적여주었다. 대추는 시간이 감에 따라 촉촉함을 더해가고 색깔도 차츰 진해졌다. 김이 충분히 올랐다싶을 때 가스를 끄고 보자기를 통째로 들어내 넓은 프라이팬에 쏟았다. 대추 향내가 진동을 한다. 뜨거울 때 꿀과 물엿을 반반씩 넣고 약한 불에서 볶아주자 얼마 지나지 않아 검붉고 반들반들한 대추반죽이 모습을 드러냈다. 거기에 계피가루를 조금 넣고 골고루 뒤적여준 다음 불을 껐다. 드디어 대추반죽 완성.

완성된 대추반죽은 시중의 연양갱처럼 검붉은 빛깔에 반질반질 윤이 나는 것이 여간 신통하지 않았다. 그렇다면 맛은? 조란으로 빚어 맛을 보았다. 별로 달지도 않으면서 부드럽기는 어찌 그리 부드러운지, 껍질 씹히는 감각 따위는 일체 없었다. 한마디로 볶는 방법의 조란과는 하늘과 땅 차이였다. 이렇게 일은 절반 이상 줄고, 상품가치는 몇 배나 높아진 조란을 대하자, 아이엠에프 된서리에 폭삭 주저앉았던 내 안의 불꽃이 잠시 되살아나는 듯했다.

15.
음식의
최종 목표는
맛

　상자가 왔다. 보자기도 상자 색깔에 맞춰 동대문시장에서 직접 제작해왔다. 사방이 인터로크로 마무리된 보자기에 상자를 싸보니 기성품보다 한결 나았다. 이제 남은 건 정식으로 내용물을 담아 완성하기.

　상자의 내용물은 뚜껑을 열었을 때, 겉모습에서 받은 인상을 한 단계 끌어올리는 모양새로 정갈하게 담겨야 한다. 그리고는 맛. 그래, 역시 음식의 최종 목표는 맛이다. 내 머릿속에는 보자기를 풀고, 상자 뚜껑을 열고, 눈으로 감상하고, 그리고 혀로 음미하는 네 단계가 자연스레 맛의 상승효과로 이어지는 그림이 그려졌다. 그것이 선물 받은 사람이 선물한 사람을 오래도록 기억하게 하는 최선의 방법이라 생각했다. 전통음식을 선물용으로 하자는 아이디어가 떠올랐을 때부터 어렴풋이 머리에서 맴돌던 생각이 비로소 일관된 개념으로 구체화되는 느낌이었다.

　그런 마음으로 구절판의 지함상자를 채워나갔다. 아홉 칸을 다 채우고 보니 나름 흡족했다. 그렇다 해도 당시에는 이런 구절판이 상품으로 나와있지 않아 비교할 대상이 마땅히 없었다. 또 비교대상이 없으니 제품의 가치를 나 스스로 평가하기도 어려웠다. 이럴 때 도움을 줄 수 있는 사람은 역시 한사람뿐이다. 맛도 평가하고 조언도 해줄 사람, 지난번 보험회사와 인연을 맺게 해주었으나 변변히 인사도 못한 처지였다.

완성된 구절판을 보자기로 마무리하고, 새로 말린 육포도 한 상자 따로 포장했다. 이때부터 육포는 포장 수준을 한 단계 높였다.

종전엔 육포 600그램을 투명한 OPP 봉지에 나눠 담고 그걸 그대로 상자에 넣었는데, 이번엔 여기에 한지와 리본을 추가했다. 분홍색 한지를 길게 잘라, 육포를 소분한 OPP 봉지를 통째로 감쌌다. 그러고는 가느다란 띠로 한지의 앞자락을 나비모양으로 묶어 상자에 넣었다. 말하자면, 상자를 열고 리본을 푼 다음 한지의 앞자락을 펼치면 육포가 보이는 식이다. 그렇게 포장한 육포와 구절판을 들고 길을 나섰다.

차에서 내리니 희끗희끗 눈발이 날렸다. 추위에 웅숭그린 행인들 어깨 위로 스산했던 한 해의 시름이 눈송이가 되어 내려앉았다. 아 1997년, 그 악몽 같던 해도 내일이면 마지막이다. 1998년은 과연 어떤 해일까. 잠시 처연해지려는 심사를 수습하고 선배의 집 문을 두드렸다.

어서 와, 하는 반가운 음성에 문이 열렸다. 우리는 그간의 안부를 묻고, 커가는 아이들 소식도 주고받았다. 또 깻박치듯 돌아가는 시국에 대해서도 한탄을 늘어놓았다. 나는 친구동생과 시작한 일이 어쩌다보니 혼자 하게 되었다며, 궁중음식원에 다닌 일을 포함해 그간의 변화를 잠시 알렸다. 이어 구절판과 육포상자를 꺼내놓았다.

뚜껑을 열어본 선배의 얼굴빛이 환해졌다.

"세상에, 참하기도 하지. 그러니까 이게 다 자기가 혼자 만든 거야?"

"네, 그렇게 됐네요."

"솜씨가 어찌 이리 얌전하니."

선배는 눈으로만 감상할 뿐 선뜻 손을 내밀지 않았다. 그러면서 이건 뭐야, 저건 뭐야 하며 궁금한 걸 물어왔다. 나는 삼색란인 조란, 율란, 생강란에 대해 설명하고 유자란에 대해서도 말을 보탰다.

"그런데 이 뽀얀 고물은 뭐고?"

"땅콩가루예요."

"으음, 땅콩으로도 고물을 쓰는구나."

선배가 특히 관심을 보인 건 육포쌈과 칠보편포였다.

"조개 같이 생긴 요건 뭐고?"

"육포쌈인데요, 육포고기에 잣을 넣고 말렸다가 반달 모양으로 오린 거예요." 연이어 칠보편포 만드는 법도 설명해주자 음식 맛에 능통한 선배인지라 '응, 응' 하며 그 맛을 가히 짐작하는 듯했다.

"한번 드셔보세요."

"이 귀한 걸…… 아까워서 어디 먹겠어?" 그러더니 무언가 생각난 듯 갑자기 목소리를 달리했다. "가만 있어봐, 이거 손대지 말고 요대로 뒀다가 정초에 써야겠다. 신년이 되면 잡지사 후배들이 올 거거든. 그때 내놔야겠다. 다들 깜짝 놀랄 거야."

선배의 얼굴에서 미소가 환하게 피어났다. 후배들 먹일 생각만으로도 흐뭇한 모양이다. 원래 남 불러다 먹이는 데는 대모격인 선배니까 후배들도 잘 건사해서 먹이리라.

새해가 밝았다. 새해라지만 아이엠에프 후 두 달도 채 되지 않은 터라 새로운 기분 따위는 남의 나라 이야기였다. 이제 곧 설이 닥칠 텐데……. 설 생각만으로도 구름 낀 날의 신경통 환자처럼 전신이 찌무룩했다. 이렇게 경기가 꽁꽁 얼어붙었는데 명절이 온들 누가 선물이나 하려 들겠나. 그래도 일손은 뽑아야겠기에 정보지를 뒤적이고 있는데 전화벨이 울렸다. 단아한 목소리의 낯선 여자였다.

"여기, 행복이 가득한 집인데요……"

단아한 음성은 자신을 그 잡지의 편집장이라고 밝히며 선배 이름을 댔다. 연말에 구절판을 들고 찾아갔던 그 선배였다.

"거기서 선생님 작품을 봤는데요, 하나같이 정갈하고 맛있더라고요. 그래서 취재 좀 할까 하고요."

취재? 선생님 작품? 행복이 가득한 집? 갑자기 귓전으로 흘러든 단어들은 한결같이 낯선 것이었다. 우선 〈행복이 가득한 집〉이라는 잡지 이름부터가 내 처지와는 맞지 않았다. 또 선생님 작품이라니? 난 아직

알에서 깨나지도 않은 한과업계의 햇병아리 수준도 못되는데, 그런 내게 취재라니. 일순 정신이 혼미해지려 했다.

"아니, 저, 한과라면 다른 유능한 분들도 많은데 저는 아직 그럴만한 수준이……." 내 뜨악한 반응에 편집장이 서둘러 말을 받았다.

"저희는 한과 전문가가 필요한 게 아니에요." 그러면서 새로 시작한 기획물에 대해 설명했다. 지금 우리 경제는 아이엠에프 직격탄을 맞고 얼마나 살얼음판인가. 회사부도에 감원에 조기퇴직으로 남자들이 하루 아침에 아랫목 같던 직장에서 한데로 내몰리고, 바람 앞에 등불처럼 가정경제가 휘청대는 마당이니 여자들도 나서서 뭔가를 해야 하지 않겠느냐. 그러나 막상 경제일선에 나서려 해도 우왕좌왕만할 뿐 길을 찾지 못하고 있다. 그래서 알차게 부업을 꾸려가는 사례를 통해 일을 찾고자 하는 사람들의 길안내가 되게 하려는 것이란다.

듣고 보니 기획 의도는 알겠으나, 그렇다고 내가 선뜻 나설 일은 아닌 것 같았다. 일단은 생각 좀 해보겠다며 전화를 끊었다. 아이엠에프 터진 지 얼마나 됐다고 어느새 그런 기획을 내놓았구나. 그 발 빠름에 감탄이 절로 나왔다. 하지만 이 어설픈 솜씨로 그런 데다 얼굴을 내밀어도 되는 걸까? 암만 생각해도 아니었다. 선배한테 전화를 걸었다. 선배는 잡지사에서 연락 온 줄은 모르고 있었다.

"어머 그랬구나. 잘 됐다. 정초에 후배기자들이 모였는데 자기가 만들어 온 게 얼마나 인기가 좋던지." 선배는 한가하게 모임의 후일담을 들려주고 있었다.

"아니, 그게 아니라, 제가 어떻게 잡지에 나가겠어요, 전문가들이 얼

마나 많은데. 그런 사람들 다 제쳐두고 나 같은……" 하는데, 선배의 대
꾸가 속사포로 돌아왔다.

"아니 지금 무슨 소릴 하는 거야, 이제 막 사업 벌여놓고선. 홍보만 된
다면 뭔들 못하겠어. 광화문 한복판에서 발가벗고 춤이라도 추라면 취
야 할 판이구먼. 그런 마당에, 잡지에 거저 실어주겠다는데 뭘 더 망설
여. 이보다 좋은 기회가 어딨다고 그래?" 이유를 모르겠다는 듯 선배의
언성이 높아졌다.

"그래두, 제가 한과에는 초짜라……."

"말 들어보니, 부업하는 여자들 이야기라며? 그런데 거기서 전문가
소리가 왜 나와. 부업에 전문가가 뭔 소용이 있다구. 그리고 초짜면 어
때. 초짜가 그렇게 잘하면 다른 사람들한테도 그만큼 더 용기를 줄 수
있지 않겠어, 안 그래? 그러니 암만 말고 좋은 기회다 하고 잘 해봐."

혈압을 올리던 선배가 마지막엔 목소리를 누그러뜨리고 전화를 끊었
다. 선배도 황당했을 게다. 덕분에 이런 기회가 생겨 고맙다고 인사는
못할망정 징징거리며 차려놓은 밥상을 걷어차려 하다니.

취재 건에 대해 생각을 가다듬어보려 했지만 가다듬고 자시고 할 새
도 없이 다음 날로 전화가 왔다. 기획기사 담당기자란다. 언제쯤 취재를
가면 좋겠냐는 것이다. 밤사이 선배와 편집장 간에 무슨 말이 오갔는지
판은 이미 벌어져 있었다. 어쩔 수 없다, 그냥 가는 수밖에. 나는 이런저
런 준비를 생각해서 닷새쯤 후를 말했다. 담당기자가 난처해했다.

"죄송한데요, 저희가 시간이 없어서요. 원래 다른 분으로 진행하고 있
었는데, 설에는 선생님 콘셉트가 더 잘 맞는다고 갑자기…… 마감이 얼

마 안 남았거든요. 정말 죄송한데 내일이나 모레쯤, 어떻게 안 될까요?"

완전히 번갯불에 콩 구워먹게 생겼다. 어쩌겠나, 취재는 이틀 후로 결정됐다. 그리고 그 인터뷰는 번갯불에 콩 구워먹는다는 것이 어떤 상황인지를 온몸으로 실감케 했다.

취재 차 며칠을 까먹었으니 진짜로 명절 준비가 다급해졌다. 정보지에 구인광고를 내고, 정아엄마랑 전에 오던 일꾼들도 불러 난 종류 밑재료 만드는 법을 가르쳤다. 그러면서 사나흘이 지난 무렵 편집장한테서 다시 전화가 왔다. 죄송하지만 한 번 다녀가지 않으실래요, 했다. 촬영도 다 끝났는데 무슨 일일까? 궁금증을 누르고 잡지사로 갔다. 초면의 인사말이 오가고 편집장이 용건을 꺼냈다.

"이번에 찍어온 사진을 보니까 사각상자에 담긴 한과세트가 아주 괜찮더라고요. 가격도 적당하고. 그래서 이번 호 독자 추천 상품으로 내봤으면 하는데, 어떠세요?"

'독자 추천 상품'이란 잡지사에서 믿을 만한 상품을 선별해서 독자에게 소개도 하고 판매도 하는 난이다. 나는 편집장의 제안이 반가우면서도 촉박한 시간이 마음에 걸렸다. 실제로 담아보니 상자 하나 채우기가 예삿일이 아니었다. 하지만 내가 그만한 어려움쯤으로 고분고분 물러날 사람인가. 나는 좋다고 했다. 다만 시간이 문제였다.

"그럼, 몇 상자쯤 준비해야 할까요?"

"글쎄요, 그건 저희도 예측하기가…… 일단은 주문을 받아보면서 나중에 몇 상자 한정으로 가지요. 워낙 손이 많이 가는 제품이라 선생님도 재료준비에 어려움이 있을 테니까요."

구체적인 상자의 숫자는 차후에 논의하기로 했다.

이제는 바쁘다는 말이 엄살이 아니게 되었다. 당장 발등에 불이 떨어질 판이다. 설 제품 가운데 가장 시간이 걸리는 한과는 난 종류다. 삼색란에다 유자란까지 하나하나 빚어야 할 뿐 아니라, 상자에 담을 때는 젓가락으로 낱낱이 주워 담아야 한다. 주방 일과는 별개인 섬세한 손이 필요했다. 마침 대학 졸업 후 잠시 쉬고 있는 조카를 불렀다. 조카는 또래에 비해 손이 빠르고 솜씨가 야무졌다. 난 빚는 걸 가르쳐 보니 아줌마 일꾼들보다 나았다. 젓가락질도 빨라 담는 일까지 맡길 만했다. 친구들 중에 같이 일할 사람이 있는지 알아보라고 했다.

나라 경제가 어려워선지 정보지는 제몫을 톡톡히 했다. 알바 희망자가 엄청 몰렸다. 그때부터 사업 마지막까지 사람을 쓸 때는 정보지의 지원자들 중에 가려서 썼다. 또 가리는 데는 내 나름의 원칙이 있었다. 우선 동종업계 이력이 있는 사람은 제외했다. 처음부터 나만의 고유한 제품을 고집한데다 차별화가 콘셉트인 만큼 맛이나 모양, 색깔에서 우리만의 개성을 지켜갈 생각이었다. 그러자니 내가 가르치지 않은 솜씨가 섞이는 게 꺼려졌다. 집에서 조신하게 살림이나 하던 사람, 아니면 식당의 주방경력이 있는 사람에 한해서 썼다.

그 무렵 알바 희망자 중에는 고교 졸업을 앞둔 솜털이 보송보송한 학생들도 많았다. 대입시험을 봐놓고 결과를 기다리거나, 집안 사정으로 아예 휴학을 결정하고 일자리를 찾는 아이들이었다. 그런 학생들은 알바 경험도 없고 힘든 일도 못하지만 나름 쓸모가 있었다. 이런 아이들에겐 다식 박는 일을 가르쳤다. 어느 정도 숙달이 되면 쪼르르 앉혀놓고 똑같이 생긴 빈 통을 각자 앞에 놔준다. "자, 여기다 차곡차곡 채워보자." 그러면 저희들끼리 알아서 경쟁적으로 통을 채워나간다.

이 아이들이 하는 일은 또 있었다. 아줌마 팀에서 약과를 1kg씩 반죽해주면, 그 반죽을 고르게 밀어 꽃모양 틀로 찍어내는 일이다. 다식 박는 일은 단순노동이긴 해도 생각보다 힘들고 지루하다. 이까짓 것쯤이야, 하고 덤벼들었던 아이들도 시간이 갈수록 주리를 틀었다. 손가락도 아프고 어깨도 결리던 차에 반죽을 밀어 꽃틀로 찍어내는 일은 색다른 재미였다. 반죽을 미는 아이들 어깨가 신이 나서 파도타기를 했다.

명절이 이십여 일 앞으로 다가오자 주문이 들어오기 시작했다. 첫 스타트를 끊은 업체는 여의도의 건설회사. 육포여서 다행이었다. 어느새 한과 주문이 육포보다 덜 반갑게 되었다. '독자 추천 상품'을 진행하기로 하자 한과 만드는 일이 벌써부터 부담으로 작용하는 것이다. 조카가 친구 서너 명을 데려왔다. 손쓰는 일에 관심 있는 친구들을 불러와선지 모두들 순조롭게 적응했다.

주부 알바들은 두 팀으로 나눠 한쪽에선 생강껍질을 까고 대추씨를 발라내고, 다른 팀은 가스 불 앞에서 생강을 졸인다, 유자를 졸인다, 대추를 쪄낸다 하면서 종일 더운 김을 뿜어냈다. 거기에 약과 반죽까지. 그것만으로도 손이 모자라 호두에 곶감을 마는 일은 엄마가 집에서 해왔다. 손으로 하는 일에선 엄마를 따를 자가 없으니 엄마의 곶감말이 솜씨는 두말할 필요가 없었다. 게다가 어찌나 알뜰한지 곶감 쪼가리 하나, 호두 동강이 하나 버리는 일 없이 살뜰하게 활용했다.

그렇게 해도 율란을 위한 밤가루 만드는 일까지는 손이 닿지 못했다.

그 일은 오빠네서 맡아주었다. 갓 쪄낸 밤은 뜨거울 때 체에 내려야 가루가 보슬보슬 잘 내려온다. 당연히 둘이 하면 효과가 나는 일이다.

당시 오빠는 고등학교 교장직에 있었는데, 이 교장선생님은 저녁을 먹고 나면 밤가루 만드는 일에 매달렸다. 내외가 마주 앉아, 갓 쪄낸 밤을 올케언니가 속을 파주면 오빠는 체에 내려 고슬고슬한 가루로 만들었다. 그렇게 늦도록 밤가루를 내리던 어느 날 오빠가 그러더란다. "알밤 까다가 날밤 새겠네." 그렇게 만들어서는 작업실까지 배달해주었다.

그 해는 보험회사 주문이 약간 늦었다. 담당자가 샘플을 보자고 해서 한과와 육포를 가지고 갔다. 나는 은근히, 그러나 속으론 강력하게 육포를 밀었다. 담당자는, 육포는 지난 추석에 써봤으니 이번엔 한과로 하겠다고 했다. 한과 90여 상자를 주문하면서 회사 사정으로 주문량이 줄었다며 공연히 계면쩍어했다. 나는 무슨 말씀이냐며, 고맙다는 말을 거듭했다. 아이엠에프로 나라경제가 결딴난 마당에 이만큼이라도 써주는 게 어딘가. 그저 고마울 따름이다.

그나저나 한과가 그만한 분량이면 준비한 물량의 거의 전량에 해당한다. 앞으로 한과 만들 일이 큰일이다. 마지막으로 담당자는 이제부터는 배송도 우리 쪽에서 했으면 한단다. 나는 그러겠노라 하고, 명단은 주소지의 확인이 끝나는 대로 받기로 했다.

17.
막무가내의
전쟁 같은
상황

잦아진 전화에 응대하는 사이사이 육포 포장을 서둘렀다. 한과 주문
이 몰리기 전에 육포 주문량을 먼저 쳐내야 하는 것이다. 이때부터는 분
홍색 한지와 끈 외에 육포에 관한 설명과 작업실 주소, 전화번호를 적
은 안내장도 함께 넣어주었다. 우리는 한발 한발 추격해오는 날짜에 쫓
기며 주문량의 숫자를 줄여나갔다. 그럴 무렵 우편물이 도착했다. 〈행복
이 가득한 집〉 2월호였다. 벌써 책이 나왔나? 궁금한 마음으로 책장을
넘기다 말고 깜짝 놀라 얼른 덮어버렸다. 화보 전면에, 울긋불긋한 빛깔
을 배경으로 웬 여자가 환하게 웃고 있는 게 아닌가. 분명 나에 관한 기
사니 그건 틀림없이 나일 텐데, 낯설고 이상했다. 녹음된 자기 목소리를
제 귀로 처음 들었을 때만큼이나.

다시 책을 펼쳐보니 인터뷰 기사는 다섯 쪽에 걸쳐 컬러화보로 실려
있었다. 그 중 하나가 그 사진이었다. 보랏빛 자줏빛 상자를 배경으로
색색의 정과들이 화려한 색감을 자아내는 사이에서 나는 제법 행복하게
웃고 있었다. 뒷면에는 삼색란을 빚어 상자에 담는 과정, 문화센터에서

강의하는 모습, 시장에서 장보는 것까지가 빠짐없이 실려 있었다. 누가 봐도 아이엠에프 한파를 헤치고, 알차게 자신의 부업을 일궈가는 일본어 강사에 대한 기사와 사진이었다. 책 뒤쪽의 '독자 추천 상품' 코너에는 한과 사진과 함께 제품에 대한 안내와 설명이 상세히 적혀있었다.

책이 나오자 누가 뒤에서 쫓아오는 것처럼 마음이 급해졌다. 손을 두 배로 빨리 놀리며 한과 주문 건을 서둘렀다. 하지만 급한 건 마음뿐 여건이 따라주지 않았다. 보험회사 건이 끝나자 준비해둔 밑재료들이 하나 둘씩 바닥을 보이기 시작했다. 그도 그럴 것이, 나라 사정이 사정인지라 육포와 한과를 100상자 분량씩 준비하며 그것도 안 나갈까봐 노심초사하던 참이었으니. 어쨌든 이제부턴 밑재료까지 만들어가며 빚어야 할 판이다. 〈행복이 가득한 집〉에선 주문이 시작되지 않았으나 주문이 많이 들어오면 그 일을 다 해낼 수 있을지. 그런 걱정 한편으로 주문이 얼마 없으면 그땐 또 어쩌나 하는 근심이 뒤섞여 마음이 갈팡질팡했다.

드디어 이틀날 저녁부터 〈행복이 가득한 집〉에서 주문 팩스가 들어오기 시작했다. 그러자 상자가 급해졌다. 지함 공장에 전화를 걸어 당연하다는 듯 상자가 언제 들어올 거냐고 다그쳤다. 상자 아저씨가 심통을 부렸다. "제가 못한다고 그랬잖아요."

며칠 전 뒤늦게 잡지의 '독자상품'용으로 200상자를 추가하자, 아저씨가 못한다며 펄쩍 뛰었던 것이다. 그러거나 말거나 나는 무조건 밀어붙였다.

"그럼 어떡해요. 사장님만 믿고 있는데." 소리를 꽥 지르자 아저씨가 슬며시 꼬리를 내렸다.

"내일 우선 오십 개 들어가요. 거, 소리 좀 지르지 마쇼, 귀청 떨어지 겠소."

"나머지는 언제 들어오는데요?" 나는 계속 볼멘소리로 퉁퉁거렸다. 이건 뭐, 종로에서 뺨 맞고 한강에서 눈 흘기기다.

"판형은 다 돼있으니까 한지 붙이는 대로 들어갈 겁니다아." 평소 같 지 않은 내 기색을 알아챘는지 아저씨가 늘쩍하게 말꼬리를 끌었다.

알았어요, 하고는 전화를 툭 끊었다. 죄송합니다, 정도는 한마디 붙이 고 싶었지만 왠지 심기가 편치 않아 그 말도 나오지 않았다. 밑재료부터 준비하며 상자를 채워야 할 일이 감당할 수 없는 무게로 가슴을 짓눌렀 던 것이다. 급한 대로 알바를 늘려보았지만, 생강이나 까고 대추씨를 발 라내는 정도지 가스불 앞에선 별 도움이 되지 못했다. 난 종류를 빚는 데서는 오히려 걸리적대기만 했다.

손이 모자라 발을 동동 구르자 정아엄마가 자기 언니 이야기를 꺼냈 다. 언니라는 사람은 그즈음 유치원에서 아이들 점심 해주는 일을 하고 있다는데, 퇴근 후 서너 시쯤엔 올 수 있다고 했다. 집도 가까워 작업실 에서 걸어 다닐 수 있는 거리란다. 서너 시에 와서 무슨 일을 하랴 싶었 지만 찬밥 더운밥 가릴 처지가 아니니 그 언니라도 오라고 했다.

정아엄마 언니, 그러니까 송이 씨를 그때 처음 보았다. 나이는 나와 동갑이었는데 겉모습은 정아엄마랑 딴판이었다. 퉁퉁한 정아엄마와 달 리 날씬한 몸매에 화장을 곱게 하고, 머리는 한 점 흐트러짐 없이 세팅 돼 있었다. 말씨도 조곤조곤했다. 황소 같은 정아엄마 눈과는 달리 그 언니는 쌍꺼풀 수술을 한 눈이었다.

겉보기로는 일이나 제대로 할까 싶었으나 막상 시켜보니 여간한 일꾼이 아니었다. 맡겨진 일을 후딱후딱 해치우곤 자기가 어지른 자리는 반드시 뒷마무리를 하고 일어섰다. 어쩌다 손이 나면 싱크대의 그릇들도 시원시원 씻어 건졌다. 일솜씨가 예사롭지 않아 땅콩가루 내는 일을 가르쳐보았다. 그건 조심스러웠던지 몇 번을 되묻더니, 결국 내가 원하는 굵기로 기름이 돌지 않는 뽀얀 가루를 만들어냈다. 송이 씨한테 일거리 몇 개를 넘겨주자 내 몸도 운신하기가 좀 나아졌다.

그러는 사이 일꾼들은 눈에 띄게 지쳐갔다. 매일 여남은 개씩 들어오는 '행복' 건과 몇 안 되는 개인 주문을 쳐내기만도 급급했다. '행복' 쪽은 예상보다 주문이 적었지만 오히려 그 편이 나았다. 이제는 매출이 문제가 아니라 차질 없이 마지막까지 완주하는 게 목표가 돼버렸다. 그렇게 설이 딱 일주일 남은 날이었다.

저녁 여덟 시 무렵, 예외 없이 책상의 전화기에서 신호가 울리더니 칙칙칙 팩스용지가 빠져나오기 시작했다. 당시 작업실의 팩스는 전화기 겸용으로, A4용지가 아닌 두루마리 복사지가 밀려나오는 식이었다. 팩스가 끝나면 용지를 잘라서 보는 것이다. 그런데 이 전화기가 멈출 줄 모르고 계속 칙칙거리며 용지를 풀어냈다. 종이는 책상에서 흘러 바닥으로 줄줄 미끄러져갔다. 팩스 소리가 들리자 교실 쪽에서 일하던 조카가 내실에 얼굴을 디밀었다.

"이모, 내일은 몇 상자야?"

나는 아무 말도 못하고 팩스용지를 손가락으로 가리켰다. 책상을 타고 내려와 바닥을 굼실굼실 기고 있는 종이로 시선을 돌린 조카는 헉!

하고 손으로 입을 막았다.

"이모, 이제 우리 어떡해?" 조카는 누가 들을세라 나지막이 속삭였다.

나는 '어떡하긴, 빨리빨리 빚어서 어서어서 담아야지'라고 해야 하는데 입이 떨어지질 않았다.

이윽고 구불구불 이어지던 용지는 바닥 저만치서 멈췄지만 얼른 집어들 용기가 나지 않았다. 이것 말고도 받아놓은 주문 중에 미처 쳐내지못한 건이 꽤 있었다. 그것까지 합치면 모두 몇 상자나 되려나? 어쩔 수없이 팩스 용지의 마지막 번호를 확인했다. 87상자였다. 못 쳐낸 물량까지 합하면 백 상자가 넘었다. 그걸 일주일에 하기도 벅찬데, 문제는 택배가 명절 사흘 전에 마감을 하는 것이다. 그러니 나흘 안에 이 모든 걸끝내야 한다. 그게 가능하기나 할까?

제일 손 많이 가고 시간이 걸리는 난 빚는 팀을 불러들였다. 나흘 안에 백 상자도 넘는 분량을 해야 한다니까 모두들 입을 다물지 못했다. 조카 얼굴이 노골적으로 굳어졌다. 어쩌면 친구들 보기가 미안해서리라. 그런데 조카 친구 가운데 중학교 국어교사로, 방학이라 우리 일을도와주던 유선이라는 친구가 있었다. 조카 못지않게 손이 빠르고 눈썰미가 있었다. 게다가 싹싹하기는 갓 물오른 햇배였다.

"어떻게 해보죠, 뭐. 애, 우리 한 번 해보자. 할 수 있지?" 그러면서 유선이가 조카를 툭 건드렸다. 조카가 어쩔 수 없다는 듯 허탈한 웃음으로답을 대신했다. 유선이가 다시 말했다. "이모님, 너무 걱정하지 마세요. 저희가 어떻게 해볼게요."

조카 친구들한테 고맙다 하고, 다음은 송이 씨를 불렀다. 설까지 야근이건 밤샘이건 할 수 있냐니까, 할 수 있단다. 그날부터 송이 씨는 내가 육포를 포장하는 옆에서 생강란의 동그라미를 빚었다. 생강란은 반죽의 일정량을 떼어 동그라미를 만든 다음 세뿔 모양으로 빚어 땅콩가루를 묻힌다. 미리 동그라미를 만들어놓으면, 난 빚는 팀에선 세뿔로 접어 콩가루만 묻히면 되니 일이 반으로 줄어든다.

다음날은 아침 일찍 〈행복이 가득한 집〉에 연락해 주문을 마감해 달라고 했다. 언니한테도 전화를 넣었다. 발이 넓은 언니는 시즌마다 몇 건씩 주문을 받아주는데 이번에도 있었다. 한과를 주문한 사람들에게 양해를 구해, 가능하면 육포로 돌려줄 것을 부탁했다. 우리 제품은 대부분 선물용이라 특별한 경우가 아니면 이런 변환이 어느 정도 가능했다. 내 부탁에, 매사 원칙주의자인 언니는 어떻게 그러느냐며 펄쩍 뛰었다. 하지만 어쩌겠나. '내 사전에 변칙은 없다' 따위가 통할 계제가 아니었다. 결국 한과 몇 상자를 육포로 돌렸다.

그로부터 사나흘은 어떻게 지나갔는지 기억조차 깜깜하다. 밤 대추 생강 같은 재료를 다시 들여오고, 곶감과 호두도 새로 시켰다. 소식을 들은 엄마가 작업한 곶감말이를 들고 달려왔다. 시즌 막판에 갑자기 일이 몰렸으니 내가 어쩌고 있는지 궁금했으리라. 엄마도 곧 팔순을 바라보는 연세니 내 쪽에서 밤새우는 엄마를 걱정해야 할 텐데, 거꾸로 엄마는 내 걱정만 하다 배달된 곶감과 호두를 싣고 돌아갔다.

알바생 전원이 버스나 전철의 막차 시간과 다퉈가며 총력전을 벌인 결과 매일의 택배물량이 간신히 맞춰졌다. 택배 마지막 날은 모두가 밤샘을 하고 엄마도 새벽같이 재료를 싸들고 와서 곶감에 호두를 마는 즉시 그 자리에서 썰어 상자에 담았다. 최종적으로 택배가 떠났다. 그 날은 눈까지 펑펑 내려 저 상자가 과연 설 전에 무사히 도착할 수 있을지 걱정되었으나, 그것도 잠시. 마지막으로 주소지가 서울인 외부 주문 건을 서둘러야 했다. 택배는 마감을 했으니 오토바이나 택시를 부를 작정이었다. 모두가 쓰러지기 일보 직전으로 손가락 하나 까딱할 기운조차 없었으나 마지막이라는 세 글자가 젖 먹던 힘까지 쥐어짜게 했다.

드디어 설 시즌이 막을 내렸다. 모두들 소지품을 챙기고 알바비도 받았다. 처음으로 노동의 대가를 손에 쥔 학생들은 너무 좋아서 표정관리가 잘 안 됐다. 우리는 가을 추석에 다시 만날 것을 기약하고 아쉬운 작별을 했다.

나는 왜 이 같은 이야기를 시시콜콜 늘어놓는 것일까. 이런 호된 경험은 '처음이니까', '잘 몰랐으니까' 한두 번은 시행착오로 그랬으려니 하고 넘어갈 수도 있겠다. 그런데 문제는, 그 후로도 죽 한 시즌도 거르지 않고 되풀이되었다는 데 있다. 이 해에 치른 막무가내의 전쟁 같은 상황은 전초전에 불과했다. 그 후 전쟁은 전투지역이 확대되면서 보다 격렬하고 치열해졌다. 명절뿐 아니라 이바지나 대량 주문이 있는 경우까지 더하면 이십 년의 세월은 크고 작은 전쟁 같은 시절이었다.

사라진 3막 2장

시동 걸린 12시40분 원주행 버스에 몸을 실었다. 차가 한산하니 앞뒤로 비어있는 좌석을 골라 창가자리에 앉았다. 곧 버스가 출발했다.

차는 천호대교를 지나 강변도로를 거침없이 달린다. 바깥바람은 쌀쌀하지만 창으로 비쳐드는 햇살은 더없이 포근하다. 햇솜이 따로 없다. 언제부턴가 이 계절이 좋아졌다. 이것도 나이 먹은 증거리라. 아무렴 어떠랴, 그래도 봄이 좋다. 내가 봄을 싫어하게 된 건 대학에 다니면서다. 그전엔 봄에 대해 아무런 느낌이 없었다. 오면 오나보다 가면 가나보다 했다. 대학에 들어가자 분명 3월이건만 캠퍼스에 부는 바람은 한 겨울을 무색케 했다. 버스에서 내려 문리대까지 짧지 않은 거리를 그 바람을 맞으며 걷다보면 신학기의 설렘 같은 건 사그리 날아갔다. 이름만 예쁜 꽃샘바람은 적의에 찬 냉기마저 품고 있는 듯 마음을 스산하게 했다.

이제는 아니다. 연둣빛으로 물오르기 시작한 가로수, 겨울의 한기를 걷어내며 가물가물 피어오르는 아지랑이, 무엇보다 언 땅을 헤집고 빠끔히 고개를 내미는 야들야들한 새싹이 반갑다. 죽은 것 같던 헐벗은 나무에 새순이 돋는 걸 보면 내 굳은 심장도 조금은 살아 움직이는 듯하다. 전에는 보이지도 들리지도 않던 것들이 비로소 보이고 들리며 그 의미가 새롭게 다가온다. 모진 한파를 이겨낸 새 생명의 경이가 이제야 가슴에 사무치는 것이다. 그런 산야를 바라볼 수 있는 것만으로도 지방대학에 다니는 길은 나들이길 같다.

톨게이트를 지나자 높다란 방음벽이 나타나고 풍경은 잠시 단조로워졌다. 가방에서 보온병을 꺼내고, 싸가지고 온 은박지도 풀었다. 은박지 속 두텁떡에는 아직 온기가 남아 따뜻하다. 실습한 걸 그대로 싸들고 달려왔으니 그럴 수밖에. 그날의 수업은 두텁떡과 보쌈 백김치였다.

그사이 나는 궁중음식원의 〈폐백이바지 반〉에 등록했다. 3월 초, 첫 수업에 가보니 아이엠에프 철퇴를 맞은 뒤여서일까. 여자들도 뭔가를 해야 한다는 열띤 분위기가 절로 감지되었다. 실습실은 내 또래의 여자들로 빈자리가 없었다. 사십 명이 넘는 숫자였다. 나중에 들으니, 잡지에 내 기사가 나가고 얼마 안 있어 모 방송사의 '성공시대'에 황혜성 선생님의 일대기가 전파를 탔단다. 그러면서 전통음식에 대한 열기와 관심이 한꺼번에 고조되었다는 것이다.

그런 저간의 사정을 알지 못했던 나는 죽은 듯이 앉아 강의를 들었다. 그럴 리야 없겠지만, 혹여 누가 나를 알아보기라도 할까봐 고개도 제대로 들지 못했다. 잡지에 그만한 기사가 나갈 정도라면 당연히 폐백이바지 과정 정도는 마쳤어야 한다는 게 그때의 내 생각이었다. 뒤늦게 그런 자리에 앉아있으려니 알 수 없는 께름함이 마음 한 구석에 무거운 그림자를 던졌다. 그건 어쩌면 나만의 자격지심일 수 있겠으나 그럼에도 마음은 불편했다. 제발 나를 알아보는 사람이 없기를……

그 바람은 희망사항에 지나지 않음이 곧 드러났다. 강의 후 실습시간이 되자 누군가 다가와 말을 걸었다. "혹시, 행복이 가득한 집에 나오지 않으셨어요?" 나는 올 것이 왔구나 싶어 애매한 웃음만 흘렸다.

소문의 발은 사자를 만난 얼룩말처럼 빨랐다. 어느새 말이 돌았는지 실습 중간에 다가와 "그 기사 봤어요" 하는 사람이 있는가 하면, "그 기사 보고 여기 등록했잖아요" 하는 사람도 있었다. 그러다 두어 주가 지나자 우리 기수 전원이 내 존재를 알아버렸고, 내가 속한 조에서는 그런 유명인사(?)가 같은 조원이라는 사실을 내놓고 반겨주었다. 실습이 끝나자마자 원주까지 달려가야 한다는 사실을 안 조원들은 뒷마무리 중에 떠나는 나를 이해해주었고, 실습한 음식을 챙겨주기도 했다.

돌이켜보면 그 후 내가 벌여온 일들은 이때 가졌던 자격지심과 무관하지 않은 듯하다. 그 무렵 나를 알던 대부분의 사람들은 색다른 아이디어, 올망졸망한 모양새, 느낌이 다른 포장에 대해 드러내놓고 선망했다. 그러면 그럴수록 나는 나대로 자격지심에 시달렸다. 나라는 사람은 대대로 전통을 이어온 종갓집 자손도 아니요, 음식을 전문적으로 공부한 사람도 아니다. 그런 사람이 어쩌다 잡지에 나오고 방송에 얼굴을 내미니, 나를 두고 행여 함량미달이니 과대포장이니 하는 뒷소리가 나오지 않을까 지레 긴장했다. 그래서 앞만 보고 열심히 달렸다. '열심'으로 자신의 핸디캡을 벌충이라도 하려는 듯.

방송에 출연한 건 잡지에 기사가 나간 바로 뒤였다. 케이블 방송국이라며 사람이 찾아왔다. 취재를 하고 싶다고 했다. 이왕 잡지에 얼굴이 팔린 터, 공중파도 아니고 지역방송이라니 못나갈 것도 없겠다싶어 취재에 응했다. 그날의 마지막 질문은 '자기 일을 찾고자 하는 주부들에게 참고가 될 말을 남겨 달라' 는 것이었다. 내가 어찌, 다른 사람들에게 조언 같은 걸 할 수 있겠나. 그럴 주제가 못되니 평소 마음을 다스릴 때면 떠올리던 이야기를 소개했다.

하나는 볼록렌즈 이야기. 볼록렌즈 아래 종이를 놓고 지그시 햇볕을 쪼이고 있으면 어느 순간 불이 붙는다. 그 말은 렌즈를 이리저리 움직이면 아무리 빛을 쪼여도 불이 붙지 않는다는 이야기와 같다. 즉 관심을 한곳에 집중하라는 말이다. 나는 뒤늦게 일본어 공부를 시작했을 때, 좋은 강좌가 있으면 어떻게든 기회를 만들어 찾아가고, 가방에는 늘 '시사일본어' 같은 읽을거리를 넣고 다니며 틈틈이 읽었다. 집에 돌아오면 보던 안 보던 NHK 방송을 틀어놓고, 주방에선 회화테이프를 들으며 일을 했다. 그렇게 관심의 초점을 일본어에 모으고 일상에서 떠나지 않게 하자 조금씩 그 언어가 내 안으로 들어왔다. 그러다 음식 일을 시작하자 관심의 초점은 바로 전환되었다. 서점에 가도 요리책 코너만 돌아보고, TV도 전에는 있는지도 몰랐던 '6시 내 고향' 으로 저녁시간을 열고, 그러고는 채널은 계속 요리나 음식관련 방송으로 옮겨 다녔다.

다음은 기회에 관한 이야기. 기회라는 귀신은 앞에만 머리카락이 있어서 저기서 온다싶을 때 얼른 붙잡아야지, 지나고 나면 뒤에는 머리카락이 없어 잡을 수가 없단다. 이 이야기를 엄마는 이따금 되풀이했는데, 그 말은 곧 집중해서 준비하는 한편 기회라는 녀석이 언제 오는지 깨어서 살피라는 뜻이다. 또 깨어 살폈으면 기회를 붙들어 무언가를 이뤄야 한다는 말이기도 하다. 축구선수가 땀에 절어 죽기 살기로 뛰었어도, 제 아무리 귀신같은 발재간을 구사했어도, 골이 안 터지고 영점으로 끝나면 90분간의 노력은 '헛발질로 끝났다'고 평가된다. 준비했으면 기회를 붙들어 뭔가를 이뤄야 하니, 볼록렌즈와 앞에만 머리카락이 있는 귀신 이야기는 떼려야 뗄 수 없는 관계다. 나는 정신이 산란하거나 마음이 갈팡거릴 때면 이런 이야기를 떠올리며 스스로를 추스르려 애썼다.

이날의 녹화는 30분짜리 방송으로 전파를 탔다. 잡지에 이어 방송이 나가자 작업실로 걸려오는 전화가 늘었다. 전화는 폐백이나 이바지에 관한 문의가 단연 많았다. 심지어 결혼식이 5월인데 그때 폐백은 꼭 해주어야 한다며 선다짐을 두는 사람도 있었다. 그렇게 사람들은 본의 아니게, 아무 준비도 돼있지 않은 나를 자꾸 혼례음식 쪽으로 몰아갔다.

명절 끝나고는 또 다른 할일이 있었다. 위생교육이다. 교육을 받아보니 식품위생법이라는 것이 여간 까다롭지 않았다. 사업장에서 만드는 모든 제품은 품목제조보고서를 구청에 신고해야 하는데, 육포만은 축산가공법에 따라 신고가 아닌 허가를 받아야 한단다. 허가조건도 쉽지 않아 일정 이상의 공간에 조리대, 세척기, 건조기 따위의 설비를 갖춰야 했다. 또 그걸 확인하는 실사를 통과해야 허가서가 나온단다. 법이 그러하니 육포 제조허가를 받으려면 별 수 없이 건조기를 마련해야 했다.

거금을 들여 건조기까지 들여놓으니 구청에서 실사를 다녀갔다. 그로부터 얼마 후, 육포제조 허가서가 나왔다. 아무렴, 그 허가서는 우리가 육포를 만들어 떳떳하게 팔 수 있다는 보증서였다.

3월이 되자마자 육포 허가서 복사본과 작업실에서 만드는 모든 제품의 품목제조보고서를 작성, 강남구청 위생과로 가서 신고를 마쳤다. 간 김에 종래의 상호는 더 이상 쓸 수 없으니 내 성씨만을 딴 이름으로 상호도 변경했다. 이젠 오롯이 나만의 책임인 사업체를 갖게 된 것이다. 기분이 이상해지려 했다. 총총히 구청 밖으로 나오자 노란 꽃망울이 맺힌 개나리가 눈에 들어왔다. 자세히 보니 반나마 꽃잎이 벌어진 것도 있었다. 그래, 아무리 겨울이 추워도, 아무리 다 죽은 듯이 보여도 생명은 다시 돋아나는구나. 장하다, 용하다. 나는 개나리한테 새 힘을 얻고 발걸음을 빨리 했다. 오늘은 육포를 양념해서 너는 날이니 육포가 또 하루 나를 구원해 주겠지. 가서 일이나 열심히 하자. 마음을 다지고 돌아와 양념준비를 서둘렀다. 여기서 간단히 육포 양념법을 소개하면……

● 업그레이드 된 육포 양념법

래시피대로 재료를 계량해 간장양념을 만드는데, 이때부터는 기존 래시피에 포도주를 추가했다. 또 설탕만 쓰던 것을 설탕과 올리고당을 반반씩 섞어 썼다. 포도주는 육포의 풍미를 위한 것이고, 올리고당은 설탕의 단맛을 중화시키는 한편 육포에 촉촉한 기운을 더하기 위해서다.

이렇게 하면 포도주 양만큼 양념간장의 양이 늘어난다. 그 간장에 고기를 한 장씩 앞뒤로 적셨다가 꼭 짜서 건진다. 그런 식으로 모든 고기를 건져내면 국물이 제법 남는다. 다음은 담갔다 꺼낸 고기를 전부 남은 국물에 다시 넣고 균일하게 간이 배게 하는데, 불고기 간하듯 주무르지 않는다. 지그시 눌렀다 들어올리고, 위아래를 뒤집어 다시 눌렀다 들어

올리고……. 그런 과정을 대여섯 차례 반복하면 신기하게도 고기가 양념을 모두 빨아들여 국물은 하나도 남지 않는다. 의심하지 않아도 된다. 분명 고기가 양념을 다 빨아들인다. 고기가 국물을 모두 흡수해 양푼이 보송보송한 상태가 되면 양념 버무리기 끝!

양념준비가 막 끝났을 때 밖에서 문 두드리는 소리가 났다.

"누구세요?" 내 목소리가 또르르 문밖으로 굴러갔다.

"여기가 육포 하는 집, 맞지요?" 낯선 여자의 음성이었다. 문을 열어보니 웬 중년 여인이 웃고 있었다. 여인은 성큼 작업실로 들어서며 "여기 찾느라고 한 시간이나 헤맸어요. 내가 서울 지리에 어두워서……" 하는데, 손에는 육포상자에 함께 넣어주는 안내장이 들려 있었다.

"전화를 하시지……."

"했지요. 근데 안 받던데요?" 그렇게 헤맸으면 싫은 기미라도 보이련만 별로 언짢아하는 기색도 없었다. 그러니 더 미안했다.

교실에 발을 들여놓은 손님은 손에 들고 있던 보자기를 끄르며 혼잣말처럼 중얼거렸다. "친구가 전에 길 건너 아파트에 산 적이 있어서 금방 찾을 줄 알았는데……. 미국으로 이민 간 지 십년이 넘었거든요." 그러더니 보자기에서 뭔가를 꺼내며 물었다. "얼마 전에 아는 사람이 이걸 보내 왔던데, 이거, 여기 꺼 맞지요?"

겉 보자기에서 나온 건 눈에 익은 공단 보자기와 육포상자였다. 내처 상자 뚜껑을 열어 보이는데, 세상에, 상자 속에는 연분홍 한지와 가느다란 비단 띠가 그대로 들어있었다. 육포만 없었다.

"육포는 다 먹었어요. 육포하며 포장까지 얼마나 얌전하던지, 어떤 분이 만드시나 한국에 나온 김에 꼭 한번 만나보고 싶었어요."

나는 그 성의가 고마우면서도 좀 어이가 없었다. 그만한 일로 아침부터 이런 수고를 한단 말인가. 길도 낯선 곳에서. 고맙기도 하고 미안하기도 해서 잠시 말을 잃었다가 얼른 차나 한 잔 하시자며 권하자, 손님은 길 찾느라 시간을 허비했다며 가봐야 한다고 일어섰다. 끌렀던 보자기를 다시 공들여 싸더니 돌아서며 내 손을 꼭 잡았다. "이 일이 얼마나 손이 많이 가는 일인데, 고생 많으시겠어요. 오래오래 건강하세요." 손님은 그 말을 남기고 돌아섰다.

나는 순간 멍해 있다가 얼른 문까지 쫓아가, 헤매게 해서 죄송합니다, 먼 길 조심해서 가세요 하는데 목이 메어 말이 끝까지 이어지지 않았다. 무언가 뜨거운 덩어리가 말을 막으며 가슴을 뻐근하게 했다. 뭐랄까, 그건 한 마디로 설명하기 어려웠다. 이런 순수한 사람들 기대에 어긋나지 않게 과연 이 일을 잘해낼 수 있을까 하는 두려움과 책임감, 또 그렇게 따뜻이 호응해주는 데 대한 고마움…….

그날 생각을 하자 눈시울이 뜨거워져 창밖으로 시선을 돌렸다. 어느새 버스는 문막을 지나 원주 톨게이트가 눈앞이었다. 서둘러 얼굴을 고치고 매무새를 가다듬었다. 버스는 곧 학교 부근에 당도할 것이다.

봄이 무르익자 폐백이바지 주문이 들어오기 시작했다. 어느새 5월에만도 크고 작은 이바지가 세 건이나 예약이 잡혔다. 어쩌다보니 일이 그리되었지만 하려면 제대로 해야 했다. 궁중음식원의 폐백이바지 과정도 삼분의 이를 넘긴 시점이어서 특별히 지방색이 강한 것이 아니면 웬만한 음식은 실습을 거친 상태였다. 하지만 그것만으론 부족했다. 보다 전문가적인 손이 필요했다.

마침 가정식으로 요리를 참하게 한다는 출장요리사 소문을 접했다. 연락을 취해 작업실에서 만났다. 40대 초반의 순박한 인상의 요리사였다. 이야기를 나눠보니 말에 꾸밈이 없고, 일에 대해서도 전문가 행세를 하지 않는 점이 마음에 들었다. 그쪽도 잡지에서 내 기사를 봤다며 기꺼이 일손을 보태겠다고 했다. 초반의 세 건은 이 요리사와 함께 진행했다. 나는 그녀를 김선생이라 불렀다.

그럴 즈음 작업실을 찾아온 방문객이 있었다. 40대 초반의 진한 경상도 사투리를 쓰는 여자였다. 강북 어딘가에서 떡집을 하고 있다는데, 곁에서 일하는 걸 도와주면 안 되겠느냐고 했다. 말하자면 자원봉사를 하겠다는 것이다. 나는 우리 음식을 밖으로 내돌리고 싶지 않은 마음에 완곡하게 거절했다. 그러자 자신은 떡집출신이라 물일이건 막일이건 가리지 않고 할 수 있다며, 시키는 일은 무엇이든 할 테니 옆에만 있게 해달라고 사정을 했다. 떡집은 어떡하고 올 거냐니까, 남편이 알아서 할 거고 곧 여름 비수기라 문제가 없단다. 별 수 없이 그 여자를 정아엄마가 오지 않는 요일에 나오게 했다.

육포가 얼추 끝나가자 추석준비에 시동을 걸었다. 상품은 크게 두 종류로 구분했다. 육포·육포쌈·칠보편포·육포다식으로 구성된 육포 관련제품과 궁중한과를 주축으로 한 한과세트로. 한과세트는 상자 크기를 다양화해서 가격에 차등을 두었다. 육포 관련제품 가운데는 육포쌈의 반응이 좋아, 육포와 쌈 두 가지로만 구성된 상품을 따로 만들었다. 상자 디자인도 새로 했다. 육포를 가운데 두고 양옆에 쌈을 담을 수 있게 만든, 옆으로 길쭉한 장방형의 팔각상자였다. 양옆의 쌈은 투명한 OPP 봉투에 담아 가느다란 띠로 묶을 작정이었다.

육포제품의 종류가 늘자 그 많은 양을 나 혼자 감당하기 어렵게 되었다. 육포쌈과 칠보편포는 시간이 많이 걸리는데다 정성과 솜씨, 그리고 집중력이 필요하다. 작업실에서 한과나 다른 잡다한 일들과 병행하기엔 무리가 있었다. 누군가 믿고 맡길 사람이 필요했다. 문득 손아래 동서가 떠올랐다. 동서는 음식 다루는 일을 좋아해서 시댁의 대소사 때면 주방일은 나를 제쳐놓고 앞장섰다. 그 동서라면 믿고 맡겨볼 만했다. 동서를 불러 육포쌈과 칠보편포를 집중적으로 가르쳤다. 열흘쯤 지나자 동서는 혼자서도 감당할 만큼 솜씨를 보였다. 그 후 쌈과 편포에 쓸 고기는 정육점에서 직접 동서네로 배달하게 했다.

그사이 학교는 1학기 성적마감을 앞두었고, 머릿속엔 추석이 구체적으로 들어앉기 시작했다. 그럴 즈음 관리실에서 연락이 왔다. 건물이 재건축에 들어가 노인대학도 봄학기를 끝으로 문을 닫는다고 했다. 그렇다면 우리도 나가야지. 어쩌면 잘 됐다싶었다. 이제는 제대로 된 우리만의 공간이 필요하던 차였다.

이사를 했다. 그때 있던 큰길에서 사오십 미터 주택가로 들어간, 모퉁이 건물의 이층이었다. 골목으로 쑥 들어앉은 게 마음에 걸렸으나 자금형편상 어쩔 수 없었다. 다행이라면 실내공간이 노인대학만큼 넓은데다 건물의 남서 면이 모두 유리창이라 육포 말리기엔 더할 나위 없었다.

이사에 앞서 내부를 완전 수리해 새 집으로 만들고, 바닥은 전체에 모노륨을 깔아 신발을 벗게 했다. 창 쪽으로는 채반용 앵글을 빈틈없이 설치하고, 그 아래쪽엔 선반을 만들어 수납공간을 최대한 늘렸다. 싱크대를 통째로 개비하고, 업소용 냉동고도 두 대를 들였다. 여기서 끝이 아니다. 전체 공간을 입구 쪽과 안쪽으로 구분지어 안쪽의 넓은 공간은 작업장으로, 바깥쪽은 손님맞이 방으로 꾸몄다. 사무실은 양쪽의 경계지점에 배치했다. 또 처음으로 간판을 해달았다. 그 정도 하는데도 무시할 수 없는 금액이 들었다. 돈을 들인 만큼 혼례음식을 다루는 업소답게 번듯하고 일하기도 편해졌으나 바닥을 보인 통장과 조금씩 늘어나는 빚은 내가 보다 열심히 일하게 하는 주마가편의 채찍이 되어주었다.

일을 본격적으로 벌이자 팸플릿이 필요해졌다. 기획사 몇 군데에 알아보니 가격이 터무니없었다. 남의 손을 빌리는 건 일찌감치 포기하고 내가 직접 만들어볼까 했으나 그마저도 여의치 않았다. 회사시절, 사보 편집 때 쓰던 대지작업 방식은 한물이 가도 한참 갔단다. 그즈음엔 컴퓨터로 작업해서 CD로 넘긴다는 것이다. 아들과 의논해보았다. 아들은 전 공과는 무관했으나 자기가 해보겠다고 했다. 약간의 수고비를 주기로 하고 팸플릿을 맡겼다. 그때부터 아들은 제 앉은키만큼이나 되는 책을 쌓아놓고 디자인 공부에 매달렸다. 첫 팸플릿은 그만하면 무난하게 나 왔다. 이듬해는 수고비를 좀 더 올려주자, 매킨토시까지 들여놓고 컴퓨 터 두 대로 작업을 했다.

덕분에 나는 사업 마지막까지 일 년에 두 번, 명절이면 어김없이 나만 의 색깔을 지닌 팸플릿을 선보일 수 있었다.

장마가 끝나고 복더위도 물러갔다. 광복절이 지나자 정보지에 광고를 내고, 설에 왔던 알바들한테도 연락을 했다. 그 가운데 대학에 합격한 학생 몇 명이 오겠다고 했다. 자원봉사로 오던 떡집 여자도 자기 조카를 소개했다. 오빠 딸로 떡집에 일 도와주러 와있던 참이란다. 이름이 재영 이라 했는데, 어찌나 똘똘한지 웬만한 아줌마 알바 저리가라였다.

새로운 멤버도 추가되었다. 금이 씨다. 금이 씨는 〈폐백이바지 반〉 동 기로 나하고 같은 조였는데 보행이 불편한 몸이었다. 어딘가에 의지하 거나 목발을 짚어야만 걸을 수 있었다. 30대 후반쯤의 금이 씨가 눈에 들어온 건 실습 때였다. 보행조차 불편한 몸으로 싱크대나 조리대에 한 쪽 몸을 기댄 채, 음식 만들기나 뒷설거지에 거침이 없었다. 그런 모습 이 신기해서 눈여겨보니, 말수가 적고 제 일만 하는 사람 같아 보였다.

그런 금이 씨의 어디가 내 마음을 움직였는지 모르겠다. 강좌가 종료되자 금이 씨에게 함께 일해보지 않겠느냐고 물었고, 그녀는 좋다고 했다. 그렇게 해서 우리는 한솥밥을 먹는 사이가 되었다.

정보지를 통해서도 인원을 충당했다. 그들 중엔 아이엠에프로 날벼락을 맞은 주부들이 많았는데 사연도 가지가지였다. 그런 사람들이 모여 시즌 준비가 시작되었다. 학생들은 이마에 땀방울을 송골송골 맺혀가며 다식을 박거나 약과반죽을 밀어 꽃틀로 찍었다. 그쪽 학생 팀은 재영이한테 맡겼다. 난 종류를 빚는 팀은 역시 조카가 맡았다. 약과 반죽과 밑재료 준비는 정아엄마가 알바들을 데리고 구슬땀을 흘렸다.

육포는 내가 맡았다. 육포를 시작한 이래, 고기가 채반에 널리고 나면 그때부터 포장까지는 온전히 내 몫이었다. 숱한 일꾼들이 작업실을 거쳐 갔지만, 마른 육포를 제 손으로 만지거나 포장을 해본 사람은 단 한 사람도 없었다. 육포 마무리는 손이 많이 가는 일이라 인건비도 문제지만, 그보다는 위생에 대한 염려가 더 컸다. 육포는 제조과정에서 화기에 노출되는 일이 없는 식품인 만큼 위생에 더욱 신경을 썼다. 나 자신도 낮에는 잡다한 일들이 많아서 위생까지 신경 써가며 육포를 만질 수가 없었다. 어쩔 수 없이 육포 포장은 호젓한 밤 시간에 혼자 남아 일을 벌인다. 낮에 거풍시켜 둔 육포를 끌어안고 예외 없이 밤을 새운다. 그렇게 밤을 밝혀도 분량이 스무 상자가 넘어가면 일꾼들이 출근할 때까지 미처 손을 털지 못할 때가 많았다.

3.
콩 튀듯
팥 튀듯
시즌 태풍

그 해 추석은 특별히 아이엠에프를 느끼지 못하게 했다. 여의도 건설회사를 필두로 육포 주문이 꾸준히 있었다. 한과도 제법 나갔다. 무슨 은행, 투자회사, 보험회사, 제약회사, 건설사, 금융 감독원, 아직까지도 명성을 떨치고 있는 무슨 회계법인, 법률회사……. 대부분 자신이 선물로 받아보았거나 소문을 듣고 찾아온 고객들이었다. 거기서 건네주는 발송명단을 보면 총리에, 장관에, 이름깨나 들어본 국회의원에, 어느 회사 회장, 사장 등 명단만으로도 으리으리했다. 어느 때는 서로 다른 곳에서 같은 집에 두세 상자가 겹쳐 나가는 경우도 있었다. 명절을 몇 번씩 겪어봐서 미리미리 대비한다고 하건만, 그래도 시즌 막바지가 되면 콩 튀듯 팥 튀듯 정신없긴 매한가지다. 그해는 추석이 10월이어서 가을 학기까지 시작된 터라 더 더욱 경황이 없던 와중이었다.

추석을 일주일 앞둔 저녁 무렵, 웬 점잖게 생긴 부부가 명절선물을 보러 왔다. 나는 팸플릿을 펼치며 조심스레 한과 쪽을 권했다. 시즌 끝 무렵이라 육포가 간당간당했던 것이다. 부부는 한과에는 눈길도 주지 않았다. 처음부터 육포쌈을 의중에 두고 온 듯했다. 둘이는 잠시 의논하더니 육포 양옆으로 쌈이 들어간 팔각상자를 주문했다, 26상자를. 그것도 나흘 안에. 나흘 후 오전 10시까지 청담동 집으로 갖다달라고 했다. 일단 주소를 받아 적었다. 손님이 문을 나서자마자 육포 냉동고로 쫓아가 재고를 파악했다. 재고는 20상자 분량이 채 못 됐다. 그 중 아홉 상자는 이미 주문을 받은 것이라 하루 이틀 사이에 나가야 할 물량이었다. 재빨리 머리를 굴리니 최소한 60근은 더 해야 했다. 즉시 고기 집의 전화번호를 눌렀다. 한참 만에 신호가 떨어졌다.

"사장님 가게에 계셨네요. 안 계시면 어쩌나 했지요."

"아, 지금이 대목인디 벌써 퇴근하면 어짠다요. 그란디 무슨 일로……" 아저씨가 뜨악한 기색으로 물었다. 아저씨한테는 내가 전화할 타이밍이 아닌 것이다. 육포는 벌써 서너 달 전에 끝났으니까.

"갑자기 육포고기가 필요해서요."

"육포고기요? 얼마나요?" 아저씨는 생각 저편에 있는 육포고기의 기억을 불러오는 듯 막연한 어조였다. 지금 아저씨 머리엔 갈비 등심 안심 불고기감 같은 대목을 노리는 고기밖에 없을 터였다.

"육십 근요." 나는 다급한 마음에 거침없이 뱉었다.

"이 대목에 홍두깨 육십 근이 어디 있간디요. 장조림이나 편육 감으로 여남은 근 냉겨논 것뿐인디."

"안 돼요. 낼 오전까지 육포 육십 근이 필요해요. 꼭 있어야 돼요."

아저씨 사정을 뻔히 알면서도 나는 완강히 뻗댔다. 발을 동동거리는 사이 저녁시간이 됐나보다. 라면 끓는 냄새가 솔솔 풍겨온다. 사흘 후면 택배마감이니 밀린 주문도 사흘 안에 다 나가야 한다. 택배송장과 명단을 챙기는데, 식사하세요, 한다. 군침이 돌게 하는 라면에 밥 한 숟가락을 말아 폭 익은 김치를 얹어 마파람에 게 눈 감추듯 쓸어 넣었다.

저녁을 먹은 후, 육포 명단을 들고 배송지가 지방인 두 곳을 제외한 서울지역 일곱 군데의 전화를 돌렸다. "안녕하세요. oo씨 댁이지요. 여기는 oo인데요, 선물 좀 전달하려고요. 이번 명절에 지방이나 어디 가시나요? 언제까지 배송하면 될까요?" 이렇게 물으면 지방에 내려가는 사람은 며칠까지 갖다 달라고 하고, 그렇지 않은 집에선 '명절 전에만 오면 돼요' 한다. 일곱 군데 중 두 곳은 시골 내려갈 때 가져갈 거니까 이틀 전에만 오면 되고, 나머지는 명절 전까지만 오면 된단다. 이로써 육포 일곱 상자는 청담동 나간 후에 포장해도 된다.

이튿날, 고기는 열두시쯤 도착했다. 모두들 택배시간 맞추느라 신경이 곤두서 있는 마당에 새판으로 육포를 한다고 부산을 떨 순 없었다. 금이 씨와 알바 하나를 불러냈다. 한쪽 구석에 자리를 마련해주고 그 날로 삼십 근, 또 다음날까지 삼십 근을 다듬어 달라고 일러두었다.

점심을 먹고는 지방으로 나갈 상품의 보자기를 싸기 시작했다. 그냥 보자기만 씌우는 게 아니라 담아온 상자를 하나하나 체크하면서, 모양이 안 예쁜 것은 바꿔주고 잘못된 것은 고쳐가면서 싼다. 이때는 배송지가 적힌 송장도 챙긴다. 주문에 따라 상품에 명함을 넣는 것도 있다. 그 경우는 신경을 배는 더 써야 한다. 송장이 잘못 붙어나갔다간 난리도 그런 난리가 없으니까. 점심 후부터 대여섯 시간 손운동 다리운동을 열나게 했더니 해떨어질 때쯤 그날의 택배물량이 다 나갔다.

그 사이 육포 고기도 삼십 근이 다듬어졌다. 다음 날은 서울 경인지방 택배 마감이니 모두들 바쁘게 자기 일로 돌아갔다. 밥 먹고 설거지할 틈도 없어 저녁은 김밥을 시켰다. 손질 끝난 고기를 깨끗이 씻어 망에 밭친 뒤 비닐을 덮어 무거운 걸로 지그시 눌러두었다. 밤새 수분이 빠지길 기다릴 새가 없는 것이다. 김밥을 먹고는 양념준비를 서둘렀다. 고기의 수분은 거의 빠졌지만 그래도 혹시나 싶어 간장을 병아리 눈물만큼 더 넣어주고 서른 근을 버무려 넣었다.

다음날은 서울 경인지방 택배 마감이라 아침부터 종종거리며 잔걸음을 친 결과 겨우 마감시간에 맞췄다. 차를 떠나보내고, 간밤에 널어 구덕구덕해진 육포를 거둬들인다. 저녁으로 밥 몇 숟가락을 뜨고는 새로 손질한 고기 삼십 근을 양념해 넌다. 선풍기를 고정시키고 돌아서니 거둬들인 고기가 눌려지길 기다리고 있다. 삼십 근을 한 번에 누를 순 없으니 보자기를 두 개 준비하고, 비닐도 크게 두 장을 자른다. 육포장석을 두 개 만들어놓고 번갈아가며 밟는다.

다리에 힘을 주며 구석구석 누르다보니 얼마 밟지도 않았는데 벌써 발목이 시큰거린다. 다리도 바쁘지만 머릿속 또한 분주히 돌아간다. 다음 날은 수원 쪽 대학에서 주간 오후부터 야간수업까지 연달아 있으니, 일러도 밤 11시에나 작업실에 도착한다. 육포는 그때부터나 포장이 가능하다는 말인데, 그 밤에 이튿날 9시까지 서른 상자나 되는 육포를 다 포장할 수 있을까? 과연? 생각만 해도 머리에 지진이 날 것 같다.

지금 돌아보면 그래도 이 정도는 약과였다. 시즌 막판에 갑자기 한과 백 상자라든지, 폐백이바지 주문이 들어오는 경우도 있었다. 명절 대목에 누가 시집 장가를 가랴싶겠지만, 실제로 있다. 주로 유학생들이 방학을 틈타 결혼하는데 그 더운 여름에, 어느 때는 추석시즌에 식을 올린다. 그러고는 시댁에서 명절에 쓰시라고 이바지는 추석 전날 보내 달란다. 언젠가는 추석날 아침에 이바지가 나간 적도 있었다. 또 겨울엔 사주팔자가 그리된 것인지, 묵은해를 넘기지 않으려 애쓰다 결국 구정시즌 막바지에 혼례를 치른다.

이런 일이 택배마감과 겹치면 죽기 아니면 까무러치기다. 그저 죽을힘을 다할 뿐 달리 방도가 없다. 그럴 때면 머리에 스치는 생각은 '이 일이 끝날 때까지 내가 살아있을 수 있을까'다. 어떻든 나는 죽지 않고 살아남았다. 청담동의 육포도 약속한 시간에 전달되었다.

청담동 납품 이후, '명절 전날까지만 오면 돼요' 하는 물량까지 모든 주문이 완료되었다. 그러기까지 갖은 북새를 다 떨었지만……. 아무튼 태풍이 또 한 차례 지나간 것이다. 일꾼들은 다음 설을 기약하며 총총히 떠나갔다. 이제는 나 혼자다. 텅 빈 주위를 둘러본다. 전쟁터가 따로 없다. 그러나 무언가를 끝냈다는 후련함이 가슴 밑바닥부터 차오른다. 그래서일까, 젖은 솜처럼 축 늘어졌던 몸에 서서히 기운이 돌아오는 게 느껴진다. 치명적인 한방에 나가떨어졌던 로보캅이 삐그덕삐그덕 관절을 맞추며 일어나듯 기운이 되돌아오는 것이다.

그렇게, 치열했던 전투의 기억을 또 한 번 새기고 내 삶은 앞으로 나아갔다.

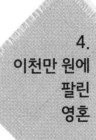

4.
이천만 원에
팔린
영혼

추석이 지나자 어느덧 10월도 중순이었다. 벌써 설이 머리에 들어앉기 시작했다. 설에서 추석까지는 칠팔 개월 여유가 있지만, 추석에서 설까지는 사 개월 남짓이다. 학교 가는 날과, 문화센터가 문을 닫으며 멤버들 그룹지도로 바뀐 주부팀 수업일을 달력에 표시해 두고, 나머지 날짜를 헤아리며 설 계획을 세웠다. 다시 추운 계절이 돌아오니 율란도 해야 하고 곶감도 말아야 한다. 신제품을 하나라도 추가하고 싶지만 그럴 여유가 없어 보인다. 육포를 신·구정 합쳐 백오십 상자로 늘려 잡는 바람에 그것만으로도 시간이 빠듯했다. 작업계획을 세우는 한편으로 어떤 일꾼들을 부를지 인원에 대한 계획도 점검했다.

그럴 즈음 떡집 여자가 찾아왔다. 떡집 처분 어쩌고 하는 소리를 들었던 터라 궁금했는데 마침내 팔았단다. 그러면서 하는 말이 엉뚱했다.

"떡집은 힘만 들었지 남는 것도 벨라 없어예. 여기 와서 보이카네, 큰돈이사 폐백이바지나 해야 만지겠대요. 그래서 선생님하고 사업 좀 같이 하고 싶은데, 우찌 생각하시는지요."

사업을 같이 해? 그러니까 동업을 하자는 말인가? 문득 아이엠에프 때 들었던, 동업은 부모 형제간에도 하지 말라던 말이 떠올랐다. 얼른 대답을 하지 않자 떡집 여자가 좀 더 적극적으로 나왔다.

"자금은 이천만 원 댈 수 있어예. 그걸로 지도 일 좀 하게 해주이소. 그냥 옆에만 있게 해주시면 되는 기라예."

솔직히 이천만 원이라는 소리에 혹하는 마음이 없지 않았다. 하지만 동업이라는 단어가 계속 걸렸다. 그럼에도 둘이 힘을 합쳐 사업을 확장하고픈 유혹이 고개를 드는 걸 어찌지 못했다. 무엇보다 작업실을 옮기면서 무리한 금액을 하루 빨리 회복하고 싶은 마음이 컸다. 그렇더라도 동업에는 끝까지 부정적이었다. 얼마의 고민 끝에 결단을 내렸다.

"시험 삼아 이번 명절을 한번 해보고, 다음 일은 그때 가서 결정하자."

그렇게 해서 나는 이천만 원을 받고, 설 명절의 이익금을 절반씩 나누기로 했다. 우선 한 시즌을 연습 삼아 해보는 것이다. 얼마 지나지 않아 떡집 여자인 장실장은 아예 작업실이 마주 보이는 골목으로 이사를 왔다. 일이 급하게 돌아갔다. 정아엄마랑 금이 씨, 초창기부터 알바를 하던 진숙씨, 그리고 장실장과 그 조카 재영이가 합류했다. 나를 포함한 일꾼 여섯 명은 본격적인 명절 밑준비에 들어갔다. 생강을 까서 졸이고, 유자로 정과를 담그고, 대추를 갈아서 찌고 볶았다. 그런 한편 이틀에 20근씩 꼬박꼬박 육포를 만들어갔다.

작업장에서의 밑작업은 장실장과 일꾼들한테 맡기고, 나는 주로 사무실 쪽에서 일을 봤다. 상품개발이나 상자 디자인, 고객명단과 주소록 관리, 강의준비, 동서네의 작업점검 등 할일이 많았다. 이틀에 20근씩 채반에 널리는 육포도 손봐야 했다. 1, 2차로 두 번을 누른 다음, 600그램씩 분류해서 냉동고에 저장하는 일이다. 자연 내가 일하는 사무실은 정적이 감돌만큼 조용한데, 안쪽의 작업장은 하루 종일 시끌시끌했다.

대화는 거의 장실장이 주도했다. 내 앞에선 얌전을 빼던 일꾼들도 실장이라는 사람 앞에선 덩달아 수다보따리를 풀어놓았다. 그때야 알았다. 금이 씨가 결코 말수 적은 사람이 아니라는 걸. 그냥 낯가림이 심할 뿐이지. 수다가 늘어지는 사이사이 장실장의 자지러지는 웃음소리가 심심찮게 터져 나왔다. 일꾼들이 퇴근한 저녁시간이면 재영이와 장실장, 나 셋이었다. 그럴 때면 자기네끼리 고향이나 친지 이야기, 떡집 시절의 에피소드를 줄줄이 화제에 올렸다. 일상사 떠벌이길 좋아하지 않는 나는 그런 일이 얼마나 내 신경을 건드리는지 그때는 미처 알지 못했다.

12월에 들어서자 계획한 육포 양이 얼추 맞춰지고 있었다.

"육포도 그럭저럭 끝이 보이네." 육포 누를 보자기를 펼치며 내가 한마디 하자, 장실장이 벌써요? 하는 얼굴로 나를 쳐다봤다.

"육포는 얼마나 하실 낀데예."

"추석만큼 하면 되지 않겠어?"

"고것 갖고 되겠어예?" 물음표를 단 말꼬리가 강한 경상도 억양으로 치솟았다. "추석의 두 배는 해야지예. 명절이 달달이 오는 것도 아니고……" 그러면서 이번엔 제대로 한판 벌여보자고 했다.

나는 자신이 없었다. 물건은 만드는 것만이 능사가 아니다. 만드는 것 못지않게 팔 곳이 문제다. 또 한 시즌에 육포가 백 상자를 넘어가면 포장하는 내가 죽어난다. 그 일만 하는 게 아니라 한과도 만들고, 관리 감독도 해야 하고, 수백 상자나 되는 보자기도 혼자서 싸야 하니까. 육포를 몇 십 상자 늘려 잡은 건 그나마 신정이 있어서 늘린 것이다.

아무리 생각해도 육포를 늘리는 건 무리였다. 하지만 장실장은 자신의 알량한 산술적 계산을 밀어붙였다.

"선생님 혼자서도 그만치 팔았는데, 우리 둘이서 팔몬 그 두 배는 팔아야지예."

그 자신만만함을 보고 장실장한테 든든한 거래처가 있나보다 했다. 그래도 혹시나 싶어 쐐기를 박았다.

"그렇게 많이 해뒀다가 다 못 팔면 어쩔 건데?"

"몬 팔기는 와 몬 팔아예. 다 몬 팔몬 지가 머리에 이고서 육포 사이소, 육포 사이소 하고 팔러 다닐 테이까네 선생님은 걱정을 마시소."

장실장의 말하는 본새가 퍽이나 호기로웠다. 의혹이나 망설임은 그림자도 얼씬하지 않았다. 그래서 육포 마무리 계획을 수정, 다시 고기 200근을 추가했다. 당연히 동서한테도 쌈의 양을 늘리라고 일렀다. 나와 동서가 동시에 고기를 추가하자 정육점 결제액이 천만 원을 넘어섰다. 결제액이 뛰어오르자 내 심장은 지은 죄도 없이 멋대로 툭탁거렸다.

장실장은 두 배로 늘리자 했지만 12월 중순에 접어들며 육포를 그만두었다. 어느덧 200상자 분량을 훨씬 넘어선 것이다. 냉동고에는 문만 열면 왈칵 쏟아져 내릴 듯 육포가 빽빽이 들어찼다. 그렇게 육포를 빵빵하게 쟁여두었으면 신·구정 준비에 의욕이 넘칠 법도 하련만…… 도무지 흥이 나지 않았다. 처음 장실장과 손을 잡을 때만 해도 기대 같은 게 있었다. 희망의 싹이 보일 수도 있겠다싶었다. 하지만 그것도 잠시, 갈수록 몸에 맞지 않는 옷을 껴입은 듯 갑갑한 느낌을 떨쳐낼 수 없었다. 뭔지는 모르겠으나 '이건 아니다'는 생각이 불쑥불쑥 고개를 쳐들었다. 일이 구원이라고 작업실에만 오면 기운이 났는데, 언제부턴가 작업실은 더 이상 내 구원의 장소가 되지 못했다.

연말이 다가오자 새로 나온 팸플릿을 발송하는 한편으로 육포 17상자를 정성껏 포장했다. 설 선물을 연말에 쓰는 이여사 집에 갈 물건이다. 만약 내 인생에도 '보랏빛 기억' 같은 다분히 감성적 표현을 허락해도 된다면 아마 이여사와 만나던 한 시절이 거기에 속할지 모른다.

이여사를 만난 곳은 강남에선 처음으로 출판사 이름을 내걸고 문을 연 문화센터였다. 그때 나는 사십 대 초반으로 뒤늦게 일본어 강의에 발을 들여놓은 강사 초년생이었다. 그런 어느 봄, 삼 개월 단위의 강좌가 시작되고 두어 주가 지난 때였다. 강좌 초기라 열댓 명의 수강생 이름도 미처 외우지 못했으나 이여사의 이름만은 제일 먼저 외워졌다. 맨 뒷자리에 시종 미소 띤 얼굴로 앉아있는 후덕한 느낌의 부인이 퍽이나 인상적이었던 것이다. 그 이여사가 강의실을 나서는 내게 말을 걸어왔다.

"오늘 시간 있으세요? 괜찮으시다면 점심 식사라도……." 별다른 약속이 없던 나는 이여사를 따라나섰다. 그렇게 인연이 시작되었다.

이여사는 나보다 열 살 정도 위였지만 거북할 정도로 깍듯이 선생 대접을 해주었다. 심지어 내 남편을 사부님이라 부르며 안부를 챙겨 나로 하여금 몸 둘 바를 모르게 했다. 이여사는 문화센터 강의를 오래 듣지 못했다. 지병인 천식 때문에 겨울엔 따뜻한 나라에 나가있는 경우가 많았고, 부부의 취미생활인 골프여행도 잦았다. 그래서 문화센터가 아닌 이여사 집으로 강의를 다니게 되었다. 집은 문화센터 바로 옆 골목에 있었다. 그곳을 두어 해정도 드나들었다.

이여사 집에 드나들던 시절은, 10년 회사생활을 마치면서 시작한 강사생활에 막 물이 오르던 때로 세상 모든 일이 새로웠다. 아들은 수십 대 일의 경쟁률을 뚫고 대학생이 되었고, 내 퇴직금은 신도시 아파트 당첨이라는 뜻밖의 선물로 돌아왔다. 나는 수원으로 안성으로 일주일에 두세 번 나들이길 같은 강사생활을 이어갔다. 그때 안성 캠퍼스 연못가에서 본 등나무 꽃의 연보랏빛은 시들어가던 내 감성을 흔들어 깨우는 산소방울 같았다. 내 인생에서 처음으로 희망이라는 단어가 자음과 모음의 조합으로서가 아닌 글자에 내포된 의미로 다가올 것 같던 시절이었다. 그 시간은 어이없으리 만치 허무하게 지나갔지만. 그 시절에 만난 이여사를 통해 나는 잠시나마 삶의 풍족함, 타인에 대한 배려, 마음의 안식이란 어떤 것인지를 느낄 수 있었다.

처음 음식 일을 시작할 때 이여사한테 인사를 갔다. 싱싱한 햇배에 대추 생강 꿀을 넣고 고다시피 끓인, 천식에 좋다는 배숙을 준비해서. 말하자면 신고식을 하러 간 것이다. 그 후 이여사는 명절이면 빠짐없이 육포를 썼는데, 주문은 으레 전화로 하고 찾을 때는 기사가 와서 얼굴을 대면한 지도 한참 되었다. 주문한 육포를 준비해놓고 기사 아저씨가 오기를 기다렸다. 그날 낮에 아저씨가 전화로 이사한 작업실의 위치를 확인한 터였다. 그런데 다시 전화가 온 것은 해질 무렵 이여사한테서였다. 밑에 와있으니 잠깐 얼굴 좀 봤으면 한단다. 포장한 상자를 들고 아래로 내려가자, 이여사가 차에서 내리며 예의 그 미소를 만면에 띠었다.

"근처에 볼일이 있어서 지나던 길이라⋯⋯." 그러면서 가게 간판을 올려다보았다. "새로 이사하셨다는 가게가 여기로군요."

이어 가방에서 봉투를 꺼냈다. 으레 육포 대금이겠거니 하고 받으니 봉투가 두 개였다. 내가 뭐라 할 새도 없이 이여사는 "연말에 직원들하고 회식이나 하시라구요" 하고는 훌쩍 차에 올랐다. 차는 지체 없이 떠났다. 미소를 머금고 뒤돌아보는 이여사의 얼굴을 차창에 새긴 채.

나는 멀어져가는 차를 오래도록 바라보았다. 발걸음이 쉬이 움직여지질 않았다. 왠지 시끌벅적한 작업실로는 돌아가고 싶지 않아 멍하니 서서 하늘을 올려다보았다. 저물어가는 하늘은 석양도 노을도 없이 온통 회색구름 차지였다. 눈이라도 퍼부으려나. 그때 하늘에서 떨어지기라도 하듯 무언가가 머리를 쳤다. '장실장하고는 그만 끝내야겠다.' 그 하늘의 계시 같은 대사가 뇌리를 훑고 지나가는 순간 막혔던 숨이 한꺼번에 밀고 올라왔다. 나는 허공에 대고 몇 번이고 깊은 숨을 토해냈다. 가슴의 응어리가 조금은 풀리는 듯했다. 계획이나 작정, 그런 게 있을 리 없었다. 하지만 끝내겠다는 생각만으로도 숨쉬기가 편해졌다면 답은 거기에 있는 거다. 그래, 여기서 그만두자.

그날 밤 하늘에선 기어이 눈이 내리기 시작했다. 체에서 내려오는 쌀가루처럼 사르륵 사르륵 내려쌓이는 눈은 세상천지에 이불이라도 덮어주려는 듯 고요하고 포근했다. 장실장과 끝내려면 어떤 수순을 밟아야 하나. 답은 저만치 보이는데 거기에 도달하기까지의 길은 오리무중이다. 어떻게 끝내야 한다? 그리고 끝낸 다음은?

5.
잘못된
만남

새해가 밝았다. 그 해 신정은 예상대로였다. 육포는 이여사를 비롯한 기존 고객들이 몇 개씩 써서 삼십여 상자가 나갔다. 한과도 소소하게 여남은 상자가 나가는 데서 그쳤다. 육포를 다 못 팔면 장실장과는 어찌되나? 장실장과 원만히 끝내기 위해서라도 준비한 물량은 재고를 남기지 말아야 했다. 나는 장실장과의 문제를 마음으로 이미 해결을 본 상태였다. 그때 결정적으로 도움이 되었던 건 처음에 달아둔 단서였다. '설 명절을 시험 삼아 해보고'라는.

지금 생각해도 아찔하다. 만약 그때 그 단서를 달아두지 않았더라면 어쩔 뻔 했나. 또 장실장과의 결별을 마음으로 결론내지 않았더라면 나는 과연 어땠을까. 장실장은 설 명절까지 수도 없이 크고 작은 펀치를 날리며 나를 놀래키는가 하면, 기함을 해서 뒤로 넘어가게 했으니 말이다. 하지만 마음으로 끝낸 나는 저쪽에서 무슨 말을 하건, 어떤 행동으로 내 속을 뒤집건 설만 지나면 헤어질 인연이라는 생각에 비교적 담담할 수 있었다. 그렇다고 상처가 안 되었다면 거짓말일 게다.

정보지가 배포되자 면접을 위해 찾아오는 사람들이 늘었다. 그런 어느 날 장실장이 내게 한마디 던졌다. "금이라는 사람 계속 쓰실 겁니꺼?" 뜬 금없는 질문의 의도를 알 수 없어 나는 되물었다. "금이 씨는 왜?"

"그 사람, 다음부턴 쓰지 마이소." 순간 명령조의 어투가 내 비위를 건드렸다. "왜 그 사람 일에 장실장이 이래라저래라 하는 건데?"

"그 사람이 움직이몬 다른 사람 하나가 꼭 따라댕기야 하이까네, 두 사람 쓰는 폭 아입니꺼." 고개까지 옆으로 절레절레 흔들었다.

나는 하도 어이가 없어서 할말을 잃었다. 그냥 장실장 얼굴만 쳐다봤다. 금이 씨가 식사당번을 하거나 불 앞에서 일을 할 때면, 무거운 재료나 큰 도구는 누군가 거들어주어야 하는 건 맞다. 하지만 불편한 몸으로 애쓰는 것만이 대견해서 시중드는 사람에 대해선 생각해본 바가 없었다. 설령 시중드는 일에 인력의 낭비가 있다한들 낭비가 되면 얼마나 된다고. 어이가 없는 것도 도를 넘으면 코미디가 된다. 대꾸할 가치도 없어서 나는 묵묵부답으로 일관했다.

며칠 후, 외출에서 돌아오니 정아엄마가 다가와 물었다. "선생님, 장사장이 누구예요? 누가 전화로 장사장을 찾길래 그런 사람 없다고 하니까, 거기가 이바지집 아니냐며 자꾸 그럴 리가 없다는 거예요."

"장사장? 글쎄, 잘못 걸린 전화 아닐까?" 그 날은 예사로 넘겼다.

다음날, 사무실 쪽에서 육포를 손질하고 있는데 장실장이 기척도 없이 불쑥 나타나서는 다짜고짜 시비조로 나왔다.

"나도 인자 사장이라고 불러주세요. 실장이 뭐예요? 실장이."

느닷없는 그녀의 기습에 나는 그만 들고 있던 육포를 떨어뜨릴 뻔했다. 어떻게 그런 말을, 직원들이 한창 일하는 와중에 대놓고……. 모닥불을 들이댄 듯 얼굴이 화끈거렸다. 어찌 이리 당돌할 수가 있나. 이건 뭐, 위아래를 몰라보는 건 물론이요 분위기 파악이라는 것도 안중에 없었다. 나는 장실장이 말하는 내용보다 그 태도가 심히 거슬렸다. 가만히 있을 테니까 옆에만 있게 해달라던 게 불과 몇 달 전인가. 돈 얼마 넣었다고 사람이 이렇게 표변하다니. 돈이면 안 될 게 없다는 그 상스러움에, 옆도 뒤도 돌아보지 않는 그 조심성 없음에 기가 찼다. 할 말도 얼른 생각나지 않아 들은 말을 되돌려주었다.

"내가 왜 자기를 사장이라고 불러야 하는데?"

"돈도 그만치 댔으몬 선생님하고 똑같은 거 아니예요? 선생님이 사장이몬 지도 사장이지예. 그라고 영업을 할라케도 실장 갖고 되겠어요?"

예로부터 말이 아니면 하지를 말고 길이 아니면 가지를 말라 했던가. 이런 말도 안 되는 언쟁에 휘말렸다간 나도 똑같은 사람 되지싶어 대꾸 한마디 하지 않았다. 아니 실은, 장실장의 그런 말본새는 내 교과서엔 한 번도 등장한 적이 없으니 그런 식의 언사에 대거리할 수단을 갖지 못했던 것이다. 나는 태연히 하던 일만 계속했다. 실상은 가슴이 후들거리고 손이 덜덜 떨려 육포를 연거푸 들었다 놨다 헛손질만 할뿐이었지만.

그런 며칠 후, 누군가 와서 그랬다. "장실장이 명함을 만들었다고 보여주는데, 사장이라고 돼있던데요? 그러면서 우리더러 이제부턴 자기를 사장이라고 부르래요."

그 정도면 갈 데까지 간 거다. '고상'까지는 바라지 않았다. 그래도 그렇지, 그렇게 대놓고 '천박'으로 휘갑을 칠 줄은 몰랐다. 왜 좀 더 점잖게 순서와 절차를 밟아 자기주장을 하지 못한단 말인가? 밥도 뜸이 들어야 먹는 거지. 그러더니 얼마 지나지 않아 작업장 쪽에서 간간이 '장사장' 하는 소리가 들려왔다. 그 가운데 장사장이란 호칭을 가장 목청 높여 자주 부른 사람은 금이 씨였다.

그런 복닥거림 속에서 설이 지나갔다. 시즌 마지막 날 나는 기나긴 한숨을 토해냈다. 장실장과는 끝났다는 후련함과 동시에, 냉동고에 반이나 남아있는 육포 때문이었다. 육포는 여의도 건설회사를 비롯한 단골 고객들의 주문으로 예년만큼 나간 데서 그쳤다. 한과 역시 고객 명단에 별다른 변동이 없었다. 매출을 보니 신·구정 합쳐 추석과 대동소이했다. 구정만 놓고 본다면 매출은 오히려 추석보다 줄어있었다. 둘이 하니까 매출도 두 배로 늘지 않겠냐는 장실장의 계산은 주먹구구식 계산으로 끝나고 말았다. 장실장은 '사장' 명함까지 돌리며 유난을 떨었지만, 그 앞으로 들어온 주문은 한과·육포 다해서 여남은 상자에 불과했다.

설 연휴 다음날 장실장을 불렀다. 거두절미하고, 이번 명절을 함께 해보니 아니라는 생각이 들었다. 이천만 원은 전액 돌려줄 테니 없던 일로 하고, 이걸로 우리 관계를 끝내자고 조용히 말했다. 그리고 이천만 원과는 상관없이 명절 이익금을 절반씩 나눴다. 어투는 부드러웠지만 단호한 내 표정에 그렇게나 기세등등하던 장실장도 낯빛만 흐릴 뿐 별말이 없었다. 그저, 이익금으로 받은 돈이 자기 일당도 안 되는 액수라느니 주절거렸지만 나는 대꾸도 하지 않았다. 물건이란 팔려야 돈이 되는 거지, 팔리지도 않고 냉동고 가득 남았는데 낸들 어쩌겠나. 그 앞에서 '그럼 장실장은 주문을 얼마나 받아왔는데'라는 치사한 소리를 입에 담지 않은 것만도 다행으로 여겨야 하지 않을까. 하지만 나는 인간관계에서 그런 바닥까지는 가고 싶지 않았다.

계산이 끝나자 장실장이 남은 육포와 쌈도 반을 나눠달라고 했다. 어이가 없었지만 나는 아무런 내색도 하지 않았다. 말없이 냉동고에서 육포와 쌈을 꾸역꾸역 꺼내놓았다. 누구 때문에 이 많은 육포와 쌈이 남아버렸는데 하는 원망의 말도 하지 않았다. 또 그로해서 내가 입은 손해가 얼만데 하는 앓는 소리도 하지 않았다. 이사할 때 무리한 금액을 만회하려고 손잡은 일이 두 배나 늘어난 빚으로 돌아왔지만, 말상대도 되지 않는 사람 앞이라 그런 소리를 입에 담는 일조차 자존심이 허락지 않았다. 그저 어서어서 이 상황이 종료되어 다시는 얼굴 대할 일이 없기만을 바랐다. 꺼내놓은 육포와 쌈이 얼마나 많던지 남편까지 불러서 싸가지고 갔다. 그래도 헤어지는 마당이니 마지막으로 목소리를 쥐어짰다.

"그동안 수고했어. 잘 살아."

그 말에 미소를 담느라 내 얼굴은 쥐어짠 빨래처럼 비틀어졌다.

그걸로 모든 것이 끝났다, 고 생각했다. 그랬으면 오죽 좋았으랴. 하지만 이듬해부터……. 한번 잘못 엮인 인연의 끈은 질기고도 질겼다.

　만나고 헤어지는 일로 두 번씩이나 홍역을 치르자 음식 일이 오롯이 나 혼자의 몫이라는 자각이 굳어졌다. 장실장과 엮이면서 빚이 배로 늘었지만 그럴수록 분발해야 한다며 마음을 다지고 다졌다. 또, 전통음식에 뿌리를 내리려면 우리 전통이나 음식에 관한 공부가 필요함을 절실히 느꼈다. 그런 생각으로 이 방면의 공부를 막 시작한 무렵이었다.

　어느 날 학과 선배한테서 연락이 왔다. 의논할 일이 있으니 좀 나오라고 했다. 가보니 신문사 논설위원인 왕선배가 주축이 되어 우리 과 출신 여러 명이 나와 있었다. 열댓 명쯤 되는 인원이었다. 모임의 취지는, 얼마 후면 정년퇴임하는 선생님을 곁에서 지켜드리자는 것이었다. 선생님이 남자대학에 계셨으면 든든한 제자를 여럿 거느렸을 텐데, 여자대학이다 보니 선생님의 노후가 쓸쓸하지 않겠냐는 것이다. 백번 옳은 말씀, 누가 반대를 하겠나. 물론 학교 쪽으로 가면 선생님의 제자는 셀 수 없이 많지만, 이 모임은 학교 밖에서 활동하는 제자들 중심이었다. 언론사에 있거나, 소설을 쓰거나, 예술방면에 종사하거나…… 주로 문화계에서 활동하는 제자들이었다. 나는? 난 좀 애매하다, 어쨌거나.

발기인모임 겸해서 선생님을 모셨다. 선생님은 다양한 분야에서 활동하는 제자들을 만난 걸 무척이나 반가워했다. 환하게 미소 띤 얼굴로 제자마다 일일이 근황을 물어보았다. 선생님에겐 그 옛날 강의실에서 보았던 우수에 찬 모습은 더 이상 없었다. 조각 같던 얼굴은 많이 둥글둥글해지고, 충청도 사투리가 인간적으로 잘 어울리는 풍모로 변해있었다. 이 모임에선 막내를 겨우 면한 학번인 나는 맨 말석에 앉아, 세월이 가져다준 선생님의 모습을 조용히 지켜보았다. 선생님의 변한 모습은 익숙지 않았지만 뭔가 너그럽고 푸근해진 느낌에 내 마음도 차츰 따뜻해졌다. 그로부터 얼마 후 선생님의 교수 퇴임식이 있었다.

퇴임식장은 학교 소강당이었는데 말로만 듣던 인산인해였다. 서있을 자리도 모자라 복도에까지 서성이는 사람들로 붐볐다. 퇴임식 마지막 순서는 선생님의 퇴임사를 겸한 30분정도의 짤막한 강연이었다. 강연내용은 인쇄물로 준비돼있었고, 제목은 '소크라테스는 왜 독배를 마셨나'였다. 그날의 강연은 강의실에서보다 한 차원 높은 것이었으나 학창시절에 듣던 그대로의 열강이었다. 그날도 선생님은 또 다른 인식의 세계, 통찰의 세계로 날아오를 수 있게 나를 한껏 고양시켜 주었다. 나는 오랜만에 듣는 선생님의 강의를 한마디라도 놓칠세라 인쇄물에 깨알같이 기록했건만 지금은 그 자료를 찾을 수가 없다. 내용도 잘 기억나지 않는다. 다만 강연의 마지막 말씀만은 아직도 뇌리에 각인돼있다.

"저는 이제까지 살아오면서 여러 이름으로 불려왔습니다. 부모의 아들로, 한 여인의 남편으로, 자식들의 아버지로, 대학교수, 학자, 소설가,

시인, 희곡작가, 평론가, 논설위원, 장관, 잡지 발행인······." 그러다 보니 선생님 자신이 열일곱 개정도의 이름으로 불리고 있음을 알았단다. 그러면서 끝으로 한 말씀을 덧붙였다. "그런데 제가 정작 불리고 싶은 이름은 따로 있습니다. 그것은 바로 '창조적 상상력을 가진 제자를 길러낸 스승'이라는 이름으로 불리고 싶습니다."

마지막 말씀이 끝나자 객석에선 우레와 같은 박수가 터져 나왔다. 나는 돌아오는 내내 가슴이 먹먹했다. '창조적 상상력을 가진 제자'라는 구절이 가슴을 활활 태우고 있었던 것이다. 또 그것과 함께 스무 살 때 강의실에서 들었던 '가장 한국적인 것이 가장 세계적인 것'이라는 선생님 말씀이 떠올랐다. 스무 살 때는 그 문구의 뜻이 잘 이해되지 않았다. 그러다 한국의 전통이라는 데 발을 담가보니 비로소 그 의미가 조금씩 내게 스며들었다. 선생님의 이 두 문장은 두고두고 내 안의 꺼지지 않는 불씨가 되었다. 이후 나는 제품을 하나씩 만들 때마다, 여기에는 창조적 상상력이 얼마나 들어있는지를 돌아보며 나만의 고유한 제품을 만들기 위해 부심했다.

배도 물 들어올 때 띄우라 했던가. 나는 우리 것을 알기 위한 공부에 발 벗고 나섰다. 당장 어느 대학교수가 운영하는 학원의 〈폐백 반〉에 등록했다. 궁중음식원에서 배운 혼례음식을 좀 더 심화하기 위해서였다. 그 과정을 마치고는 인사동에 있는 〈다도교실〉을 찾았다. 내가 만드는 한과는 '곁들임'이라는 이름으로 차와 함께 내는 음식이니, 차에 대한 기본상식 정도는 갖춰야 할 것 같았다. 다도교실의 마지막 수업은 그동안 배운 내용에 대한 시연이었다. 차에 어울리는 음식을 직접 마련하여 다도시연을 하는 것이다. 나는 다과상에 곁들이기 좋은 음식을 다양하게 준비해서 시연에 임했다. 그날 다도 선생님은 내가 준비해 간 음식으로 다과상 한상을 샘플로 차려냈다. 향기로운 차에, 내가 만든 음식이 곁들여진 찻상을 마주하기는 나로서도 처음이었다. 이날의 체험은 앞으로 어떤 한과를 만들든 그 맛과 향, 색깔이나 모양이 어떠해야 하는지 스스로 깨우치게 해주었다.

뒤이어 입문한 과정은 〈전통예절〉. 전통에 관해서라면 음식뿐 아니라 예법에 대해서도 알아둘 필요를 느꼈다. 12회로 진행된 이 강좌에서는 사람이 태어나서 죽을 때까지, 관혼상제를 비롯한 통과의례에 관한 내용을 빠짐없이 다루었다. 강의를 들으며 출산에서 백일이나 첫돌, 성인식, 혼례, 나아가 장례와 제사에 이르기까지 그에 맞는 의례와 음식에 관한 예법을 배울 수 있었다.

그렇게 차근차근 나 자신을 위한 소양을 쌓아갔지만 성과가 없다면 별 의미가 없다. 나는 애초 전통음식의 이방인으로 참여한 처지니 이 분야의 떳떳한 시민으로 정착하려면 그에 상응하는 실적을 내야 했다. 그래서 시민권의 자격심사라도 받아야 했다. 다행히 그 기회는 나를 외면하지 않았다.

어느 날 궁중음식원에서 연락이 왔다. 육포 전반에 관한 특강을 해달라는 것이다. 한 차례의 특강이긴 하나 그 많은 궁중음식원 출신 가운데 육포를 강의할 사람으로 내가 지목되었다는 사실은 가슴 떨리는 일이기도 했다. 대상은 나보다 몇 기수 아래의 〈폐백이바지 반〉 수강자들이었다. 나는 그들에게 내가 알고 있는 육포에 관한 모든 내용을 속속들이 알려주었다. 또 육포쌈과 칠보편포는 실물도 가져가, 만드는 방법부터 요령까지 세세히 가르쳐주었다.

또 그해 여름에는 황혜성 선생님의 팔순잔치가 있었다. 팔순행사야말로 선생님의 친지와 제자, 교육과정의 수료자들이 힘을 모아 축하해주는 자리였다. 당연히 팔순잔치의 꽃인 고임상에 제자들 솜씨가 빠질 수 없었다. 그 상차림 가운데 조란과 생강란이 내게 맡겨졌다. 고임상은 음식마다 30센티 높이로 고이는 것이어서 그 양이 만만치 않다. 하지만 양이 문제가 아니었다. 궁중음식원 수료자로서 선생님의 잔칫상에 음식을 올릴 수 있다면 그보다 더한 영광은 없을 듯싶었다. 나는 며칠씩 밤을 밝히며 생강란과 조란을 빚어 고임상에 올렸다.

그런가 하면 〈폐백이바지 반〉 수료자 모임인 수강재에서는 매달 모임을 가졌다. 그 모임에는 백여 명이 넘는 인원이 회원으로 참여하고 있었다. 언젠가 그 모임 주최로 '누가누가 잘하나' 식의 솜씨 경연대회가 열렸다. 대회 심사위원으로는 황혜성 선생님의 딸들인 한복려 선생을 비롯한 세 자매가 참여했다. 일찌감치 홍보가 되었던 5월의 그 행사는 회원들의 열띤 호응 속에서 막이 올랐다. 회원 가운데 음식에 한가락 한다는 사람은 너도나도 경연에 출품했다. 오징어 오림을 작품수준의 족자로 만들어 걸어둔 사람, 폐백을 떡 벌어지게 한상차림으로 꾸며놓은 사람, 목판 가득 온갖 종류의 떡과 한과를 출품한 사람들…….

심사위원인 세 자매는 연신 입을 다물지 못했다. 궁중음식원 수료자들 솜씨가 그렇게나 화려하고 대단할 줄은 눈으로 보고도 믿기지 않는다는 표정이었다. 나는 우리 제품을 가지런히 담은 한지 구절판과 몇 종류의 선물세트를 내놓았다. 너무 조촐한 모양새라 눈에 잘 띄지도 않았다. 그래도 심사하는 동안 적잖은 회원들이 몰린 곳은 커다란 작품 옆에서 빈약해 보이기까지 하는 그 한지상자 앞이었다. 화려하고 먹음직스런 음식들은 많이 봐왔겠지만 그렇게 올망졸망하고 조밀한 제품은 흔치 않았기 때문이리라.

심사 결과, 상은 세 자매의 이름으로 세 사람에게 주어졌다. 나는 한복선 선생 이름으로 수여되는 상을 받았다. 부상은 은수저 한 벌이었다.

이 모임에서는 일 년에 두 번 정기적으로 음식탐방을 나갔다. 가까이는 경기지역에서부터, 멀게는 제주도까지 비행기를 타고 갔다. 대개는 1박2일이지만 제주도나 완도쯤 되면 2박3일이었다. 그렇게 멀리까지 날아가서, 성대하게 차려진 지역음식들을 체험하며 서울과 지방회원 간의 음식교류를 통한 친목을 다졌다. 그럴 때면 탐방지의 집행부 쪽에 건네줄 선물에는 으레 내가 만든 제품이 빠지지 않았다. 그런 때야말로 지방 사람들에게 우리의 미의식과 감각을 제대로 선보일 기회였다. 나는 매번 서울음식의 세련된 맛과 풍미를 한껏 살린 음식으로 선물꾸러미를 준비했다. 또 집행부 선물 외에도 우리 제품을 맛보기로 담은 낱개포장을 따로 만들어 함께 탐방 가는 전 회원에게 간식으로 돌렸다.

이처럼 기회 있을 때마다 꾸준히 우리 제품을 알려가자 나 스스로 짊어진 전통음식의 이방인이라는 자격지심이 조금씩 엷어졌다.

해가 바뀌고 인원을 정비했다. 고정알바로 네 사람을 주에 3일씩 나와 일상 업무를 보도록 했다. 나는 나대로 음식 품목을 하나씩 늘려갔다. 우선 한과의 새로운 품목으로 쌀강정을 추가했다. 흰색 노란색 녹색 붉은색 검정색의 다섯 가지로. 흰색이야 그냥 쌀의 순수한 색이고, 노랑은 치자, 녹색은 녹차, 검정은 흑미, 붉은 색은 지초를 썼다. 한과는 색상이 매우 중요한데 쌀강정에선 특히 녹색과 붉은색에 공을 많이 들였다.

한약재로 쓰이는 지초는 기름에 녹는 성질이 있어서 끓는 기름에 넣으면 빨간색이 우러나온다. 그 기름에다 말린 쌀을 튀기는데, 거기서 튀겨낸 쌀은 천연의 빛깔이라 보기에 자연스러울 뿐 아니라 독특한 향미마저 풍긴다. 또 기름에 넣는 지초의 양에 따라 분홍에서 진빨강까지 색상을 자유자재로 조절할 수 있다는 이점도 있다.

그리고 녹색. 당시만 해도 쌀강정의 녹색은 시금치 즙이나 승검초 가루, 아니면 쑥으로 색을 내던 시절이었다. 나는 그런 재료들보다 녹차가 좋을 것 같아, 여러 종류의 녹차를 시도해본 결과 맘에 드는 차 하나를 발견했다. 그건 녹차 중에서도 미세한 분말의 말차였다. 내가 쓰던 말차는 가루 상태에서는 묵직한 올리브그린이다가 물에 섞이면 화사한 연둣빛으로 우러났다. 밝으면서도 가볍지 않은 색감에, 차의 맛과 향까지 더해주니 음식의 부재료로는 더 이상 바랄 게 없었다.

일꾼들이 출근하지 않는 날은 혼자 작업실에 나와 햇살 좋은 볕을 놓칠세라 부지런히 쌀을 삶아 말렸다. 또 말린 쌀을 기름에 튀기고 엿물에 버무려 틀에 밀었다. 나는 어떤 음식이든 내 손에서 충분히 숙달된 다음에 직원들을 가르치기 때문에 준비에 시간이 많이 걸렸다.

이어 도전한 품목은 인삼정과와 도라지정과. 인삼정과는 두 종류를 준비했다. 그동안 이바지용 인삼은 5년이나 6년 근을 썼는데, 이런 삼은 한과세트의 좁은 칸에는 크기가 맞지 않았다. 확실히 인삼정과 하나만 들어가도 한과상자는 격이 달라 보인다. 하지만 아무리 크고 잘생긴 삼이라도 잘라서 넣으면 시각적 효과는 뚝 떨어진다. 인삼은 역시 사람 다리처럼 통통하게 뻗은 모양새나 잔뿌리의 섬세함이 살아야 제격이다. 그 점을 감안해 한과세트에는 1년이나 2년 근의 어린 삼을 준비했다.

도라지는 인삼과 다르다. 인삼은 갓 뿌리를 내린 어린 미삼이라도 앙증맞고 귀여운 데가 있다. 나름 사포닌 향내도 풍긴다. 그에 비해 어린 도라지는 앙증맞은 게 아니라 못 먹고 자란 아이처럼 빈약해 보인다. 그래서 도라지는 크고 좋은 것으로 정과를 만들어 잘라서 넣었다.

이렇게 볕 좋은 날은 육포나 쌀을 말리고, 궂은 날은 인삼이나 도라지를 졸이든가 난 종류의 밑준비를 하며 추석을 대비한 항진을 이어갔다.

이 해 추석은 무난히 넘어갈 줄 알았다. 육포도 다 해놓았겠다, 쌀도 다 말려놓았으니 튀겨서 담기만 하면 되었다. 인삼정과나 도라지정과도 졸여서 냉동고에 넣어둔 상태였다. 정보지에 광고를 내자 지원자들도 적잖게 몰려 인원도 순조롭게 채워졌다. 하지만…… 인생살이가 내 뜻대로 굴러가준 적이 몇 번이나 있던가.

조카가 취직이 되어 우리 일을 더 이상 도와줄 수 없게 되었다. 조카 친구들도 결혼을 하거나 아기를 갖거나 해서 올 만한 사람이 아무도 없었다. 난 종류에 비상이 걸렸다. 꼼짝 없이 내가 감당해야 할 판이었다. 거기서부터 일이 꼬이기 시작하더니, 다식을 찍던 학생들한테 연락이 잘 닿지 않았다. 어쩌다 통화가 되면 온다는 소린지 안 온다는 소린지 우물쭈물하다 전화를 끊었다. 요즘 아이들 같지 않다며 보는 사람마다 칭찬을 아끼지 않았는데, 어딘가 이상했다. 설 시즌 끝나고 "다음 추석에 또 올 거지?" 하니까, "네" 하며 배시시 웃던 아이들이었다. 못 온다면 왜 못 오는지, 똑바로 이야기해주면 좋으련만……. 급한 대로 다식은 새로 온 알바 몇 명을 붙여서 정아엄마한테 전담시켰다.

그럴 즈음 시장의 이불가게 앞을 지나다 영순 씨를 만났다. 영순 씨를 알게 된 건 쌀강정을 말릴 때 쓰는 망을 만들면서였다. 동대문에서 망사를 끊어 와, 바느질 맡길 만한 곳을 찾다가 동네시장에서 이불집을 발견했다. 영순 씨네는 부부가 이불가게를 했는데, 이 동네에서 산 세월이 오래다 보니 웬만한 통반장 두 몫을 했다. 그 인맥을 이용해 다식 찍을 사람 좀 알아봐 달라고 당부해 두었다.

며칠 후 영순 씨는 젊은 주부 둘을 데리고 왔다. 두 사람을 정아엄마한테 소개하고 다식 찍는 요령을 알려주도록 했다. 하루 이틀 데리고 다식을 가르쳐보니 둘 다 손끝이 매웠다. 두 사람 다 아이들이 초등학생이라 철없이 재료에 손댈 것 같지 않아 일감을 집에 가져가도 좋다고 했다.

일주일 후, 완성된 다식을 한 통씩 채워왔다. 양쪽 다 솜씨가 보통을 넘었다. 학생들 가운데 가장 예쁘게 박는다는 아이가 한 것보다 나으면 나았지 못하지 않았다. 그 후 이 두 젊은 주부는 시즌 때면 전담해서 다식을 박아왔다. 영순 씨가 우리와 인연이 깊어지자, 내가 사람 쓰는 일로 걱정을 하면 옆에서 입버릇처럼 그랬다. "아, 돈이 없제 사람이 없을라디요." 진한 남도 사투리의 그 말은 틀리지 않았다.

일꾼들이란 일껏 믿고 일을 가르쳐놓으면 무슨 연유로든 그만두는 상황이 생긴다. 그러면 나는 새로 데려다 가르치려면 또 얼마나 시간이 걸릴까, 하더라도 앞 사람만큼 해낼 수 있을까…… 지레 걱정을 앞세웠다. 헌데 지나고 보면 영순 씨 말 그대로였다. 돈이 없지, 사람은 늘 앞선 사람보다 못하지 않은 사람이 나타나 자리를 채워주었다.

내가 육포에 난 빚는 일까지 도맡게 되자 어쩔 수 없이 약과 일을 누군가에게 넘겨야 했다. 개성약과는 1차 기름에서 약과를 부풀리는 요령도 쉽지 않지만, 그보다는 2차 작업이 160도 기름 앞에서 하는 일이라 함부로 맡길 수가 없었다. 아무리 바빠도 약과와 쌀강정만큼은 내 손으로 튀겨왔으나 이젠 불가항력이다. 역시 송이 씨가 그중 나아보여 '기름조심'을 귀에 못이 박히도록 강조하고 약과 튀기기를 넘겼다.

그해 추석도 예외 없이 갖은 난리를 피우며 시즌이 끝나가고 있었다. 육포가 몇 상자 분량밖에 남지 않자 청담동 고객이 생각났다. 또 시즌 끝 무렵에 육포를 주문하면 어쩌나싶어 연락해보았다. 안부 인사를 건네자 저쪽에서 먼저 말을 앞질렀다.

"올해는 송이버섯으로 할까 하고, 그걸로 주문했어요."

"아, 그러세요. 잘 됐네요. 저희도 육포가 다 돼가서, 그럼 명절 잘 보내시고……" 하는데 고객이 다급하게 말끝을 가로막았다.

"저어, 숙이바지라고 아세요?"

"네? 숙이바지요?" 무슨 소린지 알 수 없었다.

"숙이바지라는 데서 연락이 왔었어요. 자기네 육포를 써보지 않겠냐면서 자료를 보내왔는데, 글쎄 팸플릿이 선생님 꺼랑 똑 같지 뭐예요. 아주 감쪽같아요."

순간 머리가 어찔했다. '숙이바지'라는 네 음절이 업체 이름이라는 사실을 그제야 알아차린 것이다. 그 다음은 무슨 말을 하고 전화를 끊었는지 ……. 그저 구정물을 한 바가지 홀랑 뒤집어쓴 것 같더니 차츰 온 몸이 알 수 없는 부끄럼으로 활활 타올랐다. '숙이바지'란 장실장이 낸

가게의 상호임에 틀림없었다. 장실장 이름이 '숙'자로 끝나니 거기에 '이바지'를 붙인 것이다.

생각하면 할수록 구정물은 악취를 풍기는 오물로 변해 온몸 구석구석으로 퍼져갔다. 동시에 부끄러움도 함께. 남의 팸플릿을 베끼고, 남의 거래처에 던적스런 입질한 것은 저쪽인데 내가 왜 부끄러운 건지……. 내가 사실상의 피해자라 해도 그런 천박스런 일에 연루되었다는 사실 자체가 부끄럽기 짝이 없었다.

그러나 나는 이 일을 누구에게 발설은커녕 내색조차 하지 않았다. 냄새 나는 오물은 꽁꽁 묶어 쓰레기통에 던져버리는 게 상책이다. 열어서 헤집으면 헤집을수록 악취만 진동한다. 이전투구라는 말이 괜히 있겠는가. 섣불리 말을 퍼트렸다가는 나 자신이 진흙탕에서 싸우는 개로 비치기 십상이었다. 나는 그 누구와도, 특히 장실장 같은 사람하고는 엉겨붙은 개꼴이 되고 싶지 않았다. 싸움도 상대를 가려가면서 해야지…….

마음으로는 몇 번을 그리 다짐해보지만, 그럼에도 시도 때도 없이 심장이 떨려오고 속이 부글부글 끓어오르는 건 어쩔 수 없었다. 그래도 시즌 막바지 작업이 정지간의 부지깽이도 설칠 만큼 바쁘게 돌아가자 장실장 건은 잠시 내 안에서 비껴났다. 매출도 전년보다 못하지 않았다.

장실장이 작업실을 그만둔 후 나는 한 번도 장실장이라는 단어를 입에 올리지 않았다. 내가 그쪽에 대해 일체 함구하고 있으니, 그 집에 관한 소문은 일꾼들 입에서 돌고 돌다 시어터진 구문이 되어서야 내 귀에 들어왔다. 다식을 찍던 학생들이 하루아침에 발길을 끊은 건 이미 장실장네서 끌어갔기 때문이란다. 시급을 꽤 올려준 모양이라고 했다.

그 집의 팸플릿도 얼마쯤 지나 우연히 내 손에 들어왔다. 청담동 고객이 '선생님네 꺼랑 똑같아요' 했지만, 팸플릿 자체가 달랐다. 색상이 전체적으로 우중충한데다 디자인 솜씨는 조악하기 짝이 없었다. 다만 거기에 나와 있는 육포 종류는 상자 형태나 구성이 비슷했다. 특히 육포를 가운데 두고 양옆으로 쌈이 들어가는 장팔각 상자는 한지 색깔만 빼곤 형태나 구성, 크기까지 똑같았다. 거기에 들어간 육포쌈이 작업실을 그만둘 때 가져간 걸로 썼다는 말은 이미 귓결에 들은 바였다. 나는 대충 훑어보고는 못 볼 것이라도 본 양 그 자리에서 폐기해버렸다.

그 뒤로도 우리 작업실에서 나간 누구가 거기서 일하고 있다더라, 누구가 그 집에 드나들며 일을 봐줬다더라 하는 온갖 소문이 꼬리를 물었다. 참으로 끈질기고도 고약한 인연이었다.

우리는 일 년이면 두 번 정보지를 통해 사람을 뽑고, 시즌 동안 같이 일해 보고 마음이 맞으면 직원으로 썼다. 팸플릿도 명절마다 거르지 않고 새롭게 선보였다. 그 모든 일을 공개적으로 하니 누가 우리를 흉내 내거나 사람을 빼가는 건 피할 수 없었다. 그렇다면, 사전에 그런 일을 막으려면 어찌해야 하나?

방법은, 아무도 쉽게 흉내 낼 수 없는 나만의 제품을 만드는 것, 누구도 감히 따라올 수 없도록 저만치 앞서가는 것, 그 길밖에 없었다. 그러니 내가 경계해야 할 대상 1호는 여느 타 업체가 아닌 타성에 젖어버릴지 모를 바로 나 자신이었다.

9.
아니 땐
굴뚝에서
대형 화재가?

추석이 지나가 곧 설 준비에 들어갔다. 어느새 한 해가 설과 추석, 두 절기로 나뉘어버렸다. 설이 끝나면 추석을, 추석이 끝나면 설을 입에 달고 살았다. 설을 대비해 가장 먼저 한 일은 인원정비였다. 송이 씨와 정아엄마, 금이 씨, 그리고 추석에 온 알바 가운데 희정이가 새로 합류했다. 처음엔 진숙 씨를 포함시켰으나, 웬일인지 그녀 쪽에서 앞으론 우리 일을 못하겠다는 말을 해왔다. 이유가 뭐냐고 물으니 "추석 전에 그만뒀어야 하는데, 선생님이 바쁘신데 그만둘 수가 없어서……"라는 말만 했다. 나는 그저, 자기 사정은 제쳐놓고 바쁜 나를 도와주었다는 말에 순순히 알았다고 했다. 실은 나도 그녀에 대해 별다른 덧정이 없던 차였다. 진숙 씨한테는 마음에 걸리는 일이 있었다.

그때는 볕 좋은 늦은 봄날로 허구한 날 육포를 해댈 무렵이었다. 사무실 쪽에서 일을 보고 있는데, 식사 하세요 소리가 들렸다. 나가 보니 다들 밥상을 차려놓고 기다리고 있었다. 나는, 먼저들 들라 하고는 습관처럼 육포가 있는 앵글로 가보았다. 아침에 널은 건 잘 마르고 있는지, 2차로 말리는 육포는 언제 거둬들일지 상태를 봐가며 선풍기 바람을 조절해주는 것이다. 그런데 거기에 파리 한 마리가 제 세상을 만난 듯 돌아다니고 있었다. 있을 수 없는 일이었다. 파리를 잡긴 잡아야겠는데 앵글엔 온통 육포가 널려있어서 마땅치 않았다. 일단 파리를 작업장 쪽으로 몰아내고는 앵글과 작업장 사이의 커튼을 닫았다.

"밥 먹고 저 파리 좀 잡아봐. 언제 저기로 들어갔지?" 그러고는 무심히 밥을 먹었다.

며칠이 지났다. 앵글 쪽에서 육포를 뒤집고 있는데 진숙 씨의 이죽대는 말투가 내 귓가를 스쳤다. "에휴, 우리는 육포만도 못한 신세니까." 그 말에 금이 씨가 킥킥 숨죽여 웃었다. 나는 순간 귀를 쫑긋 세웠다. 무언가 석연찮은 분위기가 감지되었다. 그날 퇴근하는 송이 씨를 눈짓으로 남게 했다.

"아까 진숙 씨가 하던 말, 무슨 뜻이에요? 육포만도 못한 신세라니?"

"아, 그거요?" 송이 씨는 잠시 말을 골랐다. "그게 말이죠…… 지난번에 선생님이 앵글 쪽 파리를 아줌마들 있는 쪽으로 몰아냈잖아요."

"그게 왜? 그럼, 육포가 잔뜩 널린 데서 파리를 잡으라고?"

"그러게 말이에요. 근데 그걸 가지고…… 지들 밥 먹는 데다 몰아냈다고, 자기들이 육포만도 못 하다나 뭐라나 하면서……."

나는 할 말을 잃었다. 사람 말을 비틀어 둔갑시키는 것도 유분수지. 말로만 듣던 '악의적 여론 조작'이라는 것이 어떤 건가 했더니 바로 이런 경우를 두고 하는 말인가싶었다. 나는 알았다 하고는 송이 씨를 보냈다. 그런 일로 이러쿵저러쿵해봤자 내 꼴만 우스워질 게 뻔했다. '아니

땐 굴뚝에 연기 나랴'는 말이 있지만, 살다보면 그렇지도 않다. 운수가 사나우면, 아니 땐 굴뚝에서 연기뿐만 아니라 대형 화재도 발생한다. (한 참 뒤에야 알게 된 사실이지만, 추석 후 진숙 씨가 작업실을 그만둔 건 장실장네로 옮겨가기 위해서였다. 그리고 '파리' 운운 하던 당시는 이미 저쪽의 제의를 받고 마음이 절반쯤 그리로 가있던 상태였다.)

초창기 멤버인 진숙 씨가 나가자 힘의 비중이 송이 씨에게로 쏠렸다. 주방 일에 거침이 없는데다 약과도 튀기고, 정과류도 졸이고, 육포 일감도 알아서 척척 진행시키고……. 그렇다 해도 난 종류를 빚는 섬세한 부분까지는 솜씨가 따르지 않았다. 그런데 세상엔 거저 죽으란 법은 없다고, 희정이 솜씨가 그때까지 난을 빚던 누구보다 나았다.

30대 초반의 희정이는 하얀 살결에 키가 훌쩍 컸다. 몸집도 푸짐했다. 전직은 간호조무사였으나 결혼 후 남편 직장일로 해외에 나가 몇 년을 살다오니 일자리 잡기가 마땅치 않았단다. 딸아이는 유아원의 종일반에 다니고 있었다. 젊은 손이 아쉬웠던 터라, 알바로 뽑아 유자란 빚는 일을 시켜봤다. 의외로 잘 했다. 손힘이 좋은 건지 요령이 좋은 건지 금방금방 동그라미를 빚어 땅콩가루에 굴려냈다. 우선 말이 없어 좋았다. 한참 어린 나이니 일꾼들 수다에 끼지 않았고, 누가 말을 시키면 얼굴이 빨개지다 못해 귀까지 빨개지며 수줍어했다. 그런 희정이 덕에 나는 생강란과 조란에만 집중해서 추석을 치러낼 수 있었다. 추석이 끝나자 생강란 세뿔 접기를 가르쳤다. 그것도 금방 요령을 터득했다.

10.
양갱의
변신은
무죄

작업실을 안정시키고는 신상품 만드는 일에 매달렸다. 바로 양갱이다. 사업 초기, 양갱을 과편과 접목시켜 만들 당시는 제과점에서 파운드케이크 같은 걸 담아 파는 크고 넓적한 은박지에 부었다가 굳으면 그대로 포장해서 내보냈다. 이제는 그런 투박한 형태를 상품이라고 내놓을수 없게 되었다. 맛이나 모양, 색깔에서 우리 한과와 어울리는 콘셉트로바꾸지 않으면 안 되었다. 동시에 위생과 효율도 함께 고려해야 했다.그런 생각으로 상상해본 이상적인 양갱은 대강 이런 것이었다.

① 꽃약과 정도의 크기로 한입에 들어갈 것.

② 먹을 때, 양갱의 끈적거림이 손에 묻어나지 않을 것.

③ 틀에 부어 굳힌 다음은 가급적 손을 대지 않을 것.

④ 색깔이 화사하면서도 가벼운 느낌이 나지 않을 것.

이런 기준을 정해놓고, 틈만 나면 방산시장의 도구상이나 포장가게를기웃거렸다. 참신하면서도 기발한 뭔가가 없을까 하고. 몇 군데 가게에비슷하게 쓸 도구나 틀이 있긴 했으나 딱히 이거다 하고 눈에 들어오는 건 없었다. 그래도 포기하지 않고 골목골목을 뒤지고 다니다 어느 제빵용 기구를 파는 가게에서 까만 고무판 같은 걸 발견했다.

　정확히는 고무와 플라스틱을 합성한 부드러운 재질의 널따란 판이었다. 거기엔 우리 꽃약과 크기의 홈이 일정하게 파여 있었다. 제법 그럴싸했다. 용도를 묻자 초컬릿을 부어 굳히는 판이란다. 귀가 번쩍했다. 일단은 음식제조용이니 1차 관문은 통과. 게다가 홈의 개수가 12 × 8이어서 한번 재료를 부으면 96개의 양갱이 동시에 나온다는 계산이었다. 고무판을 계속 살피자 주인아저씨가, 끓는 물에 삶아도 끄떡없다며 내 결단을 부채질했다. 가격을 물으니 유럽산 수입품이라며 적지 않은 금액을 불렀다. 두말 않고 값을 치렀다. 몇 개 더 없느냐니까, 딱 그것뿐이란다. 또 언제 들어올지도 확실치 않단다. 알았다 하고 가게를 나오는데, 고무판에 뜨거운 양갱을 그냥 붓는 데 대한 께름함이 계속 남았다. 또 판에 부은 양갱은 알맹이 상태니 다시 포장 단계를 거쳐야 하는 점도 마땅찮았다. 무슨 좋은 수가 없을까?

　그때 에디슨의 ‘1%의 영감’처럼 주름 컵이 딱 떠올랐다. 얼른 눈에 띄는 포장가게에 들어가 주름 컵을 찾았다. 있었다, 홈 사이즈에 꼭 들어맞는 것이. 그렇게 반가울 수가. 문제는 그 얄따란 유산지가 펄펄 끓는 양갱을 부었을 때 컵의 형태를 온전히 유지해주느냐, 마느냐, 였다. 아무리 생각해도 모양이 망가질 거라는 예상 쪽이 훨씬 높았다. 그러나 1%의 가능성이라도 있다면 해보기 전까지 예단은 금물이다.

　다음날은 휴일이라 아침 일찍 작업실로 나왔다. 전날 물에 담가둔 한천을 건지고 양갱 끓일 준비를 했다. 한천이 끓기를 기다리며 까만 판의 홈에 흰 주름 컵을 하나씩 집어넣었다. 양갱 한판을 완성하는 데는 한 시간 반에서 두 시간정도 걸린다. 넉넉잡고 두 시간 후면 양갱이 흰색 주름 컵 안에서 어떤 모습으로 태어날지가 판가름 나는 것이다.

우선 붉은팥앙금으로 초컬릿색 양갱부터 시작했다. 끓인 한천에 팥앙금을 넣고 졸이기 시작한 지 한 시간쯤 지나자 팔에 신호가 오기 시작했다. 앙금을 젓는 주걱의 움직임이 둔해지면서 저절로 손목에 힘이 가해지는 것이다. 그럴 때 분량의 물엿을 넣고 조금 더 저어준다. 얼마 후, 한천과 어울린 팥앙금의 수분이 거의 날아가고 걸쭉한 농도의 양갱이 되었다. 여기까지가 1차 제조과정. 다음은 양갱 형태 만들기.

끝이 뾰족한 냄비에 양갱을 떠내 조심조심 틀에 부었다. 과연, 이토록 뜨거운 양갱을 얄따란 주름 컵이 무사히 견뎌낼 수 있을까? 양갱을 붓는 손만큼이나 가슴이 떨려왔다.

예상을 깨고 주름 컵은 대단했다. 펄펄 끓는 양갱을 가득 부었는데도 주름 컵은 어느 한 구석 찌그러진 데 없이 섬세한 톱날의 형태를 그대로 유지하고 있었다. 실은 주름 컵이 대단한 게 아니었다. 판에 파인 홈의 크기가 컵 사이즈와 딱 맞다보니 주름이 펴질 여유 공간이 없어 그리 된 거였다. 어쨌거나, 그럼에도 주름 컵은 위대했다. 굳은 다음이 궁금해서 고무판을 얼른 냉장고에 넣었다.

한 시간 후, 양갱은 거의 굳어있었다. 하나를 빼서 이상이 없는지 요모조모 살펴보았다. 거짓말 같이 주름 컵은 뜨거운 양갱에도 굴하지 않고 올록볼록한 제 형태를 유지하고 있었다. 참말이지 쾌재를 부르고 싶은 순간이었다. 그러나 샴페인을 터트리기엔 아직 일렀다. 나머지 색깔도 다 해봐야 성공 여부를 알 수 있다. 양갱의 색깔은 쌀강정과 맞추기로 했다. 쌀강정은 정사각형으로 한 면이 3.5센티인데 다행히 양갱의 지름도 그 정도 크기였다. 상자 구성에서, 쌀강정과 양갱을 서로 대각선으로 담든가 양 옆으로 벌려 담기에 안성맞춤이었다.

붉은팥앙금으로 전형적인 초컬릿색을 완성했으니 다음은 색깔 있는 양갱. 색깔 있는 양갱들은 모두 흰팥앙금을 쓴다. 끓인 한천에 앙금을 넣고 마냥 젓다가 팔에 신호가 오기 시작하면 치자 우린 물을 부어 옅은 병아리 색을 낸다. 이때 잘게 다진 유자정과도 함께 넣어준다. 앙금이 원하는 색으로 어울려 걸쭉해지면 물엿을 넣고 조금 더 졸이면 유자양갱 완성. 분홍색은 오미자로, 녹색은 말차가루로 시도해보았다. 말차가루는 펄펄 끓는 앙금에서 색깔이 죽으면 어쩌나 했는데, 그것도 끄떡없었다. 무겁지도 가볍지도 않게 고상한 녹색으로 잘 나와 주었다.

이윽고 완성된 쵸컬릿색, 노란색, 분홍색, 녹색의 양갱. 그 네 가지를 한자리에 모아놓으니 마냥 흐뭇, 해야 하는데 무언가 심심한 것이 성에 차지 않았다. 샴페인 생각도 어디론가 달아나버렸다. 그냥 동그란 주름 컵에 담긴 앙증맞은 양갱이라는 것 외엔 별다른 느낌이 없었다. 무얼까? 뭔가 더 있어야 할 것 같은데……?

문득 꽃이 떠올랐다. 하지만 그 생각은 곧 아이디어만 좋은 걸로 끝났다. 양갱을 꽃으로 표현하려면 별도의 양갱을 만든 다음 꽃틀로 찍어 위에 올리는 방법이 있는데, 그건 내가 원하는 콘셉트가 아니었다. 방법이 효율적이지 않은데다 꽃을 찍고 남은 양갱 조각은 또 어쩔 것인가.

무언가 나머지가 생기지 않는 방법이 없을까 계속 궁리했으나 이거다 싶은 아이디어는 좀처럼 떠오르지 않았다. 그런 어느 날이었다. 그날도 여느 때처럼 늘어놓은 양갱과 꽃틀을 노려보다가, 노란 양갱의 한복판을 배꽃 틀로 찍어 꽃을 뽑아냈다. 당연히 꽃을 떠낸 양갱 복판에는 꽃 모양의 구멍이 뻥 뚫렸다. 그 구멍에 방금 빼낸 꽃을 다시 심었다. 심되 끝까지가 아니고 0.5센티 정도 위로 올라오게 심었다. 그러자 노란 양갱에 0.5센티 두께의 노란 꽃이 피어났다. 이번엔 분홍 양갱도 그렇게 해 보았다. 역시 분홍 양갱에 분홍 꽃이 피어났다. 하지만 분홍 양갱에 분홍 꽃은 재미가 적다. 분홍과 노랑을 바꿔 끼워보았다. 그러자 노란 양갱에선 분홍 꽃이, 분홍 양갱에선 노란 꽃이 피어났다. 그제야 내 안에서 소리 없는 파문이 일기 시작했다. 나머지 두 색깔도 이런 식으로 꽃을 뽑아 엇바꿔 끼웠다. 당연히 서로 다른 색의 꽃이 피어날밖에.

나는 이제 막 세상에 나온 네 종류의 양갱 꽃을 두고 무지하게 기쁘다기보다 어리둥절했다. '유레카'를 외치며 맨발로라도 뛰쳐나가야 할 판인데, 뭔가에 홀린 기분이었다. 어찌 이런 기막힌 묘안이 목욕탕에도 들어가지 않았는데 떠오는 거지? 내가 해놓고도 스스로 믿기지 않았다.

이렇게 해서 네 가지 기준을 모두 통과한 양갱이 탄생했다. 그러나 이양갱이 바깥세상의 빛을 보기까지는 조금 더 시간이 필요했다. 무엇보다 틀 하나로는 다량의 제품을 만들 수 없는데다, 고무판이 언제 들어올지도 모른다지 않는가. 그때 하늘의 도우심인가, 기회가 왔다. 엄마가 일본의 이모한테 가게 됐는데, 연로하신 엄마를 모셔다 드린다는 핑계로 나도 따라나섰다. 10월 초 연휴가 겹친 주일에 엄마와 함께 비행기에 올랐다. 엄마는 한 달 예정이었지만 나는 볼일만 보고 곧바로 돌아올 참이었다. 볼일이란 다름 아닌 주방용품 시장과 양갱을 둘러보는 일이다. 우리 양갱을 세상에 내놓기 전에 일본 양갱의 실태를 확인해보고 싶었다.

일본어 공부모임의 동기인 정선생과 아침 일찍 갓파바시라는 도구시장 인근에서 만났다. 수년만의 만남이니 오죽이나 할 말이 많겠나. 우리는 거기가 일본이라는 사실도 개의치 않고 밀린 이야기로 한바탕 입을 풀었다. 정선생은 "에그, 한국말로 수다를 떠니 이렇게나 좋은 걸" 하며 내내 즐거워했다.

점심을 먹은 다음은 시장구경에 나섰다. 우선은 초컬릿 고무판 구하기. 고무판을 취급하는 가게가 도구시장에서도 흔치 않아 한참을 돌아다닌 끝에 찾았다. 같은 제품인데도 가격은 한국에 비해 저렴해서 다섯 개를 샀다. 고무판을 해결하고는 각종 모양 틀을 구경하거나 샀다. 음식 관련 도구 중에는 한국보다 싼 것들이 많아, 자제를 한다고 했지만 이미 지름신이 강림한지라 뜻대로 되지 않았다. 정선생 손까지 빌려 물건을 잔뜩 싸안고 시장을 나왔다. 그렇게 정선생과의 즐거운 하루가 총총히 지나갔다.

내가 일본에 머무는 기간이 짧으니, 엄마와 이모는 일정을 뒤로 미루고 나를 위해 도쿄에서만 맴돌았다. 주로 백화점 순례였다. 백화점 식품부에 양갱이 진열된 코너를 돌아보며, 어떤 종류의 양갱들이 있는지 눈요기도 하고 맛도 보았다. 과연 눈으로 먹는 일본 음식답게 양갱도 별의별 희한하고 예쁜 것들이 많았다. 그러나 내가 만든 것처럼 한입에 들어갈 수 있게 작으면서, 만들 때부터 주름 컵 같은 제집에 들어앉은 양갱은 어디에도 없었다. 나는 몰래 회심의 미소를 지었다. 4박5일은 봄날의 선잠처럼 아쉽게 지나가고, 나는 홀로 나리타공항을 떠나왔다.

돌아와서는 양갱을 상표등록 하는 일에 착수했다. 특허청을 찾아갔다. 등록을 위해 여남은 장이 넘는 서류에 필요한 사항을 기재했다. 제품 이름을 쓰는 난에는 '꽃양갱'으로 적어 넣었다. 그렇게 1, 2차 심사를 거친 후 한 달여 만에 등록번호가 적힌 의장등록과 상표등록 서류를 받았다. 이로써 내가 만든 양갱이 '꽃양갱'이란 이름으로 세상에 어엿하게 존재할 수 있게 되었다. 그 사실이 꽤나 뿌듯했다.

꽃양갱이 상품화되자, 얼마 후 우리 것과 똑같은 제품이 시중에 나돈다며 누군가 타업체의 꽃양갱을 사들고 왔다. 그건 언뜻 보면 우리 양갱과 비슷하나, 내가 고심한 위생과 효율은 전혀 반영되지 않은 그냥 모양만 흉내 낸 양갱이었다. 두꺼운 틀에서 굳힌 양갱을 동그란 원통형 틀로 찍어내고, 또 다른 판에서 굳힌 양갱을 우리 꽃모양과 똑같은 틀로 찍어 원통형 위에다 살짝 올려놓았다. 그러고는 통째로 주름 컵에 담았다. 속까지 들여다보고 그 허술함에 어이가 없었지만 어쩌겠나, 궁여지책으로 그렇게라도 하겠다는 데야.

문제는 소비자들이다. 주름 컵에 담긴 모양이 우리 것과 비슷하니 모두 같은 꽃양갱으로 취급하는 것이다. 그런 때는 정말 힘이 쭉 빠진다. 반짝인다고 다 금이 아닌데 말이다. 이런 일은 그 후로도 수차례(떡 케이크, 모양송편, 종이접시 등) 있었다. 다행히 그런 차이를 알아보는 눈 밝은 소비자들 또한 있었다. 그 사람들은 우리의 마니아 고객이 되어 내가 힘든 일을 해나가는 동안 끊임없이 용기와 힘을 실어주었다.

11.
밀레니엄과
함께 온
손님

　양갱이 정식으로 제품목록에 추가되자 한과세트가 더욱 다채로워졌다. 육포도 상품구성에 변화를 주었다. 계절이 겨울이므로 육포 쪽에 인삼정과와 곶감말이를 한데 구성한 육포세트를 새로 만들었다. 어느덧 한과세트가 9종에, 육포세트가 6종으로 늘었다. 이때부터는 팸플릿을 위한 상품촬영도 내 손으로 진행했다. 마땅한 카메라맨을 물색해 작업실 한쪽에서 직접 촬영을 했다. 처음 12쪽으로 시작한 팸플릿은 20쪽으로 늘고, 그걸 담는 봉투엔 우리의 로고와 약도도 그려 넣었다.

　팸플릿이 나오면 일손이 바빠진다. 고객들에게 일일이 우편발송을 하는데, 어느새 명단이 오백 명을 넘어 그것도 예삿일이 아니게 되었다. 그 일로 한창 바쁘던 어느 날 점심을 먹는 자리에서 금이 씨가 뜬금없는 소리를 했다.

　"어제, 매제가 집에 왔었는데 우리 팸플릿을 보고 그러더라고요. 백화점에는 안 들어갔냐고요. 전에 압구정동 백화점에 있었거든요. 안 들어갔다고 했더니, 어쩌다 아직도 백화점에 입점이 안 됐냐고 하더라고요.

이 정도면 백화점에서 충분히 먹힐 상품이라면서……."

밥을 먹던 일꾼들 시선이 일제히 금이 씨 쪽으로 쏠렸다.

갑자기 웬 백화점? 백화점이라는 데가 아무나 들어가는 덴가. 언감생심, 나 같은 사람이 무슨…… 하면서 나는 금이 씨 매제의 말을 처형에 대한 립서비스쯤으로 흘려들었다. 꿈도 꿔보지 않은 백화점보다 당장 눈앞에 닥친 새로운 밀레니엄 시대를 어떻게 헤쳐갈지, 그 문제가 더 시급했던 것이다.

그해, 신정을 앞둔 연말실적은 아궁이에 불을 때다만 아랫목처럼 뜨뜻미지근하게 끝났다. 양력설의 의미는 상징으로만 남았을 뿐 음력설이 전통설로 자리를 잡아가는 분위기였다. 신정 마무리가 끝나자 어김없이 설 시즌이 돌아왔다. 구인광고를 내고 명절 준비의 시동이 막 걸린 때였다. 금이 씨가 웬 남자를 데리고 작업실에 나타났다. 언젠가 말이 나왔던 매제라는 사람이었다. 우리는 그를 박과장이라고 불렀다.

박과장은 팸플릿을 뒤적이며, 이 정도 상품을 가졌으면서 왜 백화점에 입점하지 않았느냐고 자못 아쉬워했다. 백화점에 대해선 전혀 아는 바가 없던 나는 그저 듣고만 있었다. 뛰지도 못하는 주제에 어찌 날기를 바라랴, 는 심정으로. 그는 이번 설에 우리 제품으로 행사를 하고 싶은데 어떠시냐고 물었다. 백화점 용어로 '행사'가 무언지, '입점'이 무엇인지도 구분 못하던 때였다.

"행사가 뭔데요? 어떻게 하는 건데요?"

"백화점 상품부하고 협의가 되면 매대를 설치하고 명절 상품을 파는 거예요."

"내가 백화점 시스템에는 백지상태인데, 그래도 괜찮나요?"

"전혀 문제될 거 없습니다. 백화점 행사담당자는 아는 후배들이고, 물건을 깔거나 판매하는 일은 제가 다 알아서 할 거니까 사장님은 물건만 대주시면 됩니다."

물건만 대주면 된다니 별로 어려울 것 같진 않았다. 명절 선물상품을 만드는 일, 그게 바로 내 일이요 내 전공과목이 아닌가. 마다할 까닭이 없어보였다.

행사제안을 받아들이자 작업실이 바빠졌다. 졸지에 일이 배로 늘어난 것이다. 낮으론 쌀강정을 튀겨 버무리거나 약과를 튀겨 집청했다. 약과는 꽃모양뿐 아니라 단풍잎, 은행잎 모양도 만들었다. 그래야 백화점에 진열했을 때 다채로워 보일 테니까. 양갱을 하기엔 일렀다. 양갱은 물건이 나가는 시점에 해야 했다. 인삼이나 도라지는 불이 한가한 밤에 집중적으로 졸였다.

이 해부터 영순 씨는 시즌마다 상주알바로 일손을 보탰다. 이불 집은 봄가을로 바쁘고 여름겨울은 비수기라 명절 때 우리 일을 봐주기에 십상이었다.

시즌준비가 한창일 때 하루 짬을 내서 외출을 서둘렀다. 새로 제작한 꽃양갱 상자와 함께 보도 자료를 챙겨서 시청 근처의 신문사로 향했다. 내가 만날 사람은 친구남편으로 근무처는 신문사 산하의 잡지사였다. 우리는 구내커피숍에서 만나 반갑게 인사를 나누고, 친구 안부를 묻는 등 오랜만에 회포를 풀었다.

곧 준비해간 양갱과 팸플릿을 꺼냈다. 이 양갱은 2월의 발렌타인데이를 염두에 둔 것으로, 그날을 위해 상자도 새로 만들고 보자기도 상자에 어울리는 색상으로 새로 맞췄다. 가지색 공단보자기를 끄르자 엷은 분홍 바탕에 보라색 테를 두른 자그마한 한지상자가 나왔다. 그 안에는 흰 팥앙금에 연유를 섞어 만든 흰색 양갱까지, 다섯 색깔의 꽃양갱 16개가 들어있었다.

나는 상자를 열어 보이며, 발렌타인데이 즈음하여 신문에 기사화됐으면 좋겠다는 뜻을 비쳤다. 그때 친구남편이 무슨 생각을 했는지는 모르겠다. 내가 부탁하는 일이 잡지가 아닌 신문 쪽이었으니 그의 영역이 아닌 셈이다. 그러나 어떤 식으로든 나를 도와줄 거라는 믿음이 있었다. 친구남편은 선선히 내 부탁을 접수해주었다.

발렌타인데이나 어버이날처럼 이름 붙은 날에 눈을 돌린 건 일종의 궁여지책이었다. 멋모르고 명절선물이라는 영역을 만들어놓고 일 년에 두 번 수고하면 되겠거니 했다. 막상 해보니 그게 아니었다.

작업실을 얻으니 월세는 일 년 열두 달 꼬박꼬박 나가고, 일하는 사람도 주요멤버는 명절만 쓰고 끝내버릴 수가 없었다. 명절 한 달, 실상은 주문이 시작되고 마무리까지는 보름 남짓인데, 그 보름간의 매출로 반년을 지탱해야 하는 것이다. 한 달에 두어 건 하는 폐백이바지로는 간에 기별도 가지 않았다. 그나마 한 건도 없는 달도 적지 않았다. 그러다 보니 명절 외에 굶고 넘어가는 달을 줄이려다 생각해낸 것이 2월의 발렌타인데이였다.

서양 명절에 서양 군것질인 초컬릿으로 웬 난리들이냐고 혀를 차는 어른들도 있지만, 어차피 젊은이들 사이에선 발렌타인데이니 화이트데이니 빼빼로데이니 하는 것들이 대세로 굳어졌다. 물살을 거스를 힘이 없다면 그 물살이라도 타는 수밖에.

드디어 백화점에 '행사'로나마 물건이 깔리고 대목장이 열렸다. 설 보름 전이었다. 나는 작업실로 발주된 우리 고객들의 주문장을 들고 상품을 내보내기 시작했다. 우선은 남보다 먼저 도착하기를 희망하는 회사 건부터. 상품 주문을 할 때는 대부분 도착 희망일을 표시하는데 업체마다 개인마다 각기 다르다. 주문 중 가장 손쉬운 건 날짜도 명함도 없이 명절 전에만 도착하면 된다는 인심 후한 경우다. 그런 건은 발송장에 '보내는 이'만 잘 명기하면 된다. 가장 까다로운 주문은 회장부터 부장까지 명함이 다 다르고, 그 명함에 따라 가격대가 다른 물건이 나가는 경우다. 그런 때는 신경이 곤두서고 일의 속도도 그만큼 더뎌진다.

그런 세세한 것까지 신경 써가며 물건을 내보내는 한편, 쌀을 튀겨 색색의 강정으로 버무리고, 난 빚는 데 가서는 종류별로 난을 빚고, 밤으로는 육포를 포장했다. 여기에 양갱까지 추가되었으니…….

백화점에 매대가 어떻게 깔렸는지 한번 나가보고 싶었으나 그럴 짬도 없었다. 무엇보다 우리 상품에 대한 반응이 궁금했다.

박과장 말로는, 백화점 담당자나 고객들은 처음 보는 깔끔하고 이색적인 한과라는 점에 신기해하고 그 맛을 궁금해 한다고 했다. 초기엔 그런 정도로 안도했다. 하지만 대목장이 중반으로 접어들었는데도 박과장의 주문은 그만그만했다. 처음엔 멋모르고 하루에 수십 수백 상자씩 주문이 들어오면 어쩌나 했는데(꿈도 야무지지!), 그런 일은 일어나지 않았다. 오히려 저래 갖고 되겠나싶게 매출이 지지부진했다. 그런 속내를 비치면 박과장은 기다렸다는 듯 분통을 터트렸다.

"옆 매장의 한복 입은 아줌마들이 우리 매대를 가로막는 통에 장사를 할 수가 없어요. 손님이 나타나기만 하면 아주 상품도 안 보이게 빙 둘러싸버린다니까요."

시즌의 막이 내렸다. 처음이었던 백화점 행사는 아쉬움을 많이 남겼다. 우리 작업실로 찾아오든가 주문을 넣는 손님 대부분은 우리에 대해 어느 정도 알고 있었다. 매스컴을 접했거나 선물을 받아보았거나 아니면 소문을 들었거나. 그런데 백화점에 물건을 깔고 보니 우리 손님들 같은 경우는 극소수였다. 거의가 우리를 몰랐고, 그들에게 우리 상품은 처음 보는 낯선 것일 뿐이었다. 역시 우리는 우물 안 개구리로, 아는 사람보다는 모르는 사람이 태반이라는 사실을 인정하지 않을 수 없었다. 그건 또한 상품을 알리기 위해 앞으로 우리가 해야 할 일이 얼마나 많은가에 대한 반증이기도 했다.

12.
발렌타인
데이와
꽃양갱

설 시즌이 끝났다. 그렇다고 바쁜 일까지 끝난 건 아니었다. 종래는 설 지난 2월은 쉬어가는 달로 3월이 되어야 일을 시작했다. 하지만 이해는 그럴 수가 없었다. 당시 설은 2월5일이었는데 연휴를 앞두고 신문에 우리 기사가 나간 것이다. 기사에는 꽃양갱 사진과 함께 업체소개, 발렌타인데이에 초컬릿이 아닌 꽃양갱을 만들게 된 동기 같은 것이 빠짐없이 실려 있었다. 친구남편이 애써준 흔적이 역력했다.

설 연휴가 끝나는 대로 양갱을 만들기로 했다. 전날 작업실로 나가 명절 내내 혹사당한 고무판을 삶아서 씻어 말리고, 한천을 담그고, 상자와 보자기를 점검했다. 상자는 200개 남짓 있었다. 그 상자들을 다 채우려면, 상자 당 16개가 들어가니 필요한 양갱은 3200개였다. 결론은, 실수 없이 한다 해도 34판을 돌려야 했다. 그러나 딱 맞아 떨어져야 할 색색의 양갱이 색깔마다 조금씩 숫자가 다르게 나와 자칫하면 몇 판을 더 돌려야 할 수도 있었다. 아무튼 그만한 양을 충당하려면 최소한 나흘은 밤낮으로 양갱만 만들어야 한다는 계산이었다. 순간 머리가 어찔했으나,

'까짓것, 한 번 해보지 뭐' 하고, 마음 한번 다잡고는 넘어갔다.

다음 날 일꾼들이 얼굴을 내밀었다. 나를 포함해 네 사람이었다. 그날부터 이 넷은 죽자고 양갱만 만들었다. 아예 색깔마다 두 판 분량을 한꺼번에 돌렸다. 새로 구입한 삼중바닥 냄비가 제몫을 톡톡히 하는데다 일꾼들도 양갱 젓는 데는 선수가 돼있었다. 아침부터 양갱을 젓기 시작하면 날이 어둑해서야 불 앞에서 일어났다. 간단히 저녁을 먹고는 천 개나 되는 양갱의 꽃을 빼기 시작한다. 다음은 빼놓은 꽃들을 차례차례 색깔을 엇갈려 꽂고…… 그러다 보면 10시가 넘었다.

나는 일꾼이라지만 종일 전화통 앞에서 떠나지 못했다. 그냥 주문만 하면 좋을 텐데 시시콜콜 묻는 게 많았다. 달지 않느냐, 색소는 쓰지 않느냐, 유효기간은 어떻게 되느냐, 인사 카드 좀 대신 써줄 수 없느냐……. 게다가 주문 때마다 입금통장의 계좌번호를 불러주어야 하니 목도 아프고, 주소를 받아 적을 시간도 없었다. 배송지가 두 군데 이상인 경우는 수신인의 주소를 팩스로 넣어달라고 부탁했다. 어떤 사람은 팩스로 카드에 적을 사연까지 보내왔다.

주문은 200상자에 딱 맞췄다. 나는 전화 틈틈이 그만큼의 송장을 써댔다. 사연을 부탁한 사람은 그것까지 카드에 적어 넣어주었다. 그렇게 해서 2월12일까지 양갱 200상자가 다 나갔다. 설 지나고 쌩쌩한 얼굴로 나타났던 일꾼들은 축 늘어진 파김치가 되어 돌아갔다.

나는 일을 하면 앞으로 밀고 나가는 데만 정신이 팔렸지, 정산하고 결산하는 일에는 서툴렀다. 또 우리 일이란 것이 대부분 재료가 반년이나 일 년씩 물려서 돌아가기 때문에 대차대조표 만들기도 쉽지 않았다. 핑계 같이 들리겠지만 아무튼 그랬다. 어쨌거나.

나는 이 발렌타인 건만큼은 제대로 계산을 맞춰보았다. 꽃양갱 한 상자 가격이 15000원. 이 가운데 한지상자와 속지, 보자기를 합친 가격이 3500원. 배송비 3500원. 결국 꽃양갱 16개 값은 8000원이라는 계산이 나왔다. 그렇다면 꽃양갱 하나 값은, 500원? 순간 정신이 번쩍 들었다. 내가 무슨 짓을 한 거지? 그 500원에서 인건비에 재료비, 기타 부대 비용을 빼고 나면……. 맥이 쭉 빠졌다.

양갱을 3000개, 4000개 만들어야 할 때도 눈 하나 꿈쩍 않던 내가 이익과 손실이 팽팽히 줄다리기를 하는 결과 앞에서는 심하게 흔들렸다. 그렇다면 이 해의 발렌타인 건은 좋은 공부가 되었을까. 실은 이때도 제대로 공부가 된 것 같지는 않았다. 그 후의 내 행보를 보면 이런 빈 구석의 흔적을 곳곳에 남기고 있었으니.

백화점 행사와 발렌타인데이 꽃양갱으로 새 천년의 한 해가 숨 가쁘게 막을 열었다. 3월을 앞두고 시간표를 짜면서 나는 또 하나의 계획을 추가했다. 강인희 선생의 '한국의 맛' 강좌에 참석하는 일이다.

선생님의 저서 〈한국의 맛〉은 내가 전통음식의 기초도 모르던 시절에 인상 깊게 읽은 책이었다. 그 강의를 꼭 들어보고 싶어서 선생님 생가가 있는 이천에서의 강좌에 등록했다. 시외버스를 타고 이천까지 찾아갔으나 선생님은 건강이 좋지 않아, 수제자라는 선생이 강의를 대신했다. 조금 실망스러웠지만 수업이 시작되자 서운한 기분은 차츰 사라졌다. 그곳의 강좌는 계절에 따른 제철음식을 기한을 두지 않고 계속 이어가는 식이었다.

그 연구소는 3개월 다니고 쉬었다. 공부 좀 할 만하면 방학이라고, 무슨 일을 시작하면 중간에 꼭 명절이 끼어 한두 달은 중단해야 하니 내 일정은 모두 그랬다.

4월에는 〈행복이 가득한 집〉을 찾았다. 처음 기사가 나가고 2년 남짓 시간이 흘렀다. 편집장을 만나 한 차례 안부인사가 오간 뒤 한지상자 두 개를 꺼내놓았다. 둘 다 5월을 염두에 두고 만든 상품으로 상자도 보자기도 새로 맞췄다. 하나는 전통한과에 쌀강정과 양갱을 곁들인 조금 가벼우면서도 화사한 느낌의 한과세트고, 또 하나는 양갱으로만 구성된 상자였다. 나는 새 상품을 제작하게 된 동기에 대해 설명하고, 독자상품 코너에 실었으면 좋겠다는 뜻을 비쳤다. 편집장은 쾌히 접수해주었다.

나는 이 상품을 구상할 때부터 5월은 가정의 달이니 상자 안에 카네이션 느낌이 나는 무언가를 넣고 싶었다. 끝내 마땅한 것을 찾지 못해 양갱의 가운데 꽃을 카네이션 꽃틀로 찍어서 넣었다. 그랬더니, 카네이션이란 꽃잎이 층층이 살아있어야 제 맛이 나는데 홑겹의 꽃으로는 그 느낌이 살지 않았다. 카네이션 꽃인지 패랭이 꽃인지 애매한 것이 구분이 되지 않았다.

이 해는 아쉬우나마 그 상태로 진행했으나 그때부터 카네이션은 해결해야 할 과제로 내 머리에 남았다.

13.
시집
가는 날

우리 고객 대부분은 내가 모르는 사람들이다. 그들이 어찌해서 우리 물건을 알게 되었는지 저간의 사정도 모른다. 그래도 어디선가 끊임없이 손님이 나타나는 걸 보면 세상사에는 나 모르는 무언가가 있고, 그 무언가의 켯속은 내 작은 머리로는 짐작조차 할 수 없다는 생각이 종종 든다. 이 고객 역시 그랬다.

무르익은 봄도 서서히 물러갈 어느 날 한 부인이 찾아왔다. 딸의 혼사가 있어서 왔다는데 인사를 나누고 보니 어느 기업체, 그것도 대한민국에서 1, 2위를 다투는 공영기업의 사장 부인이었다. 그런 사모님이, 시국도 이러하니 결혼식은 간소하게 사내 강당에서 치를 예정이라고 했다. 폐백도 그곳에서 드릴 거란다. 나는 훌륭한 생각이라며 맞장구를 쳐주었다. 신부 어머니는 폐백과 이바지를 맞추고, 이바지는 혼례 일주일 후 신랑집으로 보내달라고 했다. 그러고는 돌아갔다.

그랬던 부인이 며칠 후 다시 찾아왔다. 조용히 차를 마시던 부인은 또 다른 용건을 내놓았다. 예식 끝나고 구내식당에서 하는 점심식사를 우리가 맡아서 해달라고 했다. 점심식사를? 나는 조심스럽게 물었다.

"몇 명 분이냐……?"

부인은 차 한 모금을 삼키며 대수롭잖은 듯 말했다.

"양가 합쳐서 천 명이요."

맙소사, 천명 분을! 결혼식 하객뿐 아니라 그 빌딩 전 사원에게 식사를 대접할 셈인가? 잠시 심호흡으로 요동치는 가슴을 진정시켰다. 나는 천명 분의 음식도 음식이지만, 이동식 주방설비가 하나도 안 갖춰진 상태에서 어떻게 출장요리를 할 수 있겠냐며 머뭇거렸다. 그러자 부인은 구내식당의 시설이나 도구를 이용할 수 있는지 자신이 알아보겠단다. 그러니까 우리는 거기 주방을 이용해 점심 한 끼를 잘 차려내면 된다는 것이다. 마지막으로 부인은 힘 하나 안 들이고 다음 사항을 덧붙였다.

"참, 이바지는 신혼여행 후가 아니고, 결혼식 당일에 가기로 했어요. 사돈댁에서 그날 받기를 원하시네요."

순간 내 속에선 '이바지까지 당일이라고? 안 돼요' 하는 외침이 소리 없이 터져 나왔다. 하지만 선선한 얼굴로 "알았습니다. 이바지는 혼례 당일 신랑 댁으로 보내 드리지요" 하고는 신랑 집 주소를 받아 적었다. 손이 주소를 받아 적는 사이 머릿속은 쑤셔놓은 벌집이었다. 용건을 끝낸 부인은 일단 음식 메뉴와 예산을 짜보시라 하고는 돌아갔다.

이 일을 어쩐다, 이바지까지 당일로 겹쳤으니. 폐백은 정 급하면 하루 전날 해둘 수도 있다. 하지만 이바지는 당일이 아니면 안 된다. 천명 분의 식사만 해도 까마득한데, 거기에 이바지라니. 첩첩산중의 오르막길을 쌀가마까지 짊어지고 가게 생겼다. 하지만 내 사전에 불가능이란 없으니, 안 되는 일이 있어선 안 되었다. 생각은 그러했으나……. 그래도 그렇지, 천 명 분의 식사라니. 게다가 그게 어디 그냥 음식인가. 말이 한 끼 식사지 그날 점심은 혼례의 연장이니 결혼 피로연이나 한가지다. 생각이 거기에 이르자 안 그래도 막중한 책임감이 두 배의 무게로 어깨와 가슴을 짓눌렀다. 그런데, 신기하게도 무거운 책임감은 간혹 영특한 생각을 동반하기도 한다. 마침 그런 때 유용한 사람이 딱 떠올랐다. 출장 요리를 하는 김선생이다. 연락을 하자 김선생은 다음 날로 달려왔다.

오랜만에 만난 김선생은 2년 전에 비해 다부지면서도 당당해 보였다. 그 모습에서 출장요리사로서의 경력이 저절로 읽혀졌다. 그녀는 이사한 작업실을 둘러보며 눈을 휘둥그렇게 떴다. "그새 많이 커졌네요."

그럴 수밖에. 그녀가 나를 도와주던 시절은 노인대학의 여남은 평 사무실에서 복닥거리며 음식을 만들던 때로, 관련설비라야 가정용 냉장고 두 대에 가스레인지가 고작이었다. 이제는 가정용 말고도 대문짝만한 냉장고와 냉동고에다, 가스레인지는 겁나게 화력이 센 불구멍 세 개짜리 업소용까지 추가되었다. 싱크대도 두 배 크기로 확장되었다.

서로가 바쁘게 달려가는 모습을 확인하는 건 흐뭇한 일이지만 그런 감회에 젖을 새도 없었다. 둘이 힘을 합쳐 천 명 분의 식사를 해결해야 하는 것이다. 우리는 서로 생각해 둔 메뉴를 비교 검토하고, 그에 따른 예산도 잡았다. 그 내용을 적어 며칠 후 신부 어머니와 다시 만났다. 그 자리에서 최종적으로 메뉴를 확정하고 계약금을 받았다. 착수금을 건네 받으니 비로소 일이 시작되었다는 실감이 오면서 마음은 벌써 시장으로 달려가려 했다.

● 혼례음식 준비

혼례가 하루 앞으로 다가왔다. 아침 일찍 작업실로 나가, 냉동고의 육포를 꺼내 앵글 쪽으로 갔다. 냉기를 빼고 한 차례 거풍을 시켜야 하는 것이다. 채반에 육포를 널고 돌아서는데 바닥에 있는 들통이 이상했다. 간밤에 뚜껑을 꼭 덮어놓고 갔는데 한쪽이 빼꼼히 들려있었다. 분명 잘 덮어두었는데…… . 무심코 뚜껑을 열던 나는 기겁을 했다. 해삼이 뚜껑을 제치고 튀어나오기 일보 직전이었다.

나는 전날 북창동에 있는 중국음식 거리를 다녀왔다. 건해삼을 비롯한 마른 재료와 향신료로 쓸 재료들을 사왔다. 마른 해삼은 맑은 물에 흔들어 들통에 담으니 삼분의 일쯤 찼다. 거기에 해삼 두 배 정도의 물을 붓고, 청주 한 컵을 섞은 뒤 뚜껑을 꼭 덮어두었다. 그랬는데 밤새 해삼이 있는 대로 불어 뚜껑까지 밀치고 올라온 것이다. 해삼이라면 사족을 못 쓰는 나지만 그렇게 아이 팔뚝 만하게 커져버린 걸 보니 먹고 싶기는커녕 징그럽기만 했다. 때마침 송이 씨가 작업실로 들어섰다.

일꾼들이 닥치기 전에 송이 씨와 주변정리부터 했다. 우선 육포 냉동고부터. 오늘 저장할 음식들은 다 냉장용이니, 위아래로 들어찬 육포를 모두 아래 칸에 합치고 위 칸은 냉장고로 변환시켰다. 자리 배치도 했다. 작업장의 넓은 탁자는 모두 요리 팀에 내주고, 폐백이바지는 사무실 쪽에 교자상을 펴놓고 하기로 했다.

곧 바깥쪽이 떠들썩하더니 김선생과 요리사 한 무리가 도착했다. 모두들 양손에 든 짐이 장난이 아니다. 이어 또 한 무리가 도착하고.

그날 집합한 출장요리사는 모두 여덟 명. 그중 셋은 요리사고 다섯은 보조란다. 요리사들은 각자 가방에서 앞치마를 꺼내 입더니 칼도 제가끔 꺼내놓았다. 과연 프로들이다. 뷔페 음식의 메뉴는 해물탕, 탕수육, 겨자채, 홍어회, 잡채, 삼색나물, 샐러드, 대충 이랬다. 밥은 생선초밥으로 하되 모든 재료를 준비해 현장에서 만들기로 했다. 또 날생선을 좋아하지 않는 사람들을 위해 주먹밥도 같이 만들 예정이었다.

폐백이바지 팀은 송이 씨, 정아엄마, 금이 씨, 희정이. 그리고 나는 양쪽을 왔다 갔다 하며 참견해야 할 판이다. 이바지 음식메뉴는 갈비찜, 해물찜, 전유어, 밑반찬, 떡, 보쌈백김치, 과일이었다. 떡과 과일은 외부에다 맞췄고, 백김치는 미리 담가 냉장고에 고이 모셔두었다. 폐백의 대추고임도 간밤에 완성해서 냉장고에 보관해두었다.

요리 팀에서 장 봐온 보따리를 풀자 재료가 어마어마하다. 시금치가 열 단에 도라지, 고사리는 관으로 들여왔나 보다. 거기다 무순에 청경채에. 그렇게나 많은 무순과 청경채를 야채도매상 이외의 장소에서 보기는 그날이 처음이었다. 또 게맛살은 왜 저리 많을꼬. 재료만 봐도 저걸 언제 다 하나, 기가 질린다. 문득 새댁 때 일이 떠올랐다.

나는 봄에 결혼하고 몇 달 후 추석을 맞았다. 시어머니는 추석 전날 나를 데리고 큰댁으로 갔다. 시아버지는 막내였으나 시집 풍속을 보고 배우라는 의미에서리라. 가보니 큰집의 며느리 셋은 이미 팔소매를 걷어붙이고 음식 준비가 시작되었다. 외출복 차림으로 주방에 나타난 나를 보자 맨 윗동서가 옷 버린다고 들어오지도 못하게 했다. 대신 나물거리가 담긴 커다란 쟁반을 안겨주었다. "마루에 나가 이거나 다듬어요."

쟁반에는 콩나물 도라지 시금치 고사리 따위가 봉지마다 가득 들어있었다. 콩나물을 쟁반에 쏟으니 단출한 집안인 친정에서 보던 것과는 비교도 안 되게 양이 많았다. 이걸 언제 다 다듬나, 탄식이 절로 새나올 판이었다. 그때 지나가다 나를 본 큰어머니가 다가왔다. 본가가 안성인 시댁 어른들은 모두 그곳 사투리를 썼다.

"옛날에 말이여, 어느 각시가 콩을 한 섬이나 골라낼 일이 있었단다. 그래, 저걸 언제 다하나 한숨만 쉬고 있는데 손이 그라더란다. '눈아 걱정을 말거라, 이 손이 다 알아서 헐 테니.' 그라니 일을 할 때는 눈으로 보고 겁내지 말거라. 일은 손이 하는 뱁이란다." 그날 이후로는 양이 많은 재료를 보면, 눈아 겁내지 마라, 손이 알아서 할 테니 하고 되뇌었다.

김선생은 제일 먼저 새우 광어 참치 날치알 같은 초밥재료들을 꺼내 냉장고에 넣었다. 냉장 온도를 영도로 맞춰두었으니 모든 재료는 얼기 직전의 상태에서 신선하게 보존될 것이다. 요리사들은 각기 자신이 맡은 재료를 챙겨와 다듬고 씻고 하는데, 터프하기 짝이 없다.

우리는 싱크대를 쓸 때면 설거지, 야채, 생선 등 일거리에 맞는 그릇을 갖다놓고 그 안에서 씻었다. 헌데 요리사들은 그런 거 없다. 그 큰 싱크대를 수세미로 대충 가셔내더니, 물 나가는 구멍만 틀어막고는 그 안에 쏴아 하고 시원스레 물을 받아 한 번에 한 종류씩 건져냈다. 눈 깜짝할 사이에 해물 재료들이 씻기고, 손질이 시작되었다. 야채라고 다를 게 없다. 쏴아 하는 소리에 재료가 들어가고 물 빠지는 소리에 재료가 건져졌다. 손 움직이는 게 잘 보이지도 않는다. 그렇게 손이 빨라도 재료마다 양이 엄청나다보니 오전 내 싱크대와 조리대는 그네들 차지였다. 그

틈을 이용해 송이 씨와 금이 씨를 이바지 장을 보러 내보냈다. 메모만 꼼꼼히 해주면 장보기 정도는 송이 씨가 할 수 있었다. 그런 때는 금이 씨의 발인 그녀의 승용차가 유용하다. 나머지 인원은 구절판의 아홉 칸을 한 구멍씩 채워나갔다.

우선 목기 구절판은 소주를 묻힌 천으로 구석구석 잘 닦은 다음 한차례 거풍을 시킨다. 그래야 음식에 칠냄새가 배들지 않는다. 그때 냉동고에 잠들어있던 곶감도 꺼내와 속을 발라내고 잠시 바람을 쏘인다. 정아 엄마가 그 일을 하는 동안 희정이는 난을 빚어 한 구멍씩 채워나간다. 나도 그 옆에서 얼른 조란을 빚어 한 칸을 보탠다. 이어 잣을 곱게 다져 한지에 싸놓는다. 그러자 어느새 점심시간. 전날 돼지고기를 듬뿍 넣고 끓여둔 김치찌개에 새로 담근 오이지를 쭉쭉 찢어가며 모두들 맛나게 밥을 먹었다. 식사 시간이 끝날 때쯤 장보러 간 두 사람이 도착해서 부랴사랴 밥 한 그릇을 뚝딱 해치웠다. 식후의 커피는 각자가 알아서.

밥을 먹고 난 요리사 팀은 오전에 씻어놓은 재료 손질에 들어갔다. 그 사이 송이 씨랑 금이 씨가 잽싸게 싱크대를 차지했다. 갈비를 물에 담가 핏물을 빼고, 북어 열다섯 마리를 껍질 쪽을 흐르는 물에 대고 살살 씻어 놓는다. 표고버섯도 한 소쿠리 꺼내 물에 담근다. 송이 씨가 부재료를 챙기는 동안 금이 씨는 해물 손질에 들어갔다. 어른 손바닥 절반만한 원양 냉동새우를 꺼내 손질하고……. 대하에 이어서는 가운데 손가락 크기의 자잘한 새우. 다음은 전복이다.

큼직한 전복 열 마리를 숟가락으로 능숙하게 껍질에서 분리하고, 내장까지 떼어낸다. 내장이 제거된 전복은 뽀얀 속살이 드러나도록 거뭇

거뭇한 표면을 전용솔로 깨끗이 씻어준다. 그걸로 끝이 아니다. 가운데 볼록한 부분은 바둑판 모양으로 칼금을 내고, 가장자리는 빙 둘러서 잘게 칼집을 내준다. 그래야 익혔을 때 전복 가장이가 레이스처럼 보글거린다. 금이 씨는 한쪽 구석에 앉아 열심히 전복에 칼금을 내고 있다.

정아엄마는 이바지 밑반찬에 쓸 더덕의 껍질을 벗기고, 반으로 갈라 방망이로 살살 두드리고 있다. 송이 씨한테는 짬 봐서 전복 내장을 넣고 죽 좀 끓이라 일러두었다. 갖은 야채에 전복 내장만 넣고 끓이는 죽이다. 전복 없는 전복죽이지만 마지막에 참기름만 잘 쓰면 쌉싸래하면서도 고소한 맛이 제법 먹을 만하다.

희정이는 거풍 끝난 곶감에 호두를 말아 반듯하게 썰어 한 칸을 채우고, 만들어둔 오색 다식으로 맨 가운데 칸을 채운다. 나는 문어를 가위질해서 한 칸을 채우고, 육포쌈에 참기름을 발라 가볍게 볶아 넣었다. 칠보편포로도 한 칸을 채웠다. 다음은 육포. 육포를 가로로 구절판 구멍에 꼭 맞는 길이로 잘라주고, 그걸 다시 세로로 일 센티 넓이로 자른다. 그러면 맞춤한 한입 크기의 육포 막대기가 된다.

그러는 동안 요리 팀에서는 칼질이 한창이다. 도마가 모자라 약과 반죽용 판때기까지 도마로 둔갑했다. 야채 담당자는 잡채나 겨자채에 쓸 야채들을 송송 채 썰고, 해물탕이나 탕수육에 쓸 것도 용도대로 썬다. 샐러드용 야채도 알아서 썰어놓는다. 이렇게 썬 야채들은 요리 이름이 적힌 비닐자루에 담겨 속속 냉장고로 들어간다. 나물 팀에서는 파 마늘을 다지느라 도마 소리가 요란하다. 다른 음식에 쓸 것도 함께 다져야 하니 그 양이 만만치 않다. 홍어를 맡은 요리사는 무 오이 홍당무를 걀

쭉갈쭉 썰어 소금에 살짝 절어두고는, 홍어를 꺼내와 막걸리에 조물조물한다. 쿰쿰한 홍어 냄새가 실내를 한바탕 뒤흔들고 지나간다.

잠시 싱크대에서 물소리가 잦아들자, 김선생이 불린 해삼을 들통 째들고 싱크대로 향한다. 역시나 개수대 물구멍을 틀어막고는 그 많은 해삼을 미련 없이 쏟아 붓는다. 보조 하나를 부르더니 능숙하게 해삼 배를 가르고 내장을 꺼낸다. 이윽고 쏴아, 요란한 물소리가 들리고 해삼을 왈강왈강 씻어댄다. 그 사이 한쪽에선 손질해서 냉장고로 들어간 전복 오징어 새우가 다시 나오고 죽순 깡통이 열리고…… 해물탕 팀이 움직이나 보다. 김선생이랑 보조가 해삼을 만진 지 삼십 분이나 지났을까, 그새 해삼이 말짱하게 씻겨 소쿠리에 담겼다. 그런데 해삼이 어찌나 많던지 해물탕이 아니라 해삼탕이 될 판이다. 잇달아 두 사람이 달려들어 질풍같이 해삼을 썰어 제키고, 한쪽에선 전복이랑 오징어를 썰고, 죽순을 손질해 칼질하고……. 잡채 팀에서는 불려놓은 목이버섯 석이버섯 표고버섯을 손질해 써는 옆에 양파가 한소쿠리 대기하고 있다. 곧이어 양파도 한바탕 아작이 날 모양이다.

때마침 영순 씨가 들어섰다. 가게에 신부 예단이불 일이 겹치는 바람에 뒤늦게 온 것이다.

"어서와. 이불은 다 끝났어?"

"인자 끝나고, 차 떠나는 대로 달려왔구만요." 영순 씨는 요리사들이 일하는 작업장 안을 둘러본다. "오메, 저 안은 난리가 나부렀구만."

안과 밖이 다 같이 바쁜데 양상은 딴판이다. 저쪽은 손바람을 일으키며 시끌벅적 돌아가는데 이쪽은 꼼지락꼼지락, 일을 하는 건지 취미생활을 하는 건지 알 수가 없다. 열나게 캉캉 춤을 추어대는 옆에서 우아하게 블루스 스텝이나 밟고 있는 형국이랄까?

"말해 뭘 해. 인제 여기도 난리가 날 판이니 어서 일감이나 가져와."

"근디 뭣부터 하끄라우."

"손질해놓은 북어랑 전거리 가져다 기름장부터……" 하는데, 눈치 빠른 송이 씨가 안에서 부른다. "영순 씨, 이거 가져가."

영순 씨가 전거리 재료를 받아들고 나온다.

"아참, 영순 씨는 손에 기름 묻히기 전에 대추 돌려깎기부터 해줄래. 이따가 육포 수놓을 때 쓸 거니까, 주름 없는 걸로 골라서. 그리고 희정 씨는 구절판 손 털었으면 앵글 쪽에 가봐. 비닐봉지에 대나무랑 솔가지 있을 거야. 그것 좀 씻어놓을래."

솔가지와 대나무 잔가지는 전날 밤 선릉 둘레 길에서 꺾어온 것이다. 여린 솔잎사이로 연둣빛 솔방울이 햇대추 만하게 달리기 시작했다. 음식에 쓰기엔 이 무렵의 소나무가 제일 예쁘다. 밋밋한 육포에 제아무리 공들여 수놓는다 해도 솔가지를 곁들이기 전과 후는 확연히 차이가 난다. 대나무의 잔가지는 해물찜에 장식용으로 쓸 것이다.

생각은 삼천포로 빠져도 손이 알아서 척척 제 할일을 해낸다. 새끼손가락 크기로 잘라놓은 육포 막대기 끝에 꿀을 바르고, 거기다 하얀 잣가루를 소복이 묻힌다(잣가루는 잣소금이라고도 하는데, 곱게 다진 잣을 한지에 싸서 기름을 뺀 다음 사용하면 고슬고슬해서 좋다). 마치 넓적한 성냥에 흰색 황이 묻은 것 같다. 잣가루 묻힌 육포 막대기를 구절판 한 칸에 부챗살 펼치듯 조르르 담으니 점잖은 게 괜찮아 보였다. 드디어 아홉 칸마다 음식이다 채워지고, 구절판 완성.

그때 송이 씨 목소리가 낭랑하게 울려퍼졌다. "전복죽 나왔어요."

다들 출출했던지 우르르 송이 씨 쪽으로 몰려간다. "맛은 보장 못하니까 그냥 요기나 하셔." 송이 씨는 요리사들 앞이라선지 전에 없이 긴장한 모습으로 말했다. 모두들, 전복 없어도 맛만 좋다며 진심인지 인사치렌지 한마디씩 하며 죽 그릇을 뚝딱 비웠다. 일꾼들이 죽을 먹는 동안 육포쌈과 칠보편포를 가볍게 볶아, 조란 유자란 생강란과 함께 내놓았다. 요리사들은 이제까지 먹어보지 못한 맛에 눈빛을 빛냈다. 손바람을 일으키며 부산하게 움직이는 데 이골이 난 사람들인지라 슬로우 푸드의 색다른 맛을 음미하는 것도 신선한 경험이 될 것이다.

어느덧 해가 기울고 그 많던 재료들이 말끔히 손질되어 냉장고로 들어갔다. 요리 팀의 몸놀림이 수선스러워졌다. 한쪽에선 다음 날 메뉴와 준비된 재료를 확인 점검하고, 한쪽에선 초밥용 쌀을 담그고, 한쪽에선 설거지를⋯⋯. 그러는 중에 향긋한 오이냄새가 풍겨왔다. 김선생이 오이를 통째로 들고 필러로 벗기고 있다. 길게 포 뜨듯 벗겨내서는 접시에 원 모양으로 돌려 담는다. 초밥용 오이다. 동그랗게 쥐어놓은 초밥 둘레를 포 뜬 오이로 감싼 다음, 그 위에 날치알과 무순을 얹을 예정이다.

오이까지 끝나자 준비작업 완료. 요리사들이 앞치마를 벗고 가방을 챙겼다. 다음날은 새벽 5시에 올 거란다. 요리사들이 돌아가자 이바지가 순서를 기다리고 있다.

작업장에서는 송이 씨가 갈비 솥을 가스에 올려놓은 채 밑반찬에 쓸 고추장양념을 만들고 있다. 금이 씨는 무와 홍당무를 꽃틀로 찍어내고는 이어 밤을 까고 있다. 몇 알 안 남은 걸 보니 곧 끝나겠다. 상 걷어내는 소리가 들리고, 정아엄마와 영순씨가 유장 바른 전거리를 들고 나온다. 유장은 참기름에 소금, 후추를 섞은 것으로 모든 전유어 재료에는 미리 가볍게 발라둔다. 그렇게 전처리를 해두면 간이 배들어 맛도 좋거니와, 당일은 소금 간에 신경 안 쓰고 계란을 입혀 부치기만 하면 되니 세상 편하다.

일꾼들이 퇴근하자 폐백용 육포 가운데 제일 잘생긴 것으로 두 장을 골라왔다. 폐백의 얼굴이 될 육포에 꼼꼼히 수를 놓았다.

다음은 밑반찬. 밑반찬은 세 종류가 한 목기에 담기는데, 목기 양옆으로 더덕구이와 북어찜이 자리 잡고 그 가운데 호두장과가 놓인다. 북어찜은 열 마리 기준에 아래 여섯 마리는 양념간장으로, 위의 네 마리는 고추장양념으로 조리한다. 그래야 반대쪽의 더덕구이와 빛깔이 맞는다. 북어도 매운 것, 안 매운 것을 골고루 맛볼 수 있어서 좋다. 더덕구이는 살짝 구운 더덕에 고추장양념을 발라 북어찜과 키를 맞춰 담는다.

가운데 놓이는 호두장과는 호두 땅콩 밤 대추 은행 같은 다섯 가지 견과류를 간장양념에 졸이는 것. 이것도 전날 밑준비를 해두는 게 좋다. 밤을 까서 물에 담가놓고, 호두와 땅콩은 끓는 물에 튀겨놓는다. 거기까지만 해두어도 다음날 일이 한결 수월하다. 당일은 준비해둔 재료들을 간장에 졸여, 은행과 대추를 넣고 마무리하면 끝. 이렇게 전처리를 해서 일이 간편해지는 것으로 갈비찜을 빼놓을 수 없다.

우리의 이바지 갈비찜은 통상 열 근이 기준이었는데, 중간 크기의 갈비토막이 45대정도 나온다. 이 갈비토막을 물에 씻은 뒤 찬물에 담가 핏물을 뺀다. 핏물이 얼추 빠지면 끓는 물에 여남은 토막씩 튀겨낸다. 이때 고기나 뼛속의 불순물이 많이 빠져나온다. 그건 튀겨낸 물을 보면 대번에 알 수 있는데, 기름이나 지저분한 부유물이 잔뜩 떠있다. 그 물은 아낌없이 버린다. 맹물에서 튀겨낸 갈비는 다시 찬물로 깨끗이 씻어준다. 이때도 지저분한 성분이 제법 떨어져 나온다.

다음은 정식으로 갈비찜을 끓일 솥에 손질 끝난 갈비를 차곡차곡 담고 물을 붓는다. 물의 양은 갈비 높이보다 일 센티 정도 위로 올라오게 부어준다. 그리고 가스에 불을 댕긴다. 화력은 세게 하고 뚜껑은 덮지 않는다. 30분쯤 끓으면 수분이 증발하면서 물과 갈비의 높이가 엇비슷해진다. 이때 불을 끄면 갈비찜 끓이기 1단계 끝. 이 작업은 늘 이바지 전날 해둔다. 1단계까지 끝난 갈비 솥은 한차례 식혀 그대로 냉장고에 넣어둔다. 한겨울이라면 시원한 데 내놓기만 해도 된다.

다음날 갈비 솥을 열어보면 기름이 아예 한 층으로 두껍게 껴있다. 그걸 손으로 쏴 건어낸다. 그렇게 간단할 수가 없다. 손에 안 잡히는 작은 조각들은 망으로 건져낸다.

갈비찜 끓이기 2단계는 양념장 준비. 다시마 무 대파(혹은 파뿌리) 통후추를 넣은 야채육수는 전날 진하게 끓여둔다. 당일은 배 마늘 양파를 갈아서 즙을 낸다. 이 즙과 야채육수를 베이스로, 여기에 분량의 간장과 설탕만 넣으면 갈비찜 양념장 완성. 물엿은 조리 중간에 따로 넣는다.

양념장이 준비되었으면, 기름기 걷어낸 갈비 솥에 양념장을 정량의 삼분의 이 정도 넣고 끓이기 시작한다. 이때는 뚜껑을 닫든 열든 상관없다. 단, 갈비가 끓기 시작하면 그 시점부터 완성까진 삼사십 분이 걸리는데, 이때는 뚜껑을 열어둔다. 뚜껑을 덮지 않는 이유는, 그래야 고기에 배인 간장색이 진한 갈색으로 변한다. 갈비가 끓는 동안 꽃모양으로 손질한 무와 홍당무를 따로 삶아둔다. 밤도 맹물에 삶은 다음 갈비 국물을 한 국자 떠서 따로 졸인다. 은행도 볶아 껍질을 벗긴다.

우리는 이때 호두장과를 동시에 진행했다. 기본적인 간장양념이 갈비찜과 같아서 함께 하면 시간이 절약된다. 또, 호두장과를 졸이는 중간에 갈비 국물을 두어 국자 끼얹어주면 맛도 좋을 듯해 늘 그렇게 했다.

갈비찜이 끓은 지 30분쯤 되면 간을 봐가며 남은 양념장을 추가하고, 이때 물엿도 넣어준다. 또 졸여둔 밤과 손질한 표고버섯, 대추, 꽃모양의 무와 홍당무도 차례로 넣어준다. 이들 고명에도 갈비국물이 배도록 솥을 몇 번 까불러준다. 국물이 바특하게 줄었을 때, 마무리로 참기름을 두르고 은행을 솔솔 뿌려주면 갈비찜 완성.

이런 조리법은 어디까지나 이바지용 갈비찜을 위한 것이다. 가정에서 만들어 먹을 때는 파 마늘이 보여도 상관없고, 무나 홍당무가 양념에 푹 절어도 문제될 게 없다. 다만 우리의 경우, 갈비찜은 항상 백자항아리에 담겨 나갔는데, 하얀 항아리 뚜껑을 열었을 때 각각의 고명이 제 빛깔로 선명하게 보이도록 이렇게 했을 뿐이다.

새벽같이 작업실로 나가 포트에 물을 올리고 돌아서는데 김선생과 보조 하나가 도착했다. 그날 인원은 요리사 세 명에 보조가 둘이란다. 일손이 부족하지 않을까 걱정했더니, 준비작업이 끝나서 괜찮을 거라는 김선생의 말이다. 곧 나머지 인원도 당도했다.

김선생은 앞치마를 두르자마자 냉장고에서 탕수육 고기부터 꺼내왔다. 그 양이 중국집 주방 저리가라다. 가스에 기름 냄비가 올라갔다. 녹말가루로 튀김옷을 만들고 고기 튀길 준비를 서두른다. 튀겨지는 고기에 대비해 갱지를 깐 채반이 서너 개 놓이고……. 다른 요리사는 나물을 볶기 시작한다. 나물은 완성해서 가져가지만, 탕수육은 1차만 하고 2차 튀기기와 소스는 현장에서 할 거란다. 요리사들이 각자 자기 일에 바쁜 동안 보조들은 당면 삶을 물을 가스에 올리고, 잡채와 홍어무침에 쓸 재료들을 꺼내놓는다. 그럴 즈음 송이 씨가 얼굴을 내밀었다. 송이 씨는 오자마자 밥을 안친 뒤 그들에 가세해 시중을 들어주었다.

탕수육 1차 튀기기와 나물을 끝낸 요리사들은 하나는 잡채에, 하나는 홍어무침에 매달렸다. 해물탕과 겨자채, 탕수육은 현장에서 마무리할 예정이다. 시간은 빠른 걸음으로 8시를 향해 내달렸다.

잡채 쪽에서 고소한 참기름 냄새가 퍼질 즈음 송이 씨가 탁자 한쪽에 밥상을 차렸다. 백김치처럼 보이는 섞박지와 계란프라이가 접시마다 한가득 놓였다. 이바지 때 보쌈 백김치를 담고 나면, 배추나 무는 물론 양념 속도 꽤 남는다. 그것들을 한데 섞어 국물을 넉넉히 잡고 섞박지처럼 담근다. 족보는 묘연해도 맛은 나무랄 데 없는 그 김치가 새곰한 냄새를 풍기며 막 익기 시작했다. 밥 먹을 시간이 없다던 요리사들도 그 냄새에 끌렸는지 김치 국물을 들이부어 맛나게 배를 채웠다. 그 모습을 보니 내 속이 다 든든하다.

영순 씨가 때맞춰 모습을 드러냈다. "어트기, 다 끝나가능가요?"

"다 돼가. 우선 전기밥솥이랑 양푼들 좀 실어. 그리고 쟁반도."

현관 앞에는 전기밥솥 세 개에다 크고 작은 양푼과 쟁반이 수북하다.

"거그도 다 있지 않겄어요?"

"있겠지. 그래도 준비해 간 게 모자라서 빌려 쓰는 거랑, 처음부터 거기 걸 쓸 작정을 하는 거랑은 다르지." 정지간의 부지깽이도 필요하다면 다 가져갈 판이다.

작업장 쪽에서 양푼에 싼 음식, 비닐자루에 담긴 재료들이 속속 나오고 하나씩 차에 실린다. 초밥에 관련된 도구와 재료들은 김선생 차에 몰아서 싣고, 나머지는 모두 영순 씨네 차에 실었다. 마지막으로 뛰어올라와 작업장을 둘러보니 싱크대 구석에서 파인애플 깡통이 저 혼자 멀뚱멀뚱 딴전을 피우고 있다. 어이쿠, 탕수육 소스에 들어가야 하는데…… 냉장고 음식들만 신경 쓰느라 깜빡한 모양이다. 캔 다섯 통을 안고 부리나케 뛰어 내려갔다.

드디어 요리사 팀에 영순 씨까지 끼어서 오늘의 전사들이 떠났다. 나는 김선생이 극구 만류하는 통에 따라가길 그만두었으나 어째 찜찜하다. 무거운 마음으로 작업실 쪽으로 발길을 돌렸다.

썰물이 빠져나간 자리에 이바지 팀이 각자의 일을 끌어안고 한사람씩

진을 쳤다. 금이 씨는 전 부칠 준비를 시작했는지 계란 한 판을 흰자, 노른자로 분리하고 있다. 한국의 전통음식, 그 중에서도 격식을 차리는 혼례음식에서 색감은 빠트릴 수 없는 요소다. 가능한 한 오방색을 살리는 쪽으로 조리하므로 달걀도 흰자, 노른자로 나눠 색상을 선명히 한다. 전의 색깔 역시 재료를 봐가며 흰자로 할지 노른자로 할지 결정한다.

폐백은 음식의 특성상 오방색을 살리기 어려워 함께 올리는 구절판을 색스럽게 꾸며서 표현한다. 사실 폐백에서는 오방색보다 음양의 뜻이 담긴 청색과 홍색이 더 강조된다. 당연히 청색은 남자, 홍색은 여자를 상징한다. 폐백이란 새신부가 시댁의 조상과 시어른에게 첫인사를 드리는 자리에 내놓는 음식이다. 그런 만큼 의미상으로는 이바지보다 폐백에 혼례의 본뜻이 담겨있다.

이 폐백 음식의 기본인 대추고임과 고기(육포나 편포, 닭)에는 엄연히 그 임자가 있다. 대추고임은 시아버지 몫이요, 고기 종류는 시어머니 몫이라는 것이다. 그래서 법도가 까다로운 집에서는 시할머니가 계시면 그 어른의 용도로 고기 종류를 추가하는 집도 더러 있었다.

알람이 10시를 울리며 폐백을 마무리하라고 경고음을 날린다. 손놀림에 박차를 가해 육포의 마지막 한 장까지 참기름 묻은 손으로 싹싹 비벼주고, 이어서 목기. 목기 바닥을 밤으로 채운 다음 참기름에 비빈 육포 2kg를 두 줄로 나란히 쌓아올린다. 수놓은 육포는 맨 위에 얼굴로 올린다. 육포가 반듯하게 자리를 잡으면 양쪽 가장이를 청홍 타래실로 한몫에 단단히 묶어준다. 다음은 아래쪽 장식. 육포의 경계선을 따라 푸릇푸릇한 솔가지를 보기 좋게 꽂아준다. 역시 폐백육포의 화룡정점은 솔잎이다. 생솔가지를 곁들이니 육포고임이 날아갈듯 산뜻해졌다.

솔잎까지 마치고는 전날 완성해놓은 대추고임과 구절판을 냉장고에서 꺼내고 법주도 한 병 가져온다. 이제는 준비된 음식들에 나들이옷을 입혀야 할 차례. 바로 보자기 싸기다.

폐백은 청홍색 갑사 보자기로 마무리하고, 구절판과 술병까지 일습으로 싸주었다. 그러자 시간은 벌써 11시가 넘었다. 서둘러 희정이에게 폐백 배달을 내보냈다.

작업장으로 가서 상황을 보니 일이 만만치 않다. 금이 씨는 겨우 생선전 하나가 끝나간다. 생선의 양이 많기도 하거니와 약한 불에서 익히다 보니 일이 세월아 네월아 한다. 불이 세면 자칫 흰자가 누래져서 불 조절에 신중을 기하는 것이다. 그래도 너무 늦다. 옆에서 수놓는 사람이라도 있으면 속도가 나겠는데…… 앞으로도 서너 시간은 족히 걸리겠다.

그 옆에선 송이 씨가 해물찜에 들어갈 큼직한 대하를 익히고 있다. 전기프라이팬에 대파를 넉넉히 깔고 월계수 잎을 두어 장 띄운 뒤 새우를 얹는다. 거기에, 살짝 소금 간을 한 야채육수를 바닥에 깔릴 정도로만 부어준다. 그렇게 하면 간이 적절히 밴 풍미 있는 새우 맛을 끌어낼 수 있다. 손바닥 절반 크기의 통통한 새우가 선홍색 빛깔로 익어가고 있다. 그 살이 얼마나 탱글탱글할지는 만져보지 않고도 느껴진다.

전화벨이 울렸다.

"희정인데요. 폐백은 잘 전달했고요, 지금 식당에 와있어요."

"알았어. 식당은 어때? 한창 바쁘지?"

"다른 음식은 다 끝났는데, 초밥 만드는 데가 좀…… 그래도 거의 끝나가요."

"그럼, 내가 안 가봐도 될까?"

"선생님은 안 오셔도 될 것 같은데요? 오셔도 할 일이 별로……. 근데, 이바지도 손이 모자라잖아요."

하긴 내 코도 석자구만 물색없이……. 냉장고에서 갈비 솥을 꺼내왔다. 1차 작업이 끝난 갈비찜의 기름을 싹 걷어내고 가스에 올렸다. 때를 봐서 호두장과에도 불을 댕겼다. 한 시간쯤 지나자 두 음식의 끝이 보인다. 유리문이 딸랑거리더니, 저 왔어요 하며 희정이가 들어섰다. 시계를 보니 1시가 조금 넘었다. "왜 벌써 와?"

"여기 일이 걱정돼서요. 거기는 영순 언니가 잘 도와주고 있던데요."

희정이가 그새 앞치마를 걸치고 나온다. 음식은 모자라지 않을까, 물으려다 말을 삼켰다. 뒷전에서 걱정한들 뭐하나, 끝나봐야 알 일인데. 나도 내 할일이 바쁘니 다시 갈비 솥으로 돌아가 참기름을 두르고 솥을 몇 번 까불러준 뒤 은행을 넣고 불을 껐다.

간단히 점심을 먹고는 설거지도 미룬 채 다들 이바지 마무리에 매달렸다. 새우를 끝낸 송이 씨는 간장양념에 전복을 졸여내고, 정아엄마는 북어와 더덕에 쓸 실파를 송송 썰고 있다. 금이 씨와 희정이는 전 부치는 일에 속도를 냈다. 나는 갈비 항아리, 목기, 한지, 보자기를 챙겨놓고 해물찜에 장식할 오이와 홍당무를 꽃모양으로 잽싸게 오렸다. 연이어 빨간 고추 대여섯 개를 오려 물에 담가두었다. 잠시 후 가위질한 끝부분이 밖으로 도르르 말리면서 활짝 핀 나리꽃으로 변할 것이다.

이젠 진짜 포장에 들어가야 한다. 갈비 솥에 다시 불을 붙이고, 냉장고에서 보쌈 백김치를 꺼내왔다. 국물을 한입 먹어보니 새콤한 맛이 우러나기 시작했다. 딱 알맞게 익었다. 나리꽃스럽게 끝이 벌어진 빨간 고추를 장식으로 넣어주고, 랩을 두 번 세 번 만 다음 항아리 주둥이를 고무줄로 단단히 묶었다. 그 위에 꽃잎 모양으로 오린 한지를 올리고, 이번엔 갈포 끈으로 동여맨 후 뚜껑을 덮었다. 항아리 뚜껑 아래로 분홍색 한지가 레이스처럼 찰랑거린다. 다시 한 번 뚜껑까지 한몫에 잡아 랩으로 말고 보자기를 쌌다.

그 사이 식었던 갈비찜이 따끈해졌다. 백자 항아리에 갈비를 켜켜이 담으며 사이사이 고명도 골고루 넣어준다. 가는 동안 갈비가 가라앉지 않게 빈틈없이 채우고 국물도 알맞게 붓는다. 이것도 국물이 새면 큰일이니 김치 항아리처럼 야무지게 단속한 다음 보자기를 쌌다. 그럴 즈음 송이 씨는 간장양념에 북어 여섯 마리를 익히고, 네 마리는 쪄서 고추장 양념을 바르고 있다. 정아엄마는 프라이팬에서 수분을 날린 더덕에 역시 고추장 양념을 바르고 있다. 금이 씨는 마지막 순서인 새우전을 시작했다. 희정이는 다 부쳐진 전의 가장이를 가위로 다듬고 있다.

이제는 해물 포장. 은박지를 깐 대목기에 먼저 새우를 앉힌다. 목기 한가운데는 허리가 곧게 펴진 새우를, 네 귀퉁이엔 허리가 굽은 것으로 보기 좋게 배열한다. 이어서 전복. 깨끗이 씻은 껍질에 갈색으로 졸여진 전복을 들어앉히고 은행과 파슬리로 장식한다. 목기에 주인공들이 자리를 잡으면 군데군데 대나무 어린잎을 곁들이고, 여기에 꽃모양의 오이와 홍당무, 나리꽃의 빨간 고추를 배치해 생기를 더해주면 드디어 해물찜 완성, 인가싶겠지만 아직 아니다. 빠진 게 있다. 딱 애기주먹만 한 옹기에 해물소스를 만들어 넣어주는 일이다. 여기까지 해야 목기 하나가 완성되니 이바지 때는 음식을 담는 데만도 몇 시간이 걸린다.

마지막은 제일 난코스인 전유어 담기. 우선 맨 아랫단은 통북어 전으로 한 바닥을 채우고, 다음은 다섯 가지 전으로 두 단을 깐다. 맨 위단은 수놓은 전들이 자리를 잡는데, 양쪽 가에서부터 육전 생선전 패주전 버섯전을 대칭으로 나란히 올린다. 끝으로 한 복판에 새우를 두 줄로 세우고 있는데 밖에서 왁자한 소리가 들려왔다. 전사들이 돌아온 모양이다. 나가서 거들어줘야 하는데 노는 손이 없다.

"수고들 했어요. 미안, 손이 여유가 없네. 그나저나 잘 끝났어요?"

"네, 무사히 끝났어요. 음식도 거의 맞았고요." 김선생이 대답하며 남은 음식들을 탁자에 늘어놓는다.

마침내 새우전까지 다 올라가 나도 손을 털고 일어섰다. "다들 수고했어요. 차라도 한잔 할래요?"

김선생이 됐다며 손사래를 친다.

뒷마무리가 끝나자 김선생과 계산을 마치고, 서로 '감사합니다, 수고하셨습니다' 한바탕 인사를 나눴다. 막 돌아서려는데, '다 됐어요?' 하고 기사아저씨가 들이닥쳤다. "다 됐어요. 보자기 싼 것부터 실으면 돼요. 입구에 있는 떡하고 과일바구니도요."

아저씨가 짐을 나르는 사이 전유어 목기에 랩을 돌리고, 그 위를 한지로 덮어 보자기로 쌌다. 해물찜도 그렇게 하고 나니 송이 씨가 완성된 밑반찬 목기를 들고 나온다. 깔끔하게 잘 담겼는지 확인한 다음 보자기로 싸자, 지켜 섰던 송이 씨가 냅다 받아들고 아래로 쫓아 내려간다. 나도 메모지에 신랑집 주소와 전화번호를 적어, 남아있는 목기를 들고 뛰어 내려갔다. 음식이 빠짐없이 실렸는지, 이동 중에 흔들림은 없을지 꼼꼼히 확인하고 아저씨에게 메모를 건넸다. "잘 다녀오세요."

차가 골목 어귀를 빠져나가도록 멍하니 바라보았다. 이제 다 끝난 건가? 돌아서려는데 가슴이 저리듯 시려왔다. 이제 다 끝난 건가, 다시 한번 되뇌어 봐도 끝났다는 실감이 오지 않았다. 모든 걸 털어내고 후련해졌으면 좋으련만, 후련한 줄도 시원한 줄도 모르겠다. 오히려 가슴 한복판으로 쏴아, 바람이 훑고 지나갔다. 뭐지, 이 기분은? 낯선 감정의 돌연한 기습에 잠시 당혹스러웠다. 가슴이 텅 빈 듯한 이 허전한 느낌은 대체 뭘까? 그때 바람에 실려 온 듯 어떤 구절 하나가 머리를 스쳤다.

'연극공연이 끝나고 텅 빈 무대를 바라보는 일은 우리를 슬프게 한다.'

나는 머리를 흔들어 생각을 털어내고는 작업실 계단을 바삐 뛰어올라갔다.

14.
총칼
안 든
6.25

연초에 발렌타인데이 기사가 신문에, 5월에는 잡지에 기사가 나간 데다 백화점 행사까지 깔리자 양갱에 불이 붙었다. 팸플릿에도 5만 원짜리 꽃양갱만 담은 선물세트를 선보였더니 가격이 만만해선지 그쪽으로 주문이 몰렸다. 여름을 무색케 하는 더위 속에서 이틀이 멀다하고 양갱을 졸여대는데……. 그새 추석시즌이 닥친 것이다. 내가 하도 바쁘다니까, 나이는 한참 차이 나지만 나와는 둘도 없는 대학원 동기이자 인생선배인 이선생이 멋도 모르고 그랬다. "그럼, 나라도 가서 도와줄까?"

'오셔도 마땅히 하실 일이 없을 텐데' 하면서도 혹시 양갱이 꽃 빼는 일이라면 가능하지 않을까싶어 오시라고 했다. 물정 모르고 온 이선생은 손님방 소파에 앉아 하루 종일 양갱이 꽃만 땄다. 사흘을 그러고 있으면서 전쟁터 같이 돌아가는 우리의 실상을 낱낱이 목도한 것이다. 나흘째 되는 날, 이선생은 드디어 머리를 내둘렀다.

"윤선생, 미안해. 더는 못 하겠어. 정신이 이리 상그러워서야……. 내가 주문한 거 있지, 그 물건 언제 돼? 그거 되는대로 가봐야겠어."

이선생이 주문한 서너 개밖에 안 되는 조그만 선물세트는 며칠을 밀리고 밀리다 그날도 한낮이 다 돼서야 나왔다. 나는 상자를 보자기에 싸며 권했다. "곧 점심시간인데 식사나 하고 가세요."

평소 그리도 점잖던 이선생의 낯빛이 흐려졌다.

"아니, 됐어. 밥인들 제대로 넘어가겠어?" 그러더니 "에이그, 총칼만 안 들었지 6. 25전쟁보다 더하네"라는 말을 남기고 총총히 돌아섰다.

그때 이선생은 칠순을 바라보는 나이였는데, 염색할 때를 놓쳤는지 이마에서 귀밑까지 부스스한 흰머리가 그렇게 스산해 보일 수 없었다. 뭐라 말할 수 없이 죄송했다. 나는 황망히 쫓아내려가 멀리 골목 밖으로 사라지는 이선생의 뒷모습을 배웅했다.

이선생 표현대로 6.25를 방불케 하는 난리 속에서 추석시즌이 지나갔다. 시즌 전쟁을 치러낸 작업실은 아수라장 그 자체였다. 연휴를 꼬박 바쳐 뒷정리를 하고 숨 좀 돌리려는데 생각지도 않은 일이 터졌다.

말없이 일 잘하던 희정이가 그만둔다는 연락을 해왔다. 무엇 때문이냐고, 이유를 물었지만 희정이는 똑 부러지게 답을 하지 않았다. 그냥 아이 때문이라고 했다, 학교 갈 때가 됐다면서. 아이가 학교 가는 건 내년 봄인데 왜 벌써 그 이야기를 꺼내나. 추석에 매일 늦다보니 남편하고 무슨 일이 있었나. 아쉽지만 일단 놔주었다. 희정이가 그만두니 일손이 달렸으나 공개적으로 인원을 뽑을 시기가 아니어서 송이 씨한테 사람 좀 알아보라고만 해두었다.

며칠 후 송이 씨가 자기 친구라며 사람을 소개했다. 나이는 송이 씨보다 한 살 위로, 일도 웬만큼 할 것 같은데 문제는 집이 멀었다. 양수리였다. 그 먼데서 어떻게 다니겠냐며 내가 정색하자, 출퇴근은 걱정을 붙들어 매라고 했다. 아이엠에프 때 부도를 맞아 양수리로 갔지만, 그전까지는 삼성동에 살아서 이곳 지리에 훤하단다. 복잡한 버스노선을 줄줄이 꿰며, 9시까지는 충분히 올 수 있다고 장담했다. 우리는 그녀를 양수리 언니라고 불렀다. 자기 말대로 출근시간을 어기는 일은 없었다.

여느 해처럼 가을이 흘러갔다. 다시 겨울을 맞아 연말과 설맞이 준비로 분주한 가운데 희정이를 만났다. 근황을 물으니, 그냥 아이 보면서 부정기적으로 알바를 뛴다고 했다. 그렇다면 특별히 갈 데가 있어서 작업실을 그만둔 건 아닌 모양이었다. 그 말에 힘입어 내가 가진 설득력을 총동원해서 희정이를 새해부터 다시 나오게 했다. 그럴 즈음 뜻밖의 소식이 날아들었다. 동서의 건강이 심상치 않다는 것이다.

평소 신장이 안 좋다는 사실은 알고 있었지만, 그렇게 급속히 악성으로 진전될 줄은 나는 물론이요 본인 자신도 몰랐나보다. 검사결과를 접한 지 한 달여 만에 동서는 어이없게 세상을 떠나고 말았다. 구정시즌이 막 시작된 때였다. 오십 줄에 들어서고 두어 해밖에 살지 못했으니 나이라고도 할 수 없는 때 저세상 사람이 된 것이다. 생각하면 할수록 나이가 아깝고, 양지바른 데서 두 다리 뻗고 살아보지 못한 동서의 삶이 애틋하고 한스러웠다. 그렇다고 그 죽음을 마냥 슬퍼할 수만도 없었다. 시즌이 시작된 데다 중간에 쌈이나 편포가 모자라는 날엔 그런 낭패가 없으니…… 내게는 가슴이건 머리건 애통함을 담아둘 자리조차 없었다.

15.
비둘기처럼
선하게
뱀처럼
지혜롭게

인생사란 한 고개 넘으면 또 한 고개가 기다린다고 했던가. 희정이가 한 달 만에 또 그만두었다. 며칠 후 밖에서 희정이를 만났다. 그만둔다는 사실을 전화로 알려왔을 때, 뭔가 석연치 않은 기미가 느껴져 보자고 한 것이다. 얼굴을 마주하고, 무슨 일이 있었느냐고 다그치자 희정이가 갑자기 울음을 터트렸다. 얼마간 눈물바람을 하더니 띄엄띄엄 말을 이었다. "언니들이…… 언니들이……"

"언니들이 뭘 어쨌는데?"

"저를 대놓고 놀려요."

"놀려? 왜?"

희정이는 머뭇거리며 말을 잇지 못했다.

"뭔데 그래, 말해 봐."

"선생님이 뭘 시켜서 하려고 하면 저더러 그 일을 하지 말래요. 그래도 선생님이 시키시는데 어떻게 안 해요."

난데없이 돌멩이 하나가 날아와 내 면상을 후려친 것 같았다. 얼굴로 피가 몰리며 뺨이 화끈거렸다. "그래서?"

"그래서, 선생님이 시키시는데 어떻게 안 하냐면서 그 일을 하고 있으면, 뒤에서 막 그러는 거예요. 저만 잘 보이려고 그런다느니, 만두 하나는 잘 빚는다느니……."

순간 얼굴로 몰린 피가 머리 끝까지 치솟았다. "누가 그래? 누구야?"

사십 오십이 넘은 여자들이 한참이나 어린 딸 같은 사람한테 그런 짓을 하다니. 직원들 얼굴을 떠올려봤지만 도무지 그럴만한 사람이 누군지 짐작이 가지 않았다. 그래도 주방의 책임자 격이니 혹시나 해서 물어보았다. "누구야? 설마, 송이 씨?" 희정이가 천천히 고개를 끄덕였다.

쿵, 면상을 후려친 돌멩이가 이번엔 심장을 가격했다. 심장이 덜컥 내려앉았다. 믿어지지도, 믿을 수도 없는 일이었다. 설마 하고 묻긴 했으나, 딱히 짚이는 사람이 없어서 이름을 댔을 뿐이다. 정말 송이 씨일 줄이야. "그리고 또? 또, 누가 그래?"

"송이 언니가 그러면 금이 언니는 옆에서 딸랑딸랑 하면서……."

대번에 속에서부터 뜨거운 것이 치밀어 올랐다. '딸랑딸랑' 이란 웬 코미디에서 아부할 때 쓰던 모션이다. 그런 식으로 희정이를 조롱했다니……. 그쯤 되자 화가 부글거리는 속에서도 한없이 부끄러워졌다. 그리고 서글퍼졌다. 내가 여태 그런 사람들하고 한솥밥을 먹고 있었나. 한식구라고 여겼던 사람들이 고작 그런 수준이었나.

"그럼, 지난번에 그만둔 것도 그런 이유였어?" 희정이가 기어들어가는 목소리로 그렇다고 했다. "이번에 다시 왔는데도 여전히 그래?"

"전보다 더 해요." 처음으로 희정이 얼굴에 분노 같은 게 스쳤다.

"다른 사람들은?" 나는 정아엄마와 양수리 언니한테 기대를 걸었다.

"다른 언니들이요?" 희정이 얼굴이 잠시 어두워지더니 목소리에 잔뜩 구름이 끼었다. "다 그렇죠, 뭐." 구름 낀 목소리는 뻔하지 않느냐는 듯 심드렁하기까지 했다.

기대는 여지없이 무너졌다. 정아엄마라면 그래도, 하는 믿음이 있었는데. 역시 가재는 게 편인가. 희정이한테 뭐라 말할 수 없이 미안했다. 어린 것이 나이 많은 언니들 틈에서 얼마나 마음고생이 심했을까. 나는 그것도 까맣게 모르고 있었으니……

무슨 생각엔가 빠져 있던 희정이가 주저주저하며 입을 열었다.

"저기, 언젠가 가게가 일찍 끝나서 송이언니 집에 다 같이 놀러갔는데, 글쎄……"

"글쎄, 뭐?"

"글쎄 과자 같은 걸 내오는데 다 우리 꺼예요. 쌀강정에 약과에 양갱이에 난 종류도 있구요, 거기다 인삼정과에 육포쌈까지. 벼라 별 게 다 있더라구요. 방안을 둘러보니까 상자며 보자기며, 우리 가게 꺼는 없는 게 없어요. 그래서 제가 속으로 그랬죠. 와, 여기는 완전 작은 윤이바지네. 선생님도 알고 계셔야 할 것 같아서……"

시거든 떫지나 말 일이지. 나는 갑자기 머리가 띵해져서 할 말을 잃었다. 더 이상 생각나는 말도 없거니와 말할 기운도 없었다. 그냥 그 자리에서 연기가 되어 사라졌으면 싶었다. 어린 희정이 보기가 부끄러워서 더 이상 앉아있을 수가 없었다. 간신히 목소리를 쥐어짰다. "정말 미안해. 너무 미안해서 할 말이 없네. 그동안 수고 많았어, 잘 지내." 그리고는 비칠비칠 자리를 빠져나왔다.

작업실로 돌아와 텅 빈 실내를 둘러보니 여기서 그 모든 일이 있어났다는 게 거짓말 같았다. 그동안 이 안에서 무슨 일이 벌어졌던 것일까. 사태를 파악해보려 했지만 도무지 생각의 갈피를 잡을 수 없었다. 문득 시즌 끝 무렵, 영순 씨가 앞치마를 벗어던지며 하던 말이 생각났다.

"선상님, 지 담서부턴 안 올 것잉게 부르지 마시오." 그러는 영순 씨 얼굴이 붉으락푸르락 했다. "나가 뭐 일할 디가 없어서 여그서 이라고 있는 중 아는갑소. 사람을 뭘로 보고." 그러더니 안에다 대고 하얗게 눈을 흘기고는 쌩하니 바람을 일으키며 나가버렸다.

그렇잖아도 안에서 자행되는 텃세 비슷한 낌새를 조금은 눈치 채고 있었다. 언젠가 영순 씨를 타박하는 송이 씨의 새된 목소리를 귓결에 들었던 것이다. 그렇다고 일마다 직원들 사이에 끼어들어 참견하고 나설 수도 없었다. 하기야 둘이는 나이도 엇비슷하고, 하는 일도 겹치다보니 그럴 수 있겠다고 백번 양보한다 쳐도 희정이는 아니다. 나이도 한참 어린데다, 하는 일도 난을 빚거나 육포를 보조하는 일이 주 업무다. 게다가 온갖 허드렛일도 몸 사리지 않고 알아서 잘한다. 그런데도 왜……

시간은 정말 좋은 약이다. 희정이를 만난 건 이월 초였다. 그때는 작업실이 쉬고 있어서 직원들 얼굴 볼 일이 없었다. 한동안 안 보고 있으니 내 기분도 조금은 나아졌다. 직원들 생각을 하면 속이 끓었지만 그렇다고 거기에만 매몰돼 있을 순 없었다. 나는 어떻게든 사업의 활로를 찾아야 했다. 다달이 나가는 경비에, 시급이던 일꾼들이 차차 월급제로 바뀌니 상시적으로 매출이 나올 수 있는 일이 필요했다. 그러기엔 떡이 제일 나았다. 그동안 거쳐 온 학원에서도 떡수업은 있었으나 그걸로는 부족했다. 보다 전문적인 데서 제대로 배워야 했다. 한 군데를 알아내고 3월부터 나가기로 했다. 그런 사정이니 희정이 일을 내놓고 문제 삼기엔 시기가 적절치 않았다. 사업적으로 큰 그림을 그리려는 마당에 지난 일을 들춰내서 판을 엎을 순 없었다. 섣불리 벌집을 건드려 벌통까지 날아가는 사태는 막아야 하니까.

2월의 긴 휴가가 끝나고 직원들이 모였다. 그네들을 보자 희정이 일이 떠오르며 새삼 얼굴이 다시 보였지만 일체 내색하지 않았다. 일단은 참고 넘어가자. 대신 치부책에 기록하듯 가슴에 꼼꼼히 새겨두겠다.

그날 퇴근길의 송이 씨를 남게 했다. "왜요, 선생님." 나를 부르는 송이 씨 얼굴엔 티끌 한 점이 없었다. 나도 똑같이 말끔한 얼굴을 했다.

"앞으로 여기 일이 많아질 텐데…… 우리 동서, 간 줄은 알지? 그래서 육포쌈도 우리가 해야 하고."

"하게 됐음 하죠, 뭐. 일은 걱정 마세요." 대답 한번 시원시원하다.

"나도 바빠질 거야. 학교도 그렇지만 떡 좀 배우려고. 그래서 말인데, 앞으로 송이 씨가 여기를 잘 좀 꾸려줘, 다른 사람들하고 사이좋게."

말하면서도 심히 낯간지러웠지만 어쩔 수 없었다. 거기다 덤까지 얹어주었다. "힘내서 잘하라고 월급 십만 원 올려줄게." 미운 놈 떡 하나 더 준다는 말은 바로 이런 경우가 아니겠는가.

송이 씨는 뜻밖의 포상에 어쩔 줄 몰라 했다. "그렇잖아도 선생님이 얼마나 고마운지 몰라요. 일하게 해준 것만도 감사한데……." 나는 속으로 외쳤다. '고마운 줄 알면 다시는 그런 양심에 꺼리는 짓은 하지 마.'

송이 씨가 누차 고맙다는 건 일 년 전 일을 두고 하는 말이었다. 어느 날 밤, 누가 작업실 문을 두드려 나가보니 송이 씨였다. 얼굴이 파랗게 질린 채 단정하던 머리도 마구 흐트러져 있었다. 남편이 술 먹고 행패를 부리는 바람에 맨몸으로 뛰쳐나왔다는 것이다. 지갑도 안 가지고 나와 돈도 없고 갈 데도 없다고 했다. 나는 얼마의 돈을 쥐어주며 찜질방에라도 가서 쉬라고 했다. 그 후 송이 씨는 집을 나왔다. 나오긴 했으나 방 얻을 때까지 짐 맡길 곳이 없다고 해서 작업실 한쪽을 내주었다. 방을 얻으러 다니자 이번엔 보증금이 부족하단다. 몇 달치 급여를 선불해 주고 방을 얻도록 했다. 방은 작업실 근처에 얻었다. 그런 연유로 송이 씨는 알바에서 고정 멤버로 일하게 되었다. 또, 앞으로의 생활은 제 힘으로 꾸려야 하니 시급이던 급여를 월급으로 바꿔주었다. 그때도 송이 씨는 내가 거북할 정도로 고마움을 표시했다.

'그래, 사람은 누구나 잘못을 저지를 수 있다, 사람이니까. 그 잘못을 깨우치고 바로잡을 수 있는 기회를 주는 것도 나쁘진 않을 거야. 이쪽에서 먼저 베풀면, 사람이라면 저도 느끼는 게 있을 테지.' 나는 그런 식으로 모든 걸 선의로 해석했다. 성서에도 있지 않은가. '비둘기처럼 선하게, 뱀처럼 지혜롭게'라고. 그러면서 나는 스스로 자부하는 마음까지 있었다. 비둘기 같은 선의로 감복시켜서 내가 원하는 방향으로 바꿀 수 있다면 그게 바로 뱀의 지혜가 아니겠느냐고.

그런 자기만족의 안이한 생각이 얼마나 큰 착각이었는지를 아는 데는 그리 오랜 시간이 걸리지 않았다.

떡 강좌가 시작되었다. 장소는 무악재 대로변에 있는 떡집이었다. 그곳의 떡한과 전문인 선생님은 교육방송의 요리 프로그램에서 얼굴을 익힌 터라 금방 알아볼 수 있었다. 첫 수업에는 여남은 명이 모였다. 얌전히 앉아 수업 시작을 기다리는데 누군가 말을 걸어왔다. 고개를 들어 눈길이 마주치자, 잡지에서 내 기사를 봤다며 서슴없이 아는 체를 했다.

"꽃양갱이 어쩜 그렇게 예뻐요. 저, 그거 보고 깜짝 놀랐잖아요." 말하는 투가 그렇게 솔직하고 스스럼없을 수가 없었다.

결국, 신분을 숨기고 조용히 떡을 배우려던 내 계획은 한순간에 물거품이 되었다. 그녀는 무악재 떡 선생님의 조교였다. 우리는 그 조교를 선선생이라 불렀다. 선선생은 나보다 두세 살 아래였는데 매사에 적극적인데다 손이 빠르고 솜씨가 좋았다. 물론 손 빠르고 솜씨 좋기로는 무악재 선생님을 따를 자가 없었지만.

아침 10시에 시작한 수업은 오후 대여섯 시에나 끝이 났는데, 점심시간을 제외하곤 하루 종일 한과를 실습하거나 떡을 만들어 쪘다. 한과는 궁중음식원에서 배운 것과 겹치는 내용이 많아 복습도 되고 좋았다. 떡은 처음 접하는 것들이 많았는데, 여기서도 나는 모든 떡에 관심을 기울이진 않았다. 우리 한과세트나 이바지 음식과 어울릴만한 떡을 찾는 일, 그것이 내 관심의 초점이었다.

수업은 12회까지였는데 일정의 절반이 넘도록 딱히 눈에 들어오는 떡이 없었다. 이러다 떡하고는 인연을 못 맺는 게 아닐까, 초조해지기도 했다. 그러다 9회째 수업에서 무언가 느낌이 왔다. 송편이었다. 그날 만든 여남은 개 송편은 크기나 모양, 색깔에서 우리 한과와 가장 잘 어울려 보였다. 그렇다 해도 실습한 송편을 그대로 우리 상품으로 받아들이기엔 무리가 있었다. 우선 여러 종류의 송편을 만들며 겉모양에 치중하다보니 소박한 자연의 멋보다는 인공적인 느낌이 강했다. 또, 송편마다 당도가 비슷해서 맛의 차이가 잘 느껴지지 않았다. 그럼에도 우리 상품으로 편입하기에는 송편이 가장 알맞은 떡이라는 데는 이의가 없었다.

그 해 스승의 날은 마침 송편 수업 다음 주였다. 다가오는 스승의 날 모임에 송편을 가져가 보기로 했다. 이런 다채로운 모양의 떡이 소비자에게는 어떻게 받아들여질지 궁금했던 것이다. 당시만 해도 떡을 갖가지 형태로 색스럽게 꾸미던 시절이 아니었다. 우선 나부터가 그런 걸 별로 좋아하지 않아, 가지가지로 모양낸 떡이 품위 없이 장난친 음식으로 비쳐지지 않을까 우려스러웠다.

배운 송편 가운데 여섯 가지를 내 나름으로 수정해서 만들어 갔다. 떡이란 후식 개념이니 식사 후가 마땅하겠지만, 평가가 궁금한 나머지 식전 포도주가 돌아가는 순서에 내놓았다. 송편을 꺼내놓자 여기저기서 어머나, 세상에, 예쁘다 하는 소리가 들려왔다. 일본문학을 한다는 후배가 난데없이 육포네, 한과네 하다가 이젠 떡까지 들고 나오자 인사치레의 감탄사일 수도 있겠으나, 표정을 보아하니 딱히 그런 것만도 아닌 것 같았다. 심지어 그날 모인 대다수의 사람들이 눈앞에 놓인 알록달록한 것이 떡인지조차 못 알아봐서, 이게 뭐야? 하며 신기해했다. 무엇보다 궁금한 것은 선생님의 반응이었다.

떡을 들여다보던 선생님의 얼굴에 서서히 미소가 번졌다.

"원제 이런 것까지 다 만들었냐. 근데 이게 다 송편이여?" 그러고는 제자들을 둘러보았다. "이것 좀 봐라, 얼마나 보기 좋으냐. 우리도 문화민족답게 떡 하나도 이렇게 눈으로 즐길 수 있는 문화상품으로 만들어야 하는 거여. 그런 심미안을 길러야지, 언제까지 음식으로 배 채울 생각만 할 거여. 그런 시대는 지나갔어. 앞으로는 미의식이 가치가 되고, 감동이 상품이 되는 그런 시대가 올 거여."

과연 전직 문화부 장관다운 말씀이다. 문화를 읽어내는 예리한 통찰이 떡 하나도 예사로 비껴가는 법이 없다. 덕분에 우리 송편은 황송하게도 문화상품 반열에 오르게 생겼다. 그나저나 선생님은 어떻게 먹는 음식에까지 저리도 높은 식견을 가지셨을까, 그저 놀라울 따름이다. 나는 선생님이 좋아하실 만한, 쑥을 넉넉히 넣고 달지 않게 만든 잎사귀 송편을 권해드렸다. 선생님은 떡을 드시며 그랬다.

"과연 보기 좋은 떡이 먹기도 좋구나. 그런데 여섯 개라고? 왜, 여섯 개여. 이왕 할 거면 열두 개를 하지 그래. 우리한테는 십이간지라는 게 있고, 달도 열두 달이 있잖아. 생일도 그렇고. 그러니 열두 개를 채워야 아귀가 맞지."

구구절절 옳은 말씀이시다. 감히 어느 분의 논평이라고 허투루 듣겠나. 그때부터 12가지 송편은 내 머릿속 깊숙이 자리 잡았다. 하지만 그건 봄이 되었다고 저절로 싹이 트고 꽃이 피는 것이 아니었다. 그 생각은 시간을 두고 차근차근 발아하며 하나씩 꽃을 피워냈다. 그러나 아직은 시간이 필요했다.

그러는 사이 작업실도 바쁘게 돌아갔다, 고 하면 오죽 좋으랴마는 분주한 속에서도 뒤숭숭하게 흘러갔다. 늘 하던 작업에다 육포쌈까지 추가되자 일의 두서를 잡기 어려웠다. 일단 쌈은 뒤로 미뤄두고, 육포부터 해치울 요량으로 부지런히 고기를 다듬어 널고, 사이사이 쌀도 삶아 말렸다. 그럴 즈음 이상한 소문이 들려왔다. 아무리 생각해도 믿어지지 않았다. 금이 씨가 장실장네 떡집에 드나든다는 이야기였다. 그것도 가서 이바지 음식을 도와준다는 것이다. 소문을 들은 다음날, 퇴근하는 금이 씨를 남게 했다. 둘이 마주앉자 뜸도 들이지 않고 본론으로 직행했다.

"금이 씨, 장실장네 드나든다는 소문이 있던데, 사실이야?"

금이 씨 얼굴에 당황한 빛이 스치더니 금세 안색이 흙빛으로 변했다.

"그게……."

"뭐야, 그럼 소문이 사실이란 말이야?"

"하도 도와 달래서 이바지 때 갈비찜을……. 두 번밖에 안 갔어요."

"두 번이고 한 번이고 가긴 간 거네." 그러고는 다음 말을 잇지 못했다. 어떻게 금이 씨까지 그럴 수가 있나. 그러자 장실장이 제 입으로 사장이라고 부르라니까 제일 먼저 '장사장' 하던 것, 희정이한테 '딸랑딸랑' 하며 놀려대던 것들이 한꺼번에 떠올랐다. 나는 마음을 굳히고 금이 씨를 똑바로 쳐다보았다. "금이 씨, 난 다른 건 다 이해하고 넘어가도 이런 일은 용납 못해. 내 말 무슨 뜻인지 알지?"

금이 씨는 고개를 떨군 채 아무 말이 없었다.

"그동안 여기 와서 고생 많이 했는데, 이렇게 끝나서 안됐네." 그렇게 마침표까지 찍어버렸다. 금이 씨는 기어들어가는 목소리로, 죄송합니다 하고는 일어섰다.

금이 씨의 행동을 굳이 이해하려 들면 이해 못할 바도 아니었다. 사람이니까. 그러나 세상에는 이해해서 용서할 수 있는 게 있고, 이해는 해도 용납이 안 되는 일이 있다. 금이 씨의 행위는 이해는 해도 용납을 해선 안 되는 일이었다. 거대한 둑이 무너지는 건 작은 개미구멍에서 시작될 수도 있다지 않는가. 그걸 미연에 방지하려는 뜻도 있었지만, 그보다는 내 자존심이 그런 배신행위를 용납하지 않았다.

금이 씨가 우리에게서 떠나갔다. '금이 씨가 그만 두었다고 크게 문제 될 건 없다. 원래 정아엄마만 데리고 나 혼자 하던 일 아닌가. 시즌만 아니면 특별히 겁날 것도 없다.' 금이 씨가 나간 충격을 이겨내려고 나는 몇 번이고 그렇게 마음을 다스렸다. 다만, 양수리 언니의 얼굴빛이 맑았다 흐렸다를 반복하는 것이 신경에 쓰였다. 왜 그러느냐고 물으면, 그냥 속이 안 좋아서 그런다며 힘없이 웃었다.

17.
땀 흘린 만큼 돌려주는 것

그해 5월 말의 어느 날. 그날은 금요일인 주부팀 수업이 토요일로 미뤄져, 직원들에게 작업지시만 해놓고 아침 일찍 작업실을 나섰다. 공부가 끝나고는 주부들과 함께 점심을 먹었다. 그 사이 스승의 날이 지나갔으니 식사나 하자고 해서 자리를 함께한 것이다. 내가 스승의 날과 무슨 상관이 있다고……

모처럼 점심을 느긋하게 먹고 돌아와 작업실의 계단 층계참을 도는데 어떤 소음 같은 것이 들려왔다. 분명 작업실에서 나는 소리였다. 서둘러 뛰어올라가자 현관 유리문 밖까지 큰소리가 새나왔다. 얼핏 들으니 두 여자가 다투는 소리 같았다. 황급히 문을 밀치고 들어갔다. 그들은 내가 들어섰는데도 아랑곳 않고 여전히 고함을 질러대고 있었다. 나는 여자들 목소리가 그렇게 드세고 모지락스러울 수 있는지 처음 알았다. 송이 씨와 정아엄마였다. 자매간에 붙은 모양인데 이미 말다툼 수준을 넘어섰다. 육두문자까지 등장했다.

"이게 무슨 짓이야, 좀 조용조용 말하면 안 돼? 동네 망신스럽게. 이러다 손님이라도 오시면 어쩌려고 그래." 내가 한마디 하자 소리만 조금 죽였을 뿐 자매의 악다구니는 계속되었다. 내 쪽으로는 아예 눈길도 주지 않았다. 이윽고 거품을 문 정아엄마가 제 언니한테 쌍시옷 소리를 차지게 내뱉더니 가방을 챙겨들고 퉁탕거리며 나왔다.

"선생님, 저 그만 둘래요. 지금 계산해 주세요." 거품까지 문 폼으로 봐선 타이르고 자시고 할 계제가 아니었다. 나는 내려놨던 가방을 다시 집어 들며 "잠깐 기다려, 은행에 좀 갔다 올게" 하자, "저도 같이 갈래요" 하고 따라나섰다. 정아엄마는 따라오는 내내 시근덕대며, 묻는 말에 대답도 제대로 하지 않았다. 평소 싹싹하던 정아엄마는 어디로 가고 성난 소 한 마리를 끌고 가는 기분이었다. 현금인출기에서 돈을 뽑았다. 급여가 든 봉투를 건네며 가만히 어깨에 손을 얹었다.

"오늘은 얘기가 안 될 것 같으니 나중에 가라앉으면 하자."

그제야 정아엄마는 한풀 꺾인 소리로 웅얼거렸다. "다신 안 와요. 안녕히 계세요." 그러고는 제 갈 길로 휘적휘적 가버렸다. 그 모습을 보고 있자니 '제 언니한테 화가 났으면 났지, 왜 나한테까지' 하는 서운한 마음이 없지 않았다. 그나저나 정아엄마랑은 이게 끝인가.

작업실이 아닌 시장 쪽으로 발길을 돌렸다. 상가 안의 이불가게는 텅 비었고, 영순 씨는 남의 가게에서 수다가 한창이다. 멀리서 눈을 맞추고 기다리자 잠시 후에 배시시 웃으며 나타났다.

"어짠 일이시대요. 벨일 없으시고요?"

"별일이 왜 없겠어."

"왜요? 뭔 일이 있었등가요?"

"아니 뭐, 사람 사는 일이 그렇다는 얘기야. 그건 그렇고, 영순 씨 떡
보자기 알지? 큰 거 하고 중간 거, 두 개씩 해줄래?"

"그라지요."

"여긴 많이 한가하네."

"여그 파리 날린 지 오래 되았어요. 모다들 장사가 안 됭께, 크게 수리
를 할지 재건축을 할지, 그라고들 있어라우."

그러니까 상가가 조만간 결판이 나긴 날 모양이구나. 상가가 어느 쪽
으로 결말이 나든 영순 씨네 가게는 한동안 일이 없어질 공산이 크다.
그렇게 상황판단을 한 뒤, 용건을 꺼냈다. 영순 씨한테 다시 나와 달라
는 말이었다. 그러자 영순 씨 반응이 의외로 무덤덤했다. 지난번 앞치마
를 내던지던 기세로 봐선 다시는 안 오겠다고 펄쩍 뛸 줄 알았는데. 나
는 내심 머쓱했으나 시치미를 뚝 떼고, 매일이 힘들면 이틀에 한번이라
도 나와 달라고 한발 물러서는 척했다.

"힘들 게 뭐 있깐디요. 거그 꼴사나운 인간들 땜시 그라제." 말은 그렇
게 하면서도 표정은 이미 다 넘어온 거나 진배없었다.

"그럼 내달부터 일주일에 세 번, 나올 수 있지? 그리 알고 있을게."

나는 정아엄마가 어찌될지 몰라 나머지 반은 남겨두었다. 가게를 나
와서는 작업실로 전화를 걸어 그만들 퇴근하라고 일러두었다.

동네를 한 바퀴 돌았다. 직원들이 돌아가길 기다리며 가능한 한 천천
히 걸었다. 그날은 송이 씨와 얼굴을 마주치고 싶지 않았다. 자매간에
웬 싸움질이냐고 묻고 싶지도 않았다. 그런 원색적이다 못해 동물적인
싸움을 보고나니 그 얼굴을 보고 어떤 표정을 지어야 할지 생각만 해도

역증이 났다. 멀리서 퇴근하는 직원들 뒷모습이 보였다.

작업실로 돌아와 문을 걸어 잠갔다. 앵글로 가서 아침에 널은 고기 상태를 살폈다. 꾸덕꾸덕한 게 뒤집을 때가 되었다. 손을 씻고, 고기를 다 뒤집은 뒤 선풍기 방향을 조정해 주었다. 냉장고로 가서 한 주일 치 육포를 모두 꺼내왔다. 육십 근이 넘었다. 그동안 한 걸 다 합하면 사백 근이 넘어간다. 한두 주만 더하면 육포도 끝이다. 다음은 쌈으로 넘어가야 한다. 그런데 그 많은 육포쌈은 누가 다 하나?

팔뚝만한 긴 육포를 절반으로 자르며 생각을 굴린다. 집어든 육포가 얼굴이 반반하면 폐백용으로 빼놓으면서. 직원들을 떠올리며 쌈 자를 만한 인물로 누가 있을지 짚어본다. 아무리 봐도 지금 인원 중엔 마땅한 인물이 있을 것 같지 않다. 앞으로 떡도 해야 하는데……. 어느새 오른쪽 채반에 수북하던 육포가 절반으로 잘려 왼쪽 채반으로 넘어갔다. 다음은 상자 한몫 분량인 600그램씩 분류하는 일인데 그건 미뤄두었다. 상자용과 폐백용을 각각 비닐에 담아 냉장고에 간수했다.

간단히 저녁을 먹고 나니 여덟 시가 넘었다. 전화를 걸었다. 여보세요, 하자 저쪽에서 "선생님이세요?" 하며 양수리 언니가 먼저 웃는다. 왜 전화했는지 알겠다는 웃음이다. 거두절미하고 용건부터 던졌다.

"오늘 두 자매는 왜 그런 거예요?"

"어이그, 보고 있는 내가 다 창피스러워서……." 양수리 언니는 낮의 현장이 생각난 듯 잠시 혼잣말을 하더니, "다 돈 때문이죠, 뭐" 했다.

"돈 때문에 그 난리가 난 거라구?" 누가 보면 부모 죽인 원수인 줄 알겠네. "돈이 어쨌길래?"

"정아엄마가 송이한테 돈을 빌려준 모양이에요. 그거 때문에……."

"얼마나 되는데?"

"이백만 원이라나. 그동안 정아엄마가 돈 달랄 때마다 송이가 내달에 줄게 하면서 미뤄왔나 봐요."

"아무리 그래도 그렇지. 남의 영업장에서 그런 험한 소리까지……."

"선생님이 보신 건 양반이에요. 그 앞엔 물건두 막 날아갔어요."

"물건까지 던졌다고?"

"말도 마세요. 굉장치도 않았어요. 송이 걔 성질 지랄 같은 건 알고 있었지만, 정아엄마도 못지않대요."

"송이 씨가 그렇게 성깔이 대단해?"

"어휴, 걔가 선생님 앞에서만 순한 양이에요. 선생님한테 하는 거 보면 진짜 웃기지도 않다니까요. 걔가 어디서든 그렇게 성질 굽히는 애가 아니에요. 어림도 없죠."

"그럼, 설거지하면서 왈강대는 것도 다 성질이 나서 그러는 거였네."

"아셨어요? 걔가 그래도 선생님 계실 때는 많이 조심하는 편인데. 선생님만 안 계셔 봐요, 설거지고 뭐고 다 지 성질나는 대로 해치워요. 걔가 그러고 있으면 우리는 뒤에서 숨도 크게 못 쉬어요. 제가 속병이 왜 났게요."

"뭐야, 속병이 그런 속병이었어요? 위가 나쁘다고 하지 않았던가?"

"아, 아니예요." 양수리 언니는 얼른 말을 돌렸다. "오늘은 속이 좀 풀리네요. 선생님하고 이렇게 얘기하는 거 처음이잖아요."

하긴 그동안 나와 직원들 사이의 통로는 늘 송이 씨였다. 내가 직원들과 따로 만나거나 개인적으로 통화하는 일은 거의 없었다. 그게 결국 송이 씨를 필요 이상 자만하게 만든 결과를 가져왔는지도 모른다. 그렇다면 내가 사람 단속을 잘못한 셈이다. 왠지 양수리 언니한테 미안했다.

"내가 직원 관리를 잘 못한 것 같아 미안하네요."

"아니에요, 그런 뜻으로 말씀 드린 거. 선생님 속 시끄럽게 해서 저희가 오히려 죄송하죠."

"알았으니, 주말 잘 보내고 월요일에 봐요."

"아 참, 그새 상추가 꽤 올라왔더라고요. 월요일에 많이 따갈게요."

내가 상추 좋아하는 걸 알고는 양수리 언니는 텃밭의 새순을 솎아낼 때부터 푸성귀를 등에 지고 날랐다. 양수리에서 강남이 어딘가. 차를 세 번이나 갈아타는 그 먼 길을, 야채를 가져오는 날이면 아예 자루만한 등산배낭을 메고 출근했다. 그 안에는 텃밭에서 자란 채소들이 종류별로 들어있었다. 그 중엔 상추가 단연 많았다. 나는 봄 내내 상추를 먹으며 양수리의 물과 바람과 햇살을 상상했다. 그런데 그런 일조차 송이 씨는 못마땅했나보다. 송이 씨한테 양수리 언니는 점점 눈엣가시 같은 존재가 되어갔다. 나는 오래도록 그 사실을 까맣게 모르고 있었다.

앵글로 가서 선풍기를 끄고, 수분이 거의 날아간 육포를 한 채반에 모은 뒤 비닐로 덮었다. 나갔다 와서 누를 작정이다. 가벼운 차림으로 나와 체육관으로 향했다.

체육관에서 하는 운동이라야 별 게 아니다. 앞으로 떡 만들 일을 대비해 쌀 20kg을 드는 게 목표니, 무거운 추가 달린 삼각대를 공중에서 끌어내리는 운동을 낑낑거리며 십오 분쯤 한다. 다음은 앉아서 묵직한 쇳

덩이를 발로 밀어내는 운동을 또 십오 분쯤. 기계 이름도 모르고 운동의 효능도 잘 모르지만, 그렇게 하면 팔다리의 힘이 좋아질 것 같아 혼자 알아서 한다. 그런 다음은 러닝머신에 올라가 한 시간쯤 달린다. 달리기가 삼사십 분을 넘어가면 온몸에서 열기가 뿜어나오며 땀이 흐르기 시작한다. 나중에는 얼굴에서 흐른 땀이 러닝머신 위로 뚝뚝 떨어진다. 그 땀방울을 밟으며 좀 더 달려준다. 자기가 흘린 땀방울을 밟으며 달리는 기분, 그보다 더 뿌듯한 느낌은 어디서도 맛보기 힘들 것 같다. 그때 알았다. 운동마니아는 이래서 생기는 거구나.

숨을 헐떡이며 내려와서는 마지막으로 거꾸로 매달리기. 늘 중력의 무게를 견디고 사는 내 몸을 180도 거꾸로 뉘어, 잠시나마 중력의 압박에서 해방시켜 준다. 달리면서 펌프질이 빨라진 심장이 온몸의 피를 빠르게 순환시키며, 머리에서 발끝까지 피돌기가 활발해지는 것 같다. 과학적 근거야 어떻든 내 생각에 그렇다는 말이다. 그러고 나면 온 몸이 개운해진다.

이런 운동을 일주일에 두세 번씩 해주었더니 두어 달이 지나자 효과가 나타나기 시작했다. 빠듯하던 옷들이 조금씩 헐거워지고, 선릉역 출구의 긴 계단을 쉬지 않고 올라오게 되었다. 전에는 한번은 꼭 쉬었는데 어느 날 아무 저항감 없이 계단 끝까지 올라온 나 자신을 발견했다. 그때 알았다. 몸은 정직하다는 것을. 땀 흘린 만큼 돌려주는 것이다.

새로 사람을 두 명 뽑아 6월부터 근무하게 했다. 나이는 사십대 중반과 오십대 초반이었다. 인원을 보충하고 육포쌈 만들기에 들어갔다.

육포쌈은 육포와 비슷해 보여도 과정에 서너 배나 시간이 걸린다. 게다가 내가 정말 싫어하는 파치, 즉 쪼가리가 많이 생긴다. 우선 육포쌈 만드는 과정을 보면……

쌈은 육포보다 고기 두께가 얇아서 같은 열 근을 슬라이스 해와도 다듬는 시간이 20%정도 더 걸린다(당시 육포는 5밀리, 쌈은 4밀리). 한 장 한 장 기름과 둘레의 막을 제거하고, 깨끗이 씻어 하룻밤 냉장고에서 물기를 뺀 후 양념한다. 여기까지는 육포와 같다.

다음은 양념한 고기를 쌈 크기로 자르는 재단하기. 고깃결을 가로로 두고(고깃결의 방향이 중요!), 가로 3~3.5센티 세로 5센티 크기로 자른다. 쌈에서 이 과정은 매우 중요하다. 생각해 보라. 역도선수 팔뚝만한 홍두깨살을 4밀리로 포를 뜬 뒤 일정 크기의 직사각형으로 재단한다고. 자칫하다간 버려지는 부분이 대량 발생한다. 따라서 신중히 잘라야 한다.

여기서 원하는 크기보다 작게 자르면 완성된 쌈 모양이 조잡해지고, 크게 자르면 반달모양으로 오릴 때 잘려나가는 양이 쌈보다 많아진다.

다음은 잣 넣고 쌈 싸기. 재단한 고기를 세로로 길게 놓고, 한 가운데 잣을 두세 알 넣은 뒤 반으로 접는다. 그러면 고기는 옆으로 갸름한 직사각형이 되는데, 이때 고기의 맞붙은 자리를 '공기를 빼면서' 꼭꼭 눌러준다. 처음 쌈을 싸보는 사람은 열이면 열 똑같은 질문을 한다.

"물엿이나 그런 거 안 바르고도 잘 붙어있어요?"

염려를 붙들어 매시라. 찰떡처럼 잘 붙어있다. 단, 야무지게 빈틈없이 눌러준다면. 제대로 누르지 않았다가는 마르면서 틈이 벌어져 가차 없이 불량 처리된다. 잣을 넣고 싼 고기가 한 채반이 되면 바람이 잘 통하는 곳에서 말려주는데, 선풍기를 동원해서 재빨리 말리는 게 좋다.

고기가 꾸덕꾸덕 마르기 시작하면 사각형의 가장자리가 조금씩 우글거린다. 그렇기 때문에 육포에는 누르는 과정이 있다. 쌈은 누를 수가 없으니 우리는 손으로 당겨서 하나하나 펴주었다. 이때가 바로 고깃결이 문제시되는 지점. 고기의 결이 가로로 돼있어야 잡아당길 수 있다. 만약 세로로 돼있다면 힘주어 당기는 순간 고기는 그대로 찢어져버린다. 고깃결만 확실하다면, 쌈이 반들반들한 얼굴이 될지 주름진 얼굴이 될지는 얼마나 야무지게 당겨주느냐에 달려있다. 우글거리는 부분이 다 펴졌으면 다음은 반달 모양으로 오리기. 그러나 직원들이 오리기까지 진도가 나가기에는 아직은 시간이 필요했다.

어느덧 떡 수업을 마쳤다. 석 달 동안 얻은 것도 많았다. 우선 송편을 만났고, 두텁떡이나 구름떡 같은 찰떡도 몇 가지 건졌다. 간장이나 캐러멜을 쓰지 않는 새로운 방법의 약식을 알게 된 것도 유익했다. 또 떡케이크를 실습하면서는 생일 떡케이크를 개발해보고 싶은 의욕도 생겼다.

떡 수업에 다니는 한편으로 폐백과 이바지도 몇 건 해결했다. 그런데 6월 말로 예약된 폐백이 문제였다. 신부의 시댁이 법도에 엄한 집이었나 보다. 그 댁에는 시할머니가 계신데, 시어머니용 육포 외에 시할머니 몫으로 닭 한 마리를 추가해 달라고 했다. 전에도 그런 일이 있었으나, 나는 닭에는 소질이 없어 폐백닭을 잘하는 회원에게 주문해서 넣어주었다. 물론 폐백 강좌에는 어디든 폐백닭 실습이 들어있다. 하지만 머리에 벼슬까지 달린 생닭을 다루는 일이 내키지 않아 매번 눈으로만 훔쳐볼 뿐 내 손으로 만지진 않았다. 이번에는 제대로 익혀볼 생각으로 선선생한테 도움을 청했다. 참고로, 선선생은 무악재에서 조교 역할을 한다 해도 자원해서 하는 일이지 그곳에 매인 몸이 아니었다.

약속한 날, 선선생이 생닭 한 마리를 사들고 나타났다. 직원들이 퇴근한 저녁시간이었다. 처음 작업실에 발을 들여놓은 선선생은 내부를 휘이 둘러보더니 "넓고 깨끗해서 좋으네요. 근데 무슨 냉장고랑 냉동고가 이렇게나 많데요" 했다. 음식 하는 사람으로서 그 점이 인상깊었나 보다. 둘이는 곧 폐백닭 실습에 들어갔다. 시뻘건 벼슬에 눈알까지 달린 생닭을 씻어서 찌고, 마요네즈로 겉과 속을 마사지하고⋯⋯.

이날 닭을 직접 다뤄보고는 앞으로도 폐백닭은 주문해서 쓰기로 마음을 굳혔다. 역시 닭은 내 과가 아니었다. 다행히 우리 손님 중엔 닭폐백을 원하는 사람은 없었다. 시할머니용으로 추가하는 경우 외에는.

늦은 저녁을 먹고는 차를 마셨다. 차 한 잔에 수다가 따라왔다. 수다가 한 고개를 넘자 선선생이 물었다. "이번 추석에 송편은 안하세요?"

"일반 떡도 손에 안 익었는데, 어떻게 송편까지⋯⋯" 하는데, 병아리를 본 솔개마냥 선선생이 냉큼 말꼬리를 채갔다. "아니, 양갱이도 그렇게 예쁘게 만드시는 분이 송편이 뭐가 어렵다고 그러세요?"

"그래도, 갖춰놓은 시설 하나 없이 무슨 수로⋯⋯."

나는 그냥 웃고 말았다. 이제까지는 신상품을 만든다 해도 있는 시설에, 도구나 설비를 조금씩 보태면서 꾸려왔다. 하지만 떡은 아니다. 쌀을 빻는 방아도, 떡을 찌는 스팀도 시루도, 쌀반죽을 치는 펀칭기도⋯⋯ 있어야 할 게 아무 것도 없었다. 또 스승님이 말씀하신 12가지 송편은 아이디어도 떠오르지 않은 상태였다.

"왜 못해요? 장소도 이렇게 널찍하고, 냉동고도 저렇게 많은데. 아줌마들도 많이 있잖아요." 선선생은 내가 떡을 해야 할 이유가 차고 넘친다는 듯 말했다.

"그렇잖아도 명절 때면 한과다 육포다 해서 생난리인데, 언제 송편까지 빚어가며 하겠어요?"

"왜 빚어가면서 해요? 저 많은 냉동고는 뒀다 어디다 쓰시게요."

냉동고? 떡하고 냉동고가 무슨 상관이지? 이런 의문이 드는 순간 성질 급한 선선생이 앞질러 정답을 가르쳐주었다.

"미리 만들어 냉동시켜뒀다가 나중에 찌기만 하면 돼요." 그것도 몰랐냐는 듯 선선생은 의기양양했다.

"그럼, 생쌀로 만든 그 상태로 냉동시켜요?"

"그럼요. 나갈 때 삼십 분만 찌면 돼요."

선선생은 내 궁금증을 풀어주고는 이내 "선생님이 하신다면 제가 도와드릴 테니 걱정 말고 하세요" 했다. 해결책 제시에 독려까지!

나는 그때 선선생에 대해 잘 몰랐다. 또 떡에 대해서도 잘 몰랐다. 선선생은 솔직 담백한데다 말이 직선적이고 빠르다. 뜸을 들인다거나 에두르는 일 없이 생각이 곧장 입으로 나왔다. 또 그런 사람의 속성대로 상당히 다혈질이었다. 그러니 매사에 열정이 넘쳤다. 나도 어쩌다, 아주 가끔은 열정이 있다는 소리를 듣는데 내 열정은 오래된 휴화산 같다. 평소엔 있는 듯 없는 듯 잠잠하다가 어디에 꽂혔다 하면 한꺼번에 폭발한다. 또 한 번 폭발하면 끝장을 본다. 그에 비해 선선생의 화산은 아무 때고 무시로 터졌다. 그렇게 터트리고는 돌아서면 그만이다. 그것도 모르고 나는 선선생이 불을 지피면 뒤늦게 타올라서 그 끝을 보느라 막판까지 허우적댔다. 정작 불붙인 사람은 자기가 불 지핀 사실도 까맣게 잊고 있는데 말이다. 아무튼…….

겁 없는 선선생이 불을 지피자, 나야 말로 겁도 없이 마음이 슬슬 동하기 시작했다. 선선생 말대로라면 어려울 게 하나도 없었다. 평소 잘 만들어 냉동시켰다가 나갈 때는 찌기만 하면 되었다. 하지만 '냉동'이란 단어가 못내 걸렸으나 그것도 아쉬운 대로 해결을 보았다. '최선이 아니면 차선'이라는 말을 떠올리며 그 이치로 돌려막기한 것이다. 높은 곳의 최선만 바라보다 아무것도 못하느니, 차선이라도 택해 소기의 결과를 내는 게 낫다. 그렇게 생각하자 대량으로 하려면 냉동은 불가피하다는 점이 받아들여졌다.

마음을 정하니 방아나 스팀, 펀칭기가 없어서 못하겠다던 말이 어쩐지 핑계처럼 들렸다. 그런 기구가 없으면 불편이야 하겠지만 떡을 못할 이유로는 생각되지 않았다. 역시 사람은 마음이라던가. 다음날로 동네 방앗간을 찾아가서 쌀 한 말에 방아 삯이 얼마고, 펀칭해주는 데는 얼마고, 또 떡을 한 시루 쪄주는 데는 얼마인지 자세히 알아보았다. 내친 김에 가격을 흥정하고 책정까지 해버렸다.

7월로 접어들자 장맛비가 오락가락해서 육포쌈을 할 수 없게 되었다. 목표량을 다 채우지 못했지만 아쉬운 대로 접어야 했다. 다행히 떡은 비하고는 상관이 없다. 직원들에게 휴가는 삼일씩 다녀오되, 서로 겹치지 않게 하고 7월 중에 끝내라고 했다. 그러고는 본격적으로 송편 만들기, 아니 아직은 실습단계니 송편 재료준비에 들어갔다. 그 진행은 선선생이 일주일에 두 번씩 와서 맡아주기로 했다.

20.
시기와 질투의
〈여인천하〉
-드라마의 서막

7월의 끝, 다른 직원들은 휴가를 다녀오고 송이 씨가 갈 차례였다. 그 날은 금요일로 모두가 퇴근하고 마지막으로 송이 씨가 나가던 참이었다. 나는 그때 책상 앞에 앉아있었다. 송이 씨가 내 앞을 지나가며 인사를 건넸다. "안녕히 계세요. 그동안 감사했어요."

그동안 감사했어요? 나는, 내가 뭘 잘못 들었나 하고 대수롭잖게 말했다. "휴가 잘 다녀오고, 화요일에 봐요." 그러자 송이 씨가 묘한 웃음을 흘리며 낮은 목소리로 한마디 던졌다. "글쎄요?"

그제야 무언가 낌새가 느껴졌다. 글쎄요 라니, 지금 장난하나? 나는 짐짓 모른 체하며 찜찜한 기류를 차단하려고 송이 씨 얼굴을 똑바로 쳐다보며 말했다 "화요일 출근이지?" 그러자 송이 씨가 야릇한 표정으로 시선을 피하며 "잘 모르겠어요" 했다.

덜컥, 가슴이 내려앉았다. 뭔가 잘못됐구나! 순간 이상기류를 감지한 머릿속이 빛의 속도로 빠르게 돌아갔다. 뭐지, 저 말 뜻은? 저 묘한 웃음은? 대체 무슨 꿍꿍이일까? 휴가를 며칠 더 하겠다는 거야? 설마, 그만둔다는……? "지금 그 말은 화요일에 안 나온다는 거야?" 나도 모르게 말끝이 뾰족해졌다.

"몸이 아파서 좀 쉬려구요." 그러더니 안녕히 계세요, 하고는 뒤도 안 돌아보고 사라졌다.

그때 내가 서있었다면 그대로 바닥에 털썩 주저앉았을 것이다. 창졸지간에 일어난 일이라 무얼 어찌해야 할지 정신이 아득했다. 떠오른 생각이라곤 '추석' 두 글자뿐이었다. 추석이 한 달밖에 안 남았는데……. 명절을 치러본 사람이라야 양수리 언니하고 영순 씨밖에 없고, 그래봤자 둘 다 보조에 지나지 않는다. 나머지들은 명절시즌을 구경도 못해본 새잡이들이다. 당장 눈앞의 추석을 어떡하나?

추석 생각을 하자 당혹스런 중에도 걷잡을 수 없이 화가 치밀었다. 그 추석 때문에 희정이 일도 눈 감아 주고, 월급도 올려주고, 정아엄마 일도 모른 체 넘어갔는데 어떻게 나한테 이럴 수 있나. 어떻게 대놓고 뒤통수를 칠 수 있나. 하지만 괘씸한 것도 잠시, 송이 씨 없이 명절 치를 생각을 하니 눈앞이 캄캄해졌다. 조금 전까지도 빛의 속도로 돌아가던 머리가 '추석' 두 글자에 꽉 막혀버렸다. 그냥 어떡하나에서 맴돌았다.

사실 그 무렵 나는 이따금 가슴 한구석이 뜨끔거렸다. 그런 증상은 내가 송이 씨를 너무 의지하는 게 아닌가 하는 생각이 들 때면 어김없이 나타났다. 누군가를 의지하면 의지처인 상대를 잃었을 때 그만큼 휘청거린다는 사실을 나는 잘 알고 있었다. 그랬기에 스스로를 단속하며 가능한 내 힘으로 감당하려고 애썼다. 그랬음에도 송이 씨에게 부과되는 일의 비중은 점점 커져만 갔고 비례해서 내 두려움도 커졌다. 그래서 어떻게든 사람을 키워 일을 분산시키려 했지만, 내 의도와는 달리 일꾼들 형편이 희정이나 정아엄마나 금이 씨나…… 가만, 금이 씨가 장실장네 떡집을 드나든다는 사실을 내가 어떻게 알게 됐지?

그제야 그 사실을 알려준 사람이 송이 씨라는 데 생각이 미쳤다. 그때는 금이 씨 행위 자체가 충격이어서, 누가 왜 귀띔해주었나에 대해선 생각조차 해보지 않았다. 하지만 이제는 생각해봐야겠다. 대체 송이 씨는 왜 금이 씨 일을 내게 알려주었을까? 그 일이 알려지면 내가 금이 씨를 어떻게 하리라는 걸 송이 씨는 알았을까 몰랐을까? 순간 그 더운 여름에 온몸의 소름이 오소소 들고일어났다.

결국 내 주위에 아무도 남지 않게 하고 저 하나만 의지하게 만든 셈 아닌가. 그러고는 믿을 게 저밖에 없다는 내 약점을 이용해서 지금 나를 쥐고 흔들려는 것이다. 그러니까 알 것 같았다. 퇴근 때의 그 야릇잖은 말투나 행동, 그 묘한 웃음의 의미를. 그것도 모자라 온다는 소리도 안 온다는 소리도 아닌 애매모호한 언동으로 지금 나를 떠보고 있다는 것을.

송이 씨의 속셈이 간파되자 그동안 쌓이고 쌓였던 괘씸한 생각이 한꺼번에 밀고 올라왔다. 보자보자 하니까 보자기 쓰고 덤빈다더니……. 처음엔 놀라서 떨리던 가슴이 이제는 분노로 부르르 떨려왔다. 하지만 넋 놓고 감정놀음이나 할 때가 아니었다. 사태가 파악됐으니 다음은 어떻게 대처하느냐다. 방법은, 송이 씨를 데리고 가느냐 버리고 가느냐의 둘 중 하나. 데리고 가려면 달래서 데려와야 한다. 어쩌면 월급을 더 올려달라고 생떼를 쓰는 건지도 모르니 그 점도 각오해야 한다.

마음만 먹으면 데려오는 거야 어떻게 되겠지만, 그래서 데려다놓으면? 그 후를 생각하니 아찔했다. 아마 송이 씨가 제 발로 그만두기 전까지 우리 관계는 이대로 이어질 게 뻔하다. 나는 송이 씨를 자를 만큼 대찬 성격이 못되니까. 안 된다. 절대로 그리 되어선 안 된다. 둘 사이의 인연을 정리하려면 제 입으로 그만둔다는 사인을 보낸 이 시점밖에 없다. 더 이상의 기회란 없다.

다음 날은 송이 씨와 영순 씨를 제외하고 모두 출근했다. 나는 아무런 내색도 하지 않았다. 그런데 직원들 일하는 본새를 보니 가관이다. 인삼정과를 널라고 하니까 차가운 엿물에서 그냥 건지려 하질 않나, 말린 쌀을 밀라니까 뭘 어째야 좋을지 몰라 엉거주춤 서있을 뿐이다. 보다 못해 정과를 건져 쟁반에 너는 법을 가르쳐주고, 말린 쌀을 밀어 저장하는 법을 알려주었다. 그러고는 일꾼들을 돌려보냈다.

저렇게 아무것도 모르는 사람들하고 어떻게 추석을 치르나……. 아침에 잠에서 깼을 때만 해도, '송이 씨가 없다면 뭐가 문제지?'로 의식이 전환돼있었다. 전날, 송이 씨 없이 어떻게 명절을 치르나 하던 데서 진일보한 것이다. 그러다 새잡이들이 일하는 걸 보니 또다시 마음이 바뀌려 했다. 그래도 안 된다, 절대로 뒤로 물려선 안 된다.

이틀을 답도 없는 대책으로 끙끙대다가 밤 늦은 시간에 영순씨한테 전화를 걸었다. 추석까지 매일 나올 수 있느냐니까, 나올 수 있단다. 주 3일 근무에서 매일 근무로 바꿨다. 다음은 선선생. 역시 똑같이, 명절 때까지 우리 일만 봐줄 수 있느냐고 묻자 선선생은 "제가 선생님 도와드린다고 했잖아요" 하며 새삼 무슨 말이냐는 듯 웃었다.

월요일, 새벽같이 눈이 떠졌다. 잠이 깬 순간에 든 첫 생각은 '오늘은 결행의 날이다'였다. 나는 송이 씨를 버리고 가기로 했다. 그러니 화요일이 오기 전에 결판을 내야 한다. 어물어물하다 화요일 아침에 송이 씨가 얼굴을 내미는 날엔 산통 다 깨지는 거다.

서둘러 집을 나섰다. 아침부터 비가 주룩주룩 내렸다. 일찌감치 작업실로 나가 가슴을 졸였다. 금방이라도 송이 씨가 현관문을 밀치고 '안녕하세요' 하며 들어설 것만 같았다. 충분히 그럴 수 있는 사람이다. 현관의 종이 딸랑거릴 때마다 가슴이 철렁했다. 불과 사흘 전엔 안 올까봐 애를 태웠는데, 사흘이 지나자 올까봐 가슴이 조마조마했다. 시계가 9시를 넘어가자 비로소 안도의 한숨이 나왔다.

출근한 일꾼들에게는 도라지의 남은 박스를 뜯어 손질하게 했다. 지갑을 챙기고, "잠깐 나갔다 올게. 삼십 분이면 와요" 하고 유리문을 나서는데 양수리 언니가 쫓아 나왔다. 양수리 언니를 얼른 문밖으로 끌어냈다. "왜요?"

"어젯밤 송이한테서 전화가 왔었어요."

아무도 듣는 이가 없건만 양수리 언니는 한껏 목소리를 깔았다. 덩달아 내 목소리도 볼륨을 낮췄다. "그래서, 뭐래요?"

"선생님이 별 말씀 안하시더냐고 묻던데요. 그러면서 자기 여기 그만둘 거라는 둥…."

"알았어요. 다른 사람한테는 아무 말 말아요. 이따 내가 직접 얘기할테니까."

"네, 입 다물고 있을게요. 그럼 다녀오세요."

밖에는 여전히 비가 주룩주룩 내리고 있었다. 그래, 저도 속이 타겠지. 어수룩한 나를 잡으려고 쥐덫을 놓았는데 쥐가 걸려든 기척이 없으니. 내가 전화를 하거나, 양수리 언니를 통해서 무슨 연락이라도 갈 줄 알았겠지. 그런데도 아무 소식이 없으니……. 나는 자기 수를 다 읽었는데, 저는 내 수를 짐작이나 할까. 문득 송이 씨가 딱하다는 생각이 들었다. 은행에서 돈을 찾아 봉투를 두 개 만들었다.

오전에는 직원들에게 도라지정과 만드는 과정을 실습시키고, 오후에는 생강란 세뿔 접는 법을 가르쳤다. 누구 재주가 쓸 만한지 모르니 일단은 모두에게 기회를 주었다. 가르쳐보니 셋은 영 아니고, 가능성이 있기로는 새로 들어온 사십 대 주부뿐이었다. 우리는 그녀를 성연 씨라고 불렀다. 오십 대 주부는 사는 동네이름을 따서 신림동 언니라고 했다.

집에서 살림만 했다는 성연 씨는 주방 쪽보다는 빚는 쪽이었다. 신림동 언니는 기운은 좋은데 딱히 주방 쪽도 아니고, 그렇다고 빚는 쪽은 더더욱 아니었다. 일식집에서 알바를 했다는데 대체 무슨 일을 했는지 궁금하다. 일하다보니 네 시가 넘었다. 거기까지 하고 청소를 끝낸 다음 한자리에 둘러앉았다.

나는 금요일 퇴근 때 있었던 일을 간단히 전하고, 송이 씨한테 그동안 무슨 일이 있었는지, 왜 갑자기 그런 소리를 하고 나갔는지 아는 대로 말해보라고 했다. 영순 씨와 새로 온 두 사람은 전혀 영문을 알 수 없다는 표정이었다. 양수리 언니는 뭔가 말을 꺼내고 싶은 눈치였다.

"양수리 언니는 뭐 아는 거 없어요?"

말문을 터주자 양수리 언니가 주저주저하며 입을 열었다.

"얼마 전부터, 여기를 뒤집어엎어야지 하면서 벼르는 소리를 몇 번 한 적이 있었어요."

말 끝나기가 무섭게 내 말이 속사포가 되어 날아갔다.

"뒤집어엎어? 뭘? 왜?"

"모르겠어요. 그 떡선생이 오기만 하면 더 성질을 부리면서, 가만있지 않겠다느니, 자기가 어떻게 하는지 두고 보라느니……"

양수리 언니는 말을 하다말고, 옮기기도 민망하다는 듯 중간에서 끊었다. 그래 참, 듣고 있기도 민망하다. 뒤집어엎는다느니, 가만있지 않겠다느니, 대체 그런 막가는 말은 누가 쓰나 했더니 우리 작업실에서도 버젓이 쓰이고 있었다니……. 그런데 가만, 선선생은 왜? 선선생이 어쨌다고? 그러고 보니 어렴풋이 짚이는 데가 있었다.

선선생이 작업실에 나오기 시작하고 며칠 되지 않아서였다. 송이 씨가 고물로 쓸 녹두를 시루에 담아 막 스팀에 올리려는데 선선생이 "아줌마, 그거 그렇게 하면 안 돼요" 하고 큰 소리로 제지한 적이 있었다. 그때 선선생을 돌아보던 송이 씨 얼굴이 떠올랐다. 당황한 기색이 역력하던 그 얼굴이 순간 험악하게 일그러지더니, 그대로 일손을 놓고는 횡하니 나가버렸다.

그 일을 나는 까맣게 잊고 있었다. 그러고 보니 송이 씨가 선선생을 소 닭 보듯 한 건 그 후부터인 것 같다. 그날 송이 씨는 비위가 단단히 틀렸나 보다. 자기가 대장격인 주방에 낯모르는 사람이 들어와 제 집처럼 휘젓고 다니는 게 아니꼬웠을 수도. 또 내가 떡 문제로는 선선생하고만 상의하니 자기가 뒷전으로 밀린 것 같아 빈정이 상했을 수도……

돌아보니 그 기분을 이해 못할 바도 아니나 그렇다 해도 이건 아니다. 이런 방식은 용납될 수 없었다.

"어쩔 수 없네, 그런 게 싫어서 그만둔다면. 근데, 자기들 생각은 어때요? 다시 송이 씨를 불러와야 한다고 생각해, 아니면 그냥 둬야 한다고 생각해?"

일꾼들 사이에 일순 정적이 내려앉았다. 얼마 만에 영순씨가 느릿느릿 입을 열었다. "그만 둔다는디, 뭣 헐라고……"

평소에 감정이 많던 영순 씨는 다시 부르는 데 부정적이었다. 그러자 신참인 성연 씨가 심히 걱정스러운 얼굴로 물었다.

"근데, 그 언니 없이 추석을 치를 수 있겠어요?" 그 말에는 대꾸하는 사람이 아무도 없었다.

"양수리 언니는 어떻게 생각해?"

생각에 빠져있던 양수리 언니가 결심이라도 한 듯 입을 열었다.

"근데 선생님, 이건 알아두셔야 할 것 같아요. 제가 속병이 왜 낫게요.

걔가 맨날 내 옆에 붙어 앉아서, 어디 식당 좋은 데 있는데 너 거기 가라, 거긴 얼마 준다더라, 또 어디는 얼마 준다더라 하면서, 월급 많이 주는 데 소개시켜 줄 테니 나더러 자꾸 그리로 가라는 거예요. 필요 없다고 안 간다고 해도 소용 없어요. 내 말은 듣지도 않고 자기 말만 해대니 제가 어떻게 병이 안 나겠어요?"

나는 갑자기 열이 뻗쳐 두 배 빠르기로 말을 쏟아냈다.

"아니 그럼 희정이도 쫓아내고, 지 동생도 그만두게 하고, 양수리 언니도 내보내면 여기 일은 누가 하게. 저 혼자 다 하겠다는 거야?"

"지난번에 희정이한테도 걔가 작정하고 그런 거예요. 선생님이 희정이를 다시 데려왔을 때 송이가 뭐라고 한 줄 아세요? 쟤가 여기서 한 달을 버티면 내 손에 장을 지진다. 두고 봐, 내가 어떻게 하는지 잘들 봐두라고 하면서⋯⋯."

더 이상 들어볼 것도 없었다. 누가 일 잘 한다고 칭찬을 듣거나, 나하고 조금이라도 가까운 기색이 비치면 그 꼴을 못보고 기어이 일을 내고 마는 것이다.

"더 들을 것도 없네. 나도 더 이상은 감당할 자신이 없고. 그럼 송이 씨 없이 추석을 치르려면 자기들이 잘 해줘야 할 텐데⋯⋯ 어때요, 잘 할 수 있겠어요?"

"하면 하는 거지, 못 할 게 뭐 있겠어요." 명절시즌에 무슨 난리가 터지는지도 모르면서 겁도 없이 신림동 언니가 나섰다.

"해보죠, 까짓 거. 죽기 아니면 까무라치기로 달개들어 보죠, 뭐." 영순 씨도 한몫 거들었다.

"열심히 할게요. 이젠 들볶는 사람도 없으니 선생님 일 잘 도와드릴게요." 양수리 언니도 합세했다. 성연 씨만 고개를 절레절레 흔들며 '그 언니 없으면 안 될 텐데'를 연신 중얼거렸다.

직원들 의사와 상관없이 내 마음은 이미 결론이 나있었다. 의견수렴은 형식적 절차에 지나지 않았다.

"그럼 이번 추석은 자기들만 믿어요."

그렇게 송이 씨 건을 매듭지었다. 이젠 고양이 목에 방울 달 일만 남았다. 준비한 봉투 두 개를 탁자 위에 내놓았다.

"송이 씨 집에 좀 가야 하는데, 누가 다녀올래요? 가서 이 월급하고 전별금 봉투 좀 전해주고, 열쇠도 받아와야 할 텐데……."

양수리 언니가 손사래를 치며 자기는 못 간다며 일찌감치 발을 뺐다. 그러자 집을 아는 영순 씨가 자기가 가보겠노라 했고, 물정 모르는 신림동 언니가 동행을 자청하고 나섰다. 가기 전에 집에 있는 걸 확인해야 하니 새로 들어온 사람의 휴대폰으로 송이 씨 집에 전화를 걸었다. 저쪽에서 수화기 드는 소리가 나자 얼른 전화를 끊었다. 집에 있는 걸 알았으니 됐다. 둘이는 고양이 목에 방울을 달러 출발했다. 7시가 다 된 시간이었는데 빗줄기는 계속 창가를 적시고 있었다.

성연 씨는 먼저 퇴근하고 양수리 언니와 둘이 남아 결과를 기다렸다. 내 심장은 이미 조절기능이 고장나버렸다. 어찌나 콩닥거리던지 눈에 들어오지도 않는 TV 화면만 뚫어져라 노려보았다. 20분쯤 지나자 유리문이 딸랑거렸다. 영순 씨가 손을 들어 열쇠를 흔들어 보였다. 긴장으로 빳빳하던 내 몸이 스스로 내려앉았다.

"잘 끝났어?"

"첨에는 우리가 벨일로 간 줄 알고 반가라 하드만. 그라다 봉투를 뵈면서 열쇠를 돌라고 항께 얼굴이 하얘지드만."

"열쇠를 순순히 내줘?" 양수리 언니가 물었다.

"열쇠를 안 주면 봉투도 안 줄 텐데, 어떻게 안 내놓겠어요?" 신림동 언니가 제법 이치에 닿는 소리를 했다.

양수리 언니가 황급히 가방을 챙기며 나를 돌아보았다. "빨리 가야겠어요. 선생님도 얼른 들어가세요. 가게로 쫓아오면 어떡해요."

내가 하고 싶은 말이다. 나도 육포쌈 자를 걸 주섬주섬 싸들고 일꾼들과 함께 작업실을 나왔다. 그새 빗발은 약해져 부슬부슬 소리 없이 내렸다. 불과 사흘 전에는 앞도 보이지 않는 캄캄한 길을 걷듯 암담한 심정이었는데…… 그 사흘 동안 내 속은 얼마나 요동을 쳤던가. 아직도 나는 깨나지 않은 꿈을 꾸고 있는 것만 같았다.

송이 씨와의 3일 전쟁은 그렇게 끝이 났다. 동시에 그녀가 쓰려던 〈여인천하〉의 드라마도 막을 내렸다. 물론 〈여인천하〉 중 '송이' 편이 가장 극적이었지만, 그 후로도 작업실을 무대로 한 여인천하의 크고 작은 후속편이 버라이어티하게 이어졌다. 우리 작업실이 유난히 남자 없는 여자들만의 세계여서 그랬을까. 시기, 질투, 암투…….

하여간 말도 많고 탈도 많은 한 시절이었다.

22.
자연은
자연이고
송편은
송편이다

송이 씨가 없는 가운데 추석시즌을 맞았다. 그녀가 맡았던 주방 쪽 일은 양수리 언니와 영순 씨가 나눠서 맡고, 상자에 담는 일은 영순 씨와 성연 씨가 역시 나눠서 감당했다. 약과와 쌀강정은 내가 다시 진행했다. 그렇게 서너 명이 조금씩 분담하자 송이 씨의 빈자리가 아쉬운 대로 메워졌다. 새로 추가된 송편 찌는 일은 선선생이 맡았다. 그렇게 해서 추석이 또 한 번의 난리북새통 속에 지나갔다.

처음 해본 송편은 팸플릿에만 간단히 소개했을 뿐인데 주문이 꽤 있었다. 작업장에서는 대형 찜통을 서너 개씩 돌려가며 가스불로 쪄냈지만, 주문량의 반의반도 쳐내지 못했다. 별 수 없이 일꾼들은 아침마다 냉동된 송편을 들고 방앗간으로 달려가서 한 시간씩 지켜 섰다가 떡을 쪄왔다. 그렇게 오전 내내 떡쟁반을 들고 개미떼처럼 방앗간과 작업장을 들락거리니 불편하기는 이루 말할 수 없거니와 누가 봐도 꼴이 말이 아니었다. 처음 한 번은 몰랐기에 망정이지 두 번 다시는 할 짓이 못됐다. 변변한 시설 하나 없이 송편을 하겠다고 덤벼든 자체가 가당찮은 일이라는 걸 확인했을 뿐이다. 그렇다고 작업실에 떡 시설까지 들여놓을 순 없었다. 봄에 약과기계를 들인 데 이어 송편용으로 또 대형 냉동고를 들여왔기 때문이다. 작업실은 이미 포화상태였다.

　추석이 지나자 송편이 얼마쯤 손에 익은 느낌이 왔다. 왜 안 그렇겠는가. 열 종류나 되는 송편을 종류마다 한 말 이상씩 했으니 한 가마를 훌쩍 넘게 빚은 셈이다. 힘들고 고된 나날이었지만 그런 훈련과정을 거치자 송편에 대한 개념이 생기고, 떡의 속성에도 조금은 눈뜨게 되었다. 스승님이 말씀하신 12가지 송편도 서서히 의식의 수면 위로 떠올랐다. 그때부터는 자나 깨나 앉으나 서나 송편이 머리 한구석을 차지했다. 과일가게는 물론이요 채소가게에서 푸성귀만 봐도 거건 송편이 될까 안 될까. 길에서 꽃이나 이파리만 봐도 저건 송편으로 만들면 어떤 모양이 나올까. 그렇게 눈에 띄는 색다른 것들에 송편을 갖다 붙이는 못 말리는 버릇까지 생겼다.

　그렇다고, 아무데나 무조건 송편을 갖다 붙이지는 않는다. 거기엔 내 나름으로 '느낌의 기준'이란 것이 있었다. 우선 송편은 우리 음식이니 떡으로 만들었을 때 한국적인, 최소한 동양적인 느낌이 나야 한다. 동시에 떡으로서 자연스러워야 한다.

　음식 전시회 같은 데 가보면 딸기나 토마토를 떡으로 만들어놓은 걸 볼 수 있는데, 저절로 미간이 찌푸려진다. 그런 떡들은 내 기준에 맞지 않을 뿐더러 누가 봐도 동양적인 느낌이 나지 않는다. 또 그 색깔이 자연스럽지 않다. 천연의 딸기나 토마토의 붉은 색은 얼마나 싱그럽고 눈을 즐겁게 하는가. 건강한 빨간색은 한입 깨물고 싶을 만큼 식감을 자극

한다. 그런 딸기나 토마토를 떡으로 만들어 놓으면, 거기엔 이미 건강함도 싱그러움도 없다. 한입 깨물고 싶은 식감 같은 건 더 더욱 저만치 달아난다. 새하얀 쌀을 저토록 빨갛게 하려면 대체 얼마나 많은 화학첨가물이…… 하는 생각이 저절로 들기 때문이다.

마찬가지로 오디가 건강한 식재료에 모양이 예쁘다 해서 떡으로 만들면 어떻게 될까. 오디는 처음엔 파랗던 것이 차츰 발개지다가 나중에 까맣게 익었을 때 맛이나 건강한 느낌이 절정에 이른다. 그건 어디까지나 자연에서의 오디다. 만약 새카만 오디를 송편으로 만든다면?

결론은, 자연은 자연이고 송편은 송편이다. 자연에서 송편의 아이디어를 얻었다 해서 자연이 곧 송편이 되는 건 아니다. 송편은 어디까지나 떡이고, 입으로 먹는 음식이다. 따라서 자연스러우면서 송편다워야 하는 것, 그것이 내가 생각하는 송편의 이미지였다.

물론 이런 개념이 한두 달 만에 뚜렷하고 확고해진 건 아니다. 나는 그렇게 명석한 사람이 못된다. 또 생각이 분명한 사람도 못 된다. 내 생각이 맞는지 틀리는지, 보다 나은 방법은 없는지, 송편을 수십 수백 가마씩 빚으며 끝없이 자문하고, 회의하고, 좌절하고…… 그런 끝에 도달한 결론이다. 하지만 그런 결론에 이르기까지의 기나 긴 도정은, 처음부터 바탕에 깔려있던 '자연스러우면서 송편다워야 한다'는 생각이 틀리지 않았음을 스스로 확인하는 과정이었다.

그해 가을, 궁중음식원 수료자 모임에서 여주 음식박람회에 견학을 갔다. 추석 다음 주였다. 계절은 막 가을 문턱을 넘어서 햇살은 따가웠지만 적당히 냉방된 차안에서 바라보는 가을 풍경은 시정을 자극하기에 충분했다. 누렇게 익어가는 들판, 길섶에서 한들거리는 코스모스, 그위를 낮게 떠다니는 고추잠자리, 하늘은 파랗게 열려 끝 간 데가 보이지 않았다. 바라만 봐도 추석시즌에 혹사당한 뼈마디가 따끈한 온탕에 들어앉은 듯 노글노글해졌다.

차에서 내린 우리는 곧바로 마을회관 마당에서 열리는 전시장으로 갔다. 쌀 고장답게 갖가지 떡들이 질리도록 풍성하게 전시돼 있었다. 떡들을 구경하고 맛보며 돌아다니는 사이 계속 내 시선을 건드리는 것이 있었다. 가슴 높이 정도의 별로 크지 않은 나무인데 거기에 달린 것들이 희한했다. 보통은 봉오리가 맺히고, 꽃이 피고, 열매가 달리기 마련인데 거기에는 그 세 가지가 동시에 있었다. 봉오리와 꽃과 열매인 다래가. 그런 나무는 전시장 둘레 여기저기서 눈에 띄었다.

길쭉한 꽃망울은 나팔꽃 봉오리 같이 생겼고, 꽃잎파리는 어찌 그리 야들야들한지 그림에서나 보던 선녀의 옷자락이었다. 게다가 빛깔은 연노랑, 보라 섞인 연분홍, 새하얀 색까지 종류도 다양할 뿐더러 은은하면서 화사한 색상이 뭐라 말로 표현하기 어려웠다.

점심시간이 되자 우리는 식당으로 향했다. 밥을 먹고 먼저 밖으로 나온 나는 마당가에 즐비한 화분들을 하나씩 들여다보았다. 그 무렵 내 머리에는 송편이 늘 한자리 차지하고 있어서 작은 풀꽃 하나도 예사로 보이지 않았다. 그러다 커다란 옹기 화분에 담긴 그 나무를 발견했다.

다가가 살펴보니 전시장에 있던 것과 같은 꽃나무인데, 거기엔 아까는 보지 못한 또 다른 무언가가 있었다. 자세히 보니 나무껍질 같은 것이 벌어진 속에, 딱 면봉 크기만 한 하얀 솜뭉치로 보이는 것들이 들어있었다. 이게 뭘까? 다른 가지의 것도 살펴보았다. 그쪽은 솜뭉치가 좀 더 컸는데, 가장자리가 솜이 피어나듯 몽실몽실 부풀어있었다. 혹시 이것이 목화나무? 순간 온몸에 찌릿찌릿 전류가 흘렀다. 나는 그때까지 목화나무를 본 적이 없었다. 목화나무에 꽃이 있는 줄도 몰랐다. 더욱이 그 꽃이 이리도 환상적일 줄이야.

그 길로 주인을 찾아가 그것이 목화나무라는 사실을 확인했다. 망설일 틈이 없었다. 당장 꽃나무를 사기로 했다. 처음에 주인은 파는 물건이 아니라며 콧대를 세우더니, 내가 사정하자 십만 원을 불렀다. 그 판국에 돈이 문제겠는가. 거금 십만 원을 아낌없이 투척하고 차를 불러 달랬다. 얼마 만에 차가 도착했다. 스텔라 택시였는데 운임이 오만원이란다. 그것도 오케이. 목화나무는 줄기가 튼실한 데 비해 키는 별로 크지 앉아서 무난히 뒷좌석에 실을 수 있었다.

그리하여, 목화나무를 옆에 앉히고 가을 하늘 아래를 달리는 기분이라니. 붓통에 목화씨를 숨겨온 문익점의 심정은 가늠할 길 없지만, 그날의 내 마음은 탁 트인 가을 하늘만큼이나 맑고 푸르렀다.

현관 앞, 양지바른 창가에 목화나무를 들여놓았다. 봉오리에 꽃에 다래에 솜까지. 어떻게 이런 것들이 동시에 피고 지는지, 꽃나무 하나에서 사계절이 한눈에 보였다. 그 신기한 나무를 수시로 들여다보며 그 중 어떤 것을 송편으로 만들까, 새로운 고민에 빠졌다.

우선 봉오리를 송편으로 만들어보았다. 그랬더니 꽃봉오리라는 건 알겠는데, 그게 굳이 목화꽃의 봉오리라는 차별화가 안 됐다. 나팔꽃인지 메꽃인지 무궁화인지, 어떤 꽃의 봉오리인지 구분이 안 되는 것이다. 목화의 특성이 느껴지지 않아 봉오리는 접었다. 다음은 꽃. 목화꽃은 무엇보다 선녀의 옷자락 같은 야들야들한 느낌이 으뜸인데, 떡으로 표현하기가 참으로 난감했다. 송편은 고온의 스팀에서 삼십 분을 찌는 떡이라 조화 만들 듯 간단치 않은 것이다. 습자지 같은 그 보드라움을 살려내지 못한다면 목화꽃으로 만들었다 해도 다른 꽃들과 구별이 될 것 같지 않았다. 아쉽지만 꽃도 접었다. 다음은 목화솜. 솜은 더더욱 아니었다.

남은 건 다래뿐, 다래에 도전해 보기로 했다. 다래가 벌어지면서 솜이 살짝 엿보이는 그 순간을 포착해서.

먼저 솜을 표현하기 위해 흰색 송편을 갸름한 계란형으로 빚었다. 송편의 소는 폭신폭신한 흰팥을 썼다. 그 흰색 송편은 껍질에 쌓인 솜을 상징한다. 다음은 잎사귀 네 개(네 개의 잎사귀란 다래의 외피, 즉 다래껍질)를 사방으로 벌린 형태로 놓고, 그 복판에 흰송편을 앉혀서 감싸보았다. 그러자 네 장의 잎사귀 사이로 흰송편이 보일 듯 말 듯 한 것이, 다래 외피 속에 숨어있는 목화솜 그대로였다. 그 외피가 벌어지면서 솜이 피어나는 것이다. 그럴듯해 보였다. 나는 즉시 모눈종이와 자, 컴퍼스 따위를 챙겨와 네 장의 잎사귀가 사방으로 벌어진 도형을 그렸다. 그 잎사귀로 송편을 감쌌을 때, 자연스럽게 벌어지는 형태가 되도록 고심하면서. 몇 번을 그렸다 지우기를 반복한 끝에 도형이 완성되었다. 완성된 도형을 틀 가게에 맡겼다. 다음은 외피 색깔을 어떻게 할지가 남았다.

실제로 목화다래는 푸르죽죽한 풀색이던 껍질이 차츰 갈색으로 변하다, 갈색이 나무껍질 색으로 짙어지면서 솜이 피어난다. 어느 쪽이든 다래는 그다지 예쁜 색이 아니다. 게다가 표면엔 꺼뭇한 반점이 박혀있어 지저분해 보인다. 다시 강조하지만 자연이 그대로 송편이 되는 건 아니다. 자연은 자연이고 송편은 먹는 음식이다. 지저분한 요소까지 살릴 필요는 없다. 물론 자연에서는 그런 반점조차도 자연스럽게 보이지만.

또 하나, 음식은 조화다. 음식마다 맛도 중요하지만 한데 모아놓았을 때 맛이나 모양, 색깔에서 조화로워야 한다. 나는 열댓 가지 송편을 만들면서 늘 조화를 염두에 두었다. 갖가지 송편이 서로 조화롭지 않다면 자칫 떡 가지고 장난친 느낌마저 줄 수 있다. 그래서 송편을 한 세트로 했을 때 같은 계열의 색이 두 종류 이상 겹치지 않게 하고, 또 어떤 색이든 파스텔 톤의 범주를 벗어나지 않도록 주의했다.

팸플릿을 펼치고 송편을 살펴보았다. 녹색 계통으로는 이미 매실 송편과 국화잎 송편이 있고, 갈색 계통은 밤송편이 옅은 갈색이었다. 갈색 계열은 별로 화사하지 않으니 그걸로 충분했다. 마침 붉은색 쪽은 감 송편 하나밖에 없었다. 붉은색 계열을 염두에 두고, 삶은 붉은팥을 잘게 빻아 쌀가루에 섞으니 옅은 팥죽색이 나왔다. 그거라면 괜찮을 듯싶었 다. 팥죽색은 갈색의 다래껍질과 느낌이 동떨어지지 않은데다, 자잘한 팥껍질이 꼭 다래의 반점처럼도 보여 저절로 자연스러움이 묻어났다.

틀이 나왔다. 붉은팥가루가 섞인 떡 반죽을 얄팍하게 밀어, 맞춰온 모 양틀로 찍어서 그 복판에 흰송편을 앉히고 싸보았다. 그랬더니 잎사귀 크기가 좀 작았던지 아래쪽이 폭 감싸지지 않고 틈이 보였다. 아무래도 마음에 들지 않아, 아랫부분에 좀 더 볼륨을 넣은 형태로 수정해서 다시 도형을 맡겼다. 재차 완성된 틀을 찾아왔다.

가슴을 두근대며 떡을 만들어보니 이번엔 제대로 나왔다. 송편을 감 싼 다래 외피가 차츰 벌어지면서 흰 솜이 엿보이는 형태로 잘 표현되었 다. 드디어 새로운 송편, 목화송편이 세상의 빛을 보았다. 그 탄생의 순 간 환호성이라도 질러야겠지만…… 그것이 화사한 꽃도 귀여운 봉오리 도 아니라는 아쉬움에 내 기분은 환호의 경지까지는 이르지 못했다.

목화송편은 실물인 다래 자체가 수수한 모양새라 여러 송편 사이에 서 그다지 눈에 띄지는 않는다. 그럼에도 자연을 송편으로 재현할 수 있 음을 확인하게 된 것이 기뻤고, 또 그걸 실제로 해냈다는 데서 뿌듯함을 느꼈다. 덤으로, 뜻밖에 아련한 목화꽃을 만나고 나니 자연이 한 발 더 가까이 다가왔다.

24.
어느 일본인과 문학적 상상력

추석이 지나자 작업장에도 잠시 평화가 찾아왔다. 토끼굴을 쥐고 흔들던 여우 한 마리가 나가고 토끼들만 쪼르르 남은 셈이다. 주방 쪽은 양수리 언니한테 맡겼다. 알아서 척척 해내는 수완은 없어도 맡은 일만큼은 성심을 다했다. 시즌 중에 눈여겨 봐둔 알바 한 사람을 직원으로 들이고, 네다섯 명이 힘을 모아 매일의 작업량을 처리해갔다. 육포를 다듬어 널고, 쌀을 삶아 말리고, 육포쌈을 싸고……. 짧은 가을볕을 놓칠세라 겨울양식을 준비하는 다람쥐마냥 바지런히 몸을 놀렸다. 볕 좋은 날 앵글에 아무 것도 널려있지 않으면 놀고 있는 볕이 그렇게 아까울 수가 없었다. 쓰지도 않는 전기계량기가 저 혼자 돌아가는 것 같았다.

주방 쪽을 안정시키고는 강의를 들으러 다녔다. 그사이 강인희 선생님은 세상을 떠나고, 이천 연구소를 맡아하던 제자가 서울 사당동으로 옮겨와 다시 연구소를 열었다. 앞서는 봄 강좌를 들었으니 하던 김에 가을 강좌까지 마치고 싶었다. 그 강의는 12월까지 다녔다. 또 그해 가을은 우리 이름이 좀 더 알려지면서 찾아오는 사람도 많았는데, 그 중에는 특이하게 일본인도 있었다.

어느 날, 단골고객한테서 연락이 왔다. 누가 나를 만나고 싶어 하는데 찾아가도 되겠느냐고 물었다. 누구냐니까, 일본사람이라며 이름을 말하는데 들어본 이름이었다. 만나고 싶다니 오라고는 했지만, 왜 나를 만나려 하는지 이유는 알 수 없었다. 그 일본 사람은 당시 청담동에 자신의 이름을 내건 '에구치 제과점'이라는 숍을 열고 있었다. 그 숍의 조각 케이크, 그 중에서도 무스케이크나 수제 쵸컬릿은 디저트 애호가들 사이에 꽤 알려져 있었다. 그 후 에구치 씨는 청담동 숍 말고도 유명백화점 강남점에 입점하며 다시 한 번 주가를 올렸다. 일부 매스컴에선 그를 '명인'으로 부르기도 했다. 그런 사람이 왜 나를 만나려 할까?

며칠 후 에구치 씨가 찾아왔다. 오십 대 초반의 온화한 미소가 어울리는 남자였다. 함께 온 부인은 재일교포라는데 우리말을 불편 없이 구사했다. 초면 인사가 끝나자 에구치 씨가 자신이 왜 나를 찾아왔는지 떠듬떠듬 말했다. 우리말이 서툴었지만 의사전달은 충분히 되었다.

"한국에 온 지 오륙 년 되는데, 그동안 한국의 전통음식이나 과자를 골고루 맛보고 선물도 많이 받아보았습니다. 그래서 웬만한 건 알고 있었지요. 그런데 선생님 물건을 받아보고는 뭔가 느낌이 달랐습니다. 아주 신선하고 특이했지요. 제품도 하나하나 맛을 보았는데 그때까지 먹어보던 것이 아니었어요. 이건 무언가 다르다, 뭔가 특별한 것이 있다고 생각했지요. 만든 사람이 어떤 분인지 궁금했습니다. 그래서 송사장님한테 만나게 해달라고 부탁드렸습니다."

나는 과찬을 늘어놓는 일본인 앞에서 조금은 쑥스러웠다. 또 특별한 느낌을 받았다고 굳이 찾아올 것까지야, 하는 마음도 없지 않았다. 문득 조선시대, 사절단으로 일본을 다녀온 통신사의 글이 생각났다. 일본인이 얼마나 호기심 많은 민족인지를 묘사하는 대목에서, 통신사가 지나는 길목엔 구경꾼이 구름떼처럼 몰리고, 일행이 머무는 숙소엔 글씨나 그림을 받으려는 사람들로 장사진을 이루었다고 하지 않던가. 역시 에구치 씨도 일본사람 맞나보다, 궁금하다고 일부러 찾아오기까지 하다니……. 그때 마침 타이머가 떡이 쪄졌음을 알려왔다. 갓 쪄낸 떡에 참기름을 살짝 바르고 차와 함께 내갔다.

"드셔보세요. 저희 송편이에요."

송편을 들여다보던 부인의 얼굴에 놀라는 빛이 스쳤다. "이게 다 송편이란 말이지요. 어쩌면 모양이나 색깔이 다 이렇게 고와요." 잠시 눈을 떼지 못 하더니, 남편에게 송편이란 떡에 대해 일본어로 설명했다. 남편은 고개를 끄덕이며 일본말로 뭐라고 속닥였다. 부인이 다시 말했다.

"화과자하고 비슷한데, 색깔이나 모양이 훨씬 자연스러워요."

"드셔보시면 맛도 다를 거예요. 어서 드세요."

부부는 송편을 반씩 잘라 나눠먹으며 맛을 음미했다. 혹시 단맛이 부족하지 않느냐고 묻자, 괜찮다며 맛있다고 했다. 둘이 사이좋게 나눠 먹던 손이 멈칫했다. "이건 뭐예요?" 목화 송편이었다. 다른 송편들, 감이나 밤, 호박, 잎사귀 같은 것들은 모양만 봐도 알 수 있지만 목화송편은 짐작이 안 되는 모양이었다. 나는 창가의 목화나무를 가리켰다.

"저기 있는 저 목화나무의 다래예요."

마침 목화나무는, 꽃들은 다 자취를 감추고 다래만 남아 솜이 몽실몽실 피어나고 있었다. 나는 목화나무를 보고 떡을 만들게 된 사연, 그 중에서도 다래를 만들게 된 경위에 대해 설명해주었다. 에구치 씨는 내 이야기를 들으며 연신 '나루호도! (역시, 과연)'하며 고개를 끄덕였다. 그러더니 자못 궁금한 얼굴로 나를 건너다보았다. "일본어를 가르치신다고 들었는데, 어떻게 이런 일을 하시게 됐습니까?"

어쩔 수 없이 간단하게나마 내 이력을 말하지 않을 수 없었다. 나는 원래 대학에서 국문학을 전공했는데 어쩌다보니 대학원을 일문과로 가게 되었고, 어쩌다보니 일본어를 가르치게 되었고, 또 어쩌다보니 음식 일을 하게 되었노라고 했다. 그 말끝에 일본의 국민가수라는 미조라 히바리의 노래 중 '인생의 강물이 흐르는 대로 흐르다보니 나 여기까지 왔노라'라는 구절이 떠올라 "나가레니 마카세테(강물이 흐르는 대로)" 하자, 에구치 씨는 고개를 주억거리며 나루호도를 연발했다. 그러더니 상기된 얼굴로 내게 눈길을 주었다.

"선생님 제품을 받았을 때의 첫 느낌은 유니크 하다는 것이었어요. 보자기며 상자며 담은 모양까지 특이하고 새로웠지요. 맛을 보니 맛도 그랬어요. 죄송하지만 한국에도……" 에구찌 씨는 말하다 말고 살짝 미안해하는 미소를 지어보였다. "한국에도 이렇게 할 수 있는 사람이 있구나 하고 놀랐어요. 그래서 꼭 한번 만나고 싶었습니다. 그런데 오늘 선생님을 만나보고 알았습니다." 갑자기 뭘 알았다는 걸까?

"선생님께서는 문학을 하셨기 때문에 이런 물건을 만들 수 있었다고 생각합니다. 선생님의 풍부한 문학적 감수성이나 상상력이 이런 제품을 만들게 한 것이지요."

문학적 감수성이라는 그의 말에 나는 내심 찔끔했다.

"글쎄요, 저한테 그런 게 있는지 어떤지는 잘 모르겠지만, 그보다는 오히려 이 일을 하면서 계속 켕기는 게 있어요." 말해놓고는 그가 '켕긴다'는 뜻을 모를 것 같아 부인을 쳐다보자, 벌써 옆에서 통역해주고 있었다. 에구치 씨가 고개를 끄덕였다.

"일본에서는 우동집을 하더라도 이십 년 삼십 년, 심지어 대를 이어서 하잖아요. 우리도 전통음식을 하는 사람들은 종갓집 맛이니, 대를 이어온 손맛이니 하면서 역사와 전통을 자랑하지요. 그런데 활자밖에 모르던 저 같은 사람이 낯선 동네에 와서 음식 일을 하려니 내세울 것도 없고, 제대로 하고 있는 건지도 잘 모르겠고…… 늘 회의가 들고 자신이 없어요." 나는 어디서도 내보이지 못한 속내를 나도 모르게 털어놓고 있었다. 듣고 있던 에구치 씨 얼굴에 미소가 번졌다.

"걱정하지 마세요. 다른 사람들 이십 년 삼십 년 한 것보다 더 잘하고 있으니까 아무 염려마세요."

자기가 보증한다는 듯 에구치 씨가 환하게 웃어주었다.

에구치 씨의 진심어린 격려의 말을 들으니 그 말이 정답이 아닌 줄 뻔히 알면서도 한 가닥 위안을 느꼈다. 또 그렇게 믿어주는 사람들을 위해서라도 보다 열심히 해야겠다는 무거운 책임감도 느껴졌다.

에구치 씨 내외를 배웅하고 잠시 소파에 앉아 남은 차를 마저 마셨다. 다 식은 차의 떫은맛처럼 문학적 감수성이라는 말이 뒤늦게 내 기분을 떨떠름하게 했다.

사라진 3막 3장

1.
또 하나의
물줄기 앞에서
– 양수리
가는 길

목화 송편 이후, 겨울이 가고 다시 봄이 오고 있었다.

그 사이 우리 송편은 입소문을 타면서 설 명절에도 주문이 꽤 있었다. 그 추운 겨울에 송편 쟁반을 들고 방앗간과 작업실을 오가는 일은 한마디로 높다란 가지 끝의 과실을 사다리도 없이 따려는 것만큼이나 무모하기 짝이 없는 짓이었다. 이사가 절실한 현안으로 다가왔다.

당시 작업실은 대로변에서 오십여 미터 골목을 들어간 곳에 있었는데, 그 중간어름에 새 건물이 한창 공사 중이었다. 그곳이라면 큰길에서 절반밖에 안 되는 거리라 간판도 알아보기 쉽고, 무엇보다 신축 건물이라는 점이 내 관심의 끈을 잡아당겼다. 오가는 길에 그 건물 앞을 지나칠 때면 나는 괜스레 궁금해졌다. 저 건물은 상가일까, 주거용일까.

그럴 무렵 백화점에서 연락이 왔다. 두어 해 전 박과장이 들어가 행사를 하던 백화점이었다. 이번엔 중간업자가 아닌 백화점 본사 상품기획부였다. 한 번 만나자는 것이다. 송파구에 있는 본사를 찾아갔다. 담당자는 삼십 전후의 남자였다. 그는 내 명함 대신 가져간 우리 팸플릿과 잡지 기사를 유심히 살펴본 뒤 본론을 꺼냈다. 요컨대, 그 백화점은 지하 식품부를 대대적으로 리모델링한 후 강남 최고수준의 명품 식품관으로 고급화할 계획이라고 했다. 따라서 입점업체도 '명품'에 어울리는 업체로 싹 물갈이할 예정이란다. 그날은 백화점 직원이 묻고, 영문도 모르는 나는 대답이나 하는 식이었다. 줄곧 대답만 하던 내가 마지막에 한마디 물었다. "저희 업체는 어떻게 아셨어요?"

`"저희는 실력 있는 숨은 업체를 찾기 위해 늘 업계동향에 촉각을 곤두세우고 있습니다."

담당직원은 그렇게나 멋진, 그러나 내 궁금증과는 하등 상관없는 선문답으로 답을 대신하고는 일어섰다. 내가 그리 물은 이유는, 그 백화점이 속해있는 그룹의 모기업에서 이미 우리 물건을 쓰고 있기 때문이었다. 나는 혹시 그쪽에서 이야기가 들어가지 않았나, 그 루트가 궁금했던 것이다. 내 궁금증은 전혀 응답을 받지 못했다. 백화점 직원을 한번 만난 것만으로는 앞일이 어찌될지 짐작도 할 수 없었다. 또 칼자루는 저쪽에서 쥐었으니 내가 할 수 있는 일은 아무 것도 없었다.

5월로 접어들며 어버이 날, 스승의 날까지 바쁜 한때를 보냈다. 그 사이 내 관심의 대상이던 건물은 외벽을 덮었던 지저분한 자재가 모두 철거되고 멀끔한 외형이 여봐란 듯 드러났다. 시멘트를 쏟아 부은 듯 육중한 오층 건물이었다. 당장 그 앞에 있는 부동산으로 가서 그 건물의 용도를 알아보았다. 부동산 아저씨가, 그 건물이 근린상가임을 알려주었다. 거미줄 같던 내 관심의 끈이 일시에 빨랫줄만큼 굵어지는 순간이었다.

새 건물로 가서 안을 들여다보니 골조공사만 끝났을 뿐 내부는 손도 대지 않은 상태였다. 공사 중인 인부한테 완공까지 얼마나 걸리겠냐고 하니까, 이상한 눈으로 나를 쳐다보더니 앞으로 한 달은 걸릴 거라고 했다. 나는 까닭 없이 부풀어 오르는 마음을 애써 눌렀다.

6월이 되자 향긋한 아카시아가 서서히 자취를 감추고 발갛던 오디가 까맣게 익어갔다. 양수리 언니네 뒷산에 오디가 한창이라 해서 하루 날 잡아 오디를 따러가기로 했다. 오디를 정과로 담가두면 떡케이크 같은 데 장식으로 쓰기에 좋고, 또 쌀가루에 오디정과를 조금만 섞어 떡을 찌면 어두운 보라 톤의 품위 있는 떡 빛깔이 된다. 일요일까지 출근해서 이바지를 끝낸 다음날을 오디 따러 가는 날로 잡아두었다.

월요일, 이른 아침부터 모두들 작업실에 모였다. 삼겹살과 음료수를 아이스박스에 담고, 처음 가는 집이니 세제와 티슈도 챙기고, 계란을 삶고……. 그러는데 밖에서 자동차 경적음이 울렸다. 영순 씨가 뛰어올라와 얼른 내려오라고 재촉한다. 그날은 영순 씨네 차로 가기로 했는데 운전까지 남편이 기사로 나서주었다.

화창한 늦은 봄, 양수리 가는 길은 높푸른 하늘부터 새하얀 뭉게구름, 줄곧 우리 곁을 따라 도는 맑은 강줄기, 강물 너머 산자락의 짙어가는 녹음까지, 어느 하나 그림 같지 않은 것이 없었다. 드라이브 코스로 '이보다 좋을 수 없는' 풍광이었다. 그러다 수양버들이라도 만나면 마음이 버들가지처럼 멋대로 휘날렸다. 강바람을 맞으며 달리던 그날은 '봄날은 간다'를 부르기에 딱 좋은 날씨였다.

아침 요기도 못한 직원들은 삶은 계란을 까고, 과일을 깎고, 커피를 따르고…… 쉴 새 없이 먹고 마시고 떠드느라 잠시도 입을 가만두지 않았다. 얼마쯤 달리자 팔당댐이 눈앞에 나타났다. 댐의 수문을 열었는지, 수십 개의 물줄기가 폭포가 되어 쏟아져내렸다. 그 장관에 재잘대던 입들이 어느 결에 잠잠해졌다. 이윽고 펼쳐진 댐 안에 갇힌 넓디넓은 강물의 바다, 그 안에 들어찬 묵직한 고요. 그 숙연한 광경을 모두들 침묵으로 바라보았다.

저토록 엄청난 물은 대체 어디서부터 흘러와 여기 이렇게 모여 있는가. 그리고 무엇을 기다리는가. 이제 어디로 흘러갈 것인가…….

그 사이 나는 백화점 직원을 두 번 더 만났다. 말하자면 면접 과정을 두 차례 더 거친 셈이다. 두 번째 만난 사람은 명함에 과장이라는 직함이 찍혀 있었다. 다음은 부장이었는데 압구정점을 총괄 지휘하는 책임자로, 그 사람을 만난 건 해당 백화점 한쪽에 있는 사무실에서였다. 첫 대면의 인사가 끝나자 담당부장은 명품관으로 거듭나려는 백화점의 입장에 대해 간단히 피력했다. 요는 명품관에 입점하는 업체들은 거기에 합당한 자격을 갖춰야 한다는 내용이었다. 당연한 이야기다. 부장과의 면담은 형식적인 요식행위였는지 생각보다 간단히 끝났다.

돌아오는 길에 옆 블록에 있는 다른 백화점에 들렀다. 일종의 시장조사다. 그런데 식품매장을 아무리 둘러봐도 폐백이바지와 함께 떡 한과를 취급하던 매장이 보이지 않았다. 위치가 바뀌었나 하고 식품부 전체를 다 둘러보았지만 역시 없었다. 그 업체는 본사에 해당하는 자체매장을 청담동 대로변에 번듯하게 차려놓고 있었다. 그런데 백화점에서 사라진 것이다. 마침 우리 이바지가 나가던 날 떡집의 이사장이 주문한 떡을 가지고 왔다. 이바지를 내보내고 둘이 모처럼 차를 마셨다. 이사장은 백화점의 그 매장에도 떡을 대주고 있었다. 내가 그 매장에 대해 묻자 이사장이 지체 없이 대답했다.

"그 집, 백화점 매장 뺐어요."

"왜요?"

"왜긴요, 장사가 안 되니까 뺐지요." 평소의 그녀답지 않게 말이 투박스러웠다.

"그래도 소문으로는 장사 잘 되는 집이라던데……."

"소문 믿을 거 하나 없어요. 백화점은 브랜드 알리러 들어가는데 장사가 안 돼서 나온다고 해보세요. 그럼 본 매장에도 지장이 생기니까 장사 안 된다는 말은 끝까지 안 해요."

아, 백화점 장사에는 그런 문제가 있구나. 나는 그때까지 백화점과 우리 사이에 말이 오간다는 사실을 누구한테도 입도 뻥긋하지 않았다.

"왜요?" 이번엔 이사장이 내게 물었다. 왜 갑자기 그 매장에 관심을 갖느냐는 듯.

"아니 뭐, 잘 나가는 집이라 생각했는데 갑자기 안 보여서……."

"잘 나가긴 뭘……. 저만해도 그 집에 물린 돈이 얼만데요."

"물려요? 얼마나요?"

무심코 튀어나온 내 물음에 이사장은 담담히 액수를 말했다. 나는 깜짝 놀랐다. 금액이 상상을 초월하는데다, 지하 이층의 구석진 방앗간에서 여자 혼자 몸으로 떡집을 꾸려가는 이사장 생각을 하니 내가 다 한숨이 나왔다. "백화점 장사라는 게 그렇게 힘들어요?" 그녀를 위로할 말을 찾아야 하는데 내 관심은 자꾸 백화점 장사 쪽으로 흘렀다.

"백화점 장사, 그거 뼈골 빠지는 일이에요. 겉으로 보기에나 그럴싸하지. 저도 의상실 할 때 잠깐 들어갔었잖아요."

"일 년 만에 걷어버리고 나왔다고 했던가요?"

"예, 처음엔 돈 좀 쥐고 시작했는데, 일 년 만에 다 털리고 빈손으로 나왔잖아요. 정기세일에다 할인행사다 뭐다, 그런 게 두어 달에 한번 꼴로 돌아오는데, 그 높은 수수료에 할인비용 빼고 나면 정상가에 절반도 안 남아요. 그 돈으로는 매장 직원들 월급 주기도 바쁘죠. 어디 그뿐인 가요? 정작 중요한 건 공장이 돌아가야 하는데 거기 들어가는 돈은 뭐 하늘에서 떨어진대요? 게다가 손님은 왕이라고 크레임에 반품에, 말도 안 되는 요구도 들어줘야 하구요. 그러던 차에 애들 아빠가 아이엠에프 벼락까지 맞는 통에…… 이참저참 매장을 걷어버렸지요. 그 뒤로 어찌 어찌 떡을 배워 이 장사를 시작한 거예요. 왜, 앞으로 남고 뒤로 밑진다 는 말이 있잖아요. 백화점 장사가 바로 그래요."

모처럼 말을 쏟아내던 이사장은 자신의 경험에서 터득한 지론으로 장사에 대한 결론을 대신했다. "장사는 그저 현금 장사가 제일이에요. 얼마를 벌든 나가는 게 없는 거, 그게 버는 거예요."

이사장의 말이 틀린 게 아닌 줄 알면서도, 그럼에도 내게는 백화점이라는 영업장소가 소용에 닿아보였다. 백화점이 아니더라도 기왕에 돌아가는 작업실이요, 수시로 만들어지는 제품이다. 그 제품을 보다 널리 알릴 장소가 내겐 필요했고, 백화점이 그 대안이 될 수 있을 것 같았다. 게다가 세상은 백화점에 있으면 브랜드 가치를 한 단계 높이 봐주지 않는

가. 로마에 가면 로마의 법을 따르랬다고, 세상이 그렇게 돌아가는데 나만 어찌 독야청청할 수 있으랴. 내가 뭐라고……. 백화점에 들어가서 고객 수도 늘리고 브랜드 가치도 올리자.

그런 생각은 차가 양수리 물줄기를 벗어날 때쯤 하나의 결심으로 굳어졌다. 그래, 주사위는 던져졌다. 내 비록 루비콘 강을 건너지는 않았지만, 건너야 할 날이 온다면 기꺼이 건너리라. 인생은 살아보지 않고는 아무도 모르는 거다. 길 없는 길이라 해도 다니다 보면 길이 생긴다지 않는가. 내 스스로 그 길을 만들어 보리라.

이래서 사람은 자기가 보고 싶은 것만 보고, 듣고 싶은 것만 듣는다는 소리가 나오나 보다.

강줄기를 따라 달리던 차가 어느 숲길로 접어들었다. 이제 다 왔나싶었는데 그러고도 차는 십여 분을 더 달렸다. 대체 양수리 언니는 이 먼 길을 어떻게 아침저녁으로 다닌단 말인가. 새삼 미안하고 고마웠다. 이윽고 차는 숲을 벗어나 탁 트인 마을로 들어섰다. 야트막한 산자락을 배경으로 전형적인 시골마을이 펼쳐지고, 저만치서 손을 흔들며 달려오는 양수리 언니가 눈에 들어왔다. "어서들 오세요."

양수리 언니의 목소리가 그날따라 소프라노로 맑게 울렸다.

대문을 들어서자 낮은 담장 안, 백여 평 대지의 절반을 텃밭이 차지하고 있었다. 모두들 텃밭으로 달려가 상추 쑥갓 아욱이 푸릇푸릇한 밭고랑을 배추나비처럼 휘젓고 다녔다. 한쪽 가에서는 새끼손가락만한 풋고추가 달리기 시작하고, 토마토도 빨갛게 영글고 있었다. 텃밭 건너편 수

돗가에는 씻어놓은 상추나 푸성귀가 소쿠리에 하나 가득 담겼고, 그 너머 대청마루에는 벌써 상이 차려져 손님을 기다리고 있었다.

그사이 영순 씨 남편은 차에 실린 물건들을 안으로 날랐다. 티슈와 세제를 건네자 양수리 언니는 뭘 이런 걸, 하면서 배고플 텐데 어서들 마루에 오르라고 권한다.

다들 수돗가에서 손을 씻고 자리에 앉으니 따따따 가스불이 점화되고, 불판에 고기가 올라갔다. 영순 씨 남편이 아이스박스에서 뭔가를 꺼내더니 작은 잔에 따라 한 사람씩 돌렸다. 빨갛고 맑은 액체인데 검은빛이 묵직한 게 예사롭지 않았다. 영순 씨가 잔을 치켜들었다.

"요것이 뭔 줄 아능가. 바로 복분자 술이라는 거여. 무등산에서 직접 따와서 당근 것잉께 한 잔씩 들고 기분들 좀 내보더라고."

모두들 세 마디 단어를 외치고 말간 액체를 홀짝거리자, 영순 씨가 짓궂게 웃으며 물었다. "복분자가 뭔 뜻인가는 알고들 있겄제?"

"그것도 모르냐?" 여자들이 키득거리며 상추쌈을 쌌다.

갓 따온 상추에 쑥갓, 쪽파를 한 줄기씩 얹고 쌈장에 찍은 고기를 곁들이니 어느 세상의 맛인가싶게 황홀하다. 시골된장에 찍어먹는 풋고추 맛 또한 각별하다. 텃밭에 내려앉은 무심한 햇살이 그날따라 사금파리처럼 반짝였다.

점심을 거하게 먹은 다음은 설거지를 끝내고, 준비한 통을 들고 뒷산으로 향했다. 복분자 액체에 알딸딸해진 우리는 피부에 와 닿는 햇살과 맑은 공기, 간간이 불어오는 바람에 흠뻑 취했다. 산기슭에 이르자 커다란 뽕나무 몇 그루가 눈앞을 가로막았다. 파랗고 발갛던 오디들이 까맣게 익어가고 있었다.

모두가, 저 오디 좀 봐 하면서 입을 다물지 못하는 사이 양수리 언니가 나무 아래에 커다란 비닐을 깔았다. 눈치 빠른 영순 씨 남편이 까만 오디가 다닥다닥 붙은 가지를 기다란 작대기로 탁탁 두드리자, 후두두둑 오디 우박이 떨어져 내렸다. 동시에 새까만 모기들이 일제히 날아올랐다. 멍하니 오디 떨어지는 걸 구경하고 서있던 나는 순식간에 두세 군데를 물려버렸다. 모기가 어찌나 극성이던지 오디를 주워 담을 수도 없었다. 고르는 건 나중으로 미루고 비닐을 걷어 그대로 통 속에 쏟아 부었다. 그렇게 두세 나무를 털고는 황급히 산을 뒤로 하고 돌아섰다.

평상에 둘러앉아 오디를 골라 담았다. 커다란 통 두 개가 가득 찼다. 그사이 해는 빠르게 서쪽 산마루로 옮겨 앉았다. 아쉽지만 일어날 시간이다. 양수리 언니의 배웅을 받으며 차가 출발했다.

숲길을 벗어나 강변도로로 나오자 낙조에 물든 하늘이 와이드 화면처럼 거침없이 눈앞에 펼쳐졌다. 노을 진 하늘을 마주하고 달리니 직원들 마음도 붉게 물드나보다. 저절로 노랫가락이 흘러나온다. 다투어가며 각자의 십팔 번을 불러 젖힌다. 그러다 가사가 잘 기억나지 않는지 노래는 반 토막의 흥얼거림으로 잦아들었다. 레퍼토리가 바닥나자 직원들이 손뼉을 치며 내 노래를 청했다. 그래서 나도 한 곡조 뽑았다.

연분홍 치마가 봄바람에 휘날리더라……

6월도 초순을 넘어가자 공사 중이던 집이 차츰 틀을 갖춰갔다. 나는 일층에서 삼층까지만 돌아보았다. 일층은 삼사십 평 크기로 우리가 쓰기에는 많이 좁았다. 이층과 삼층은 크기가 같았는데 거기는 또 너무 넓었다. 칠팔십 평은 너끈히 돼보였다.

내부공사가 끝나갈 즈음 빌딩의 건물주를 만났다. 2층은 예상대로 전용면적이 팔십여 평이었는데 집세가 터무니없이 비쌌다. 보증금이나 월세가 그때 있던 집의 몇 배나 되었다. 어느 정도 예상은 했지만 예상치를 훨씬 넘어섰다. 하지만 건물주는 어엿한 새 건물임을 강조하면서, 그 평수에 그 가격이면 시세보다 월등 싼 거라며 오히려 자기 쪽에서 우는 소리를 했다. 혹시나 해서 이층을 오륙십 평만 쓰면 안 되느냐니까, 전체가 아니면 안 된다고 했다. 마지막으로 가장 마음에 걸리던 사항을 물어보았다.

"우리가 떡도 같이 하는데, 떡 시설을 해도 괜찮을까요?"

떡 시설이라는 것이 워낙 거창해서 건물주들은 집 버린다고 고개를 내젓는다는 말을 들은 터였다. 더욱이 여기는 완전 새 집이다. 그런데 이 건물주는 떡 시설이 어떤 것인지 잘 몰랐나 보다. 나갈 때 원상복구만 해놓는다면 시설을 해도 괜찮다고 순순히 나왔다. 건물주의 그 반응이 고성능 촉매제였다. 계산기를 두드리며 망설이던 내 마음은 대번에 시멘트 반죽처럼 공고해졌다.

그래, 들어가자. 떡 시설을 고수하는 한 새집이든 헌집이든 집구하기가 쉽지 않을 텐데, 비싸긴 해도 시설을 할 수 있다니 이런 기회를 놓칠수야 없지. 게다가 백화점에 들어가면 더 넓고 번듯한 작업공간이 필요할 게 아닌가. 어느새 백화점은 허락도 받지 않고 앞질러 내 안에 이사를 와있었다. 일이 이쯤 되자, 남은 건 가장 중요하고도 어려운 자금이었다. 돈을 어디서 구하나?

아무리 생각해도 엄마밖에 없었다. 엄마한테 돈을 빌렸다. 간도 크지, 자그마치 일억이나 되는 돈을. 그것도 엄마 집을 담보로 대출을 받아서. 엄마는 매사 의견이 분명해서 입버릇처럼 말하던 당신의 신조가 몇 개 있었다. 그 가운데 하나가 사업을 할 때 집 잡히면서 하면 안 된다는 것이었다. 남이 집 잡히고 사업한다는 소리만 들어도 혀를 차던 엄마였는데…….

그런 엄마가 내 말을 들은 지 삼십분도 안 돼서, 알았으니 그럼 같이 은행에 가자고 했다. 토 다는 말 같은 건 한마디도 하지 않았다. 당황스러운 건 내 쪽이었다. 엄마가 왜 이렇게 순순히 나오실까, 혹시 어디가 아프신 건 아닐까, 하는 방정맞은 생각까지 들었다. 그 이유는 한참 후에야 알게 되었다.

다음날 은행에서 엄마를 만났다. 엄마는 '집문서'라는 것과 인감도장을 확실하게 챙겨가지고 왔다. 상담이고 자시고 할 것도 없었다. 그 시절의 은행이란 금고에 잠들어있는 돈을 못 빌려줘서 안달할 때였으니 아파트라는 확실한 담보가 있는 이상 시간을 끌 이유가 없었다. 직원이 내민 한 묶음의 서류에 이름 쓰고 도장 찍고······ 삼십 분도 안 걸렸다.

일주일 후 나는 대출금이 입금된 통장을 받았다.

통장을 받아드니 참으로 기분이 묘했다. 날개를 단 듯 훨훨 날 것 같은 기분인가 하면, 열심히 해서 얼른 이 돈을 갚아야지, 그래서 하루 빨리 엄마 마음을 편안히 해드려야지 하는 간절함이 가슴에 파고들었다. 안 그래도 일 앞에선 겁을 모르던 내가, 날아갈 듯 부푼 마음과 빨리 돈을 갚아야지 하는 조급증으로 만사 제쳐놓고 일에 매달렸음은 물론이다. 하루 열댓 시간씩 일을 해도 피곤한 줄 몰랐고, 눈만 뜨면 작업실로 달려가고 싶었다. 그 전으로든 후로든 내 모든 걸 내던지고 오직 일에만 매진할 수 있었던 건, 나를 믿어주는 사람들을 실망시키지 않으려는 마음에서였다. 또, 보다 질 좋은 제품을 만드는 일이 나를 응원해주는 사람들에게 보답하는 길이라 믿었기 때문이다.

그러면서 나는 그 돈을 당연히 갚을 줄 알았다. 아니, 그렇게 열심히 하면 저절로 갚아질 줄 알았다. 금방은 아니더라도 시간이 지나면 어떻게든 갚을 줄 알았다. 세상에 열심인 사람을 이길 장사가 어디 있겠나. 하지만······ 돈이란 물건에는 눈이 안 달렸음이 분명하다. 또한 눈이 없으니 열심히 하는 사람이라고 알아볼 리 만무하다. 그런고로 돈이란 물건은 '열심'으로 똘똘 뭉친 사람도 너끈히 이겨먹었다. 아무튼······.

통장에 돈이 입금되자 새 집의 계약금을 치르고 곧 이사 준비에 돌입했다. 그 전의 이사가 상황에 몰려 자금과 타협한 소극적인 것이었다면 이번엔 달랐다. 내가 속한 업계나 하고자 하는 일의 성격이 충분히 파악된 데다, 공간은 오죽이나 넓은가. 거기에 자금까지 확보된 마당이니……. 나는 그 빌딩에서 마르고 닳도록 살 것처럼 땀과 시간과 자금을 투자했다. 그렇다, 어디까지나 투자다.

중도금만 치른 상태에서 열쇠를 건네받았다. 음식업계에 발 들여놓은 지도 어언 십여 년을 헤아리다보니 작업장 구조가 어떠해야 하는지 정도는 꿰고 있었다. 기획안이 손쉽게 나오고 다음은 공사.

공사판의 그 난장판이라니. 하지만 그 난장판은 기능적이고도 위생적인 작업공간의 탄생을 위한 진통이었으니, 나는 기꺼이 몸을 던져 힘든 산고를 치러냈다. 그 결과 전문 업체 모델하우스 뺨치는 주방설비와 떡 시설이 완비된 작업장이 탄생했다. 또 작업장 바닥은 전체를 무늬목으로 깔아 신발을 벗게 했는데, 떡 시설이 있는 쪽만은 달리했다. 거기엔 시멘트를 들이부어 한 뼘쯤 돋운 위에 방수시설까지 해서 물을 자유로이 쓸 수 있게 했다. 그곳에서만은 신을 신었다.

온갖 시설을 다하고도 이십 평 정도가 남았다. 그 공간은 다실로 꾸몄다. 이른바 '전통 찻집'이라는 것. 사방 벽에는 갈포 느낌이 나는 새하얀 벽지를 바르고, 바닥에는 진갈색 진짜 원목으로 마루를 깔았다. 또 실내엔 까만 마호가니 탁자를 여남은 개 배치하고, 더하여 은은한 조명에 음향시설까지.

간판도 두 개나 해달았다. 하나는 우리 상호 간판이고, 또 하나는 다실 간판.

다실 간판은 '아름다운 우리 음식과 차'라는 글자는 부제처럼 조그맣게 쓰고, '나비야 청산 가자'라는 글자를 제목처럼 크게 써서 상호 간판 밑에 달았다. 멀리서 보면 '아름다운 우리 음식과 차'는 숫제 보이지도 않고, '나비야 청산 가자'만 눈에 들어왔다. 이 '나비야 청산 가자'라는 문구의 모호성 때문에 사람들은 작은 글씨까지 다 읽고도 그곳이 찻집인 줄 알아보지 못했다. 그러니 어찌 손님이 들겠나.

나는 사업 시작 이듬해부터 간판을 해달았는데, 한 번도 그걸 기꺼운 마음으로 바라본 적이 없었다. 멀리서 작업실 간판이 눈에 들어오면 무언가 쑥스럽고 민망해서 고개가 저절로 외로 돌아갔다. 그러니 거기에 '떡카페'니 '전통찻집'이니, 심지어 인삼차 대추차…… 하는 것들을 적어 넣을 수가 없었다. 몰라서가 아니라 알면서도 안 되는 것, 그건 정말 세일즈 마인드 제로라고 해도 할 말이 없다.

그렇게 보름이 넘는 공사를 치른 후 우리는 6월이 가기 전에 이사를 했다.

3.
활시위 곡선을 닮은 육포쌈 오리기

이사 뒤끝이 자리 잡히자 후덥지근한 날씨가 장마를 예고했다. 떡은 날씨와는 상관없으니 일 못하는 장마 기간에 몰아서 하기로 했다. 떡을 하게 되자 일손이 필요해서 사람을 뽑았다.

피부가 쌀가루 같이 고운 사십 대 초반의 영숙 씨, 떡을 담당할 태숙 씨, 또 한 사람은 나이가 좀 많아 망설였으나 젊어서 수를 놓아보았다 해서 과감히 식구로 맞아들였다. 나중에 보니 나이 많은 언니는 육십보다 훨씬 많았다. 일하고 싶은 욕심에 어쩔 수 없이 거짓말을 했다고, 우리 식구가 되고서야 털어놓았다. 우리는 그녀를 왕언니라고 불렀다.

장마가 시작되자 본격적으로 떡 작업에 들어갔다. 또, 송편을 만드는 한편으로 육포쌈 오리기도 작정을 하고 가르쳤다. 그때까지 직원들은 쌈을 싸는 일까지만 하고, 오리는 일은 나 혼자 감당하고 있었는데 이제 는 선수를 키울 시기가 되었다.

쌈 오리기는 반듯하게 주름을 편 육포쌈을 가위를 들고 반달모양으로 오리는 일이다. 그러나 반달이라 해서 동그란 원의 반쪽이 아니다. 그 반달이 옆으로 갸름하게 퍼져야, 굳이 비교한다면 활시위 모양이랄까, 그래야 안정감이 있고 점잖다.

말이 쉽고 보기에도 간단해서 오리기에 도전한 사람이 적지 않았다. 육포쌈을 시작한 이래 강산이 두 번 변하는 동안 수십 명이 도전했으나, 선수로 뽑힌 사람은 단 두 명밖에 없었다. 그 두 명도 A학점 수준까지는 아니고 그럭저럭 봐줄만한 정도였다.

쌈 자르기가 왜 그리 어렵냐고? 그건 고기의 둥근 곡선을 가위 자국을 남기지 않고 매끄럽게 오려야 하기 때문이다. 일단 한 손에 고기 들고 한 손에 가위를 잡았으면, 두어 번의 가위질로 활시위 모양의 곡선을 날렵하게 살려내야 한다. 먹는 음식이므로 오래 붙들고 자근거리는 일은 위생상 좋지 않을 뿐더러, 그렇게 시간을 들였다가는 고기 값보다 인건비가 더 나가 어설픈 사람에겐 맡길 수가 없는 것이다. 매끄럽게 오린 쌈은 냉동고에 고이 모셔두었다가, 포장할 때 살짝 참기름을 발라 가볍게 구워나간다.

그렇다면 이 해의 육포쌈 오리기에는 누가 합격했을까. 연습 과정인 종이 오리기로 몇 번의 심사를 거치는 과정에서 대부분 탈락하고, 실물 때는 성연 씨와 영숙 씨 두 사람만 남았다. 그러다 실물 오리기에서 영숙 씨는 탈락했다. 역시 한 해라도 먼저 들어온 성연 씨가 유리했다. 사실 무슨 일에 숙달하려면 그에 필요한 요건이 따른다.

일단은 많이 보아야 한다. 백문이 불여일견이라고, 자주 보면서 눈으로 익히는 것이 우선이다. 다음은 하고자 하는 마음. 마음을 두지 않은 채 건성 보기만 하면 백날을 봐도 헛일이다. 잘 하고자 하는 마음으로 유심히 보아야 한다. 그리고 솜씨. 잘하려는 마음이 있어도 솜씨가 따르지 않으면 그것도 문제다. 결국 눈으로 익히는 시간, 거기에 마음과 솜씨가 따라주어야 우리 제품, 그 중에서도 난이나 육포쌈이나 송편 같은 작업을 제대로 할 수 있었다.

그런데 사람의 재주란 참으로 아롱이다롱이다. 우리를 찾아온 일꾼들 대부분은 작업실이 어떤 일을 하는 곳인지 정도는 알고 지원한 사람들이라 일단은 음식에 관심 있는 사람들이 모인다. 그렇다 해도 솜씨나 성향은 저마다 다르다. 다듬고 씻고 불 앞에서 지지고 볶는 일에 능한 사람이 있는가 하면, 진득하게 한자리에 앉아 손으로 만지작거리는 일이 장기인 사람이 있다. 전자에 속하는 사람도 가지가지지만, 후자도 그 못지 않게 다양하다.

성연 씨의 경우는 성격이 소심하면서 완벽주의다. 언젠가는 보자기 매듭짓는 법을 가르쳐주었더니, 점심시간이면 혼자 구석에 돌아서서 무언가를 꼼지락거렸다. 뭐하나 봤더니, 열심히 보자기 리본 묶는 연습을 하고 있었다. 거기다 솜씨도 따라줘서 누구보다 먼저 생강란 세뿔 접기와 육포쌈 오리기, 송편 동그라미 만들기를 터득했다. 물론 보자기 매듭도 가장 먼저 익혔다.

그에 비해 영숙 씨는 성연 씨와 비슷한 과인데 매사에 조금씩 늦었다. 성격도 그다지 소심하지 않고 완벽주의도 아니었다. 그래도 몇 년을 같이 붙어서 일하다보니 성연 씨가 그만둔 뒤로는 육포쌈 오리기만 제외하고는 웬만한 일은 대신할 수 있었다.

이쯤 되면 '백문이 불여일견'에 이어 '백견이 불여일행'이 나올 차례

다. 백번을 본다 해도 실제로 한번 해보느니만 못하다는 말이다. 솜씨는 역시 제 손으로 직접 해봐야 느는 법이다.

그런가 하면 왕언니. 처음엔 그 언니에게 딱히 정해진 일이 없었다. 세뿔 접기와 쌈 오리기는 처음부터 기회를 얻지 못했다. 송편 동그라미에서도 두각을 나타내지 못했다. 게다가 지지고 볶는 일은 근처에도 가려 하지를 않아 식사당번에서도 빠졌다. 가장 연장자니 그 정도는 눈감아주었다. 그저 재료 다듬고, 양갱이 꽃 빼고, 송편반죽의 저울 떼는 일이나 하면서 손 하나를 보탰다. 그러나 역시 연륜은 무시할 수 없었다.

왕언니는 직원들이 대화하는 중간에 한마디씩 거들었는데 그 말이 꽤 들을 만했다. 옛사람들이나 장바닥에서나 들어봤을 법한 말을 아무렇지 않게 툭툭 잘도 던졌다. 특히나 어디서도 들어보지 못한 속담 같은 걸 조자룡 헌 창 쓰듯 능수능란하게 구사하는 것이 여간 재밌지 않았다. 강원도에도 그처럼 해학 넘치는 구수한 표현이 많은지 그때 처음 알았다.

이러한 왕언니가 두각을 나타내기 시작한 건 세월이 얼마 지나, 우리가 산자에 수를 놓으면서다. 드디어 그 언니의 본령을 발견한 것이다. 이때부터 왕언니는 우리에게 없어선 안 될 소중한 존재가 되었다.

이처럼 사람은 다 다르다. 나름 손재주가 있어서 음식을 만지면서도 솜씨의 차이는 저마다 달랐고, 그 '재주' 다름으로 해서 우리는 그 많은 일을 해낼 수 있었다.

4.
루비콘
강을
건너

7월이 끝나갈 무렵 백화점에서 연락이 왔다. 계약서를 작성할 것이니 내사해 달라고 했다. 그 전화를 받았을 때 내 기분이 어땠는지는……. 바라던 일이었음에도 무조건 기쁘지만은 않았다. 과연 잘 해낼 할 수 있을까. 우리 제품이 뭇사람의 시선을 받기에 부끄러운 수준은 아닐까. 백화점 기대에 부응할 만큼 매출을 올릴 수 있을까. 동종업계 사람들은 굴러온 돌 박힌 돌 운운하며 뒷소리들이 많지는 않을까. 이런 생각으로 마음은 묵직하다 못해 비장해졌다.

약속한 날, 백화점 본사로 갔다. 계약서를 쓰기 전, 담당직원은 우리 업체가 선정된 경위에 대해 간단히 설명하고 수수료는 25%라고 알려주었다. 나는 그 수수료가 낮은지 높은지도 감이 안 왔으나 직원이 한사코 낮은 것이라 해서 그런가보다 했다. 나는 마지막으로 가장 궁금한 점을 물었다. "다른 떡집이나 한과업체는 안 들어오나요?"

직원은 이번에 선정된 떡한과 업체는 우리뿐이라고 말했다. 그러면 됐다. 나는 수수료가 얼마인지보다 그 부분이 더 신경 쓰였던 것이다.

백화점 리모델링 공사가 시작되었다. 대대적인 공사 후 명품관으로 거듭나는 시기는 9월 초가 되리라 했다. 그에 따라 우리도 백화점을 관리할 매니저로 복희 씨와 은수 씨 두 사람을 뽑아, 제품의 제조과정부터 차근차근 익히도록 했다. 그러는 사이 나는 입점업체 대상의 여러 회의에 수시로 불려나갔다. 그러다 어느 자리에선가 우연히 소문을 들었다. 백화점에 떡집이 하나 더 들어온다는 것이다.

소문에 의하면, 그 떡집은 전부터 있던 업체로 이번 명품관 입점에서 제외됐는데 어찌된 일인지 다시 들어오게 되었다고 했다. 낙하산으로 뒤늦게 합류한 모양이라는 추측까지 나돌았다. 맥이 쭉 빠졌다. 크지도 않은 식품 매장에 떡집이 하나 더 들어오면 우린 어떻게 되나. 당장 담당자한테 미팅을 신청하고 본사로 찾아갔다. 소문은 사실이었다. 담당자도 갑자기 떡집이 하나 더 생기게 되자 꽤나 곤혹스러운 눈치였다.

담당직원은 껄끄러운 이야기를 무마하려는 듯 명품관의 배치도를 펼쳐 보이며 우리가 들어갈 위치와 크기를 알려주었다. 그러면서 우리는 선물부 코너로 들어가고, 저쪽은 슈퍼마켓 안으로 들어가니 별 상관없을 거라는, 믿거나 말거나 식의 소리를 위로하듯 했다. 단, 저쪽은 슈퍼마켓의 일반떡집이니 막떡(?)을 취급할 것이고, 우리는 클래식한 분위기의 선물코너 쪽이니 거기에 걸맞게 폐백이바지를 중심으로 고급떡과 한과를 해야 한다고 강조했다.

무슨 말인지 원, 알아먹기도 힘들거니와 애매하기 짝이 없는 소리다. 대체 무어가 막떡이고, 무어가 고급떡이란 말인가. 하지만 담당자한테 물은들 어찌 알겠나. 갑자기 두 업체가 생겨버렸으니 책상에 앉아 궁리

끝에 짜낸 결론이겠지. 호흡을 가다듬었다. 여기서, 처음 약속과 다르지 않느냐고 징징거려봤자 달라질 건 아무 것도 없었다. 이미 자리배정까지 끝난 마당이다. 어차피 받아들일 거라면 차라리 당당하게 받아들이자. 아니 그런 척이라도 하자. 나는 쿨하게, 실망의 기색은 터럭만큼도 비치지 않고, 잘 알았습니다 하고는 흔연히 자리를 일어섰다.

돌아오면서 생각하니 일이 꼬여도 고약하게 꼬였다. 똑같은 쌀가루로 떡을 하면서 한쪽은 막떡을 하고, 한쪽은 고급 떡을 해야 한다니. 그런 경우가 어디 있나. 그렇긴 하지만…… 위기가 바로 기회라고도 하지 않나. 불리한 상황을 이겨내기 위해 적극 도전하는 일은 자기발전의 계기가 될 수도 있다. 나는 그렇게 스스로를 달래며 내게 주어진 상황을 기회로 인정하기로 했다.

누군가 도와줄 사람이 필요했다. 선선생을 불러 우리가 백화점에 입점하게 되었다는 소식을 전했다. 그때 선선생의 반응이 어땠는지는 잘 기억나지 않는다. 다만 무악재 선생님이 백화점에 들어갔다가 크게 실패한 뒤 사업을 접었다는, 언젠가 들은 소리를 또다시 되풀이했다. 전에는 건성으로 들리던 그 말이 그날따라 무심히 들리지 않았다. 하지만 나는 이미 루비콘 강을 건넌 몸이다. 머뭇거릴 시간 따윈 없다. 누가 뭐래도 앞만 보고 갈 것이다. 그래서 듣기에 껄끄러운 소리는 한 귀로 흘려버리고 둘이 함께 떡 검토에 착수했다. 슈퍼 쪽의 막떡과 차별화하면서 고급스럽게 하는 방법은 무엇이 있을까를 고민하며.

쉬운 예로, 쑥을 넣은 쌀반죽을 둥글게 빚어 시루에 찐 다음 일회용 용기에 담으면 그게 개떡이고 막떡이다. 그걸 우리가 하게 되면, 쑥을 넣은 쌀반죽을 다식 박듯 떡틀에 박아 쪄낸 다음, 투명용기에 담거나 하나씩 낱개 포장한다.

개피떡도 얇게 민 절편반죽에 소를 넣고 틀로 모양을 떠내면 일반 개피떡이다. 우리는 차별화해야 하니, 크고 작은 개피떡을 두 개 만들어 큰 개피떡이 작은 개피떡을 감싸 안는 형태로 겹쳐 말은 다음, 큰 개피떡에 수를 놓는다. 이른바 여주산병이라는 개피떡이다. 이렇게 온갖 떡의 고급화 작업을 시작했다.

설기떡의 경우는 모든 종류를 손바닥 절반만한 크기로 규격화하고, 그 작은 떡에다 일일이 수를 놓아 낱개 포장했다. 또 설기떡은 부드러움이 생명이니 반죽할 때 물 대신 소주를 쓰는가 하면, 잣설기에는 특별히 잣을 갈아 넣어 부드러움과 고급스러움을 극대화했다.

찰떡이라고 예외일 수 없었다. 인절미 같이 대중적이고 간편한 떡은 우리 몫이 아니니 두텁떡이나 구름떡, 영양찰떡 같은 것으로 수준을 높여 설기떡과 같은 크기로 하나하나 낱개 포장했다. 그 많은 종류의 떡을 이런 식으로 고급화, 차별화하다 보니 머릿속은 터져나갈 듯하고 일은 어찌나 많던지.

낮으로는 일꾼들과 명절시즌 준비하랴, 그러면서 틈틈이 방산시장으로 달려가 포장 재료 찾으러 다니랴, 밤이면 선선생하고 떡 연구하고 실습하랴……. 그래도 내가 왜 이런 일을 하고 있나 하는 회의 같은 건 그림자도 비치지 않았다. 오로지 잘해야지 하는 생각밖에 없었다. 그렇게 해서 삼십여 개의 떡 콘셉트와 포장방법이 정해졌다.

그런데 어디 떡뿐이겠는가. 한과도 정과도 모두 이런 과정을 거쳤다.

또, 이바지는 못하더라도 폐백 정도는 전시용으로 진열해야 하니 거기에 딸린 일은 오죽이나 많은가. 좌우지간 백화점 한번 들어가는데 신접살림 서너 번은 낼만큼 설쳐댔다.

8월 말, 리모델링 공사가 끝나고 드디어 입점의 날이 왔다. 추석을 이십여 일 앞둔 시점이었다. 두 평 반 정도의 우리 매장에는 두툼한 유리로 된 쇼 케이스가 두 개 놓이고, 거기에 각종 떡과 한과가 갓 시집온 새색시마냥 수줍게 자리 잡았다. 또 별도 매대에는 폐백이 한상차림으로 뼈근하게 차려졌다.

백화점에 입점함에 따라 작업실의 아침 풍경도 달라졌다. 아홉 시 출근이던 직원들은 양수리 언니만 제외하고 모두 새벽 출근으로 바뀌었다. 아침마다 여자 대여섯 명이 수십 종류의 떡을 찌고, 손바닥 절반 크기도 안 되는 떡에 가지가지 수를 놓고, 포장을 하고, 라벨을 붙이고…….

처음에는 백화점에 손님이 있었다. 그렇다고 요즘 말로 '대박' 날 정도는 아니고, 강남의 첫 명품관이라는 데가 새 단장을 했으니 명품스러움이 어떤 것인지 구경 나온 사람들이 더 많았다. 명품관의 문이 열리고 곧이어 시즌이 닥쳤다. 그러니 그 추석이 어땠을지는…….

안 그래도 복잡다단한 품목에 양갱이랑 송편까지 더해지고 보니 작업실은 6.25가 아니라 미사일이 날아다니는 전쟁터로 변했다. 나는 매일매일 밀려드는 일 앞에서 그저 '실수하지 말아야지'만을 되뇌며 일의 가닥을 놓치지 않으려고 안간힘을 썼다.

정신조차 가물가물한 가운데 어찌어찌 추석이 넘어갔다. 백화점에도 작업실에도 별다른 크레임 없이 시즌이 지나갔으니 또 한 번의 전쟁을 큰 부상 없이 치른 셈이다.

　백화점에 입점해 보니 명절이 끝났다고 작업실이 한가해지는 게 아니었다. 추석 이틀 후부터 다시 매장에 떡이 나가기 시작하는데 이번에는 새로운 근심거리가 찾아들었다. 아침에 들고 나간 떡이 다 팔리지 않고 남아서 돌아오는 것이다(그 무렵 우리는 가격세일을 하지 않아 남은 떡은 그대로 회수해왔다). 처음에는 서너 개 정도더니 날이 갈수록 양이 늘었다. 제조 과정에서 나오는 자투리도 못 봐 넘기는 내게 팔다 남은 음식이라니. 소박맞고 돌아온 딸자식을 보듯 마음이 참담했다.

　처음 얼마간은, 명품관에 대한 쏠림현상도 꺼지고 시즌도 끝났으니 한동안 그러다 말겠지, 했다. 하지만 시간이 지나도 상황은 별로 나아지지 않았다. 의류나 잡화 쪽은 고객이 넘쳐나는데 지하 식품부는 한산하기 짝이 없었다. 그나마 떡 손님이라고 발길이 닿는 곳은 인절미 시루떡 가래떡 같은 일반떡을 파는 슈퍼마켓 쪽이었다. 우리는 일상적으로 먹는 떡이 아니다보니 자연 발길이 뜸했다.

　백화점 매장은 우리음식을 홍보하기 위한 고급전시장이라는 느낌에서 과히 벗어나지 않았다.

　백화점 매출이 지지부진함에 따라 마음 한 구석에선 근심 걱정이 자라고 있었으나 그렇다고 의욕까지 꺾인 건 아니었다. 오히려 고객한테 다가갈 수 있는 제품을 만들기 위해 부심하며 보다 적극적으로 움직였다. 그 가운데 하나가 떡케이크였다.

　이름에서도 알 수 있듯 케이크란 빵의 한 종류다. 명색이 떡 만드는 사람으로서 케이크라는 종목에 도전하려면 빵이나 케이크가 어떤 것인지 그 원리 정도는 알아야 할 것 같았다. 수소문해서 한 곳을 알아냈다. 청담동에 있는 '피아노'라는 쿠킹클래스였다. 상담하러 가보니 선생도 마음에 들어 그 길로 등록을 했다.

　그곳에서는 시중에 인기 있는 몇 종류의 빵과 쿠키, 그리고 무스케이크를 비롯한 각종 케이크를 수업했다. 그 과정에서 오븐의 사용법을 익힐 수 있었다. 또 달걀흰자를 어깨가 빠지도록 휘저어 거품을 내는 머랭 만들기나, 케이크 장식으로 애용되는 아이싱도 배웠다. 나름 알찬 수업이었다. 그 수업을 통해 빵의 원리뿐 아니라 떡과의 차이점에 대해서도 이해하게 되었다.

알다시피 떡은 주재료가 쌀가루고, 빵은 밀가루다. 떡은 고온의 증기로 찌고, 빵은 오븐의 열기로 굽는다. 또, 떡의 부드러움은 쌀가루 입자의 굵기, 물의 양, 찌는 시간, 가루 사이의 공기에 의해 좌우된다. 그에 비해 빵은 반죽 내의 공기라는 점은 같지만, 그 외 부재료의 영향을 많이 받는다.

하지만 떡과 빵의 질감 차이에는 보다 근본적인 이유가 있었다.

빵은 반죽할 때 이스트 같은 효모를 써서 숙성과정을 거치는데, 떡에는 그런 과정이 없다. 증편처럼 생막걸리를 써서 발효시키는 떡이 있기는 하나 극히 드물다. 그러다보니 떡은 숙성과정을 거치는 빵의 부드러움을 따라갈 수가 없다. 또 다른 차이는 부재료.

우리가 떡을 할 때는 설탕의 양이 주재료의 10%를 넘는 떡은 하나도 없었다. 그리고 부재료는 잣 밤 호두 대추 콩 팥 등 모두 식물성 재료를 썼다. 그에 비해 빵은 설탕 우유 버터 계란 치즈 머랭 같은 부재료들이 상상 외로 많이 들어갔다. 어떤 빵은 이들 부재료가 원재료의 양을 능가하는 것도 있었다. 그러니 빵이 부드럽지 않을 수 없었다. 이런 원리를 알고 나자, 어떻게 하면 좀 더 부드러운 떡을 만들 수 있을까 하는 점은 두고두고 내 고민거리였다.

쿠킹클래스 과정이 끝나자 곧바로 떡케이크에 도전했다.

제일 먼저 한 일은 떡케이크의 콘셉트와 디자인 구상. 며칠에 걸쳐 떡의 콘셉트와 디자인의 밑그림을 완성하고 틀을 사러 방산시장에 나갔다. 그러나 시장 어디를 둘러봐도 내가 찾는 케이크 틀은 눈에 띄지 않았다. 기껏해야 네모, 원형, 하트, 그게 다였다. 내가 원하는 형태는 자연에서의 꽃잎 모양이었는데 그런 틀은 시장 어디에도 없었다. 없으면 만들어서 쓸 수밖에.

작업실로 돌아와 내가 상상한 모양을 모눈종이에 그렸다. 끝이 갸름한 꽃잎 여섯 장짜리 틀, 끝이 둥그스름한 꽃잎 다섯 장짜리 틀, 국화처럼 숱이 많은 꽃잎 열두 장짜리 틀. 급한 대로 세 가지 도형을 그려서 방산시장에 맡겼다. 며칠 후, 틀은 그려준 대로 잘 나왔다.

떡케이크를 쪄보았다. 꽃잎 틀에서 쪄낸 케이크는 기대 이상이었다. 그 위에 떡과 어울리는 장식을 곁들이니 케이크 자체가 먹는 꽃의 느낌으로 한결 그럴듯하게 다가왔다. 이 떡케이크가 사업의 활로를 열어주려나? 제발 그러길 바랐다. 그런 심정으로 다양한 종류의 케이크를 만들어 팸플릿에 올렸다.

인삼을 갈아넣은 떡에 인삼정과 꽃으로 장식한 인삼케이크, 야생의 오디를 섞어 만든 새콤달콤한 오디케이크, 단호박으로 맛과 색을 내고 녹두로 고물을 입힌 호박케이크, 자색고구마로 색을 낸 구수한 맛의 고구마케이크, 향긋한 대추의 향이 감미로운 대추케이크, 궁중떡 가운데서도 으뜸인 두텁떡케이크, 경사스러운 날에 어울리는 2단케이크의 일곱 종류를.

지금도 방산시장에 퍼져있는 몇 가지의 케이크나 송편 틀은 그 시절 내가 모눈종이에 그려서 만든 것들이다.

6.
카네이션이
송편으로
피어나기까지

날씨만큼이나 추운 마음으로 그해 겨울을 보내고 다시 봄이 저만치서 손짓했다. 그러자 내 안에 잠들어있던 카네이션의 열망이 다시금 꿈틀거렸다. 어떻게든 카네이션 꽃을 5월 상품에 넣고 싶었다. 마침 설탕공예 쪽에서 꽃 종류를 많이 다룬다는 정보를 입수했다. 꽃샘추위가 기승을 부리던 3월 초, 공방을 찾아갔다. 우선 한 달만 등록을 했다.

그곳에선 첫날부터 대뜸 꽃을 만들었다. 이론은 꽃을 만들면서 단계적으로 병행한다고 했다. 그날은 개나리꽃이었다. 설탕을 녹이고, 녹말가루를 섞어 설탕반죽을 만들고, 노란 색소를 넣고……. 손으로 꼼지락거리는 일을 좋아해선지 꽃 만들기는 재미있었다. 하지만 나는 취미생활을 하러 그곳에 간 게 아니었다. 그렇게 하세월로 하다가는 언제 카네이션을 만나겠나. 수업 끝나고 선생님을 찾아갔다.

"카네이션 꽃은 언제 만드나요?" 7주째에 한다는 답이 돌아왔다. 나는 그때까지 기다릴 시간이 없었다. 그래서 순서를 바꿔 카네이션을 먼저 해줄 수 없겠느냐고 묻자, 선생님은 순순히 그리 해보겠다고 했다.

그러더니 3주째 수업을 카네이션 꽃으로 바꿔주었다.

드디어 카네이션 꽃 수업 날, 나는 설탕반죽에 색소를 넣을 때부터 반죽을 몇 덩어리로 나눠 색상을 달리했다. 진한 분홍부터 흐린 분홍까지. 또, 한 덩어리에는 빨간 색소를 점점이 찍어 밀대로 밀었다. 그러자 색소가 번지면서 '보카시' 효과까지 나타났다. 그렇게 색상이 다른 반죽을 카네이션 꽃틀로 찍은 다음, 꽃잎 가장이를 플레어스커트 펼치듯 도구를 이용해 늘려주었다. 손이 바삐 움직이는 사이 머릿속도 분주해졌다. 이 꽃을 5월 상품에 넣으려면…….

카네이션 꽃이 담긴 선물상자들을 그려보며 내 상상의 가지는 멋대로 뻗어갔다. 어찌나 재밌던지 시간 가는 줄도 몰랐다. 선생님이 철사에 초록 테이프를 감고 잎사귀를 붙이라고 할 때까지. 다른 사람들을 보니 꽃 서너 송이를 만들었을 뿐인데, 나는 봉오리까지 예닐곱 송이나 만들었다. 어쩐지 희망의 싹이 보이는 듯했다.

선생님이 나눠준 스티로폼 판에 완성된 카네이션 꽃을 꽂고 통째로 비닐자루에 담았다. 비닐에 담긴 카네이션을 신주단지 모시듯 받쳐 들고 택시를 탔다. 무릎에 꽃을 올리고 앉았노라니 히터의 열기로 사지가 노곤한데, 창으로 밀려드는 햇살이 캐시미어 숄처럼 어깨를 감쌌다. 그 포근함, 다사로움…… 순간 끼익, 차가 멈췄다. 나는 무의식중에 무릎의 판때기를 양손으로 꽉 붙들었다. 그새 깜빡 졸았나보다. 황급히 비닐자루 안을 들여다보았다. 스티로폼에는 자잘한 분홍 조각들이 여기저기 떨어져 있었다. 가슴이 철렁 내려앉았다.

택시를 내려 곧장 다실로 들어가 비닐을 펼쳤다. 꽃잎 몇 개의 가장이가 조금씩 부서져 있었다. 차가 급정거하면서 앞좌석에 슬쩍 부딪힌 모양이다. 그 순간 내 희망의 싹이 무참히 잘려나가는 게 눈에 보이는 듯했다. 카네이션을 신주단지 모시듯 애지중지한 것은 그 꽃의 의미가 소중해서지, 깨지거나 부서질까를 염려해서가 아니었다. 그렇게 간단히 깨질 줄은 상상도 못했다. 상품이 이동하고 배송되는 과정에 무슨 일이 생길지 모른다. 그런데 이렇게 맥없이 부서진다면?

공방에 전화를 걸어 선생님에게 물었다. "설탕공예 제품이 원래 잘 부서지나요?" 그러자 선생님은 "네, 잘 부서져요." 그러더니 한마디 더 보탰다. "아무래도 원재료가 설탕이니까, 습기가 많으면 모양이 변하거나 녹기도 해요. 유리 케이스 같은 데 넣어서 보관하는 게 좋아요."

그렇다면 이야기는 끝난 거다. 나는 모셔두고 감상이나 하려고 만든 게 아니다. 이 꽃에는, 한과나 양갱 상자에 들어가 오월의 의미를 한껏 살려야 한다는 장식으로서의 엄연한 사명이 있는 것이다. 설탕공예로는 그 역할을 수행할 수 없음이 자명해졌다. 실망감은 이미 맛보았기에 새삼 기운이 빠지거나 하진 않았다. 그래서 곧, 카네이션 만드는 스킬을 배운 게 어딘가. 이제 방법을 알았으니 다른 재료를 찾아봐야지, 하고 마음을 돌렸다. 다음 수업에선 백합꽃을 실습했다. 설탕공예는 그걸로 인연을 다했지만, 수업 후 쓸 만한 도구나 틀을 두 벌씩 사왔다.

스킬도 배우고 도구도 손에 들어왔으니 내 나름으로 쌀가루에 도전해보았다. 쌀가루를 반죽하며, 먹는 음식과 함께 담기는 것에 색소는 쓸 수 없으니 딸기가루로 색을 냈다. 그런 다음 칠팔 분 정도 가볍게 쪘다 (쌀은 오래 익으면 차져서 잘 늘어나지 않는다. 늘려서 펼 때는 설익은 편이 낫다). 설

익은 반죽을 방망이로 민 다음, 카네이션 틀로 찍어 꽃잎 가장이를 도구로 문질러보았다. 이게 웬일인가, 설탕공예에 댈 게 아니었다. 거짓말 좀 보태면 반죽이 껌 늘어나듯 죽죽 펴지면서, 플레어스커트가 아니라 캉캉치마처럼 보글보글 셔링이 잡혔다. 다른 재료를 찾을 것도 없었다. 작업장에 널려있는 쌀가루를 쓰면 되는 것이다. 다시 희망의 싹이 보이는 듯했다. 그런데 거기까지만 좋았다. 곧 다른 데서 브레이크가 걸렸다.

쌀가루로 쪘으니 떡이나 한가지인데 떡은 유효기간에 문제가 있다. 한과는 냉장처리만 잘 하면 두세 달은 끄떡없고, 양갱도 열흘에서 보름은 간다. 그런데 쌀가루로 만든 것은 냉장이라 해도 이삼 일이 한계다. 그렇게 유효기간이 다른 음식을, 아무리 장식이라 해도 한 상자에 넣는다는 게 말이나 되는가. 꽃에만 집착한 나머지 생각이 짧았던 것이다. 그렇다고 또다시 포기하자니 그동안 들인 공이 아까웠다. 무엇보다 카네이션의 상징성을 놓칠 수 없었다. 그때 번개처럼 머리를 스치는 생각이 있었다. 차라리 송편으로 만들어볼까?

카네이션은 내 머릿속 송편의 개념, 즉 한국적이거나 최소한 동양적 이미지여야 한다는 전제와는 거리가 멀었다. 하지만 카네이션이 서양 꽃이라 해도 어버이날과 관련이 깊은 꽃이고 보면, 그 상징성으로 볼 때 5월의 카네이션 송편은 그다지 부자연스럽지 않다는 생각이 들었다. 아니 썩 괜찮은 아이디어로 보였다. 단박에 내 마음은 '흐리고 구름 낌'에서 '쾌청하고 맑음'으로 돌아섰다. 그래서 카네이션을 송편으로 만들기로 했다. 다만 얼마나 진짜처럼 자연스러운 느낌을 살릴 수 있는가, 그것이 문제였다. 쇠도 뜨거울 때 두드리라고 했겠다. 나는 카네이션의 모든 것을 알기 위해 강남터미널에 있는 꽃상가로 달려갔다.

꽃상가 3층에서 엘리베이터를 내리자 익숙한 냄새가 전신을 휘감았다. 그곳은 언제나 온갖 꽃과 식물이 숨 쉬며 발산하는 향내로 가득하다. 그 냄새에 취해 잠시 꽃들을 살피며 돌아다녔다. 상가의 꽃들과 대충 눈을 맞추고는 카네이션 탐색에 들어갔다.

어느새 카네이션 종류가 이리도 많아졌을까. 모양도 크기도 색깔도 각양각색이었다. 그 중에서 어떤 색이 카네이션 송편으로 가장 자연스러울지 상상해보았다. 역시 분홍이 제일 나았다. 연분홍 카네이션 다발을 가슴에 안으니 저절로 안개꽃으로 눈이 가 그것도 한 묶음 샀다.

작업실로 돌아와 안개꽃에 둘러싸인 카네이션을 화병에 꽂았다. 그 가운데 가장 생기 없는 꽃 하나를 골라 과감히 해체했다. 그러고는 설탕 공예 때 쓰던 도구와 비교해 보았다. 그 도구는 유럽 쪽 수입산으로 가격도 고가였는데, 막상 꽃의 실물과 대놓고 보니 미흡한 구석이 많았다. 그런 도구로는 꽃의 섬세한 느낌을 살리기 어려웠다.

모눈종이에 카네이션 도안을 그렸다. 둥그런 원에서 꽃잎을 여섯 마디로 나누고, 각 마디마다 톱니를 그려 넣었다. 틀 만드는 사람이 어느 정도 날카롭게 해줄지는 의문이나 그래도 최대한 섬세하게 그렸다. 그걸 바탕으로 대, 중, 소 세 가지로 다시 그렸다. 꽃잎을 세 장 정도는 겹쳐야 소담스러운 꽃송이를 표현할 것 같았다. 만든 도형을 방산시장에 맡겼다. 일주일 후, 틀은 제일 작은것부터 중간 것, 큰 것 해서 세 종류가 나왔다. 톱니도 그런대로 예리하게 살아있었다.

카네이션 송편에 착수했다. 송편의 색깔은 옅은 분홍으로 하고, 소는 흰팥을 썼다. 그 위에 올라갈 카네이션은, 크고 작은 세 종류의 꽃잎에 색상의 차이를 둔 반죽을 만들어서 쪘다. 말랑하게 쪄진 반죽을 제작해 온 꽃틀로 찍어서 밀어보았다. 역시 캉캉치마처럼 셔링이 쭉쭉 잡혔다. 수입산 틀을 썼을 때보다 훨씬 더 풍성하게 나왔다.

다음은 꽃잎을 송편에 올릴 차례. 셔링이 잡힌 크고 작은 꽃잎 세 장을 층층이 겹쳐서 송편에 올리고 도구로 심었다. 그러자 분홍색 송편 위에서 탐스러운 꽃 한 송이가 순식간에 모습을 드러냈다. 어쩜, 꽃의 중심을 향해 색이 진해지는 효과까지 표현되면서 누가 봐도 진짜를 방불케 하는 카네이션 꽃 한 송이가 피어났다. 그건 마치 꽃이 미소를 짓는 것 같았다. 동시에 내 안에서도 미소가 수줍게 피어났다.

그렇다, 누가 뭐래도 꽃은 자연의 미소다. 저 스스로 미소일 뿐 아니라 보는 사람도 미소 짓게 하는 자연의 선물이다. 꽃에는 햇살과, 비와 바람, 천둥과 번개, 벌과 나비의 기억이 있으련만 그런 모든 것들을 미소 하나로 표현한다. 오로지 미소 한 표정으로 자신을 드러내기 위해선 얼마만한 인내와 의지가 필요할까. 누가 꽃을 연약하다 했던가. 그 연약함 속에 감춰진 강인함이야말로 진정 꽃의 생명력이 아니던가.

그날은 이렇게 꽃을 예찬하며 카네이션 송편을 만들었다.

이 해는 카네이션 송편을 칠팔백 개 판매할 수 있었다. 애초, 오월의 의미로 카네이션의 상징성만 빌려 쓰려던 데서 먹는 음식으로 진화하니 결과가 한결 뿌듯했다. 또, 어버이날에는 엄마한테(아버지는 두어해 전에 세상을 떠나셨다), 스승의 날에는 선생님께 이 카네이션 송편을 드렸다.

7.
선수는
선수를
알아보는 법

카네이션 송편으로 5월을 뼈근하게 보내고 한숨 돌리려던 어느 날 손님이 찾아왔다. 남자 둘이었는데 그들은 두어 달 전에도 한 차례 다녀간 적이 있었다. 명함에는 한영식품이라 돼있었고, 식품업계의 마케팅을 전담하는 유통회사였다.

그들이 제시한 이야기의 발단은 일본 유명 백화점의 명품관 코너에서 시작되었다. 그 명품관에는 일본 최고의 제품들, 예를 들면 사무라이 칼이든지 도자기, 다기, 차, 도시락, 젓가락, 부채…… 뭐가 됐든 일본 최고의 제품만을 모아놓은 코너가 있다는 것이다. 진열된 상품은 모두 일반인이 구경조차 하기 힘든 명품인데다, 가격도 상상을 초월하는 금액이 붙었으나 그런 게 다 나간다고 했다. 그래서 일본에 있는 회장 사모님의 지시로 명동점에 '식품명품관'을 새로 꾸밀 예정이고, 우리더러 거기에 입점해달라는 이야기였다. 그러면서 압구정 매장에서 우리 제품을 보았다며, 명동점의 격조 있는 자리에 어울릴 만한 떡한과 업체로는 우리밖에 없다는 낯간지러운 소리도 덧붙였다. 하지만 '명품' 이라는 타이틀이

제아무리 그럴싸해도 매출이 따라주지 않는 한 빛 좋은 개살구에 지나지 않음을 몸소 체감하고 있던 터라, 나는 건성으로 들었다. 세상엔 기획단계인 채로 서랍 속에 잠들어있는 서류가 어디 한둘이던가.

그러던 두 남자가 이번에는 아주 구체적인 청사진을 들고 다시 찾아왔다. 그들은 지하 식품매장 한쪽에 삼사십 평의 공간이 확보되었음을 입증하는 평면도를 내보이며, 우리가 들어갈 자리까지 상세히 알려주었다. 또 한영식품의 고문으로는 그 백화점의 전직 이사가 영입되어, 식품명품관 가동을 위한 진용이 확실히 갖춰졌음을 자신 있게 피력했다. 아울러 입점이 확정된 품목의 리스트를 보여주는데, 산삼에 인삼 홍삼, 수십 년 묵은 장생도라지, 가양주, 천연꿀에 석청 로얄제리, 영지버섯에 상황버섯 차가버섯, 오동나무에 들어있는 오색국수…….

하여간 업체가 어딘지는 몰라도 품목만큼은 뻐근했다. 나는 쉽게 결단을 내리지 못했다. 35%라는 높은 수수료도 문제지만, 그 백화점에는 이미 떡집이 두 군데나 입점해 있는 점이 마음에 걸렸다. 내가 계속 망설이자 매니저인 복희 씨가 늘 하던 소리로 나를 자극했다.

"백화점 장사를 하려면 매장 서너 군데는 같이 돌려야 해요. 있는 물건 그냥 내다 파는 것도 아니고, 새벽부터 그 많은 인원이 달려들어 만드는데 백화점 하나 갖고는 인건비도 안 나와요. 백화점 한 군데 더 늘린다고 일이 크게 힘들어지는 건 아니잖아요. 매장을 늘려서라도 인건비는 건져야죠."

그건 내 생각도 다르지 않았다. 어차피 새벽부터 북새를 떨기는 백화점을 하나 나가나 둘 나가나 마찬가지였다. 양만 조금 늘리면 되는 것이다. 생각은 그러했지만, 타 백화점에 진출하면 지금 있는 백화점에서 뭐라 하진 않을지, 높은 수수료는 어떻게 감당할지… 걸리는 게 많았다.

수수료가 높은 건 우리가 백화점과 직접 계약을 하지 않기 때문이었다. 백화점 측에선 명품관을 관리하는 한영과 계약을 맺고, 우리는 한영의 산하 업체가 된다. 한영에서는 백화점에 수수료 떼 주고, 자기들도 마진을 챙겨야 하니 입점업체 수수료가 높을 수밖에 없었다. 우리의 35%는 그나마 매일 떡을 해가기 때문에 봐주는 거란다. 유통기간이 긴 다른 업체들은 우리보다 훨씬 높다고 했다. 아무튼 백화점과는 직접 면대하지 않고, 계약에서 입점까지 모든 걸 한영과 처리하면 되었다. 내 마음은 오락가락했다.

같은 시기에 작업실을 찾아온 또 다른 방문객이 있었다. 이십 대의 새파란 젊은이 둘이었다. 손에는 이미 우리 팸플릿이 들려있었다. 명함을 받아보니 장충동에 있는 유명 호텔의 한식부 조리사들이었고, 그 중 한 친구는 디저트 담당이었다.

그들은 비번 때면 메뉴개발이나 시장조사차 백화점에 들르는데, 압구정점의 우리 매장을 보고 충격을 받았다고 했다. 또, 한창 꿈을 키워가는 한식업계의 햇병아리로서 우리 제품을 보고 많은 자극을 받기도 했단다. 나오는 길에 팸플릿을 받아보니 더욱 궁금해져 본사까지 오게 되었노라고 찾아온 경위를 설명했다.

이야기가 무르익을 즈음 떡이 나왔다. 김이 모락모락 피어오르는 송편 여남은 개를 내놓자 그들은 꽤나 놀라는 눈치였다. 숫제 팸플릿을 펼쳐놓고 사진 속의 떡과 비교하기도 했다(당시 모양송편은 백화점에는 모형만 전시하고, 떡은 주문에 의해서만 나갔다).

"보통은 사진을 보고 괜찮은데 하다가도 실물을 보면 실망하기 일쑤잖아요. 그런데 사장님네는 실물이 사진에 댈 게 아니에요."

그러자 옆의 친구가 말을 받았다. "팸플릿만 보고도 장난이 아니구나 했는데, 실물은 진짜 작품이네요."

이런 말을 해도 괜찮다면 나는 그때, 선수는 선수를 알아보는구나싶었다. 어린 친구들이지만 고교시절부터 조리사의 꿈을 키워온 젊은이들답게 음식에 대한 안목이 높았다. 그만큼 열정도 대단했다. 그들은 송편뿐 아니라 궁중한과와 꽃양갱 약과 육포쌈 같은 것도 골고루 맛보았다. 한차례 맛을 보더니 디저트를 담당하는 친구가 그랬다.

"사장님 제품을 우리 브이아이피 후식에 써보고 싶어요. 과장님한테 말씀 드려서 꼭 쓰도록 할게요."

그 친구의 말은 빈말이 아니었다. 며칠 후 한식부 과장이라는 직원한테서 전화가 걸려왔고, 우리는 주문에 따라 물건을 들여보냈다. 나중에 들으니, 우리제품은 그냥 브이아이피가 아닌 회장 패밀리 가에서 주도하는 모임에만 들어가는 것이란다. 그 호텔과의 인연은 칠팔 년쯤 이어졌다. 주문량은 우리 매출을 좌우할 정도는 아니었지만, 내가 향상심을 잃지 않고 끊임없이 노력하게 하는 자극제가 되어주었다.

8.
산딸나무를
품은
송편

해가 바뀌고 어느덧 5월이었다. 이 해는 전년도보다 많은 천여 개의 카네이션 송편을 만들었다. 송편을 그만큼 만들었으면 꽃잎도 삼천여 개나 주름을 잡은 셈이다. 하루 40송이씩, 특별한 날을 제외하곤 한 달 가까이 지속했더니 나중엔 허리가 제대로 펴지지 않고 목도 잘 움직여지지 않았다. 다시 체육관 운동으로 돌아가려니 오랫동안 손을 놓아서인지 열기가 많이 식었다. 무엇보다 매일 밤늦게까지 기다리는 해피가 가여웠다. 해피를 앞세워 선릉 둘레 길을 도는 운동으로 바꾸고 혹사당한 팔과 허리를 서서히 회복시켜갔다.

시절도 걷기에 마침 좋았다. 아카시아 꽃이 피었다 지면서 밤공기에는 감미로운 바람의 냄새가 훈향처럼 피어올랐다. 선릉 둘레 길을 세 바퀴 정도 돌면 거리로는 오 킬로미터쯤 되고, 시간은 한 시간 남짓 걸린다. 밤 열두시 무렵의 그 길을 일주일에 두세 차례 걸었다. 걷다 보면 온갖 생각이 밀물이 되어 밀려왔다가 썰물처럼 빠지기를 되풀이했다. 그럴 즈음이었다.

그날은, 5월 말 전후로 폐백이바지가 연달아 나가 보름 여 만에 산책 길에 나섰다. 시간도 이미 자정을 넘겨, 오늘은 한두 바퀴만 돌고 가야 지 하고 해피와 바삐 걷고 있었다. 그때 문득 선릉 담 안쪽에서 어떤 나 무 하나가 내 눈길을 끌어당겼다. 그 나무에만 백색 전등을 켠 듯 유독 환했던 것이다. 걸음을 빨리해서 나무에 다가갔다.

순간 숨이 멎는 듯했다. 나무에는 새하얀 꽃들이 가지마다 촘촘히 붙 어 밤하늘을 배경으로 활짝 피어있었다. 이 캄캄한 밤을 하얗게 수놓고 있는 저 꽃무리는 대체 무얼까. 어떻게 그 많은 꽃송이들이 하나같이 하 늘을 향해 얼굴을 들고 있을까. 주위를 둘러보니 행인의 발길은 모두 끊 겨 공원 일대엔 교교한 적막감마저 감돌았다. 그 심해 같은 어둠을 새하 얗게 밝히고 있는 꽃을 마주하노라니 소복 입은 여인네처럼 애잔해보이 다가, 달을 향한 지극한 구애의 몸짓으로 보이다가……

어떻게 생긴 꽃일까? 자세히 보려고 손을 뻗었으나 꽃나무는 내 팔 길이보다 조금 멀리 있었다. 무언가 가지를 끌어당길 도구가 필요했다. 당장 발길을 돌려 집으로 향하며 머릿속은 도구를 찾기에 바빴다. 집에 는 마침 아들이 귀가해 있었다. 꽃나무 이야기를 하자 아들은, 그래? 하며 곧장 나갈 채비를 했다. 나도 얼른 해피를 씻겨놓고 아들과 함께 나무 있는 데로 갔다.

"저기 저 나무, 잔가지 하나만 꺾어줄래? 꽃 많이 붙은 걸로."

아들은 주저 없이 철망을 훌쩍 뛰어넘었다. 나무를 이리저리 살피더 니 잔가지가 서너 개나 붙은 제법 굵은 가지를 툭 꺾어 내게 건넸다. 아 무도 보는 이가 없건만 나는 공연히 주위를 두리번거렸다. 그 길로 아들은 집으로, 나는 작업실로 향했다.

커다란 항아리에 물을 받아 꽃가지를 담아놓으니 그렇게 흐뭇할 수가 없었다. 꽃을 찬찬히 살펴보았다. 꽃잎은 넉 장인데, 하얗고 톡톡한데다 모양새가 단순 선명해서 송편으로 만들면 그만이겠다싶었다. 아니 그 꽃을 보는 순간 나는 이미 송편을 염두에 두고 있었다. 무엇보다 정갈하고 순수한 자태가 나를 사로잡았던 것이다.

다음 날은 새벽부터 백화점 떡과의 격전을 치르고 늦은 아침을 먹었다. 식사가 끝날 즈음 항아리를 식탁에 올려놓았다. 직원들 시선이 일제히 화병에 쏠렸다.

"누구, 이 꽃 이름 아는 사람 없어?"

몇몇은 본 적이 있다면서 반가워하고, 몇몇은 처음 보는 꽃이라고 했다. 영순 씨가 뒤늦게 생각이 난 모양이었다.

"아, 이 꽃, 가을에 열매가 달리는디. 왜 그 빨갛고 새콤달콤한 오디가 달리잖여." 영순 씨가 동의를 구하듯 주위를 돌아보았다.

그 말에 누군가가 그랬다.

"아, 그게 이 꽃 열매야? 가을에 그 빨간 열매 먹어봤지."

"그래서, 이 꽃의 이름이 뭐냐고."

"이름이요? 근디 꽃 이름은 모르겠는디요."

공자님 말씀에, 세 사람 모인 곳에 스승이 있다 했거늘 두 배가 넘는 인원이 꽃나무 이름 하나를 짐작도 못하다니. 더 이상 시간을 끌 수 없어 각자 집에 가서 알아보라고 숙제로 내주고, 그날 해결해야 할 산적한 일들을 처리했다. 저녁에 퇴근하는 직원들한테 다시 한 번 꽃 이름 숙제를 상기시켰다. 송편으로 만들려면 당연히 꽃 이름을 알아야겠지만, 그보다는 원산지가 어딘지를 아는 일이 더 시급했다. 만에 하나 최근에 수입된 외래종이라면 송편은 고려해 봐야 할 터였다.

아홉 시 무렵, 몇몇 직원한테서 전화가 걸려왔다. 산목련 산수국 함박꽃 산딸나무 꽃……. 이름을 적어놓고 차례차례 인터넷에서 이미지를 검색해 보았다. 있었다, 실물과 똑같은 사진이. 바로 산딸나무 꽃이었다. 서둘러 관련 내용을 읽어보았다. 자생지는 한국이고 일본 중국에도 분포해 있단다. 그러면 됐다. 산딸나무 꽃을 송편으로 만들 충분한 근거가 확보된 것이다.

며칠을 두고 산딸나무 꽃을 관찰했다. 네 장의 흰 꽃잎 중심에는 작은 감꽃 같은 꽃잎이 모여 있는데, 그것이 사방으로 벌어지면서 파란 꽃술이 얼굴을 내밀었다. 그러다 꽃술이 다 올라오면 감꽃 같은 작은 꽃잎은 떨어지고, 큰 꽃잎 네 장과 가운데 꽃술만 남았다. 큰 꽃잎과 꽃술만 남은 그림은 재미가 적었다. 작은 꽃이 있는 쪽을 택했다. 네 장의 큰 꽃 중심에서 작은 꽃잎이 벌어지며 파란 꽃술이 얼굴을 내미는 그 순간을 말이다. 디자인이 나왔으니 다음은 도형.

모눈종이에 큰 꽃잎 네 장짜리 틀과 작은 감꽃 느낌의 틀, 두 개의 도형을 그려서 틀을 맞춰왔다.

산딸나무 송편은 카네이션 송편과 같은 방식을 택했다. 송편을 만들고 그 위에 꽃을 얹는 것이다. 우선 꽃부터 만들어보았다. 도형을 만들 때, 큰 틀이나 작은 틀 모두 실제 꽃의 비율로 했는데, 막상 떡으로 만들고 보니 뭔가 밋밋한 것이 아쉬웠다. 꽃잎에 좀 더 볼륨감이 있었으면 싶었다. 그 느낌을 살린 도형으로 수정, 다시 틀을 맞춰왔다.

수정한 틀로 다시 만들어보니 꽃잎에 입체감이 더해지면서 살아 움직이는 느낌마저 들었다. 그래, 이거야. 이렇게 섬세하면서도 생생한 느낌이 나야지. 나는 수정한 틀을 쓰기로 했다.

우리는 자연을 모방하고 흉내 내지만, 꼭 자연 그대로일 필요는 없다고 생각한다. 먹는 음식으로 보다 눈이 즐겁고 자연스러울 수 있다면 나는 그쪽을 택하는 편이다. 그래서 내가 만든 산딸나무 꽃은 자연에 비해 꽃잎의 느낌이 좀 더 풍성하고, 곡선도 보다 예민하게 살아있다.

꽃이 완성되었으니 다음은 꽃을 받쳐줄 송편의 색깔. 마침 꽃이 흰색이라 송편의 색은 다양하게 쓸 수 있었다. 색깔은 세 종류로 했다.

단호박으로 색을 낸 노랑, 자색 고구마의 보라, 딸기가루의 분홍으로. 그에 맞춰 송편의 소는 노랑은 녹두로, 보라와 분홍은 흰팥으로 했다. 그렇게 세 가지 색의 송편을 만들고 그 위에 하얀 산딸나무 꽃을 심어보았다. 그랬더니……

산딸나무 꽃이 자연의 흰꽃일 때와는 느낌이 확연히 달라졌다. 정갈하고 순수한 자태에서 화사함이 은은히 돌아나는 것이, 자연에서 숨죽이고 있던 산딸나무 꽃의 아름다움이 노랑 보라 분홍의 호위를 받으며 그제야 기지개를 켜는 것 같았다. 아암, 이래야지!

이렇게 세상에 나온 산딸나무 송편은 우리의 열댓 가지 송편 가운데서도 단연 그 자태가 뛰어났다. 보기에 심히 좋으니 내가 만들고도 참으로 마음이 흡족했다.

산딸나무 송편까지 완성되자 내 손을 거친 송편들이 그럭저럭 열댓 종류가 넘었다. 그 가운데 열두 가지를 골라 송편 한 세트를 구성하기로 했다. 그런데 문제가 있었으니 바로 당도였다.

우리 송편은 자연을 소재로 하기 때문에 겉모습을 볼 때부터 미각이 작동한다. 예를 들어, 우리 송편 가운데 누가 봐도 달아서 좋은 건 감이다. 그래서 감송편은 깨와 설탕을 넉넉히 넣고 달달하게 했다. 반면 누가 봐도 단맛이 연상되지 않는 건 조개다. 조개송편에는 큼직한 울타리콩을 넣어 폭신한 맛을 살리면서 설탕은 전혀 넣지 않았다. 대신 콩에 소금 양을 조금 늘려 간간한 맛이 우러나오게 했다. 이처럼 송편의 이미지에 맞춰 소와 당도를 달리했다. 그러니까 12가지 송편을 한 세트로 구성했을 때, 가장 단 감송편과 전혀 달지 않은 조개송편 사이에 각기 당도와 소가 다른 열 가지 송편이 줄지어 있는 것이다.

거기까지는 좋았다. 다만 그 미묘한 당도의 차이를 어떻게 소비자에게 전달할 것인가, 그것이 문제였다. 처음에는 당도와 소에 대해 적은 깨알 같은 설명서를 송편과 함께 넣어주었다. 하지만 어쩐지 구차하게 느껴졌다. 누가 송편 하나를 먹으려고 안내장의 자잘한 글씨를 들여다보겠나. 그보다는 한눈에 확 들어오는, 글자가 아닌 이미지 같은 것이 있었으면 싶었다. 막대그래프로 그려볼까, 아니면 꺾은선그래프?

도저히 아이디어가 떠오르지 않아, 마침 추석 팸플릿을 만들고 있는 아들한테 넌지시 말을 넣어보았다.

"송편의 당도를 한눈에 알아보게 할 무슨 도표 같은 게 없을까?"

아들은 컴퓨터 화면에 눈을 둔 채 쓰다달다 말이 없었다. 팸플릿은 이미 28쪽으로 늘어, 안 그래도 예민한 아들은 디자인 작업에 들어가면 신경이 있는 대로 곤두섰다. 재떨이에 꽁초가 수북이 쌓이는 걸 볼 때면 내가 공연히 못할 짓을 시키는 건 아닌지 가슴이 아려왔다.

며칠 후, 일 끝내고 집으로 가자 컴퓨터 앞에 웅크리고 있던 아들이 어깨를 펴며 나를 힐긋 돌아보았다.

"이렇게 하면 되는 건가?"

세상에, 컴퓨터 화면에는 막대그래프도 꺾은선그래프도 아닌 휘어진 오선지 같은 줄 위에 송편 12개가 나란히 놓여있었다. 그것도 당도의 순서대로! 휘어진 곡선을 사이에 두고 배열된 송편의 자태가 그렇게 단아할 수가 없었다. 어쩜 이렇게 슬기로운 생각을 해냈을까. 나는 완전 감격해버렸다. 그동안 아들은 팸플릿을 만들 때마다 여러 번 나를 감탄케 했지만 그 오선지 모양의 디자인은 단연 최고였다.

당도를 한눈에 알아보는 디자인까지 완성되면서 모양송편은 일단락되었다. 이젠 그 누구도, 모양송편으로는 우리를 앞지를 수 없다는 걸 자타가 인정해도 좋을 듯싶었다. 그렇다고 꼭 팸플릿에 나와 있는 것에만 한정하지 않았다. 연꽃송편이라든지 겹꽃송편, 꽃봉오리송편, 국화송편 같은 것도 시절에 따라 만들어 판매했다.

　말복이 지나면서 시즌준비에 발동이 걸리고, 명동 쪽 백화점 입점도 눈앞에 다가왔다. 나는 결국 한영의 제안을 받아들였다. 또 한영과의 계약을 계기로 학교나 주부팀 강의를 모두 그만두었다. 백화점 한군데도 예삿일이 아닌데 두 군데나 벌이게 됐으니 꼼짝없이 일에 파묻혀 살게 생겼다. 그런 마당이니 더 이상 강의에 미련을 둔다면, 그건 과욕이요 학생들한테도 미안한 일이었다.

　백화점 입점은 한차례 경험을 했던 터라 일 자체는 낯설지 않았다. 한영과도 서로 업자끼리니 갑을관계 같은 껄끄러움이 없어 좋았다. 다만 그 백화점 식품부에 떡집이 두 군데나 있는 점이 계속 신경이 쓰였다. 더욱이 한 곳은 궁중음식원의 직영매장이다보니 내 신경은 필요 이상 예민해졌다. 명색이 '명품식품관'에 입점하는 나로선 두 매장과는 차별화된 우리만의 특장을 선보여야 한다는 압박감을 스스로 걸머졌다. 그게 과연 무엇일까. 고심 끝에 내린 결론은, 구절판이었다.

　용기 값만도 수십만 원을 호가하는 자개구절판, 하얀 무지의 백자구절판, 폐백용 목기구절판, 청자구절판, 구절판과 칠절판이 한 벌로 된 초당무늬의 자기구절판…… 이런 그릇에다 내용물은 산해진미 중에서도 최고의 것들만 엄선해, 날밤은 새가며 만들어 채웠다. 하다하다 나중엔 오분자기에 금가루까지 뿌려가며 극성을 떨었다. 마치 구절판으로 두떡집과의 승부에 판가름이라도 내겠다는 듯. 동시에 매대에 진열할 온갖 떡과 한과를 만들고 포장하느라 진땀에 구슬땀에 혼까지 쏙 뺐다.

명품식품관이 문을 열었다. 그곳의 개장소식은 입소문이 퍼지면서 구경꾼이 줄을 이었다. 하지만 산삼이 석청이 로얄제리가 진품이면 뭐하나. 영지나 차가버섯이 몸에 좋은 건 다 안다. 다만 그런 것들은 화려하게 눈길을 끌지 못한다. 눈요기 감으론 구절판만한 것이 없으니 각종 구절판을 진열한 냉장 쇼케이스 앞에는 며칠을 두고 사람들 발길이 끊이지 않았다고 한다. 나는 오픈 날 물건만 진열해놓고는 오랫동안 가보지 못했다. 곧이어 추석시즌이 닥친 것이다.

이런 쇼가 벌어진 다음이었으니……. 바쁘기는 발바닥에 땀이 마를 새가 없이 바빴다. 또 그만큼 물건이 나갔으니 매출은 분명 늘었다. 그런데도 달라지는 건 없었다. 왜 그런지 들어오는 돈이 나가는 돈을 따라잡지 못했다. 하지만 백화점이란 곳이 명절에도 하루 이틀만 쉬고 계속 돌아가니 그 치다꺼리에 바빠, 문제점이고 뭐고 따져볼 겨를이 없었다. 아니 어쩌면, 그 절룩거리는 수지타산을 내 눈으로 확인하기 두려워 일로 도망친 건지도, 그러고는 그 찜찜함을 털어내기 위해 무작정 일에만 매달렸을지도……. 금전적으로 문제가 있다면 더 많이 팔아 메우면 되겠지, 하는 막연한 계산을 방패삼아서.

추석연휴 다음날, 몇 차례 백화점 시즌 현장을 뛰어본 복희 씨가 큼지막한 상자 몇 개를 내 앞에 들이밀었다.

"이번 행사 때 들어온 다른 한과업체들 거예요."

매니저는 백화점 관리를 하던 첫해부터 타업체 이야기를 들먹였다. 매니저의 그런 말에 내가 웬 개 풀 뜯어먹는 소리냐는 듯 아랑곳도 않자, 아예 실물을 싸들고 온 것이다. 매니저가 내놓은 상자들은 하나같이 높이는 한 뼘 길이를 넘었고, 크기는 목침 서너 개를 합친 것만큼이나 거창했다. 동일한 가격대의 우리 상자는 A4용지 두어 장 크기에, 두께는 십 센티도 되지 않았다. 다른 업체 한과들을 보니 다 거기서 거기였다.

모르는 바 아니었다. 타업체 물건이 어떤지는 알고도 남았다. 다만 나는 그렇게 하고 싶지 않았을 뿐이다. 오히려 그들과 다르다는 점에서 우리제품의 가치를 믿었고, 내실 있는 상품을 만든다고 자부해왔다. 때문에 명절이면 불거지는 과대포장 이야기는 늘 남의 일이라고 초연할 수 있었다. 그러나 매니저의 생각은 달랐다.

우리 제품의 가치를 알아보고 찾아오는 고객은 열에 하나가 될까 말까 한단다. 대부분은 상자가 얼마나 크고 번듯한지, 할인을 얼마나 많이 해주는지, 그런 것이 선택의 기준이 된다고 했다. 특히 회사의 선물담당자들은 명단을 들고 십만 원짜리 몇 개, 오만 원짜리 몇 개 하면서 일이백 상자를 가격을 후려쳐서 구매한다는 것이다. 따라서 타업체에선 20% 할인은 기본이요, 30~40%까지도 해준다고 했다.

충격이었다. 어렴풋이 느끼고는 있었지만 매니저를 통해 실상을 들으니 기분이 참담했다. 그때까지 내 장사란 기껏해야 작업실로 찾아오는 손님 상대가 전부였다. 할인이니 디스카운트니 하는 단어는 들어본 적도 입에 올린 적도 없었다. 그런 나로선 그렇게까지 물건 값을 깎는다는 사실 자체가 이해되지 않았다, 그것도 백화점에서(나중에는 백화점에서 이삼천 원짜리 떡값을 깎는 사람도 경험하게 되었지만). 마지막으로 매니저가 야무지게 나를 가르쳤다. "매장에서는 매출이 인격이래요. 선생님이 아무리 그러셔도 백화점에서 선생님 인격을 말해주는 건 매출이에요."

백화점 판이 그렇게 돌아간다고 나도 그 장단에 맞춰 깨춤이라도 추랴 싶었지만, 어쩌겠나, 세상이 그렇다는 데야. 내게 용빼는 재주가 있지 않는 한 그 길을 외면할 순 없었다. 차츰 나도 상자의 몸피를 키우는 쪽으로 생각이 기울었다. 그에 따라 유과업체를 물색하기에 나섰고, 상자의 상품구성에도 일대 변화가 찾아왔다.

당시 대형 한과업체들은 직접 유과공장을 가동하는 곳이 많았는데, 그 유과기계에서는 삼사 초에 하나씩 손가락유과가 똑똑 떨어져 나온다고 했다. 그런 소리를 협력업체 간담회에서 귓결에 들었다. 또 그런 공장을 짓기 위해 지자체에서 적지 않은 지원금을 타냈다는 말도 함께 들었다. 그렇다고 내가 공장을 지을 수는 없으니, 기존 업체에 생산을 주문 의뢰하는 OEM 쪽으로 가닥을 잡았다. 대신 공장제품으로는 흉내 낼 수 없는 우수한 품질의 유과를 찾는 데 주력했다.

한 곳을 알아냈다. 강릉에 있는 어느 수제 한과 집이었다. 그곳은 자신들이 직접 농사 지은 찹쌀에, 엿도 물엿이 아닌 진짜 조청으로 유과를 만든다고 했다. 당연히 가격이 높았다. 일단 샘플을 받아보았다. 가격이 높긴 해도 물건은 그만한 값어치가 있어보였다. 그곳과 계약을 했다.

나중에 보니, 우리가 받는 유과는 그 지역의 다른 한과집에 비해서도 가격이 유난히 높았다. 사정을 알아보자 그럴만한 이유가 있었다.

우리가 거래하는 유과집에서는 일 년에 두 번, 봄가을로 찹쌀 바탕작업을 했다. 그랬다가 명절 한 달 전 우리 물량의 발주가 들어가면, 손가락유과는 만들어 놓은 바탕 중 가장 길고 모양이 좋은 것으로, 산자는 가장 도톰하고 네모반듯한 것으로 골라 먼저 튀겨주었다. 그러니 가격이 높지 않을 수 없었다. 그렇다 보니 한번 발주를 내면 남아도 반품이 안 되고, 모자라도 추가주문이 어려웠다.

남은 유과를 반품할라치면 우리 것은 가격대가 높아 자기네 일반 고객한테는 팔 수 없다며 받아주려 하질 않았다. 또 시즌 중간에 추가하면 좋은 것은 우리가 이미 골라 써버려 일반제품으로 받아야 했는데, 그건 또 모양에서부터 상품가치가 떨어져 상자에 넣을 수가 없었다. 이래저래 조건이 까다로워 업체를 바꿔볼까 하고 몇 군데 알아보았다. 결과는, 가격이나 품질은 고사하고 우리 정도의 적은 물량을 용도에 맞게 튀겨주겠다는 업체가 아예 없었다.

사정이 그러하니 그 비싼 유과를 맨입으로 덜렁 쓰기가 아까웠다. 어떻게든 공장유과와는 차별되는 우리만의 유과로 선보이고 싶었다. 품질뿐 아니라 시각적으로도 확연히 구별되는 그 무엇으로. 그러다 떠오른 것이 유과의 업그레이드, 즉 산자에 수놓기였다.

음식에 모양 내는 일이라면 송편이나 이바지 음식으로 노하우가 적잖이 쌓인 터라 아이디어를 떠올리긴 어렵지 않았다. 문제는 누가 그 까다로운 작업을 수행하느냐, 였다. 그때 왕언니가 눈에 들어왔다. 면접 때,

왕년에 수 좀 놓아보았다던 그 말이 내 기억에 남아있었던 것이다. 나는 설탕공예 때의 경험을 살려 왕언니에게 꽃 만드는 요령을 알려주었다.

산자에 수놓기란 과실이나 채소를 정과로 만들어, 원하는 모양대로 잘라 물엿으로 붙이는 일이다. 준비된 정과재료만 있으면 얼마든지 창의적 표현이 가능하다. 또, 송편처럼 소재나 디자인에 크게 구애받지도 않아서 자유로운 발상을 맘껏 펼칠 수 있었다. 모양송편이 일단락되자 내 관심은 자연스레 수놓는 일로 옮겨갔다.

상자 크기가 달라짐에 따라 안에 담기는 한과도 품목이 달라졌다. 이제는 궁중한과를 더 이상 일반상품에 넣기 힘들어졌다. 날로 강화되는 식품위생법은 유통과정을 거치는 음식에 엄중한 규제를 가했다. 제품을 새로 만들면 품목마다 제조보고서를 제출하는 건 기본이고, 모든 제품을 공인된 식품연구소에 보내 시험성적서를 받게 했다. 그에 드는 비용은 떡이나 한과는 품목 당 몇 천원이지만, 육포는 몇 만원이었다. 떡이고 한과고 품목이 많은 우리는 일 년에 두 번 수십만 원을 들여 검사를 받았는데, 손이 많이 가는 음식일수록 테스트 거치는 일이 부담스러웠다. 그에 따라 손작업이 많은 궁중한과는 주문상품에만 한정했다. 유통에선 그저 찌고, 끓이고, 튀기는 음식 쪽이 무난했다.

자연 뜨거운 엿물에서 볶아내는 잣강정 호두강정 참깨강정 들깨강정 같은 강정 류가 새로 편입되고, 호두튀김이나 편강 같은 것도 한 칸을 차지하게 되었다.

그 중에서도 특히 우리만의 조리법으로 만드는 편강이나 호두튀김은 소비자들의 선호도가 높았다. 다만 편강은 우리가 하는 방식으로는 품이 많이 들어 까딱하다간 인건비 건지기도 힘들었다. 차라리 어디서 납품이라도…… 하고 시중에 나와 있는 편강들을 살펴봤지만 겉보기만으로도 납품이고 자시고 고려해볼 여지가 없었다. 설탕을 하얗게 뒤집어 쓴 것이 떡딱하기는 왜 그리 딱딱하던지, 입에 넣고 싶지도 않았다.

그렇다면 생강을 재배하는 현지로 가보면 어떨까. 서해안 쪽에는 생강 산지가 많은데다 생강 향내 가득한 유과도 나온다지 않는가. 유과 가격이 늘 부담이었던 나는 품질 좋은 저렴한 유과를 기대하는 마음이 컸다. 11월 초, 직원들을 태우고 바람도 쐴 겸 길을 나섰다.

백화점 물건을 내보내자마자 출발한 우리는 곧장 서해안 생강마을로 향했다. 구름 낀 날씨에 바람도 제법 불었다. 바람이 불면 부는 대로 차창으로 보이는 서해안 풍경은 어딘가 쓸쓸한 느낌을 자아내는 것이 울적한 심사를 달래기에는 그편이 나았다. 서해안 도로를 벗어나 생강마을로 접어들자 생강밭이 여기저기 눈에 띄었다. 마을로 진입해서는 한과 집들을 돌아보며 유과랑 편강 맛을 보았다. 그러나 어디서도 마음에 드는 물건은 눈에 띄지 않았다. 편강 역시 내가 원하는 것은 없었다.

결국 그날의 생강마을 방문은 유과는 쓰던 데서 그냥 쓰고, 편강은 우리가 직접 만드는 수밖에 없다는 결론에 이르렀을 뿐이다.

10.
향긋 촉촉한
편강 만들기

    우리는 일 년이면 생강 두어 가마를 편강으로 만들었는데, 일꾼들이 빠짐없이 모이는 날 중 비가 오지 않는 날을 택해서 했다. 생강 20kg 기준으로, 백화점에 물건이 나가고 나면 그때부터 시작이다. 두어 명은 생강 껍질을 벗기고, 한두 명은 그걸 받아서 편으로 슬라이스 한다.

    선수가 붙는 건 바로 이 지점. 생강 껍질 까는 일은 아무나 할 수 있지만, 편으로 써는 일에는 기술이 필요하다. 생강 모양을 봐가며 심이 박힌 반대 방향으로 일정하게, 또 얇게 썰어야 하기 때문이다. 생강에는 섬유질 같은 심이 촘촘히 박혀있는데, 그 심을 끊어주는 방향으로 썰어야 편강이 질기지 않다. 또 일 밀리도 안 되는 두께로 일정하게 썰어야 하므로 숙련된 솜씨와 주의력이 필요하다.

    편으로 썬 생강이 한 바구니가 되면 물에 삶는데 시간은 길게 잡지 않는다. 양에 따라 다르겠지만 십분 내외면 충분하다. 매운 맛을 너무 빼면 편강 맛이 밍밍해져 오래 삶지 않는다. 매운 기운이 알맞게 빠지면 다음은 삶은 생강을 엿물에 졸이기. 우리는 생강 고유의 빛깔을 살리기 위해 흰물엿을 썼다.

엿물에서 생강이 엷은 갈색으로 졸여질 즈음이면 설탕과 망을 씌운 채반이 대기하고 있다. 여기서 유의할 점은 바로 설탕. 그냥 일반 설탕을 쓰면 입자가 굵어서 편강에 골고루 묻지 않는다. 그렇다고 갈아서 쓰면 이번엔 입자가 너무 고와 설탕을 하얗게 뒤집어쓴 편강이 되고 만다. 그래서 우리는 필요량의 절반만 갈아 일반 설탕과 섞어서 썼다. 그렇게 하면 흰설탕이 알맞게 묻은 편강이 된다.

다음은 졸여진 생강 채반에 널기. 이 부분도 중요하다. 엿물에서 건졌다고 대뜸 설탕을 묻히면 안 된다. 그랬다간 편강이 설탕 범벅이 돼버린다. 이때의 요령은 엿물을 적당히 빼주는 것인데 이 작업이 만만치 않다. 일 밀리도 안 되는 얇은 생강 조각들이 마구 뒤엉겨서 엿물이 쉽게 빠지지 않는 것이다. 또 엿물을 빼겠다고 거름망에 받치고 뒤적거리면 그 사이 온도가 내려가 이번엔 설탕이 잘 묻지 않는다. 특히 겨울철엔 더하다. 그래서 생각해낸 우리만의 방법이 있다.

냄비에 물을 약하게 끓이면서 거기다 긴 나무젓가락을 걸치고, 그 위에 거름망을 얹은 채 엿물을 빼는 것이다. 이때부터는 졸이는 담당 외의 인원은 전부 생강 너는 일에 매달린다. 마구 엉겨 붙은 뜨겁고 끈적끈적한 생강을 하나씩 떼어내 설탕을 앞뒤로 묻혀가며 채반에 넌다. 식으면 설탕이 잘 묻지 않으니 재빨리 손을 놀리면서.

이런 과정을 첫 순서부터 서너 차례 반복하면 그날의 목표량인 20kg가 끝이 난다.

채반에 넌 편강은 하루면 대충 마르는데, 바싹 말리지 않고 촉촉한 기운이 남아있을 때 거둬들인다. 거둬들인 편강은 한 장 한 장 꼼꼼히 손질해준다. 설탕이 덩어리진 것은 여분의 것을 털어내고, 덜 묻은 것은 다시 묻히고, 접힌 부분은 펴주고, 겹친 편강들은 떼 주고…….

물론 이 일은 나 혼자 한다. 손 많이 가는 일이 모두 그렇듯, 인건비도 겁나거니와 위생 면에서 안심이 안 돼 내가 해버린다. 생강 20kg를 작업하면 편강은 11kg정도 나온다. 껍질 까고, 귀퉁이를 다듬느라 나가는 양이 많아서 그렇다. 손질이 끝난 편강은 통에 담아 냉동고에 넣어두고 필요할 때마다 꺼내 쓴다. 그렇게 하면 고객의 손에 닿을 때까지 부드러우면서도 촉촉한, 생강 향내를 품은 편강 맛을 유지할 수 있다.

이처럼 편강은 생강, 물엿, 설탕만 있으면 되는 것이어서 우리 고객 중에는 나한테 방법을 배워 손수 만들기에 도전한 사람이 몇 있었다. 막상 해보면, 그 얄따랗고 끈적끈적한 생강을 뜨거운 엿물에서 건져 일일이 설탕 묻혀가며 채반에 너는 일이 여간 수고롭지 않다. 또 주방 일대가 설탕 천지가 된다. 한번쯤 편강에 도전해본 고객들은 그 후론 두 말 않고 다시 우리 제품을 사갔다. 앓느니 죽는다고, 생강 몇 쪽을 입에 넣자고 누가 그런 고생을 사서 하겠나. 하지만 우리는 내 입을 위해서가 아니라 소비자를 위해서 하는 일이니 어지간한 고생쯤은 당연하게 여겼다.

11.
달달함 속에서
해가 뜨고 지고
- 일 년을 두고
담그는 정과

선물세트에 들어가는 정과 류가 늘고, 수놓는 데도 다양하게 쓰이자 우리는 일 년 내내 정과를 만들었다.

정과의 첫 시작은 금귤이라는 낑깡. 낑깡은 3월이면 벌써 끝물이라 어물어물하다간 때를 놓치기 십상이다. 수박 같은 것은 값이 비싸 그렇지 한겨울에도 구할 수 있으나, 낑깡은 때를 놓치면 찾을 길이 막연하다. 설 지나면 재빨리 금귤정과부터 두어 박스 해둔다. 다음은 인삼정과와 도라지정과. 정과 중에서는 기중 시절을 덜 타지만 시기적으로 한가하니 이때 해둔다. 파인애플도 이 무렵에 하면 좋다.

파인애플 정과로 무얼 하랴싶겠지만, 속단은 금물. 노란 장미나 달맞이꽃도 괜찮고, 특히 국화꽃으로는 그것만큼 어울리는 재료도 없다. 색깔은 물론이요 과육의 결이 더할 수 없이 자연스럽다. 파인애플 정과로 만든 국화는 산자에도 잘 어울리지만, 노르스름한 녹두고물이 덮인 떡 케이크 위에 올리면 은근히 고급스럽다. 게다가 파인애플 향까지.

봄이 무르익으면 딸기정과. 세로로 얇게 썰어 설탕에 절인 다음 건조기에 말린다. 과육이 무른데 비해 정과가 제법 잘 나온다. 그러고는 줄줄이 바빠진다. 아카시아 오디 버찌 수박……

수박은 이때 시작하면 거의 서너 달에 걸쳐서 한다. 우리는 빨간 속살만 빼곤 다 사용해서 수박정과 만드는 날은 일꾼들 수박파티 하는 날이다. 얇게 벗긴 겉껍질을 정과로 만들어 모든 꽃의 잎사귀로 쓰는 것이다. 겉껍질 안쪽의 옅은 녹색과 흰색 부분은 그대로 쓰든지, 살짝 색을 입혀 용도에 맞게 썼다. 알다시피 꽃에는 잎사귀 없는 것이 없으니 수박껍질정과는 해도 해도 모자랐다. 모자란다고 한두 푼도 아닌 것을 줄곧 사댈 수가 없어, 단골 가게에 부탁해 하자가 있는 것도 받아서 썼다. 어차피 우리는 거죽이 목적이므로 날짜가 좀 지났다고 문제될 건 없었다.

여름으로 접어들면 무화과나 천도복숭아가 제철이다. 일반 복숭아로는 정과가 어렵지만 천도복숭아는 할만하다. 첫 출하 무렵의 과육이 단단한 것으로 정과를 해두면 의외로 향기롭고 쓸모가 많다. 그러고 나면 장마. 곧 이어 추석시즌이 돌아오고, 때맞춰 강릉에서 갓 튀겨낸 산자가 도착한다. 이때부터는 본격적으로 수놓기 작업에 들어간다.

추석이 지나고 첫 테이프를 끊는 정과는 사과. 일반 사과라면 일 년 열두 달 기회가 있지만 우리는 구하기도 까다로운 홍옥을 썼다. 새하얀 과육에 새빨간 껍질, 그렇게 색상대비가 확실한 사과로는 홍옥만한 게 없다. 홍옥은 따가운 여름 볕이 스러질 무렵 보름 정도 반짝하고는 사라진다. 어느 해는 추석이 늦는 바람에 대목 시중들다 때를 놓쳐 필요량의 절반밖에 구하지 못했다. 수소문해 보니 양광이라는 사과가 괜찮다기에 찾아서 써보았다. 하지만 역시, 새하얀 속살과 껍질의 선명한 빨강색은 홍옥에 미치지 못했다.

사과 다음은 배 감 유자 모과 호박 등 가을의 제철 과실들이 순서를 기다린다. 이 순서가 모두 끝나면 한 해를 마무리할 정과로 박이 있다.

서리가 내릴 즈음 시장에 풀리는 박은 껍질이 두껍고 단단한 데 비해 속살은 어찌 그리 희고 매끄러운지……. 흰색을 그대로 써도 좋고 물들여서 써도 좋다. 딸기가루나 치자로 물을 들이면 연분홍에서 노랑까지 자유자재로 이용할 수 있다. 또 비트와 함께 설탕에 절여두면 비트의 진빨강이 박으로 옮아와 환상적인 포도주 빛깔까지 얻을 수 있다. 이런 것 외에도 보라색 무나 홍당무 같은 재료들은 형편껏 알아서 했다.

일 년 내내 이런 달짝지근한 정과에 묻혀 살다보니, 8단짜리 건조기를 서너 대씩 돌리면서 언젠가는 내게도 달달한 미래가 찾아올 줄 알았다. 그걸 믿으며 홀린 듯 정과를 만들고 수를 놓았다. 그리고 세상도 이런 노력을 알아주는 듯했다.

공중파에서 우리를 찾기 시작한 것은 양갱 때부터였다. 주로 생활정보를 전하는 프로그램이나 음식문화를 소개하는 코너에서 다뤄주었다. 방송을 타는 시간은 길어야 십여 분이지만 그걸 위해 하루를 몽땅 들여 촬영에 임했다. 이런 건은 꼭 설이나 추석을 코앞에 두고 의뢰가 들어왔는데, 그 바쁜 와중에 촬영을 위해 하루 일손을 놓기란 여간한 일이 아니었다. 그래도 시즌 때마다 3사 공중파를 번갈아 타며 꽃양갱부터 궁중한과, 모양송편, 꽃산자까지 다양하게 선을 보이자 나 자신이 전통음식의 종사자로 뿌리를 내리는 실감이 왔다. 또, 그렇게 안팎으로 소문이 났으니 이제는 쉽게 물러설 수도 없게 되었다. 이때부터는 내 이름으로 된 명함도 만들고, 이 일이 내 필생의 업이 되리라는 사실을 받아들이기 시작했다.

그리되자 공부가 더 필요해졌다. 무악재에서 일차로 끝낸 〈떡한과 반〉에 이어 다시 〈폐백이바지 반〉에 등록하고, 그 분야의 공부를 보다 폭넓게 진전시켰다. 이 수업에서는 폐백이바지에 들어가는 거의 모든 음식을 실습했다. 석 달의 훈련 과정을 마치자 혼례음식이 손에 잡힐 듯 가까워지고, 수업에 참가한 몇몇 사람들과는 인간적 유대도 깊어졌다.

그렇게, 내가 하는 일들이 어정쩡한 모래성이 되지 않도록 실력을 갈고 닦으며 애쓰는 동안 일은 엉뚱한 곳에서 벌어지고 있었다. 명동 백화점 쪽 결제에 문제가 생긴 것이다.

명동점의 명품식품관 매출은 중간관리자인 한영식품으로 들어가고, 한영에서 각 업체로 입금하는 시스템이었다. 처음 서너 달은 별 생각 없이 기다렸다. 가끔 매니저한테 한영에 연락해보라고 언질만 줄 뿐이었다. 그때마다 한영에선 똑같은 답이 돌아왔다. 식품관을 꾸미는 데 초기비용이 많이 들어간데다, 명품관 자체의 매출이 저조해서 그러니 조금만 더 기다려 달라고. 그 말에는 반론의 여지가 없었다. 초기비용이 많이 들어간 것은 나도 아는 사실이고, 저조한 매출은 우리라고 예외가 아니었으니까. 그렇게 시간을 끄는 사이 입점 후 칠팔 개월부터는 한영과 연락이 잘 닿지 않더니 어영부영하는 사이 아예 자취를 감춰버렸다. 나는 그때까지 명동점의 매출을 한 푼도 입금 받지 못한 상태였다.

어쩔 수 없이 백화점 담당자와 마주앉았다. 명품식품관은 지하 식품부 소속이라 그곳 담당자 소관이었다. 식품부 담당자는 그동안의 매출이 한영에 꼬박꼬박 입금되었다는 사실을 명확하게 밝혔다. 따라서 중간관리자에게 돈이 나간 이상 입점업체들이 결제를 못 받았다 해서 백화점에 책임의 의무는 없다고 잘라 말했다. 맞는 말이다. 맞는 말이긴 한데 뭔가 억울했다. 한영에서 한 푼도 못 받기는 입점업체 모두가 똑같았다. 업체들은 죄다 닭 쫓던 개 지붕 쳐다보는 꼴이 되고 말았다.

명품관 매출의 종적이 묘연한 가운데 지하 식품부 담당자가 교체되었다. 새로 온 담당자는 과장급이었다. 그는 전임자에 비해 명품관에 폭넓은 관심을 가져주었다. 그럼에도 한영의 부도 건만큼은 자기 책임 밖의 문제라고 확실하게 선을 그었다. 혹시나 하던 십여 개월의 매출이 끝내 공중으로 떠버린 사실을 인정해야 했다.

담당 과장은, 부도 건은 자기로서도 어쩔 수 없는 일이나 도의적인 책임은 느낀다고 어조를 누그러뜨렸다. 그러면서 우리는 다른 업체들과 달리, 매일 떡을 해오고 판매직원도 따로 고용하고 있으니 특별히 수수료 비율을 조정해주겠다고 했다. 조정된 수수료는 20% 대 후반이었다. 부도 건은 답답하기 짝이 없는 노릇이었으나 수수료를 낮추게 된 걸 한 가닥 위안으로 삼았다.

그 후 백화점 측에선 다시 중간관리자를 선정하고 명품관 관리를 맡겼다. 새로 선정된 중간관리자는 견과류를 수입 유통하는 '가야'라는 업체였다. 입점업체들은 다시 가야와 계약을 맺었다. 우리는 물론 조정된 수수료를 적용받았다. 나는 이 재계약의 업무를 모두 복희 씨한테 맡겼다.

12.
가래떡
절편과 함께
온 청일정

　한영식품 건으로 속이 시끄럽던 와중에 압구정점 본사에서 연락이 왔다. 어느덧 입점 2년이 다가오고 있으니 재계약 건이겠지 하고 담당자와 마주 앉았다. 용건은 전혀 뜻밖이었다.

　첫째는, 무슨 연유에선지 슈퍼 쪽 떡집이 나간다며 앞으론 우리가 모든 떡을 다 하라고 했다. 나간다고? 아니, 뒤늦게 막차로 와서는 한바탕 헷갈리게 하더니 왜? 싶었지만, 내막을 물은들 담당자가 순순히 알려줄 리 만무하다. 나는 알았다고 시큰둥하게 말했지만 속으로는 무척 반가웠다. 하지만 물 좋고 경치 좋고 바람 좋은 정자가 몇이나 되던가. 나름 쓸쓸한 조건이 따랐는데 수수료 비율을 올려야 한다는 것이다. 저쪽 떡집의 수수료가 우리보다 높았던 터라 그 중간선으로 하겠다고 했다.

　또 하나는, 수원점이 대대적인 공사 후 명품점으로 거듭날 예정인데 거기에 입점해 달라는 것이었다. 난감했다. 서울에서 수원이 어딘가. 거기를 아침마다 떡을 싸들고 10시까지 도착해야 하다니…… 생각만으로도 머리가 어찔했다. 그러자 담당자는 수원점이 얼마나 상권의 요충지에 있는지를 강조하며, 인근의 상류층 고객 유치 방안을 적극 펼쳐보였다. 아울러 우리의 수원점 입점은 '윗선의 지시'라고 넌지시 내비쳤다.

이야기가 거기까지 갔다면 내 쪽의 결정권은 없는 거나 마찬가지다. 대체 윗선의 누가 우리를 어여삐 여겨, 아침마다 그 먼 곳까지 떡을 들고 행차하는 은혜를 베푼 것인지 거듭거듭 노땡큐였지만, 어디 내 맘대로 되는 일인가. 그 제안을 무시했다가는 압구정점 영업까지도 껄끄러워질지 모르니 도리가 없었다.

그날의 미팅 결과는 우리가 수원점에 입점한다는 것과, 이제부터는 막떡이니 고급떡이니 하는 성가신 구별 없이 가래떡 절편 같은 기계떡을 비롯한 모든 떡을 다해도 된다는 것이었다. 그리되면 일의 판도가 달라진다. 그때까지 떡은 담당직원 몇 명과 함께 내가 감당하는 수준이었다. 하지만 기계떡까지 해야 한다면 그건 차원이 다른 이야기다.

떡기사를 모집하자 생각보다 많은 인원이 찾아왔다. 그들은 하나같이 자신의 경력을 내세우며 얼마나 많은 종류의 떡을 만들 수 있는지 피력했다. 희망급여도 2백만 원 이쪽저쪽이었다. 하지만 우리에게 필요한 인력은 급여가 높은 고급기술자가 아니었다. 웬만한 떡은 우리가 이미 하고 있으니 무게가 많이 나가는 기계떡이나 인절미 같은 찰떡의 기본을 아는 정도면 충분했다. 마침내 그런 조건에 맞는 사람이 나타났다.

뒤늦게 찾아온 청년은 이십 대 중반의 젊은이였다. 떡 배운 지는 2년 정도 됐는데 그 중 절반은 기계떡을 납품하는 떡집에 있었단다. 희망급여도 다른 사람들보다 한결 낮았다. 바로 우리가 찾던 사람 아닌가.

나는 떡이라면 가래떡과 절편을 가장 좋아하는데 그 무렵엔 어려서 먹던 맛의 떡을 찾기 어려웠다. 어느 떡집의 것이건 반가운 마음에 먹고 나면, 차지고 쫀득한 식감이 부족해 공연히 입맛만 버린 기분이었다. 그 이야기를 하자 청년은 금세 문제점을 짚어냈다.

맛있는 가래떡을 뽑으려면 ① 좋은 쌀에 ② 방아에서 기술적으로 두 번을 빻고 ③ 쌀과 물의 배합을 적절히 해서 ④ 25분~30분 충분히 찌고 ⑤ 뽑을 때, 기계에서 두 번을 제대로 빼주어야 한단다. 또 그래야 하는 이유를 설명하는데 모든 게 이치에 딱딱 맞았다.

설기떡이나 찰떡에 대해서도 물어보니 그 또한 기본을 갖춘 걸 알 수 있었다. 기계떡에서 충분히 수련을 쌓은데다 일반 떡의 기본도 알고 있으니 이보다 우리에게 어울리는 사람은 없을 듯싶었다.

큰 키에 듬직한 체구, 피부는 뽀얗고 음성은 나직나직했다. 말수도 많지 않았는데, 이따금 싱긋 웃어 보일 때면 하얀 이가 그렇게 가지런할 수가 없었다. 내가 "어쩜 그렇게 치열이 고르고 예뻐" 하니까, "초등학교 때는 건치대회에 나가서 상도 받았어요" 하며 수줍게 웃었다.

망설일 이유가 없었다. 그 청년을 기꺼이 우리 식구로 맞아들였다. 드디어 여자 천지인 작업실에 남자가 생긴 것이다. 우리는 그 젊은이를 승용이라고 불렀다. 승용이는 결혼한 직원들은 '이모', 미혼인 직원들은 '누나'라고 불렀다. 청일점으로 막내가 들어오자 작업실엔 야릇한 긴장감과 함께 때아니게 훈풍이 불었다. 그리고 나도 바빠졌다.

기계떡을 하려니 가래떡이나 절편기계, 곁들여 조랭이떡 뽑는 기계도 사들였다. 또 꿀떡 만드는 기계와 떡국떡 써는 기계도 들여왔다. 기계 값만도 칠팔백 만원이란 돈이 순식간에 내 손에서 미끄러져나갔다.

처음으로 기계떡을 뽑는 날은 가벼운 흥분마저 일었다. 과연 내 입맛에 맞는 떡을 만날 수 있으려나. 시루에 김이 오르고 쌀가루 익어가는 냄새가 구수하게 퍼질 즈음엔 일도 손에 잡히지 않았다. 드디어 떡이 나왔다. 영순 씨가, 맨 처음 나온 가래떡과 절편을 작업장 여기저기에 갖다놓았다. 부엌을 지켜주는 조왕신에게 바치는 거란다. 부디 작업실이 탈 없이 돌아가게 하고 돈도 많이 벌게 해달라나 뭐라나 하면서.

다들 둘러앉아 갓 뽑힌 떡을 시식해보았다. 퉁퉁하면서도 따끈따끈한 가래떡이 어금니에서 쫀득쫀득 씹히는 맛이라니, 바로 내가 찾던 그 맛이었다. 다음은 절편. 절편은 가래떡보다 물을 더 주고, 찌는 시간은 짧은데 그건 그것대로 두툼한 것이 쫀들거리고 맛있었다. 두 가지 떡 모두 만점을 주기에 아깝지 않았다. 승용이 말대로 좋은 쌀, 빻는 방법, 물주기, 찌는 시간, 기계에서 빼는 법, 이런 것들이 조화를 이루면서 제대로 된 가래떡과 절편이 나온 것이다.

가래떡이 나왔으니 이삼일 굳혀서 떡국도 끓여보았다. 떡국 역시 나무랄 데 없었다. 우리는 시즌 때면 떡국을 이삼십인 분씩 끓이는데, 그렇게 많은 양을 한꺼번에 끓여도 불거나 탄력이 떨어지지 않았다. 마지막까지 매끈매끈한 떡이 목으로 술술 잘도 넘어갔다.

사업을 그만두고는 어디서도 그런 떡을 맛볼 수 없게 되어 나의 가래떡과 절편 사랑은 갈 곳을 잃었다.

13.
순수의 시대에
씌워진
화관

　백화점에 일반 떡들이 나가기 시작하자 작업장의 분위기가 한결 떡집스러워졌다. 아침마다 화투 패만한 크기에 수를 놓던 설기떡들은 차츰 뒤로 밀리고, 붉은팥을 듬뿍 올린 시루떡에 백설기 콩설기 호박설기 같은 큼직큼직한 떡들이 주류를 이루게 되었다. 찰떡도 인절미 모찌 경단 등이 추가되고, 거기에 가래떡 절편 떡볶이떡 조랭이떡 같은 기계떡들이 합류했다. 두텁떡이나 구름떡, 영양찰떡은 계속 명맥을 유지했다.

　수원점 입점도 만만치 않았다. 압구정점에 입점할 때는 백화점 자체에서, 명동점은 한영에서 모든 준비를 해주어 우리는 물건만 들고 들어갔다. 당연히 수원점도 그럴 줄 알았는데, 그쪽은 두어 평 공간만 내주고는 필요한 인테리어나 시설은 업체가 알아서 하라고 했다. 그 사실은 입점이 결정된 후에야 통보되었다. 뒤늦게 알려진 사실이지만 그렇다고 입점이 확정된 마당에 도로 발을 뺄 수가 없었다. 별 수 없이 업자를 찾아 간단하게나마 인테리어를 하려는데 백화점 측에서 또 그랬다. 수원점은 압구정점과 다르니 좀 더 떡집스러운 분위기를 연출해 보는 게 어떻겠느냐고. 요컨대, 현장에서 떡을 찌면서 판매하라는 것이다. 갈수록 태산이라더니…….

며칠을 두고 황학동과 용두동의 공업사 골목을 돌아다니며 떡 찌는 기계를 물색했다. 마침내 번듯한 외형에 소음도 없이 단시간에 떡이 쪄지는 성능 좋은 기계를 발견했다. 심지어 바퀴까지 달려있어서 그 무거운 것을 이동하기도 편했다. 어딜 봐도 명품 백화점에 어울리는 폼 나는 떡 기계였다. 장점이 많은 전기제품인 만큼 가격 또한 그러했다. 시루까지 다해서 삼백만 원 가까운 돈을 쓸어 넣었다. 어찌 기계뿐이랴. 인테리어 비용에 일반 쇼케이스, 냉장 쇼케이스, 쌀가루를 저장할 냉장고까지. 이래저래 천만 원이 넘는 시설비를 투자하고 수원점에 입점했다.

입점 때는 개업식 겸해서 승용이와 직원 한 명도 같이 보냈다. 현장에서 시루떡도 찌고 홍보도 잘하라고 딸려 보낸 것이다. 그렇게 이삼일 초반 분위기를 잡아주고 더 이상은 가지 못했다. 그 뒤로는 매니저가 떡을 싣고 간 김에 한두 시루씩 쪄놓고 왔다. 작업실에는 수원점 말고도 감당해야 할 일들이 널리고 널렸으니까.

그럴 무렵 명동점의 식품부 과장한테서 연락이 왔다. 사람 좋아 보이는 과장은 마침 분당점에 자리가 났는데 입점해보지 않겠느냐고 의향을 물어왔다. 담당자가 특혜라도 베푸는 양 말하는데다, 그때만 해도 백화점 경험이 짧았던 나는 분당점에 별다른 의구심을 갖지 않았다. 신도시 바람이 거세게 불던 초창기, 한동안 신도시에서 살아보았던 나는 적막강산 같던 산본에 비해 들썩이는 분위기의 분당은 왠지 상권이 발달했으리라는 근거 없는 선입견에 사로잡혀 있었다. 하여간 선입견이란 예나 지금이나 믿을 게 못된다. 아무튼······.

시장 조사차 수내동에 있는 그 백화점을 찾아갔다. 오후 서너 시경이었다. 백화점은 생각보다 한산한데 식품부는 더했다. 그쪽은 한산하다 못해 썰렁하기까지 했고, 식품부와 이어진 식당가는 가게마다 텅텅 비어있었다. 그런데도 눈에 뭐가 씌었는지 저울은 입점 쪽으로 기울었다.

그때가 식사나 장보는 시간이 아니니 그럴 수 있겠다싶었고, 아무리 손님이 없기로 명색이 대한민국에서 둘째가라면 서러운 백화점, 그것도 분당점인데 기본 매출은 나오지 않겠나싶었다. 또 아침마다 수원에 떡이 나가고 있으니 가는 길에 떨어뜨려주고 가면 되겠지, 라며 간단히 생각했다. 이 짧은 생각이 얼마나 무모하고 대책 없는 것인지는 일 년 후에 날아온 종합소득세 고지서를 보고야 알았다. 그때까지는 압구정점 매출만 반영된 상태여서 세금이 얼마나 무서운 것인지 실감을 못하고 있었다. 그렇게 보이지 않는 곳에서 세금이 야금야금 불어나는 것도 까맣게 모른 채 나는 또 하나의 일을 저질렀다.

명동점과 네거리를 사이 둔 백화점에서 연락이 왔다. 한번 내사해 달라고 했다. 회현동에 있는 백화점 본사로 찾아가 식품부 담당자와 첫 인사를 나눴다. 담당자는 친절하고 소탈해 보였다. 그는 우리 소문을 들었고 옆 백화점에서 물건도 보았다며, 솜씨가 어떻고 했다. 앞으로는 자기들과도 잘해 보자며 사람 좋은 웃음을 지어보였다. 담당자가 호의를 보이며 잘해보자고 하니 나도 기분이 좋을 수밖에. 그럼에도 어쩐지 마음 한 편이 개운치 않았다. 작업실로 돌아와 복희 씨와 마주앉았다.

"회현동 쪽 백화점에서 잘해보자는데······ 어떨까?" 내 말에 복희 씨가 대뜸 목소리에 날을 세웠다.

"어떻긴 뭐가 어때요? 남들은 못 들어가서 안달인데, 저쪽에서 먼저 손을 내미는데 망설일 게 뭐가 있다고 그러세요?"

"그래도 명동점과 너무 가깝잖아."

복희 씨가 밉지 않게 눈을 흘겼다. 그녀는 나보다 너덧 살 아래였는데, 날 두고 어르고 달래기를 막내 동생 다루듯 했다. 이어 복희 씨는 백화점 수십 군데에 입점해있는 대형 한과업체들의 이름을 들먹이며 내게 따지듯 말했다.

"그런 데선 어떻게 그렇게 여러 군데에 들어가 있대요? 또 행사 때는 매대를 얼마나 까는 줄 아세요. 백 군데도 넘게 깔아요. 설마 선생님만 고상하게 상도의 운운하시는 건 아니겠죠?"

이번에는 내 쪽에서 눈을 흘겨주었다.

얼마 후, 회현동 백화점에서 연락이 왔다. 우선 돌아오는 추석에 행사를 같이 해보자고 했다. 입점도 아니고 행사라니 망설일 까닭이 없었다.

아마 이때가 내 사업에서 절정의 시기가 아니었나싶다. 매출이니 세금이니 하는 것들로 영혼이 잠식당하기 전, 어쩌면 나의 순수가 활짝 꽃 피던 시절이 아니었을지. 그 무렵의 어느 전시회는 이런 내게 화관이라도 씌워주는 자리였다고 할까?

그해 봄이 다갈 무렵 전시회가 있었다. 무악재 선생님이 주관하는 행사로, 선생님의 제자라면 누구라도 참가할 수 있으며, 장소는 여의도 국회의사당 내 의원회관이라고 했다. 나는 거기까지만 알고 목적이 무엇인지 주최하는 단체가 어디인지, 그런 건 알지도 못했거니와 알려 들지도 않았다. 그저 선생님이 하시는 일이고, 더욱이 의원회관에서 열린다니 제자로서 부끄럽지 않게 음식을 준비해야 한다는 일념뿐이었다.

바쁜 오월을 맞아 어버이날, 스승의 날에 이어 폐백이바지까지 모두 끝내고 본격적으로 전시회 준비를 시작했다. 행사는 6월 초였다.

떡이라면 이미 단련이 되고도 남은 터라 설기떡과 찰떡들을 낱개 포장하고, 화룡정점을 찍듯 카네이션 송편을 비롯한 모양송편을 각별히 신경 써서 준비했다.

만반의 준비를 갖추고, 왕언니를 비롯한 직원들과 함께 일찌감치 여의도로 향했다. 6월로 접어든 하늘은 구름 한 점 없이 개었고, 신록으로 푸르던 나무들은 이파리마다 녹색의 빛을 더해가고 있었다.

그날의 전시회는 의원회관 중간 뜰에서 열렸다. 우람한 의사당 건물 사이의 정원 같은 마당에 차일이 쳐지고, 전국 각지에서 몰려든 참가자들이 배정받은 테이블에 저마다 솜씨를 재주껏 펼쳐놓았다. 그 자리에는 선선생도 개인자격으로 참가했다. 나도 준비한 도자기 그릇에 기교를 부린 갖가지 떡들을 멋스럽게 담아냈다.

식순에 의한 행사가 시작되고, 그제야 허리를 편 나는 그날의 행사가 어떤 것인지 알 수 있었다. 현수막에는 '떡의 세계화를 위한 작품 발표회'라는 굵직한 제목 아래, 주최는 문화관광부로 돼있었다. 그러고 보니 참가한 사람들이 딱히 무악재 선생님의 제자들만도 아니라는 사실을 뒤늦게 확인했다.

일련의 요식행사가 끝나자, 가슴에 꽃을 단 주최 측과 국회의원 몇 사람이 테이블마다 돌아다니며 음식을 구경했다. 그 후로도 주최 측의 호위를 받으며 국회의장이 다녀갔는가 하면, 양복 입은 남자들이 삼삼오오 몰려와 전시장을 둘러보았다. 우리는 교대로 자리를 지키며, 수시로 남의 부스를 찾아가 눈으로 보고 입으로 맛을 음미했다. 그날 직원들을 데려간 것은 그런 다채로운 음식을 구경시키기 위해서였다.

소풍 같던 전시회의 흥이 다할 무렵 마이크에서 어떤 소리가 들려왔다. 이제부터 시상식을 거행할 예정이니 다들 자리로 돌아가라고 했다. 나는 이날 시상식이 있는 줄은 몰랐다. 우리 떡도 선보이고 남의 떡도 실컷 구경했으니 그걸로 충분히 보람 있는 하루였다. 내 생각이 그러거나 말거나 시상식은 예정대로 거행되었다.

장려상부터 이름이 불리고 차례로 단상에 올라가 상을 받았다. 박수가 터지고 플래시도 번쩍거렸다. 중간에 선선생도 불려나가 제법 큰 상을 받았다. 나는 시상식과는 상관없이, 퇴근시간이 닥치기 전에 혼잡한 강변도로를 어떻게 빠져나갈까를 궁리하며 눈치껏 테이블 정리를 서둘렀다. 그때 내 이름이 불렸다. 나는 잘못하다 들킨 사람처럼 얼른 손을 내려놓았다. 마이크에서 분명 대상이라고 한 것 같은데 내 이름이 불린 것이다. 왕언니랑 직원들이 "어서 나가보세요" 하며 등을 떠밀었다.

나는 얼떨결에 문화관광부 장관이 수여하는 대상을 받아들었다. 곱게 한복을 차려 입은 무악재 선생님이 활짝 미소를 머금고 꽃다발을 내 가슴에 안겨주었다.

14.
치열한 전투
패하는 전선

말복이 지나자 대대적으로 구인광고를 냈다. 작업실 인력에다 백화점 판매사원도 대량으로 뽑아야 했다. 상반기에 수원과 분당 거기다 회현동 백화점까지, 여기저기 씨를 뿌려두었으니 말이다.

매니저들도 바빠졌다. 평소에는 둘이 교대로 일을 봤는데 이젠 한꺼번에 돌아쳤다. 복희 씨는 매장을 관리하며 그에 따른 판매사원을 정비하고, 은수 씨는 행사 때면 실시하는 백화점 협력업체 간담회에 참석했다. 회의에 다녀올 때마다 행사에 대비한 표시사항, 품목제조보고서, 상품구성 라벨 등 미흡한 부분을 보완하느라 진땀깨나 흘렸다.

그러는 사이 강릉에서 산자가 도착했다. 산더미처럼 쌓인 산자를 트럭에서 부리자, 다실이 꽉 차도록 들여놓고도 미처 올리지 못한 박스가 일층 현관을 다 차지했다. 다실 간판이라고 내건 '나비야 청산 가자'는 누구도 그것이 찻집 이름인 줄 몰랐으니 손님이 없는 건 당연했다.

이 유명무실한 다실은 설령 손님이 온다 해도 이제는 받을 수 없는 공간이 돼버렸다. 고객 상담 자리만 겨우 남겨놓고 허구한 날 유과를 포장했기 때문이다. 팔십여 평 공간을 넓다고 느낀 건 입주하던 한두 해뿐이었다. 백화점이 늘고 상자 사이즈가 커짐에 따라 일의 양이나 차지하는 면적이 두세 배로 확대된 것이다. 그 많던 냉장고야 냉동고도 어느새 부족한 상태가 되었다.

건물 전체에서 쓰는 널찍한 현관이 사람 하나 드나들 공간밖에 없게 되자, 보다 못한 건물주가 작업실에 얼굴을 내밀었다. 나한테 한소리 할 작정으로 벼르고 온 모양인데, 다실까지 유과박스에 점령당한 걸 보고는 혀를 차며 말을 삼켰다. 그러더니 지하실이 아직 세입자가 없어 비어 있으니 거기다 옮겨놓으라고 했다. 이런 고마울 데가!

내려가 보니 그곳은 아주 깜깜한 지하실이 아니고, 반 지하로 햇빛도 어느 정도 비쳐들었다. 그런데 그 넓이가 완전 운동장이었다. 이층 작업실보다 열댓 평은 넓어보였다. 그때부터 산자는 그 지하에 수용했다. 강릉에서 오는 물량은 트럭 한 대 분만이 아니었다. 그런 식으로 두세 차례 더 와야 명절이 끝났다.

시즌 준비가 시작되자 작업장도 사람들로 북적이기 시작했다. 이십여 명의 인원을, 유과를 포장할 팀과 한과를 제조할 팀으로 나눴다. 왕언니는 본격적으로 산자 수놓기에 돌입했다. 이때만 해도 산자를 다루던 초창기라 꽃수가 들어가는 상자는 그리 많지 않았다.

한편 작업장에서는 날씨를 봐가며 궂은 날에는 약과를 튀기고, 맑은 날에는 매작과나 쌀강정을 비롯한 온갖 강정류를 만들었다. 짬짬이 장마기간에 다 못 끝낸 송편도 빚어가면서.

나는 몸이 몇 개라도 모자랄 지경이었다. 변함없이 육포류를 전담하는 건 물론이요, 송이 씨 이후로 약과나 쌀 튀길 사람을 찾지 못해 기름 앞에서 하는 일은 전부 내 몫이었다. 송편의 모양내는 일 또한 대부분 내 차지였다. 나는 업체의 오너가 아니라 여전히 생산직 일꾼이고 사환이고 품질 관리자였다.

말복 무렵부터 볶아치고 일을 했음에도 수요량을 미처 채우지 못한 상태에서 시즌의 막이 올라버렸다. 서둘러 백화점마다 한과를 깔고 한복 입은 판매사원을 서너 명씩 늘어세웠다. 명절행사는 보름정도 하는데, 정말로 장사가 되는 기간은 열흘이 채 못 됐다. 명절 일주일 전후가 피크타임인 것이다. 백화점이 한산한 틈을 타 작업실로 들어온 물량을 쳐내기 시작했다. 육포나 한과를 택배로 보내고, 떡은 일일이 오토바이나 택시를 불러서 배송했다.

정신없이 물건을 내보내는 사이 시즌은 중반으로 접어들었고, 백화점에서 주문이 몰리기 시작했다. 매장 예닐곱 군데서 번갈아 주문이 들어오는데, 포장해서 나가기만도 벅찬 마당에 제품이 하나둘씩 바닥을 보이기 시작했다. 새삼스레 약과를 만들고, 쌀을 튀겨서 밀고, 양갱이를 끓이고⋯⋯. 도저히 감당이 안 돼 선선생을 급히 호출했다.

다음 날 모습을 드러낸 선선생이 작업장에 들어서면서 대뜸 그랬다.

"아니, 백화점 장사하면서 일일이 만들면서 나가는 데가 어디 있대요. 다른 한과집들은 장마 전에 포장까지 끝내놓고 수천 상자씩 창고에 쌓아두고 장사하는데⋯⋯." 그러더니 깨강정을 밀며 다시 한마디 했다. "이렇게 즉석에서 밀어나가면 말랑말랑한 게 좀 좋아요?"

"왜, 백화점 장사하면서 일일이 만들면서 나가는 데가 어딨냐고 할 때는 언제고?"

"그러게나 말예요. 그런 집들 꺼 먹어보면, 먹다가 이빨 부러지게 생겼더라고요. 하긴 그래야 대량생산에다 유통기한을 늘릴 수 있으니……정답이 뭔지 모르겠네요." 선선생답지 않게 이도저도 아닌 소리를 했다.

그렇게 곡식 낱알 털어가며 끼니 때우듯 한과를 즉석조리해서 내보내는데, 엎친 데 덮친다고 송편도 빈 자루가 보이기 시작했다. 한과만으로도 숨이 넘어갈 판에 송편마저……. 별 수 없이 밤으로는 모자라는 모양 송편까지 빚었다. 송편을 빚으면서 선선생이 물었다.

"이번에 송편은 얼마나 하셨어요?"

"두 가마 정도 했나?"

"택도 없어요. 그걸로 무슨 장사를 해요? 다섯 가마는 하셨어야죠."

"다섯 가마를 무슨 수로 해. 그러다 남기라도 하면 어쩌려고."

"뭘 모르시네. 사람들은 추석엔 송편 못 먹으면 죽는 줄 알고, 설에는 떡국 못 먹으면 죽는 줄 안다니까요. 암만 못해도 세 가마는 하셨어야죠. 동네 떡집에서도 두세 가마씩은 하는데……."

과연 시원시원하기로는 둘째가라면 서러운 선선생이다. 도무지 말에 거침이 없다. 하긴 그런 타박이라도 들어가며 일을 해야 손이 움직여졌다. 소리 없이 일만 하다가는 덮쳐오는 수마에 단체로 보쌈을 당할 판이었다. 실제로 떡 만들던 직원이 말없이 사라져 찾아보니 떡을 빚던 테이블 아래 쓰러져 그대로 잠이 든 적도 있었다. 죽을힘을 다 한다는 말을 함부로 써선 안 되겠지만, 정말 죽을 만큼 힘을 쏟아부은 추석이었다.

명절 한 시즌이 거짓말 같이 지나갔다. 문제점도 반성할 점도 많은 시즌이었다. 무엇보다 입점업체가 절대로 해선 안 되는 대실책을 저지르고 말았으니, 물건이 부족한 사태를 야기한 것이다. 있을 수 없는 일이었다. 그것도 가장 매출이 기대되는 회현동 백화점의 강남점에서. 도저히 물건을 댈 수 없어서 시즌마감 나흘 전에 주문을 종료해버렸다. 주문을 받을 수 없는데 매대는 뻗쳐놓은들 뭐하겠나. 매대도 걷었다. 매출전쟁의 정점을 찍는 대목 막판에 그런 불상사를 저지르다니…… 백화점 담당자 앞에서 두 번 다시 얼굴을 들 수 없게 되었다.

명절 연휴가 끝나자 두 매니저가 합세해서 나를 몰아세웠다. 평소엔 그다지 좋은 사이도 아니더니, 나를 공격하는 데는 둘이 짜기라도 한 듯 한목소리를 냈다. 도대체 백화점 장사를 하면서 즉석에서 만들고 포장하는 그런 수작업으로 어떻게 물건을 대겠냐는 것이다. 신선한 것도 좋지만, 신선하다는 것이 반드시 매출을 보장하는 건 아니라고 으르댔다. 그저 입만 열면 매출! 매출! 이다.

"다른 집들은 유통기한을 육 개월로 표기하고 미리미리 여유있게 만들어두는데, 우린 삼 개월로 해놓고 그것도 길다고 이렇게 매번 만들어 나가면……", "그래가지곤 게임이 안돼요. 명단 들고 다니는 회사원들은 그런 건 따지지도 않아요. 큼지막하고 값싸고, 할인 많이 해주면 그게 장땡이죠."

북 치고 장구 치고, 둘이 아주 죽이 척척 맞았다. 하긴 넥타이 맨 젊은 사람들이 한과의 품질을 어찌 알아보겠나.

"그렇게 정, 선생님 물건을 고집하고 싶으시면 세컨드브랜드를 만드세요. 그러고서 유통에 내보내는 물건은 따로 만드세요. 작업실 고객하고 차별화해서요.", "지금 물건으로 백화점 마진에, 세금에, 할인에⋯⋯ 그걸 다 어떻게 감당하려고 그러세요."

아니, 얘네들이 뒤에서 내 말을 얼마나 한 거야. 어쩜 이다지도 입이 착착 맞아 돌아가나.

그뿐만이 아니었다. 행사를 깔 때 담당직원에게 '인사하라'는 말을 서슴없이 뱉었다. 전에는 그런 말을 할 때면 내 눈치 정도는 살폈는데, 이제는 그런 염치도 아랑곳없이 곧바로 튀어나왔다. '인사하라'는 건 봉투를 건네라는 말이다. 그래야 좋은 자리를 얻을 수 있다나 뭐라나. 물론 나는 마지막까지 그런 일은 하지 않았다. 세컨드브랜드 이야기도 여러 사람한테서 들었다. 어느 경우든 나로선 용납할 수 없는 일이었다. 대책이 필요한 건 분명하지만 나는 내 방식대로 할 것이다.

건물주와 만났다. 상의 끝에 반지하를 우리가 쓰기로 하고 정식으로 계약을 맺었다. 그러고는 거기다 서너 평 크기의 대형 워크인 냉장고와 냉동고를 설치했다. 중고자재를 썼는데도 두 대의 설치비용이 오백만 원을 넘게 잡아먹었다. 냉장고에는 온갖 종류의 한과를, 냉동고에는 모양송편이나 각종 떡 재료와 정과 종류를 차곡차곡 쟁였다.

새로 널찍한 공간이 확보되자 그동안 처치곤란하게 쌓여가던 상자나 속지들이 기다렸다는 듯 지하실로 이동했다. 넓어진 공간만큼 집세도 전기세도 혀를 빼물 만큼 많이 나왔다.

15.
탄환을
장전하는
기간

공간적으로 여유가 생기자 머리에도 바람이 통하는 것 같았다. 강남점에서 맛본 실패의 쓰라림도 그 바람으로 조금은 희석되는 듯했다. 이제는 그만 실의에서 빠져나와 다음 행보로 옮겨가야 한다.

나는 우선 늘어나는 고객, 그중에서도 이바지 고객층을 위한 음식 쪽으로 눈을 돌렸다. 이바지 음식의 폭을 넓히려면 전통음식뿐만 아니라 일반음식에도 숙달될 필요를 느꼈다.

방배동에 있는 가정식 요리를 전문으로 하는 학원에 등록했다. 그곳에선 한식 일식 중식에 서양식까지, 가정식 요리라면 경계를 두지 않고 다양하게 수업했다. 다른 나라의 음식을 배운다는 건 다른 문화를 체험하는 일이며 동시에 음식 전반의 응용력을 높이는 일이기도 했다. 덕분에 우리의 이바지 음식 메뉴가 보다 다채로워지고, 밑반찬 종류만도 열댓 가지를 예비하게 되었다.

그런가 하면 떡이나 한과 연구에도 고삐를 늦추지 않았다. 마침 가정식 요리가 끝나갈 즈음 궁중음식원에 〈떡 디자인 반〉이 신설되어 그 강좌에 등록했다. 떡을 질적으로 우수하고 아름답게 표현하기 위한 수업이었다. 수강자 대부분은 떡집을 경영해본 적이 있거나 현재 떡집을 운영하는 사람들이었다. 소수인원인데다 떡에 대한 열정이나 경험이 남달라서 어느 강좌보다 수강생들 사이의 결속력이 높았다. 이 수강자들은 몇 달 후 〈떡 디자인 반〉 1회 수료자가 되었다.

우리는 수료 후에도 정기모임을 갖고, 서로의 영업장을 방문하며 실습을 통한 배움을 이어갔다. 떡집을 운영한다 해도 각자 잘하거나 선호하는 아이템들이 조금씩 달라서 배울 점이 많았다. 이런 때는 이른바 '영업비밀'에 해당하는 기술적 노하우도 아낌없이 주고받았다.

또, 우리들 스스로 강좌를 꾸릴 계획도 세웠다. 떡이나 한과는 전통의 우리음식이지만, 인접한 영역의 화과자나 초콜릿에 대해서도 알아둘 필요를 느꼈다. 특히 모양송편은 화과자와 비교되는 일이 많은 만큼 그 분야에 궁금증이 많았다. 뜻이 있는 곳에 길이 있다고, 선선생이랑 그쪽 인맥도 합세해서 클래스가 형성되었다.

우리 뜻을 전해 들은 방산시장의 단골 도구상에서 장소 제공과 함께 강사까지 섭외해주었다. 그렇게 해서 화과자와 초콜릿 강의를 들을 수 있었다. 두 가지 다 한 달간의 실습이라 기본원리를 익히는 정도였으나, 애초부터 내 목적이 퓨전음식이 아닌 떡이나 한과의 응용력을 높이기 위한 공부였기에 그 정도로 충분했다.

이 멤버들과의 공부는 거기서 그치지 않았다. 전국 어디서든 솜씨 좋은 사람의 소문이 들리면 그냥 넘어가지 않았다. 떡이나 한과는 물론 전이나 부각, 밑반찬 등 종류를 가리지 않고 회비를 추렴해서 찾아다녔다.

지역도 문제 삼지 않았다. 뜻 맞는 사람끼리 공부로 만나는 일이 즐거운데다, 행선지가 전주나 태백쯤 되면 절반은 소풍 가는 기분으로 떠났다. 기대를 안고 현장에 가보면 대부분이 아는 내용일 경우가 많았다.

업계에 발 들여놓은 세월이 짧지 않으니 확 눈에 띄거나 처음 보는 기술 같은 건 별로 없었다. 그래도 혹시나 싶어 부지런히 찾아다녔다. 저쪽에서 열 개를 가르쳐주면, 그 중 한두 개라도 유용한 것이 있으면 그걸로 만족했다. 한두 가지라도 숨은 재주를 배운 게 어딘가. 만약 그 열 가지가 다 그렇고 그런 솜씨에 노하우라면 그건 그것대로 괜찮았다. 지금의 내 방식이나 수준이 남보다 뒤떨어지지 않는다는 뭔가 마음이 놓이는 기분이랄까. 그럴 경우 비싼 강사료는 일종의 안심료였다.

하지만 이런 공부가 자기만족을 위한 신선놀음에 그친다면 이불 속 활개 치기와 다를 바 없다. 그보다는 좀 더 실효성 있는 확실한 성과가 필요했다. 때마침 한양대학교 사회복지대학에 〈떡한과 지도자〉 과정이 신설되었다. 이 강좌에 등록하고, 일 년 과정을 무난히 이수한 뒤 마침내 떡한과 지도자 자격증을 취득했다. 여기까지 하자 비로소 전통음식 업계의 시민권을 내 손에 쥔 듯한 실감이 왔다.

이제 와 돌아보니 이 무렵의 2, 3년은 마치 탄환을 장전하는 기간 같았다. 그렇다면 과연 무엇을 위한 탄환이었을까?

16.
산이 오지 않으면 내가 산을 향해 가리라

자격증을 취득하자 보다 확고하게 내가 가야 할 길, 내가 해야 할 일들이 조망되었다. 이제는 온전히 이 바닥 사람이 되었으니 여기에만 올인할 것이다. 내게 남은 다른 길이란 더 이상 없다!

그렇게 결심했음에도 그 길은 결코 순탄치 않았다. 내가 원하는 건 누구와도 닮지 않은 나만의 제품, 자연을 닮은 친환경의 전통음식을 만드는 일인데 그 일 자체에 문제가 있는 건 아니었다. 정작 내 발목을 붙잡는 것은 주변의 여건이었다.

회현동 백화점과 교류가 깊어지자 간담회나 품평회에 불려나가는 일이 잦아졌다. 명동점의 한영 건으로 호되게 당한 나는 그 대안이라도 찾으려는 듯 이 백화점에서 벌이는 일에 열성적으로 임했다. 그러다 드디어, 입점 공개의 날이 왔다. 그런데 막상 뚜껑이 열리고 보니…….

그동안 간담회니 품평회니 하면서 요란한 모임이 잦았던 진짜 이유는 다름 아닌 경기도에 새로 생기는 죽전점을 위한 것이었다. 그 내용이 협력업체에 공개된 건 죽전점 준공을 눈앞에 두고서였다. 본점이나 강남점 입점을 기대하며, 그걸 목표로 달려온 나로선 죽전점이란 전혀 시나리오에 없던 내용이었다.

이미 수원점에서 쓴 잔을 마셨고, 새로 들어간 분당점도 매출이 죽을 쑤는 마당에 죽전점이라니……. 닭 쫓던 개도 아닌데 지붕이나 쳐다보게 생겼다. 그렇다고 사전행사 때는 두 팔을 걷어붙이다가 결정적 순간에 죽전에는 못 들어간다고 손바닥을 뒤집을 순 없었다. 계란프라이라면 노른자만 골라 먹어도 되겠지만, 백화점 입점은 입맛대로 고를 수 있는 게 아니었다. 설상가상으로, 백화점 측에선 자리만 배정해주고 시설은 전부 입점업체 자체적으로 하라고 했다. 이건 또 웬 날벼락인가.

회현동 백화점 건이 죽전점으로 물꼬를 틀어버리자 부풀었던 내 마음은 한낮의 나팔꽃이 되어 옴팍 움츠러들었다. 그렇다고 낙담하고 주저앉아 있을 수만도 없었다. 그 백화점 말고도 내게는 해결해야 할 난제들이 꼬리에 꼬리를 물고 밀려왔으니까.

어느덧 아침저녁으로 쌀쌀해진 기온이 계절의 변화를 실감케 했다. 속절없이 또 한 해가 저물 판이었다. 그때 가야에서 간담회 소식을 알려왔다. 그러고 보니 중간업자가 바뀐 지 일 년이 다 돼가도록 나는 가야 사장과 인사도 못 나눈 처지였다. 그곳 업무는 복희 씨가 맡고 있었다. 그런데 가야 쪽도 입금상황이 좋지 않았다.

첫 입금은 계약 후 두어 달째부터 시작됐는데, 그 후로도 다달이 정해진 날짜에 들어오지 않고 두어 달에 한 번씩 전액이 아닌 일부가 찔끔찔끔 들어왔다. 안 그래도 입금문제로 한 차례 뜨거운 맛을 봤던 터라 신경이 쓰였으나, 그렇다고 가야에다 직접 결제상황을 물을 만큼 나는 야무지지 못했다. 사업에 발 담근 세월이 얼만데 그때까지도 나는 '돈'의 디근자도 자연스럽게 입에 올리지 못했다. 그러니 사업후반부의 나날이 '돈'과 '매출'을 입에 달고 사는 삶이 되리라고 어찌 상상인들 했겠나.

간담회 자리에서 가야 사장과 첫 대면을 했다. 사장은 그 사이 명품관의 현황을 파악하는 한편, 매장 운영을 두고 진지하게 검토한 것 같았다. 그 일환으로 명품관만의 팸플릿, 보자기, 박스 등을 공동제작하자는 의견을 내놓았다. 그리하면 수준 있는 디자인에 가격도 저렴하게 할 수 있다고 했다. 참석한 업체들은 대찬성이었다. 나는 그 모든 걸 자체적으로 하고 있어서 해당사항이 없었다. 그럼에도 명품관의 관리책임자로서 입점업체를 위해 애쓰는 가야 사장의 자세는 든든해 보였다. 하지만 그런 것보다 정작 내가 궁금한 건 매달의 입금상황이었다. 회의가 끝나가자 가야 사장이 마무리를 지으려 했다.

"혹시 다른 궁금한 점이 있으면 말씀들 해보시죠."

그때까지 잠자코 듣기만 하던 내가 가만히 손을 들었다. "저…….."

가야 사장이 내게 시선을 돌렸다. 나는 그 사장이 얼마나 미안해 할까 싶어 얼른 말이 나오지 않았다. 그래도 원활치 않은 입금문제를 누군가 거론해야 한다면, 전체 업체를 대표해서 나라도 총대를 멜 각오였다. 용기를 내서 입을 열었다.

"매출액 입금이 늦어지고 있는데, 언제부터 정상화될 수 있을까요?"

"입금이요?" 사장은 미안한 얼굴이 아니라 의아한 표정으로 나를 바라보았다. "매달 말일에 들어가고 있는데요. 저희가 인수하고는 한 번도 날짜를 어긴 일이 없습니다." 그러면서 좌중을 돌아보았다.

"혹시 다른 업체에서도 입금에 문제가 있나요?"

입점업체 사람들이 사장과 나를 번갈아보더니, 고개를 가로젓고는 회의장을 빠져나갔다. 나는 영문을 모른 채 가야 사장과 맞대면했다. 내 말을 들은 가야 사장은 의외로 완강했다.

"그럴 리가 없을 텐데요. 회계도 사람이 하는 일이니 만에 하나 입금 과정에서 누락이 생길 수는 있어도 날짜가 부정확하게, 그것도 전액이 아닌 일부가 송금되는 일은 없습니다."

무색해진 나는 가야 사장한테 죄송하다, 다시 알아보겠다 하고는 자리를 벗어났다. 작업실로 돌아와 통장을 확인하려는데 가야 직원이 전화를 걸어왔다.

"사장님 말씀을 듣고 확인해 봤는데요, 매달 월말에 송금됐던데요."

나는 가야에서 입금된 통장을 들고 어느 은행으로 입금을 했는지 물었다. 여직원이 은행 이름을 말하는데 손에 들고 있는 통장이 아니었다. 알았다 하고는 급히 전화를 끊었다. 그제야 무언가 느낌이 왔다. 통장이 두 개라는 사실이 뒤늦게 생각난 것이다.

우리가 가야와 계약을 맺던 무렵은 마침 분당점 입점이 확정된 시기로 통장을 두 개 만들었다. 분당점 매출이 입금되는 본점 것과 가야 것으로. 그 일을 전부 복희 씨한테 맡겼다. 내 주민등록증에 인감도장까지 주어서. 그런데 나중에 보니 가야 입금액이 본점 통장으로 들어왔다. 하지만 대수롭게 여기지 않았다. 그때만 해도 은행 일에 서툴렀던 나는 결제금액이 입금되는 데만 신경 썼지, 왜 본점 통장에 가야 것이 들어오는지 의심은커녕 신경조차 쓰지 않았다. 문제가 바로 거기 있었는데도.

복희 씨는 교묘하게 가야 쪽 통장을 두 개 만들어 하나는 나를 주고, 하나는 자신이 관리하면서 내가 가야 입금을 걱정할 때면 조금씩 본점 통장으로 옮겨 넣었던 것이다. 그러니 내가 가야 통장이라고 가지고 있었던 것은 빈 쭉정이였던 셈이다.

나는 머리가 계산적으로 영악하게 돌아가는 편이 아닌데 당시엔 더 그랬다. 다만 일을 벌여놓은 이상 돈을 벌어야 한다는 사실은 분명히 인지하고 있었다. 작업실을 운영하려면 아주 많은 돈이 필요했으니까. 또 돈을 벌려면 좋은 제품을 만들어, 많이 팔아야 한다는 것도 이해했다. 내가 아는 건 거기까지, 딱 거기까지였다. 그렇게 분명한 답이 나와 있으니 한 치의 망설임도 없이 그 길로만 달렸다. 무엇에 쫓기듯 전속력으로 달렸다. 또 팔기도 많이 팔았다. 하지만 그게 다였다. 뒤돌아보거나 멈춰 서서 생각할 여유를 갖지 못한 것이다.

복희 씨를 그만두게 할 때는 그녀에 대한 원망보다 나 자신에 대한 자책이 더 컸다. 복희 씨가 그런 잘못을 저지른 데는, 따지고 보면 허술한 틈을 보인 내게 원인이 있었던 것이다. 결국 나의 어수룩함이 복희 씨를 그만두게 하는 결과를 초래하고 말았다. 그런데 앞만 보고 달리는 데서 생기는 폐단은 거기서 끝나지 않았다.

나는 그때까지 세금이 무언지 잘 몰랐다. 소규모 자영업자니까 일 년에 두 번, 내 손으로 전표를 작성해서 신고했다. 사업 초기엔 한 해에 일이백만 원이던 세금이 차츰 이삼백, 삼사백으로 해가 갈수록 늘더니 백화점에 입점하자 일 년이 아닌 분기별로 그만한 세금고지서가 날아들기 시작했다. 정신이 번쩍 들어 회계사무실과 계약을 맺고 세무업무를 대행하게 했다. 그들의 자문을 받으며 영수증 관리에 세심한 주의를 기울였다. 그런데 신경을 쓰고 들여다보니 세무 일은 생각보다 고약했다.

우리가 거래하는 고기나 쌀, 인삼 같은 농축산물 업체는 애초부터 세금계산서를 발급하는 곳이 아니었다. 큰 가게에선 별 도움이 안 되긴 해도 계산서라는 걸 끊어주지만, 작은 가게에는 그마저도 없었다. 반면 우리가 상대하는 회사들은 대부분이 카드 결제고, 현금일 때는 우리 쪽에서 세금계산서를 발행해주었다. 게다가 백화점 매출은 십 원 한 장 속일 수 없이 세금에 노출되었다. 결국 우리의 매출이 카드나 세금계산서로 여지없이 드러나는 반면, 이를 커버할 매입 자료를 끊어줄 거래처는 절반도 되지 않았다.

매출의 규모가 작았던 초기에는 그 차이가 별로 크지 않았으나 매출액이 늘자 매출과 매입자료 간의 격차는 점점 크게 벌어졌다. 그리고 그 차액은 세금이란 명목으로 고스란히 내게 돌아왔다. 나는 그 사실을 한참 뒤에야 깨달았다.

게다가 어느 정도 짐작은 했지만, 백화점에서 우리 떡이 그렇게나 큰 폭의 가격세일을 하는 줄은 전혀 모르고 있었다. 아침에 나간 떡은 당일로 팔지 못하면 모조리 폐기처분된다. 판매사원들은 무슨 수를 써서든 하나라도 더 팔아 나머지를 줄이려고 애썼다. 나도 거기까지는 알고 있었다. 그러나 아침에 삼천 원에 나간 떡이 오후에는 이천 원, 그러다 나중엔 천원에도 팔려나간다는 사실을 안 것은 한참 후의 일이었다. 더욱이 그렇게 후려쳐서 파는 금액에도 백화점 수수료와 세금이 어김없이 붙어나간다는 사실까지를 깨닫는 데는 그보다 더 오랜 시간이 걸렸다.

백화점이 늘어남에 따라 고객층이 다양해지고 세금이 나날이 올라가니까, 그럴수록 고객에 부응하는 상품을 만들어, 보다 많이 팔아야 한다는 쪽으로만 생각이 치달았던 것이다. 내게는 어느새 '잘 만들어서 많이 파는 일', 그것만이 목표가 돼버렸다. 또 목표가 눈앞에 있으니 그곳을 향해 온힘을 다해 달렸다. 뒷걸음질을 못하는 건 캥거루만이 아니었다. 나도 어느 결에 뒷걸음질 기능이 마비된 인간이 돼있었다.

그때까지 나는 인생의 어느 시점에서든 뚜렷한 목표나 내일에 대한 희망 같은 걸 가져보지 못했다. 확고한 신념 따윈 더 더욱 없었다. 늘 자신의 존재가 불안한 채 가슴 한 구석이 비어있었다. 그 허전한 느낌 때문에 헤매는 삶을 살았다. 그러다 '잘 만들어서 많이 팔자'라는 확실한 목표가 생기자 세상일이 그렇게 간단하고 명료해 보일 수가 없었다. 거기에는 어떠한 철학적 고뇌도 문학적 수사도 필요 없었다. 이럴까 저럴까 하는 망설임이나 갈등도 없었다. 그 단순명료한 목표 앞에서 나는 한 가닥 안도감마저 느꼈다. 이젠 더 이상 방황이란 걸 하지 않아도 되겠구나. 눈앞에 목표가 있으니 그것만 보고 가면 되겠구나. 그런 기분에 취해 이런 생각까지 하게 되었다. 건강이 허락하는 한 일을 하자. 나이가 칠십 팔십이면 어떠랴. 이 일이 내 생의 마지막 업이 될 것이다.

남들은 골인지점을 앞두었거나 이미 은퇴를 했을 환갑을 바라보는 나이에, 나는 이 새롭게 설정된 목표 앞에서 자못 비장해지기까지 했다. 그래, 산이 오지 않으면 내가 산을 향해 가리라.

죽전점이 오픈하면서 나는 결국 그곳에 들어갔다. 천만 원이 넘는 시설비를 쏟아 붓고서. 이로써 백화점 입점이 네 군데로 늘고, 명절에는 행사까지 합쳐 십여 군데 매장을 운영했다. 그에 따라 매출은 분명 늘었다. 하지만 씀씀이 또한 그 못잖게 늘었다. 아무리 벌어도 대차대조표의 마이너스는 줄지 않았고, 명절을 낀 분기의 세금은 천만 원을 넘어섰다. 그렇게 늘어나는 적자와 세금의 압박을 견디고 있을 때, 작업실에 들른 선선생이 늘 그렇듯 세상 돌아가는 이야기를 전했다.

"백화점에 떡 백날 나가봐야 수수료 떼주고 세금 나가고, 다 남 좋은 일시키는 거잖아요." 그러면서 누구네는 어디에 떡집을 내고 하루 몇 십만 원씩 매출을 올린다는 둥 하며 비슷한 사례들을 늘어놓았다.

선선생은 전에도 이따금 그런 소리를 입에 담았으나 나는 한 귀로 듣고 한 귀로 흘렸다. 그랬는데 그날따라 한 귀로 나가지 않고 뇌리에 남아 맴돌더니 차츰 뿌리칠 수 없는 희망사항으로 자리를 잡았다. 작업장이 지하까지 넓어진데다 직원도 늘었으니, 매출을 더 올려야 한다는 압박을 견디던 때라 더 그랬을 것이다. 그런데 우연의 장난이었을까.

나만의 매장을 꿈꾸기 시작할 그즈음 골목 앞 대로변에 거대한 주상복합 건물이 들어섰다. 처음 작업실을 열고, 뒤이어 노인대학으로 들어가 2년 남짓 일에 파묻혀 살던 곳이다. 옛 건물이 헐리고 새 건물이 올라가던 중 자금난으로 수차례 공사가 엎치락뒤치락하더니 어렵사리 완공을 보았다. 세월아 네월아 하던 공사가 끝나고 새롭게 모습을 드러낸 건물은 전혀 뜻밖이었다. 이전의 후줄근한 외관과는 비교도 안 되게 늠름한 위용을 갖춘 번듯한 건물로 탈바꿈해 있었다.

나는 추억 많은 그곳이 예사로 보이지 않았다. 그 앞을 지나칠 때면 아직 비어있는 상가 쪽으로 호시탐탐 눈길이 돌아가는 걸 나 자신도 어쩌지 못했다. 몇 번의 망설임 끝에 관리인을 만났다. 예상대로 보증금이나 월세가 늠름한 외관만큼이나 혀를 빼물 정도였다. 하지만 나는 이미 '잘 만들어서 많이 팔자'에 빙의된 데다, 뒷걸음질 기능이 마비된 인간이었다. 나만의 매장을 쉽게 포기할 수 없었던 나는 끈질기게 질문을 이어갔다. 내가 왜 거기에 들어가려 하는지, 무리를 하면서까지 그곳에 들어가야 할 이유가 무엇인지에 대해서. 그때마다 손가락에 꼽히는 이유는 수두룩했다. 내 매장이 있으면 고객을 더 많이 늘릴 수 있고, 수수료가 나가지도 않고, 두 배로 커진 작업실 공간과 인원을 적극 활용할 수 있고, 작업실과 가까워 물건 나르기도 쉽고, 또 상담 손님을 작업실 구석이 아닌 분위기 있는 매장에서…… 등등.

문제는 자금이었다. 궁리를 해보았지만 역시 엄마밖에 없었다. 또 엄마를 찾아갔다. 그때야 알았다, 엄마가 지난번에 왜 그 큰돈을 선선히 내주었는지. 엄마는 '지난번 것은 처음부터 받을 생각이 없었다. 그냥 너 준 거다. 이번 거나 잘 감당하라' 면서 다시 집을 담보로 그만한 돈을 대출해 주었다.

건물의 일층 상가에 가게를 열었다. 열댓 평 남짓 되는 꽤 너른 공간 이었다. 엄마가 마련해준 돈은 가게 보증금에다 인테리어나 시설비에 대부분 들어가고, 얼마간 남은 것은 숨통을 죄어오는 세금을 변제하는 데 몽땅 갖다 바쳤다. 일억이라는 돈이 봄눈 녹듯 순식간에 사라졌다. 그럼에도 내겐 희망이 있었다. 매장을 총 다섯 군데나 운영하니 열심히 만 하면 되지 않겠느냐는 부푼 꿈이 있었던 것이다.

그렇다. 나는 백화점 매장과 우리 브랜드의 직영점까지, 원하는 만큼 의 판매처를 갖게 되었다. 직원도 든든한 떡기사를 비롯해 어느 때보다 우수한 인원들로 채워졌다. 그러는 나는 또 어떤가. 쉬지 않고 전국 방 방곡곡을 누비며 고수들의 솜씨를 익히고, 떡한과 지도자 자격증도 손 에 넣었다. 착실히 실력을 연마하는 한편으로 그에 걸맞은 실적도 쌓은 것이다. 그러니 탄환은 목표물을 열 번이라도 쓰러트릴 만큼 충분히 장 전된 셈이다. 하지만…….

오스카 와일드였던가, 누군가 그랬다. 인간에게는 두 가지 비극이 있 다고. 하나는 원하는 것을 갖지 못하는 것이고, 다른 하나는 원하는 것 을 갖는 것이라고. 그랬다, 원하는 것을 갖는 일이 곧 '불행 끝, 행복 시 작' 으로 이어지지 않는다는 사실을 깨닫는 데는 그리 오랜 시간이 걸리 지 않았다.

안팎으로 일이 커지자, 집을 아예 작업실 옆으로 옮긴 승용이는 매일 새벽부터 사십여 종류의 떡을 쪄냈다. 처음엔 기계떡에서나 솜씨를 보이더니 두어 해가 지나자 기존의 우리 떡을 모두 익히고, 열댓 가지나 되는 모양송편에도 익숙해졌다. 완전 떡 기술자로 자리 잡은 것이다.

한과에도 변화가 생겼다. 품목이 다양해지고 작업량이 늘자, 지하의 넉넉한 공간까지 활용해서 양껏 일을 하게 되었다. 그때부터는 음식을 상자 안 속지에 바로 담지 않고, 속지의 칸막이에 맞는 접시를 개발해서 거기에 담았다. 접시는 우리 로고를 새긴 백색 식품용지로, 한 번에 수천 장씩 인쇄해두고 필요할 때마다 접어서 접시로 썼다. 그 종이접시에 한과를 담은 다음 랩으로 말아 상자에 넣는 것이다. 그렇게 하자 물건을 어느 정도 미리 해둘 수 있었다. 수백 수천 상자를 그리할 수는 없어도 일이백 상자 분량은 접시에 담아 지하의 워크인 냉장고에 저장했다.

또 작업실 인원에도 변화가 찾아왔다. 떡 찌는 일은 승용이가 전담하고, 그 보조를 영순 씨가 맡았다. 영순 씨는 시장상가가 공사에 들어가자 이불가게를 접고 정식으로 우리 멤버가 되었다.

왕언니는 여전히 꽃수를 담당했다. 처음엔 산자에 수놓는 일을 낯설어하더니 왕년의 솜씨가 어디 가겠나. 몇 가지 샘플을 연습하는 사이 눈에 띄게 솜씨가 늘었다. 마침 보라색 무가 시중에 나돌기 시작해서 난초를 수놓기엔 그만이었다. 그런 색다른 재료들로 실습을 거듭하자 오랫동안 왕언니 내부에 잠들어있던 감각이 기지개를 켰다. 그때부터 갖은 정과재료는 오색영롱한 색실이었으니, 왕언니는 산자라는 천에 마음껏 수를 놓았다. 이런 고정멤버 외의 일꾼들은 하나 둘씩 교체되었다. 이 무렵 새로 합류한 멤버로는 미경 씨와 순득 씨가 있다.

미경 씨는 사십 대 중반으로 나하고는 띠동갑이었다. 단단한 체구에 호남 사투리를 썼는데, 건설현장의 '함바집'을 운영해보았다 해서 무조건 뽑았다. 일꾼들이 늘면서 끼니마다 밥 시중들기가 보통 일이 아닌데, 명절에는 더했다. 그런 중에 함바집 소리를 들으니 귀가 번쩍했다.

실제로 미경 씨 일하는 걸 보면 그때까지 봐오던 일꾼들하고는 급이 달랐다. 특히 반찬 만드는 일이나 주변을 치우고 청소하는 일에는 프로가 따로 없었다. 손놀림이 어찌나 날랜지 꼭 날다람쥐 같았다. 게다가 일한 뒤끝이 누구보다 깔끔했다. 미경 씨가 당번인 날은 떡보자기에 행주, 걸레까지가 하얗게 삶아져 줄에 널리고, 싱크대는 반짝반짝 윤이 났다. 작업실을 다녀간 숱한 알바 중 이 방면에선 단연 금메달감이었다.

순득 씨로 말하면 캐릭터가 독특하다. 늘씬한 키에 얼굴도 미인 형으로 오십대 초반이었다. 아들딸을 짝지어 보내고 부부 둘만 남아, 일 좀 해볼까 하고 찾아왔단다. 그 전까지 알바 경력은 전무했다. 건물도 한 채 소유하고 있어서, 거기서 들어오는 월세만으로도 두 식구 살림은 아쉬울 게 없는 듯했다. 그렇다면 음식 일이 좋아서, 소위 자아실현의 방편으로 우리를 찾아왔나 하면 그건 아니었다. 주방에서 그녀 솜씨는 신통치 않았다. 아니, 주방 근처에 가는 걸 좋아하지 않았다. 기껏해야 뒷설거지 정도였다. 떡에는 포장단계에서나 참여하고, 한과도 가스 불에서 1차 제조가 끝난 재료를 밀거나 자르거나 포장하는 일 따위를 맡았다. 그럼에도 직원들 사이에서 확고하게 자리매김을 할 수 있었던 건 역시 성품 때문이었을 것이다.

무엇보다 순득 씨는 책임감이 강했다. 직원들은 거의 가정을 가진 주부다보니 작업실의 들쭉날쭉한 일정에 일일이 따르기가 어렵다. 그에 비해 순득 씨는 새벽이건 밤이건 휴무의 빨간 날이건 언제든 달려와주었다. 또 성격이 솔직담백한데다 심지가 곧아 말을 돌리거나 내숭을 떨지 않았다. 시간제가 대부분인 직원들이 일을 지체하며 시간을 끄는 기색이 보이면 자신이 솔선해서 일손이 빨라지게끔 유도했다. 일에서나 성격에서 한가락 하는 영순 씨나 미경 씨도 순득 씨하고는 부딪칠 엄두를 못 냈다. '이길 자신이 없으면 제 편으로 만드는 게 수'라는 세상이치를 알았을까. 머리 잘 돌아가는 두 사람도 순득 씨와는 사이가 좋았다.

그런 순득 씨한테도 누구보다 월등한 손재주가 있었으니 바로 송편의 동그라미. 우리가 송편을 만들 때는 인원을 세 단계로 나눈다. 첫 단계는 한말짜리 반죽 덩어리에서 일정량의 무게를 저울에 달아 떼놓는다. 그래야 크기가 고른 송편이 된다. 다음은 송편 한 알 크기로 떼어낸 반죽에 소를 넣고 동그라미를 빚는다. 반들반들하게 동그라미를 빚어놓으면, 다음 사람이 받아서 모양을 낸다. 크기가 고른 가지런한 송편을 만들려면 이런 식의 분업이 효율적이었다.

우리가 떡을 시작한 이래 송편 수백 가마를 빚는 동안 동그라미에 도전한 사람은 기백 명이 넘었다. 송편은 집에서도 손쉽게 해먹는 음식이라 간단히 생각하고 도전하는 것이다. 그래도 선수로 인정받은 사람은 여남은 명에 불과했다. 순득 씨는 그 중에서도 가장 빠르고 확실하게 동그라미 빚는 요령을 터득했다.

동그라미란 반죽에 속을 꼭꼭 채운 뒤 주름 하나 없이 둥글게 빚는 일이다. 잘 빚어진 동그라미는 탁구공처럼 반들반들하고 아기 엉덩이처럼 보들보들하다. 이 부분이 매끄럽게 돼있지 않으면 모양이 제대로 잡히지 않아 송편으로 쪘을 때 완성도에서 차이가 난다. 명품의 운명은 바로 이 완성도 2%에서 갈린다지 않는가.

그런데 재미있는 건 동그라미의 선수인 순득 씨도 모양내기에서는 맥을 못 추었다. 더 재미있는 건 수놓기에선 타의 추종을 불허하는 왕언니나, 주방에선 펄펄 나는 미경 씨도 송편 동그라미에는 끝내 성공하지 못했다. 또 두 사람 다 모양내기에서도 솜씨를 보이지 못했으니 사람의 재주란 손으로 하는 한정된 일에서도 이처럼 다르다.

나는 올림픽이 열리면 육상경기 보는 걸 즐기는데, 볼 때마다 늘 궁금했다. 똑같이 두 발로 달리는 일인데, 왜 백 미터의 일등이 반드시 사백 미터, 천 미터의 일등이 아닌가 하고. 또 백 미터의 승자인 칼 루이스나 우사인 볼트가 마라톤에 출전하면 신경지의 기록을 세울 텐데 왜 장거리는 뛰지 않나 하고. 이제는 알 것 같다. 왜 달리기 한 가지에도 그렇게 다양한 종목이 존재하는지. 또 거기에 참가하는 선수들이 왜 다 다르고, 우승자도 각기 다른지.

두 발로 뛰는 단순한 경기라 해도 선수마다 미묘한 재능의 차이가 있는 것이다. 그렇게 서로 다른 빛을 발하는 선수들이 있어서 '가장 빠르게'라는 한 가지 목표의 육상이라 해도 늘 잔치 같은 풍성한 볼거리를 제공해준다. 우리 역시 수많은 일꾼들이 자기 나름의 솜씨와 재주를 능력껏 발휘해주어서 우리만의 제품을 만들 수 있었다.

이 무렵 또 한 사람 눈에 띄는 인원이 추가되었다. 내 언니다. 직장에서 정년퇴직한 언니는 모처럼 시간여유가 생기자 명절이면 우리 일을 도와주었다. 이때는 같은 직장의 퇴직한 동료들도 함께 일손을 보탰다. 언니가 맡은 일은 유과를 포장하는 일로 강릉에서 유과가 올라오면 그때부터 작업 시작이다. 사무실 한쪽에는 아예 유과 포장만을 위한 별도의 공간이 마련되었다.

우리는 시즌이면 대략 칠팔백여 상자의 유과를 소모했는데 상자 당 손가락 유과는 140여 개, 네모 산자는 120여 장이 벌크로 들어있다. 그 유과를 종류별로 분류해 OPP봉투에 나눠 담는 일이 언니가 하는 일이었다. 열댓 종류나 되는 선물세트에 유과가 가지가지 형태로 들어가기 때문에 그에 맞춰 일일이 소분하는 것이다. 그러니 언니는 시즌 한 달 내내 달큰한 유과와 튀밥가루에 파묻혀 온종일 포장만 했다.

사라진 3막 4장

그 꽃이 처음 내 눈에 들어온 것은 언제였을까?

6월 어느 날. 봄의 화려함이 물러가고, 다가올 여름의 전조처럼 부쩍 따가워진 햇살을 버거워하며 나는 한적한 골목길을 걷고 있었다. 바람 한 점 없었다. 그때 꽃송이 하나가 나풀나풀 떨어져 내렸다. 눈앞을 스치듯 떨어지는 그 주황색 낙화는 곧바로 내 심장을 건드렸다. 떨어진 꽃을 주워들었다. 보아하니 시들기는커녕 벌레 먹은 흔적조차 없었다. 이런 말짱한 꽃이 왜 떨어졌을까. 주위를 둘러보니 아무런 상처도 없이 땅에 떨어진 꽃들이 여기저기 널려있었다. 꽃의 이유 없는 낙화, 그것이 내 가슴을 서서히 물들였다.

대체 이 꽃들은 왜 떨어졌을까? 어째서 스스로 생명을 버린 것일까? 그제야 나는 손에 들고 있던 꽃을 자세히 들여다보았다.

꽃잎은 나팔꽃처럼 통꽃인데, 중간부터 꽃잎이 다섯 장으로 갈라지며 그 사이로 노란 꽃술이 얼굴을 내밀었다. 꽃잎의 질감은 나팔꽃보다 도독하고, 색깔은 꼭 봉숭아로 물들인 손톱에서나 보던 주홍색이었다. 주름진 곳 하나 없이 활짝 벌어진 그 꽃에는 화사한 듯 화려하고 우아한 듯 요염한, 경계를 알 수 없는 아름다움이 있었다. 하지만 겉모습이야 어떠하든 그 꽃은 처음 마주한 내게 진한 주홍빛 이미지를 남겼는데, 그건 바로 화려한 죽음이었다. 그때까지 나는 그 꽃의 이름조차 몰랐다.

땅에서 주운 꽃을 들고 작업실로 돌아왔다. 2층이 아닌 지하였다. 그동안 작업실이 이사를 한 것이다.

문이 잠긴 걸 보니 직원들은 다 퇴근했나보다. 일요일은 별일이 없는 한 오전 중으로 업무가 끝난다. 작업장의 마무리 상태를 확인하고 냉장고에서 육포를 꺼내왔다. 육포를 손질하며 'EBS 특강'을 시청할 참이다. 이 방송을 알게 된 건 어느 날 우연히 '노자'에 열강 중인 도올 선생을 발견하면서였다. 그 후 관심을 두고 보게 되었다.

당시 EBS 특강에선 유명인사들의 인문학 강의가 한창이었다. 나는 그들이 누군지 전혀 알지 못했다. 심지어 인문학이라는 단어조차 생소했다. 그나마 귀에 익숙한 건 '노자'와 '도올'뿐이었다. 나는 즉시 그 강의에 빠져들었다. 이 시간대 방송을 눈여겨보면서 통섭, 융합, 제3의 물결, 일만 시간의 법칙 같은 용어들을 익힐 수 있었다.

도올의 노자 강의는 재방송에 이어 앵콜 방송까지 전파를 탔다. 나는 시간이 허락하는 한 그 방송을 거듭 들었다. 그러면서 차츰 나 자신의 모습이 스스로 눈에 비치기 시작했다. 그리고 알았다. 내가 얼마나 세상과 단절된 삶을 살고 있는지, 세상뿐 아니라 나 자신의 지난날과도 얼마나 차단된 삶을 살고 있는지를.

그 사이 나를 스쳐간 삶은 대체 나의 무엇이었을까.

2.
작전상
후퇴

　매장이 확대되고 거래처가 늘면서 매출도 뛰어올랐다. 동시에 재료비에 인건비, 집세, 공과금 등의 수치도 껑충 뛰었다. 명절에는 행사까지 더해져 매장이 두 배로 늘고, 한복을 차려입은 판매사원들이 매장마다 너덧 명씩 진을 쳤다. 작업실에는 이층과 지하가 좁거라 일이 몰렸고 인원도 대폭 늘었다. 식사시간이면 밥 당번이 머릿수를 세어갔다. 스물여덟, 스물아홉…… 밥 당번 입에서 숫자가 서른을 향해갈 때면 가슴이 멋대로 팔딱거렸다. 작업실 인원은 그렇다 쳐도, 매장에는 작업실보다 시급이 높은 판매사원들이 그만한 숫자만큼 포진해 있었으니 말이다.

　한 번의 명절로 그 많은 인원을 먹여 살려야 하다니. 밥도 들어가기 전인데 명치끝에서 체기가 느껴졌다.

　그러더니 이듬해부터 명절을 낀 분기의 세금이 천오 백만 원 선을 오르내리는 고지서가 날아들기 시작했다. 그렇게 이삼 년을 버티는 사이 국세청 고지서에는 체납, 경고 따위의 빨간 글씨들이 늘어갔다.

　납세고지서의 빨간 글씨는 작업실의 재정상태를 단적으로 보여주는

지표였다. 세금에 빨간 불이 켜졌다는 건, 정도의 차이가 있을 뿐 다른 곳에서도 비슷한 상황이 벌어지고 있다는 예시였다. 어떻게 하면 이 궁지에서 벗어날 수 있을까, 앉으나 서나 그 생각뿐이었다. 그런 어느 날, 명동점에서 회의를 마치고 매장을 둘러보러 지하로 내려갔다.

오후 3시 무렵의 지하 식품부는 썰렁하리만치 한산했다. 손님보다 판매직원들의 수가 더 많아 보였다. 그 광경만으로도 가슴이 답답해왔다. 그런 중에 유독 눈에 들어오는 곳이 있었다. 뜨거운 김이 오르는 매대였는데, 거기에만 서너 사람이 서있었다. 나는 통로를 빙 돌아 일부러 그 앞을 지나쳐서 우리 매장으로 향했다. 만두를 쪄서 파는 곳이었다.

판매직원이 나를 보자 반색하며 반긴다. 복희 씨가 그만둔 뒤로 매니저를 충원하지 않고 은수 씨를 백화점 전담으로 돌렸다. 나는 회의가 있을 때, 나온 김에 어쩌다 들르는 정도였다. 현장에선 작업실이 본사로 불렸으니, 내가 직접 들러 본사의 의견이나 신제품에 대한 내용을 전달했다. 또 판매직원의 고충이나 요구사항에 대해서도 귀를 기울였다.

판매직원의 말을 귀에 담으며 눈으로는 매대의 상품들을 살핀다. 한과는 보기 좋게 진열돼 있는지, 부족한 상품은 없는지, 떡은 잘 나가고 있는지……. 벌써 3시가 넘은 시간인데 떡은 반도 나가지 않았다. 곧 세일 타임으로 넘어갈 텐데. 내가 백화점에 자주 나가지 않는 이유도 따지고 보면 이런 현실을 마주하고 싶지 않아서일지도 모른다. 매장에서 현장의 소리를 듣다보면 고무적인 이야기도 있지만 답답한 이야기도 많았다. 식품부의 다른 떡집들을 제쳐두고 우리 매장만 찾는다는 마니아층 고객들의 반응을 들을 때면 기운이 나고 희망도 생긴다. 그러다 매출 소리가 나오면……. 매출 이야기를 하던 직원이 김이 오르는 매장 쪽을 손짓했다. "저쪽에 만두가게 있잖아요, 거긴 월 일억을 찍는데요."

나는 순간 '거짓말!' 하는 소리가 튀어나오려다 말고, "정말?" 하며 고개가 저절로 그쪽으로 돌아갔다. 소문으로 나도는 매출액의 정체를 액면 그대로 믿어선 안 된다는 것쯤은 알고 있었다. 하지만 아무리 부풀려졌다 해도 '월 매출 일억'이란 가히 경이적인 숫자였다. 매장을 뒤로 하고 나오는 길에 만두가게 쪽으로 가보았다.

만두매장에는 너덧 명의 남자들이 분주히 움직이고 있었다. 한 명은 반죽을 밤톨만 하게 떼어 만두피를 밀고, 옆의 두 명은 재빨리 속을 넣어 찜통에 담았다. 뒤쪽 화덕에선 찜통들이 뜨거운 김을 뿜어내고 있었다. 그쪽을 담당하는 사람이 매니저인 듯 주문량과 작업속도를 빠르게 체크해갔다. 찜통은 일인분으로 규격화되어 화덕에서 내리는 즉시 포장이 가능했다. 우리 송편처럼 된김이 빠지길 기다렸다가 참기름 바른 손으로 한 알 한 알 집어내는 일 따윈 없었다. 매대 바로 옆엔 직원 딸린 계산대까지 마련되어, 주문에서 계산까지가 일사분란하게 이루어졌다.

얼마쯤 그 광경을 지켜보고 있는데 무언가가 머리를 탁 쳤다. '그래, 돈은 저렇게 버는 거다.' 거기엔 낭비되는 요소가 하나도 없었다. 재료에서 인력, 시간까지. 포장도 일회용 종이접시에 담아 랩으로 말면 그만이었다. 아무튼 월 매출 일억 짜리 만두라니, 직원들한테도 맛보일 겸 야채와 고기를 두 상자씩 사들고 왔다.

먹어보니 한마디로 맛은, 월 매출 일억에 입을 쩍 벌린 것 치고는 그저 그랬다. 겉 먹는 송편이요 속 먹는 만두라 했는데, 속도 그다지 꽉 채워지지 않았다. 다만 만두의 모양이 색달랐다. 생김새가 갸죽했는데, 반죽의 맞붙는 부분이 만두 앞면에서 섬세하게 마무리 돼있었다. 문득 자주 하던 의문이 떠올랐다. 음식이 소비자의 선택을 받는 요인은 무엇일까. 맛인가, 디자인인가, 트렌드인가, 장사의 절반을 좌우한다는 자리인가. 아니면 운인가.

만두 매장의 체험은 아무튼 충격이었다. 무엇보다 인원이 너덧 명이라는 점이 그랬다. 나로선 월 매출 일억이란 명절에나 만질 수 있었는데, 그러기 위해 우리는 과연 어떻게 하고 있나. 명절 수개월 전부터 투자되는 시간, 인력, 비용 ……. 작업실의 그런 현실을 생각하니 우리가 왜 적자의 늪에서 헤어나지 못하는지 그 구조가 보이는 듯했다.

우리의 만성적 적자는 매출이 적어서가 아니었다. 생산 공장 하나 없이 수작업으로만 운영하는 동종업체 사이에선 어디에도 뒤지지 않았다. 품질 면에서도 그러하다고 자부했다. 남들도 그렇게 인정했기에 유명 백화점의 제의로 순조롭게 입점할 수 있었다. 문제는, 매출이 늘면 당연히 수익도 늘 거라는 근거 없는 내 믿음이었다. 그랬기에 잘 만들어 많이 파는 일에만 골몰했던 것이다. 하지만 결과인 매출보다, 어떻게 매출을 올리느냐 하는 과정이 얼마나 중요한지를 통렬히 깨달았다.

내 안이한 생각이 불러온 결과를 돌아보며, 어디서 어떻게 적자를 줄일 것인지 짚어보았다. 남들은 고기를 한우만 고집하지 말고 육우나 수입고기를 써보라고 했다. 떡에 쓰는 부재료도 일일이 만들어 쓰지 말고 가루로 나와 있는 걸 쓰면 가격도 저렴하고 인건비도 줄일 수 있다고 했다. 그런가 하면 세컨드브랜드를 만들라고 충고하기도 했다. 나는 이런 말에 모두 귀를 막았다. 어떤 경우라도 제품의 품질만은 뒤로 물릴 수 없었다. 제품의 질을 떨어뜨리는 일은 내손으로 브랜드 가치를 무너뜨리는 일이니까. 그렇다고 영업 현장인 매장을 포기할 수도 없었다.

나는 망설이던 일을 결행하기로 했다. 마르고 닳도록 살 것처럼 아낌없이 쏟아 부은 이층 작업실을 버리기로 한 것이다. 그래, 작업실 규모를 축소해서 가중되는 집세부터 덜고, 일꾼도 소수정예로 정비하자.

이층 작업실을 정리할 때 갖다 붙인 구호는 '작전상 후퇴'였다. 그러니 후퇴하는 마당에 무얼 챙기겠나. 다 버렸다. 얼마나 버렸으면 손때 묻은 살림살이와, 이층을 원상복구 하느라 뜯어낸 시설물이 폐기물 수거차량에 실려 몇 톤이나 나갔다. 그렇게 버려지는 물건에는 나 자신의 것도 다량 포함돼 있었다. 그동안 지녔던 사적인 비품들, 그 중엔 책도 많았다. 앞으로 내 남은 삶에 이 사업 말고 다른 무엇이 있겠나싶어, 음식 관련 책과 국어사전만 빼고 모두 버렸다. 일본어도 마찬가지. 그것도 달랑 사전류만 남기고 책이며 자료들을 몽땅 싸서버렸다. 오로지 음식 일에 내 남은 생을 바칠 각오였다. 그런 각오도 없이 어떻게 세월과 함께 땀과 눈물이 밴 그 물건들을 하루아침에 쓰레기로 만들어버릴 수 있었겠나. 그런 비장함을 앞세워 찢겨나가는 심정을 위장하려 애썼다.

그래도 어느 결엔가 내 속이 들켰나보다. 직원들은 이삿짐을 나르며, 지하도 이렇게 고쳐놓으니 너르고 좋네, 그동안 아래 위층 오르내리느라 힘들었는데 이제는 앉은자리에서 편히 일할 수 있겠네, 하며 짐짓 명랑을 가장한 큰소리로 어린 승용이부터 왕언니까지 나를 추슬러주었다.

3.
내게 흡족한
육포를
만나기까지

지하를 개조하고 이사까지 마쳤다. 그곳은 이층보다 크기만 조금 컸을 뿐 구조는 같아서 공간배치도 비슷하게 했다. 이층의 다실이 있던 위치에는 내실을 만들어, 사무실과 산자 수놓는 곳으로 나눴다. 거기만은 신을 벗도록 했다. 나머지는 모두 신을 신었다. 그러니까 작업장이 꼭 공장 같아졌다. 아무튼, 지하의 절반을 기능적으로 손보자 일하기는 편해졌으나 창가에 앵글을 달아맬 여건이 아니었다. 그래서 앵글을 스탠드 형으로 제작하고, 그 앞에 옛날 영화관에서나 보던 대형 선풍기 두 대를 세워 놓았다. 그러고는 육포건 쌀이건 편강이건 모두 거기서 말렸다.

나는 사업 출발을 육포로 시작한 이래, 보다 나은 육포 맛을 찾기 위해 줄곧 부심해왔다. 두께나 양념, 핏물 빼기, 말리기나 누르기, 저장방법 등을 개선하며 그때마다 맛이 나아지는 걸 느꼈다. 우리 육포에서는 고기 누린내도 나지 않았고, 색이 검거나 뻘겋지도 않았다. 말간 진갈색 육포에는 기름도 붙어있지 않았다. 심지어 말랑말랑하면서 윤기마저 돌았다. 그래서 누구보다 양질의 육포를 만든다는 자부심이 있었다.

하지만 그 자부심은 타업체 육포와 비교했을 때의 상대적인 것일 뿐, 우리 육포 자체에 백퍼센트 만족한 것은 아니었다. 늘 마음 한구석이 찜찜했는데, 그건 육포에 알 듯 모를 듯 남아있는 간장냄새였다. 물론 타업체 육포에서도 모두 간장냄새가 났다. 더 노골적으로 심하게 났다. 그러나 만드는 업자건 손님이건 남아있는 그 냄새에 신경을 쓰는 사람은 아무도 없었다. 단지 나만의 께름함이었다.

지하로 내려와 처음 육포를 완성하고 맛을 보았다. 이게 웬일인가. 육포가 이전과 달라진 느낌이었다. 어쩐지 좀 더 맛있어진 것 같았다. 분명 전과 같은 고기에 전과 동일한 방법으로 만들었는데 맛이 각별하게 느껴지는 건 무슨 까닭일까? 육포를 연거푸 씹어보며 그제야 육포에서 간장냄새가 사라진 걸 알았다. 육포에서는 고기의 고소한 맛 외에 어떤 잡냄새도 나지 않았던 것이다. 그 이유가 선풍기 바람이라는 걸 깨닫는 데는 긴 시간이 필요치 않았다. 대형 선풍기의 강력한 바람이 수분을 재빨리 날리면서 동시에 간장냄새도 확 날려버린 것이다. 육포를 시작한 지 어언 15년, 이제야 비로소 내 입맛에 흡족한 육포를 만난 셈이다.

맨땅에 엎어져도 흙이라도 한줌 쥐고 일어나라고 했던가. 지하로 내려오면서 참담하던 마음이 이 육포로 어느 정도 위로받는 기분이었다.

그 사이 육포는 사업 외적으로 우여곡절이 많았다. 광우병의 여파로 크고 작은 고기전문 업체들이 된서리를 맞은 것이다. 우리도 나름 타격을 입었다. 이때부터는 육포의 단독제품을 줄이고, 한과와 섞어서 구성한 선물세트를 제작하기 시작했다. 제품들은 모두 15만 원 이상이었는데, 그중에는 삼단 자개함에 꾸민 백만 원짜리도 있었다. 이런 종류는 백화점보다 작업실 고객들한테 수요가 있어서 사업 마지막까지 육포와 쌈은 우리 대표상품의 지위를 잃지 않았다. 또 육포쌈 애호가들은 어디 선가 꾸준히 나타나 우리 매출의 한 기둥을 받쳐주었다.

이 무렵엔 또 사회 전반에 웰빙 바람이 불기 시작했다. 우리는 친환경을 추구하며 자연 친화를 표방하는 업체니만큼 웰빙 시대의 도래는 적극 환영할 만했다. 하지만 그건 짧은 생각이었다. 동종업체 사이에선 우리의 주가가 오를 순 있지만, 문제는 한과 자체가 소비자에게서 멀어지고 있었다. 그사이 친환경이나 건강을 내세운 웰빙 제품들이 앞다투어 개발되는가 하면, 제조업 각 분야에서 명절을 겨냥한 선물용 상품이 쏟아지면서 소비자의 선택지는 그만큼 넓어졌다. 이제는 우리가 동종 업체뿐 아니라 타업종과도 경쟁해야 하는 시대가 왔음을 절감했다. 그런 마당에 사람 손에만 의존한 수작업으로 이 살벌한 경쟁구조에서 살아남을 수 있을까, 심장을 압박하는 두려움이 몰려왔다. 그러면 그럴수록 더 고민했다. 기존한과에 머물러선 안 된다. 우리만의 특별한 무엇, 그 누구와도 차별화되는 특출난 무언가를 준비해야 한다며.

결론은 산자에 수놓기였다. 이왕 수작업일 바에야 사람 손으로 할 수 있는 한에서 최고의 제품을 만들자. 나는 송편에 도전해서 나름의 성과를 낸 바 있지만 그것만으로는 부족했다. 떡은 일일상품이라는 재료 면에서 한계가 있었다. 그 한계를 뛰어넘을 수 있는 게 있다면, 그건 산자였다. 바탕재료가 산자니까 분명 한과임에는 틀림없으나 그 한과를 최상의 상품, 먹는 재료로써만 가능한 최고의 예술품으로 만들 작정이었다.

선물세트 자체를 예술품으로 하기로 했으니 그걸 담을 상자도 그러해야 했다. 상자도 한지가 아닌 실크 천을 씌운 것으로 별도 제작했다. 전체가 유과만 들어있는 이 선물세트는 꽃 하나짜리부터 세 개, 다섯 개가 담긴 것으로 세 종류를 만들었다. 사진을 찍어 팸플릿에 올리자 상품을 작품으로 봐주는 눈 밝은 고객들이 나타났다. 어느 해 추석에는 한 개인이 꽃 3개짜리 세트를 280여 상자 쓴 적도 있었다.

이렇듯 지하로 내려왔다 해서 외부적으로 달라진 건 없었다. 어느 땐가는 하루에, 폐백 하나에다 크고 작은 이바지가 세 차례 나간 날도 있었다. 오전 11시에 폐백을 내보내고 이어 이바지 세 건이 줄줄이 나갔다. 어찌나 바쁘던지 눈에서나 머리에서, 두꺼비집에 합선 일어나듯 바지직 바지직 불꽃이 튀었으나 이런 날은 진정 내가 살아있는 것 같았다.

이런 분위기에 휩쓸려 지하로 내려올 때의 암울하던 기분도 조금씩 나아졌다. 내 일상은 차츰 고객들의 주문에 따라 울고 웃는 나날로 변해 갔다. 그러면서 매출은 분명 늘었으나 우리의 재정은 여전히 빨간 글씨를 줄이지 못했다. 아무리 일을 해도 밑 빠진 독에 물 붓기 같았다.

그럴 즈음 엄마가 세상을 떠났다. 향년 92세였다. 18년을 우리 가족으로 살았던 해피마저도. 가슴 한구석이 진짜로 뻥 뚫려버렸다. 하지만 내 마음이 애도를 갈무리할 새도 없이 삶은 너무도 거센 격랑으로 나를 덮쳐왔다. 엄마는 설 시즌이 막 시작되던 한겨울에 눈을 감은 것이다.

엄마를 떠나보낸 슬픔과 허전함은 시즌의 복닥거림 속에서 납덩이같은 추를 달고 가슴 저 밑바닥으로 가라앉아버렸다.

4.
'파산'은
어떻게 생긴
물건인가요?

세상일은 크면 큰 걱정, 작으면 작은 걱정이라고 했던가. 사업이 커감에 따라 걱정도 부피나 단위가 그만큼 커졌다. 걱정거리는 종류도 다양하게 끊임없이 밀려왔지만 그래도 어떻게든 넘어갔다. 사업경력 17년의 짬밥이니 때로는 너구리처럼, 때로는 비둘기처럼, 때로는 여우처럼 갖은 재주를 피워가며 아슬아슬하게 넘겼다. 그럼에도 안되는 게 있었다. 자금, 그것만큼은 내 손에 잡히지 않았다.

들어오는 돈은 늘었는데 나가는 돈 또한 그랬다. 명절이 낀 달에는 현금의 입출이 얼마나 잦던지, 열 몇 쪽 분량의 예금통장이 한권으로도 모자라 새 통장을 지급받아야 했다. 분명 돈이 들어오긴 하는데 통장에 머무는 시간은 얼마 되지 않았다. 입금된 돈은 내 지문 한번 묻히지 않고 그대로 빠져나갔다. 정신없이 시즌이 지나고 나면 정산할 시간이 돌아온다. 사업 초기엔 기다려지기까지 하던 그 시간이 해가 갈수록 부담으로 다가오더니, 차츰 외면하고 싶은 두려운 시간으로 변질되었다. 그렇게 부담은 두려움으로, 두려움은 어떤 알 수 없는 슬픔으로 차곡차곡 내 안에 쌓여갔다. 그런 어느 날이었다.

점심을 먹고 막 오후 일이 시작되었을 즈음 웬 젊은 남자가 작업실로 들어섰다. 감색 양복에 후리후리한 몸매, 뿔테 안경을 쓰고 손에는 가방이 들려있었다. 학교 강사실에서 봤다면 신참내기 외국어 강사쯤으로 여겼으리라. 그런데 어쩐지 낯이 익다. 어디서 봤더라? 내가 애매하게 입가에 미소를 올리자 저쪽에서 "삼성세무서에서……" 하는데 그제야 누군지 알겠다. 가슴이 쿵 내려앉았다. 저 사람이 왜 여기까지 왔을까. 세금 문제로 골치를 썩이긴 했으나 세무서 직원이 우리 사업장에 발걸음을 한 적은 한 번도 없었다. 가슴을 진정시키려고 천천히 차를 준비하며 시간을 끌었다. 나는 그를 지난봄에 만난 일이 있다.

2년마다 교체되는 세무서 담당직원은 처음엔 중년아저씨 나이더니, 다음엔 동생뻘, 다음엔 아들, 이제는 아들의 새카만 후배쯤 되는 젊은이로 바뀌었다. 새로 온 새파란 담당자는 나와 첫 대면하던 날 서류를 뒤적이며 물었다. "왜 매출이 이렇게나 있는데 체납이 되는 거죠?"

그는 따지는 게 아니라 정말로 궁금하다는 얼굴이었다. 그러자 언젠가 백화점에서 본 만두가게가 떠올랐다. 기다렸다는 듯 내 말문이 터졌다.

우리는 한두 군데 영업장에서, 소수의 인원이, 정상근무 시간에 올리는 매출이 아니다. 생산직에 판매직에 종사하는 수많은 인원이 총동원되어 올리는 매출이다. 그런데 떡 같은 것은 상당 양이 정상가의 절반 가격에 팔려나가고, 명절이면 한과도 예외가 아니다. 그렇게 할인된 금액에도 세금과 수수료는 어김없이 붙어나간다. 또, 그렇게 힘들게 올리는 매출인데 거기에 근거가 되어줄 매입 자료의 세금계산서는 거의 반을 데가 없다. 대부분이 농축산물이니 기껏해야 계산서다, 등등…….

쥐도 궁지에 몰리면 사람을 문다고 했던가. 그동안 곱씹어온 생각이 때를 만난 듯 말이 되어 밀려나왔다. 처음엔 체납 문제로 담당자를 만나면 큰 죄나 지은 듯이 고개도 제대로 들지 못했는데, 어느 날 문득 이런 생각이 내게 커다란 물음표를 던졌다. 왜, 대한민국의 대다수 주부들이 주민세만 내고도 당당히 살아가는데, 나는 이제까지 억대의 세금을 갖다 바치고도 늘 죄인 같은 기분으로 살아야 하나? 그런 의문이 고개를 들자 명주실 같던 마음은 차츰 나일론 빨랫줄이 되어갔다.

내가 한꺼번에 너무 많은 말을 쏟아내선지, 아니면 변명을 늘어놓는 내 뻔뻔함에 기가 질렸는지 풋내기 담당자는 눈만 껌벅거렸다.

"무슨 말씀인지는 알겠는데요, 그래도 이렇게 계속 체납이 되면 사장님도 힘드시겠지만 관리하는 저희로서도 입장이 난처합니다. 조속히 무슨 방법을 찾으셔야지." 그러면서 서류 한 장을 내밀었다.

"오신 김에 이거라도 쓰고 가시죠."

눈앞에 놓인 서류는 분납계획서였다. 체납된 세금을 나눠서 내겠다는 계획을 적는 종이쪽이다. 계획서를 몇 분 만에 후다닥 작성했다.

지난번에 분명 계획서를 제출하고 왔는데, 왜 여기까지? 차를 가져가자 담당자는 들여다보던 서류에서 눈을 들어 감사합니다, 하고는 다시 시선을 깔았다. 내가 지레 심장이 덜컥 내려앉은 것과는 달리 그에게선 찬바람이 돌지 않았다. 담당자는 말없이 차를 홀짝이더니 숫자로 채워진 서류를 들여다보며 한마디 던졌다. "파산신고를 하시죠."

그는 내게 눈길도 주지 않은 채 마치 '점심은 자장면으로 하시죠' 하듯 그 살벌한 단어를 아무렇지도 않게 발음했다.

"파산이요?"

나는 놀랐다기보다 어이가 없었다. 그건 아이엠에프 때나 들어본 소리로, 한 사람의 인생과 더불어 한 집안이 끝장난다는 말이다. 그런 단어가 나와 무슨 상관이 있단 말인가. 우리를 찾아오는 사람들은 '예술이다' '작품이다' 하면서 감탄사를 연발하고, 우리 물건은 어느 전시회에 내놓아도 꿀릴 게 없는 정도가 아니라 가장 화려하게 눈길을 끄는데. 명절이면 주문이 몰려 밤을 새워가며 물건을 만들고, 대한민국의 모모한 사모님들이 귀한 자녀의 혼례음식을 맡기는데…… 그런 내가 왜 파산을 해야 하나. 이윽고 내가 물었다.

"파산신고를 하면 어떻게 되는데요?"

그렇게 물은 건 단지 '파산신고' 이후, 그런 일을 당한 사람들의 처지가 궁금해서지, 혹여라도 그 음산한 법률용어를 내 인생에 들일까 해서는 결코 아니었다. 그럴 생각은 추호도 없을 뿐더러 꿈도 꿔보지 않았다.

내 물음에 세무서 직원은 파산 절차와 그 후의 사태에 대해 알려주었다. 친절하고 세세하기가 보험안내를 하는 설계사 같았다. 그는 마치 보험에 들면 안락한 노후가 보장되듯, 파산신고를 하면 내 남은 생애가 더 이상 적자 구덩이에서 헤맬 일은 없을 거라는 투였다. 그러더니 허리를 펴면서 선심 쓰듯 말했다. "사장님은 연세도 있으시니까…… 그만 털어버리시죠."

그렇게 말하는 얼굴에는, 그만 손을 놓아도 될 나이에 왜 무거운 짐을 지고 가려느냐며 딱해하는 기색도 엿보였다. 하긴 그때 나는 환갑도 지난 나이였으니 그가 보기엔 이미 할머니다. 그는 길에서 만난 짐을 잔뜩 진 어느 노인에게 도움의 손길을 내밀려는 것 같았다.

세무서 직원은 그러고는 돌아갔다. 나도 그 일을 두고 오래 끌탕하지 않았다. 답이 뻔하니까. 요는 적자를 줄여야 한다는 건데, 그러기 위해선 매출을 더 늘리는 것과 인건비를 하나라도 건지려면 내가 더 일을 많이 하는 수밖에 없었다. 그러니 내가 가용할 수 있는 시간과 에너지를 마지막 한 방울까지 참기름 짜듯 쥐어짜서 작업실에 쏟아 부었다. 나를 목 빼고 기다리는 해피도 없으니 집에는 초저녁에나 잠깐 들러 아들 저녁을 챙겨놓고는 밤늦도록, 때로는 새벽녘까지 작업실에 머물렀다.

다시 팸플릿을 제작하고 설 준비의 시동을 걸었다. 어느새 팸플릿은 32쪽으로 늘고 그만큼 제품 목록도 다양해졌다. 품목이 얼마나 많았으면 포장하는 일에 몇 년씩 관록이 붙은 직원들도 팸플릿 없이는 제품포장을 옳게 못했다. 그럴 즈음 작업실로 전화가 걸려왔다. 낯선 남자의 목소리였다. 어디 백화점의 상품부라며 대표를 찾았다. 압구정동에 위치한, 모 건설사에서 아파트와 연계해 지은 백화점이었다.

그럼 그렇지, 내게 파산이라니. 이렇게 기업순위 20위권의 그룹 가운데 마지막 하나 남은 백화점에서도 연락이 오지 않는가.

나는 세무서 직원의 말을 무시하고 있었지만 잠재의식에는 걸려있었나 보다. 대뜸 그런 생각이 스친 걸 보면.

압구정동 본사에서 상품부 직원과 만났다. 이때는 특별히 한과와 모양송편, 산자에 수놓은 것까지 골고루 준비하고 새로 나온 팸플릿도 잊지 않고 챙겨갔다. 우리 제품이 면담 장소의 테이블 하나를 가득 채웠다. 다양하게 펼쳐진 음식 앞에서 담당자는 꽤나 만족스런 눈치였다. 그에 비해 나는 긴장할 대로 긴장해 있었다. 어떻게든 이 기회를 붙들어 그동안 잃은 점수를 만회해야 한다. 그렇게, 적자의 늪에서 헤어 나올 동아줄을 이 백화점에 걸고 있는 나 자신을 발견했다.

면담 결과는 의외로 빨리 나왔다. 다가오는 설 행사부터 같이 해보자고, 그 자리에서 결론이 났다. 끝으로 담당자는 서류를 한 뭉치 건네주면서 그랬다. 협력업체 등록부터 하고 다음 일을 진행하자고.

작업실로 돌아와 서류를 펼쳐보았다. 그동안 세월이 변한 건지, 이 백화점만 유난스러운 건지 등록절차가 여간 까다롭지 않았다. 앞서 세 군데 백화점과도 협력업체의 연을 맺었지만 이렇게까지 복잡하진 않았다. 여하튼 채워야 할 빈칸이나 구비해야 할 자료가 상당했다. 그러다 마지막 서류를 들춰본 순간 갑자기 급체라도 온 듯 머리가 띵하더니 심장의 펌프질이 빨라졌다. 손발의 기운도 일시에 다 달아났다. 그 서류는 다름 아닌, 세금완납증명서를 첨부하라는 안내장이었다.

느닷없이 출현한 그 서류는 내 마지막 동아줄을 단번에 요절낼 면도 날처럼 나를 두려움에 떨게 했다. 어떻게 하나. 지금 내겐 국세청 세금과 그 밖의 지방세 체납액이 얼만데…… 어떻게 그 많은 걸 일시에 해결하고 각각의 완납증명서를 받아낸단 말인가. 암초에 부딪쳤다는 말이 무슨 뜻인지 온몸으로 전해왔다. 그렇다고 맥없이 물러설 수도 없었다. 어떻게든 세금 문제를 해결해야 했다. 며칠을 두고 고민해봤지만 뾰족한 수는커녕, '파산신고를 하시죠' 하던 말만 뇌리에서 맴돌았다.

파산신고? 세무서 직원은 선심 쓰듯 말했지만 그게 그렇게 간단한 일일까? 그러기에는 벌여놓은 일들이 너무 많았다. 2년마다 갱신되는 백화점들과의 계약날짜는 아직 들쭉날쭉 남아있고, 냉장고와 냉동고에는 반년이나 일 년 단위로 돌아가는 각종 재료들이 첩첩이 쌓여있다. 그뿐인가, 아직 결제가 남아있는 거래처는 또 어쩔 것인가. 그런 것들을 하루아침에 저버릴 순 없었다. 문을 닫는다 해도 절차와 시간이 필요했다. 생각다 못해 아들과 의논해보았다. 아들은 어느덧 사회생활을 시작해서 한 사람의 어른 몫을 하고 있었다.

내 말을 들은 아들은 잠시 아무 말이 없었다. 사회생활을 시작했다고는 하나 아직은 세상살이에는 한참 어두운 아들이었다. 사업이 돌아가는 복잡한 켯속까지는 알 리 없었다.

"지금은 적금으로 묶여있어서 가진 게 별로 없는데…… 그 돈은 우리

전세자금으로 들어둔 건데…… 적금을 다 깨도 그만한 액수는 힘들 것 같고…….” 아들은 난감한 얼굴로 나를 바라보았다.

며칠 후, 아들은 체납액 변제에 필요한 전액을 입금해주었다. 나는 아들 덕에 국세와 지방세의 완납증명서를 받아냈다. 이어 압구정 백화점에 협력업체로 등록하고 곧 닥친 설 명절행사에 참여했다.

그때 왜 나는 아들한테 그런 의논을 했을까. 당시 생각에는 명절을 한두 시즌만 치르면 그 돈 정도는 거뜬히 회수할 줄 알았다. 그 백화점이 어떤 곳인가. 강남에서도 노른자위 땅, 그 한복판에 위치한 유명짜한 백화점이 아닌가. 또 거기에 드나드는 고객들은 어떤 부류의 사람들인가. 그랬건만……. 그 산이라고 별 수 없었다. 그 백화점 역시 내가 무수히 오르내리던 산들과 별반 다르지 않았다. 말할 수 없이 속이 쓰리고 아렸지만 인정하지 않을 수 없었다. 게다가 매출조차 시원찮은 마당에 배송문제는 왜 그리 복잡하던지.

그 백화점은 물류창고를 기흥에 두고 있었다. 고객의 주문 중 그날 배송이 잡힌 제품은 다음 날 아침까지 반드시 그 물류창고에 입고되어야 했다. 그런데 우리한테 배송 건이 통보되는 시간은 일러야 밤 여덟아홉 시, 심한 경우는 열시가 되어서야 연락이 왔다. 그때까지는 어느 제품이 얼마나 나갈지 알 수가 없다. 백화점 영업 마감시간을 기준으로 매장과 온라인에 접수된 주문을 합산해서 업체에 통보해주기 때문이다.

당연히 그 시간이면 직원들은 모두 퇴근하고 작업실엔 나밖에 없다. 결국 통보받은 물량은 나 혼자 챙겨야 하는데 주문이 많으면 많아서 몸이 고되고, 적으면 기흥까지 배송비도 안 나오는 물량을 포장하느라 속이 말할 수 없이 쓰렸다.

추석에는 더위와 싸워가며, 설에는 추위에 떨며 새벽 한두 시까지 상자를 싸노라면, 예약해 둔 차량이나 오토바이 때문에 마음이 급해 손이 멋대로 춤을 추었다. 그 야심한 시간에 기흥까지 가야 하니 운임은 평소의 배나 주고도 배송수단을 찾는 일은 쉽지 않았다. 그러다 한밤에 비가 퍼붓거나 눈이라도 쏟아지는 날에는 배송을 마쳤다는 연락이 올 때까지 일도 손에 잡히지 않고 잠도 잘 수 없었다.

하지만 한창 시즌 중에 내가 남아서 하는 일이 어디 그 백화점의 심야 배송뿐이겠는가. 늘 하던 일만으로도 밤잠을 반납해야 하는 때에 기흥까지의 배송은 흡사 극한직업을 체험하는 것 같았다. 정말이지 사람이 할 짓이 아니었다. 이런 고생은 모두 어떻게든 이 바닥에서 살아남으려는 피나는 고투의 일환이었다. 그 연장선이랄까, 나는 또 한 건의 일에 도전했으니 바로 전통음식 경연대회 참가였다.

나는 그때까지 내가 속한 단체의 전시회나 경연에 꾸준히 동참해왔다. 그런 참여는 어디까지나 단체의 일원으로서 내가 속한 모임의 활성화를 위한 것이지 무슨 대가를 바라서가 아니었다. 내게는 처음부터 정해둔 목표가 있었으니 최상의 상품으로 고객과 만나는 일, 그것이 최우선의 목표요 내가 해야 할 일이었다. 명목상의 어떤 상이 아닌 제품의 품질이 내 가치의 척도요 목표였던 것이다. 다만 전시회나 경연의 참여는 그런 노력의 결과물을 선보이는 자리일 뿐이었다.

그런 내가 큰 마음먹고 참가한 전통음식 경연대회는 소박하게 작품을 선보이며 솜씨자랑이나 하는 그런 자리가 아니었다. 거기는 대통령상을 비롯해서 줄줄이 이름이 걸린 상을 목전에 두고 치열하게 경합을 벌이는 자리였다. 업계에서 웬만큼 한다하는 단체는 전국에서 다 몰려들었다. 참가단체의 규모 또한 거창해서 개인자격으로는 명함도 못 내밀었다. 게다가 참가비용이 개인당 수백 만 원이었다.

나는 이 경연대회 이야기를 선선생한테 몇 차례 전해 들었다. 자신의 학원을 갖게 된 선선생으로선 홍보의 장이 필요했을 것이다. 그러나 일개 학원의 규모로는 단독 참가란 무리여서 지방에서 다도교육을 하는 어느 교수와 손을 잡았다. 교수 측과 선선생 측 인원 열댓 명이 한 팀을 이뤄 매번 굵직굵직한 상을 타왔다. 마침내 최고상인 대통령상을 수상하고는 그 후일담을 들려주었다. 어느 누구는 그 상을 받은 후 지자체에서 얼마의 지원금을 받았다느니 융자를 받았다느니 하면서.

나는 대회 초기부터 동참을 권유하는 듯한 선선생의 말에 별 관심을 두지 않았다. 대회 준비에 드는 시간과 노력 거기에 수백만 원이라는 참가비, 그 모든 게 아까웠다. 그런 돈이 있으면 작업실을 보다 원활하게 굴리는 데 써야 할 판이었다. 그러다 들려온 지원금 소리에는 귀가 솔깃하지 않을 수 없었다. 나날이 자금 압박이 자심하던 나로선 대회참가로 얻을 수 있는 어떤 프리미엄보다, 그 상을 빌미로 금전적 지원을 받을 수 있다는 대목에 구미가 당긴 것이다. 과감히 거금의 참가비를 내고 지방 교수와 선선생이 주도하는 팀의 일원이 되었다.

온갖 음식을 마련하느라 한 달 가까이 공을 들인 뒤 행사의 막이 올랐다. 내가 맡은 부분은 산자와 떡이었다. 나는 갖가지 모양의 송편을 빚고, 특히 카네이션 송편은 꽃잎을 넉 장이나 탐스럽게 올린 것을 다섯 가지 색깔로 수백 개를 만들었다. 꽃산자도 12달로 구분해, 절기에 맞는 소재로 화려하게 수를 놓았다. 참말이지 원도 한도 없을 만큼 모양송편을 빚고, 산자에 수를 놓고, 떡 케이크를 쪘다. 그러고서 우리 팀은 대통령상을 따냈다.

…… 그뿐이었다. 나는 그 상을 받았다고 해서 감격에 겨울만큼 기쁘지도 않았고, 상장이나 대회사진을 버젓이 내걸 만큼 자랑스럽지도 않았다. 그저 팸플릿 한쪽에 상장 사진을 올렸을 뿐이다. 또 내 이력에 그 상이 추가되었다 해서 달라지는 건 아무것도 없었다. 서울은 지방과 달라서 누구도 그 상에 눈 하나 꿈쩍 하지 않았다. 심지어 우리 손님들조차도. 손님들은 "선생님이 대통령상을 안 타면 누가 타겠어요?"라며 심드렁한 반응이었다.

혹시 나라의 지원금이라도? 하고 구청을 찾아가 보았다. 전혀 길이 없는 건 아니었다. 하지만 담보가 없으면 제아무리 금테 두른 상장이라도 말짱 소용이 없었다. 상담하던 직원이 인심이라도 쓰듯 서류 한 장을 내 앞에 내밀었다. 그 서류는 자금지원 신청서였는데, 알량한 일이천 만 원을 저리로 융자해 준다면서 구비해야 할 자료와 채워야 할 빈칸들은 왜 그리 많던지. 어느 세월에 그걸……. 명절에 백화점 한두 군데만 터져준다면 그만한 액수의 몇 배를 건지고도 남을 텐데. 아서라, 말아라, 정신 차리고 내 상품이나 잘 만들자. 거기에나 전심전력을 다하자.

　명절을 세 번 보내고, 네 번째 시즌에는 내 쪽에서 건설사 백화점의 행사를 사양했다. 그 백화점에 눈독을 들인 건 세일과 디스카운트가 난무하는 명절행사나 하자고 해서가 아니었다. 그러려고 막대한 세금을 완납하고 협력업체로 이름을 올린 건 더더욱 아니었다. 어떻게든 본매장에 입점하기 위해서였다. 하지만 그 기대는…….

　나는 아무 생각 없이 멍하고 있을 때가 많아졌다. 그 무렵 TV에 '나는 자연인이다'라는 방송이 새로 생겼다. 처음에는 어쩌다 그 영상이 화면에 잡히면 얼른 채널을 돌렸다. 저런 방송은 대체 누가 보나, 하고. 그랬던 내가 점점 그 화면에 시선이 머무는 시간이 길어지더니 어느 날인가는 그 영상에 빠져 넋을 놓고 있는 나 자신을 발견했다. 야산을 오르내리며 바람처럼 구름처럼 매인 데 없이 살아가는 자연인을 물끄러미 바라보고 있는 나 자신을. 그 후로 한동안은 그 방송의 애청자가 되었다.

　그럴 즈음 무심히 채널을 돌리던 어느 날 각종 직업을 소개하는 리포트 영상이 눈에 들어왔다. 그날은 번역가에 관한 것이었다. 번역이라, 거기라면 수십 년 전 잠시 발을 들여놓은 적이 있었다. 일본어를 하면서 어쩌다 원서 여남은 권을 번역한 것이다. 그렇다 해서 나 자신을 번역가라고 생각해본 적은 없었다. 있다 해도 그게 벌써 언제 일인가. 이제 와서 새삼 무슨 번역? 그랬음에도 그날 밤 아들한테 번역에 관한 책 좀 알아봐달라는 말이 나도 모르게 미끄러져 나왔다.

며칠 후, 택배가 하나 도착했다. 아들이 주문한 책이었다. 봉투를 뜯자 눈앞에 나타난 책은 〈번역가로 먹고 살기〉. 그 제목을 보는 순간 나는 그만 얼굴이 화끈거렸다. 이런, 은유도 비유도 없이 대놓고…….

나는 직설법의 그 제목을 보자마자 얼른 책 꺼풀을 씌워버렸다. 그날 허둥지둥 책 꺼풀을 씌운 건 노골적이다 못해 적나라한 제목 앞에서 내 속이 들킨 것 같아서였을까. 아니면 혹여 직원들이 보기라도 하면 내 속에 음식 말고 또 다른 꿍꿍이가 있다고 지레짐작할까봐, 였을까. 아무튼 책장 한구석에 두터운 꺼풀로 위장한 그 책을 꽂아놓으니 배수진을 친 싸움에서 남몰래 뗏목 하나를 숨겨놓은 듯 기분이 야릇했다. 그러면서 정말로 그 뗏목이 유용해질 줄은 몰랐다. 끝까지 그걸 물에 띄우는 일 같은 건 없을 줄 알았다. 아니, 그렇게 믿고 싶었다. 왜냐하면 그 후로도 작업실은 숨 가쁘게 돌아갔으니까.

일본 자동차의 한국지사에서 연락이 온 건 추석시즌이 끝날 무렵이었다. 어느 날 남자가 전화로, 저녁에 찾아갈까 하는데 시간이 늦을지도 모른다며 양해를 구했다. 나는 괜찮다고, 편한 시간에 오시라고 했다. 남자는 9시가 넘은 시각에야 나타났다. 말끔한 슈트 차림에 정중한 말씨, 명함에는 귀에도 익숙한 일본 자동차의 한국 사무소 주소가 적혀있었다. 직함은 관리자급이었다. 그 사람은, 한국적이면서 퀄리티 높은 제품을 찾던 중 뒤늦게야 우리 제품을 알게 되었다며, 시즌 막판에 찾아온 데 대해 다시 한 번 양해를 구했다. 그러더니 정중하다 못해 공손한 어조로 물었다. "시간이 촉박하시겠지만 이번 추석에 사장님네 제품을 쓸 수 없겠습니까?"

날짜는 이미 추석까지 닷새밖에 남지 않았다. 그때쯤이면 한과는 파장 분위기로, 주문받은 물량을 맞추느라 사투를 벌일 때다. 하지만 내가 누군가. 주문에 목숨 건 사람이다. 나는 지체없이 어떤 제품을 얼마나 쓰실 거냐고 물었다. 그는 머뭇거렸다.

"한과는 잘 몰라서, 사장님이 좀 추천해주시면 안 될까요?" 그러면서 한국 사람에게든 일본 사람에게든 질적으로 우수한 제품을 선물하고 싶다는 뜻을 밝혔다. 더불어 부피는 크지 않았으면 좋겠고, 가격도 구애받지 않는다고 했다. 개수는 백 상자, 배송은 추석 이틀 전까지 사무실로 전량 입고하면 된단다. 단, 꽃산자는 꼭 넣어달라고 했다.

얼핏 들으면 어렵지 않은 주문 같지만, 그렇지 않다. 꽃산자가 들어가는 한과세트는 모두 십만 원짜리 이상으로 부피가 크다. 또, 작은 상자에 아기자기하게 담으려면 기존의 꽃산자는 사이즈가 커서 '아기자기'와는 거리가 멀었다. 손님의 요구에 맞추려면, 일반 산자의 반도 안 되는 미니산자에 수를 놓아야 했다. 또 퀄리티 높은 한과로만 구성하려면 가격이 올라갔다. 같은 강정이라도 쌀강정이나 들깨강정보다는 잣강정이나 호두강정이 단연 격이 있어 보인다. 내 머리에선 상품구성 아이디어와 주판알이 동시에 스파크를 일으켰다.

나는 번개같이 떠오른 상품구성을 그림으로 그려 보여주었다. 곧바로 상자까지 꺼내왔다. 한눈에 봐도 고급스러움이 윤기를 타고 흐르는 실크상자였다. 또 상자만큼 때깔 고운 공단보자기를 꺼내 그 자리에서 포장한 상태를 보여주었다. 상품구성뿐 아니라 상자와 보자기까지 만족한 그 사람은 십만 원이라는 가격도 흔쾌히 오케이 했다. 그리하여 불꽃 튀는 추석 전투 막바지에 또 하나의 전선에 불이 당겨졌다.

다음날 아침, 왕언니를 비롯한 각 파트의 담당자들을 불러 추가된 상품에 대해 알려주었다. 예상대로 백 상자의 주문을 달가워하는 사람은 아무도 없었다. 왕언니는 대번에 눈가가 샐쭉해졌다. 일반 산자의 꽃수만으로도 뒤로 넘어갈 판에 생뚱맞게 미니산자라니, 그것도 백 개나.

다른 직원들 표정 또한 크게 다르지 않았다. 막판에 이런 까다로운 주문을 내놓으면 어떡하느냐고 말만 안했지 표정은 다들 그랬다. 이처럼 다급한 순간이면 개개인의 특성이 여과 없이 드러난다. 한과 멤버 중 손 빠르게 일 잘하고 그만큼 성질도 급한 미경 씨, 요령 좋은 꾀주머니에다 꿍꿍이가 많은 영순 씨, 분별력 있고 책임감 강한 순득 씨. 이들 중 미경 씨가 제일 먼저 볼멘소리를 터뜨렸다. 아주 얼굴까지 벌게졌다.

"시방, 택배 마감 전에 싸야 할 상자가 수백 상잔디, 거그다 백화점에는 안 나간다요? 그것만도 죽겠는디 또 주문을 또 내놓으시면 어짠다요? 우리는 사람도 아닌갑소. 뭔 수로 그 일을 다 한다요?"

그러자 왕언니가 이때다 싶었는지 "내는 몬 한다!" 하며 쌩하니 돌아앉았다. 남의 일처럼 그럴 때는, 과연 그 긴 세월동안 한솥밥을 먹어온 사람들인가 싶게 야멸차고 쌀쌀맞다. 하기야 그들 입장에선 그리 말하고 싶었을 게다, 사정 좀 봐가며 주문을 받을 일이지. 하지만 나라고 자기들 사정을 몰라서 그리 했겠는가. 알면서도 무리수를 두지 않을 수 없는 내 처지도 이해해주면 좋으련만. 그 마당에 내 입장만 내세우며 뻗대봐야 이로울 건 하나도 없다. 어떻게든 달래야 한다.

"이제부터 자기들은 한과 일 외에는 아무것도 하지 마. 도우미 불러서 밥이고 설거지고 청소고 다 하게 할 테니까. 그러니까 이번 추석만 어떻게 넘어가 보자."

나는 최대한 미안한 얼굴로 사정했다. 이어 보란 듯이 파출부 사무실에 전화를 걸어, 오늘부터 도우미를 두 사람 보내달라고 큰소리로 말했다. 이왕이면 음식에 소질 있는 사람으로 보내달라는 말도. 그러자 직원들 표정이 조금은 누그러지는 듯했다. 이윽고 순득 씨가 입을 열었다.

"상자는 있어요?"

"상자는 어떻게든 구해볼게." 그러고는 "한과는 물량이 좀 남아있나?" 하며 주문 나가는 게 기정사실인 듯 화제를 슬쩍 돌렸다.

영순 씨가 주뼛주뼛한다. 그렇겠지, 남아있는 한과가 있을 리 없겠지. 그 무렵이면 웬만한 건 다 새로 만들어야 한다. 그걸 알면서도 밀어붙이지 않을 수 없다. 미경 씨가 얼굴이 벌건 채 부어터진 소리를 했다.

"호두튀김은 오늘 나가면 끝이고요, 약과랑 들깨강정은 하루 이틀 쓰면 바닥이어요. 맹글어진 걸 담아서 나가기도 힘들어 죽겠는디, 언제 맹글면서 그 많은 상자를 다 싼다요?"

"잣강정이랑 호두강정도 없는디…… 아시죠?" 영순 씨가 슬그머니 말을 끼워 넣었다. 왜 모르겠나.

"알았어. 저녁에 만들 테니까 장보러 가기 전에 재료 떨어진 거나 알려줘."

그렇게 우는 아이 입에 사탕 물리듯 억지로 한과팀을 밀어붙이고, 다음은 왕언니.

"미니산자 수는……." 운을 떼며 왕언니의 눈치를 살핀다. "하기 쉬운 꽃으로 통일하고…… 그냥 한 가지 꽃으로 가요."

왕언니는 내 말을 들은 시늉도 안했으나 '한 가지 꽃으로만 해도 되겠어요?' 하는 물음이, 약이 오를 대로 오른 청양고추 같던 표정에 얼핏 스치고 지나갔다. 그 기회를 놓칠세라 얼른 말을 이었다.

"딸기 어때요, 딸기? 그냥 딸기꽃으로 백 개 해요."

일반 꽃들은 무슨 꽃이건 꽃잎을 하나하나 틀로 찍어서 쓴다. 벚꽃은 벚꽃 틀로 꽃잎 다섯 장을, 코스모스는 코스모스 틀로 여덟 장을 찍어내야 한 송이 꽃이 된다. 장미 같은 겹꽃쯤 되면 손은 더욱 많이 가지만. 그에 비해 딸기는 한결 수월하다.

딸기를 세로로 썰어 정과를 만들면, 틀로 찍고 말고 할 것도 없이 그 자체로 하나의 꽃잎이 된다. 특히 자잘한 토종딸기로 만든 정과는 앙증맞은 꽃송이를 만드는데 그만이다. 봄부터 초여름에 걸쳐 틈틈이 정과로 해두면 일 년을 두고 쓸 수 있다. 마침 냉동실에는 다음 설에 쓸 딸기 정과가 고이 잠자고 있으니 그걸 써볼 요량이다. 나는 딸기정과를 강조하며 한마디 보탰다.

"사람도 더 붙이고, 나도 도와볼게요."

외로 꼬인 왕언니의 얼굴이 허탈한 표정으로 무너지더니 목소리가 한

풀 꺾였다.

"선생님은 일이 없어서요? 마, 선생님 하실 일이나 잘 하소."

됐다. 모두가 '싫어, 싫어' 하면서도 어쩔 수 없이 받아들이는 모양새니 그걸로 됐다. 돈을 벌겠다는 생각은 아득한 옛이야기다. 본전을 뽑겠다는 생각도 물 건너간 지 오래다. 고작 적자를 얼마 더 줄이느냐가 목표가 된 마당에 누가 누구 사정을 봐줄 것이며, 무얼 더 망설이겠나. 나는 자리를 털고 일어나 상자 집에 전화를 걸어, 그쪽과도 싸움 싸우듯 백 개를 밀어붙였다. 그러고는 당일 나갈 선물세트의 포장을 서둘렀다. 온몸으로 바람을 일으키며 종종걸음을 치자 네다섯 시쯤 그날 나갈 물량의 끝이 보였다. 서둘러 손을 털고는 구입해야 할 재료의 메모를 챙겨들고 부랴부랴 시장으로 내달렸다.

그로부터 사나흘은 혼이 들락날락하는 고비를 몇 번씩 넘기며 추석이 지나갔다. 연휴가 지나자 일본 자동차 회사에서 전화가 왔다. 고객들 반응이 좋았다는 소식을 전하며 감사의 인사를 잊지 않았다. 대개는 우리 쪽에서 고객의 반응을 물으면 답해주는 정도지, 일부러 인사를 위해서 연락해 오는 일은 거의 없었다. 어쨌든 고맙기 그지없다. 그럴 때면 꺼져가던 의욕이 다시금 살아나고, 이 일을 계속할 수 있을까 하던 고민도 한 발 물러선다. 그렇게 내 속에선 '접어야 하나 말아야 하나' 하는 갈등이 밀물과 썰물이 되어 어지러이 교차했다.

7.
불붙은
꽃산자

 추석만 어찌 넘어가보자 했는데 그해 겨울에 또 일이 터졌다. 다행이라면 시간의 여유가 있는 점이었다. 그 은행에서 연락이 온 것은 설을 한 달여 앞둔 12월 말이었다. 그쪽에서는 처음부터 상품을 지목하더니 샘플을 준비해서 내방해 달라고 했다. 상품은 유과만 들어있는 꽃 다섯 개짜리와 꽃 한 개짜리 선물세트였다. 꽃산자가 특징인 이 계열은 양보다 질, 실속보다는 품격과 희소성에 가치를 둔 상품이다. 시즌에 고객명단을 들고 백화점을 누비는 회사원들은 결코 선택하지 않는 품목이다. 그런데 그 은행에선 처음부터 이 상품을 딱 집어 연락해왔다. 대체 누가 이 선물세트를 골랐을까?

 약속한 날, 선물세트의 샘플을 들고 종로 일번지에 있는 은행으로 향했다. 보신각 네거리에서 차를 내린 나는 오래도록 눈에 익어온 유서 깊은 그 은행을 찾았으나…… 은행 건물은 완전히 달라져있었다. 이름도 구식의 한문 투가 아닌 혀도 잘 돌아가지 않는 알파벳 표기에, 건물은 어느 외국의 금융가에나 있을 법한 멋진 모습으로 탈바꿈해 있었다. 나

는 손에 들고 있던 짐을 지그시 끌어안았다. '여기서 우리 선물세트를 쓰겠단 말이지.'

담당자를 만난 건 중역실에 딸린 회의실에서였다. 담당자는 대리라는 직함의 젊은 남자와 그보다 어려보이는 여직원이었다. 절차에 따라 서로의 명함을 주고받은 뒤 준비해간 상자를 꺼내놓았다. 매끄러운 공단보자기를 끄르고, 은은한 광택이 도는 실크 천 상자의 뚜껑을 열었다. 상자 안을 들여다보던 두 남녀의 눈이 크리스털 조명 아래서 수정처럼 빛이 났다. 여직원이 먼저 나직하게 탄성을 질렀다.

"어머, 예쁘다. 이 꽃들은 다 뭐예요?"

나는 산자에 수놓인 꽃들에 대해 아낌없는 설명을 베풀었다.

"그러니까 이 꽃들이 다 과일이나 뭐 그런 걸로 만든 거예요?"

여직원은 계속 신기해했다. 나는 내친 김에 꽃 만드는 과정도 설명해주었다. 남자 직원이 물으나마나한 소리를 했다.

"그럼 이게 다 손으로 만든 겁니까?"

당연히 손으로 만들지 뭘로 만들겠나. 나는 꽃수뿐 아니라 유과도 특별한 거라며 시식용으로 가져간 손가락강정을 권했다. 노르스름한 엿물이 명주실처럼 늘어나는 포근포근한 유과를 맛보며 그들이 과연 무슨 말을 했을지는 상상에 맡긴다. 그쯤 되자 나는 더욱 궁금해졌다. 담당자라는 사람들이 이렇게 아무 것도 모르는데, 대체 누가 우리 물건을 추천했을까? 조심스레 물어보았다. 누가 이 상품을 주문했냐고.

"주관하시는 분이 이사님이신데, 전에 이 상품을 선물로 받아보고 마음에 드셨던 모양이에요. 이번엔 합병하고 첫 명절이니 특별히 이걸로 써보자고 하셔서." 그 이사님은 마침 해외출장 중이시란다. 내가 다시 물었다. "혹시 이사님이 여자 분이신가요?" 그들은 그렇다고 했다.

그럼 그렇지. 연륜과 안목, 소신이 있지 않고는 개인용으로 몇 개면 모를까, 회사 전체 선물로는 선택하기 쉽지 않은 품목이다. 우선 이 계열의 상자는 사이즈가 작다. 게다가 들어있는 내용물은 오직 유과 한 종류다. 그럼에도 명절은 물론이요 계절에 관계없이 수요는 늘 있었다.

본론으로 들어가자 대리가 서류를 펼쳤다. 이번 상품이 본점뿐 아니라 전국 각 지점의 브이아이피용 선물로 쓰일 거라는 이야기는 전화로 이미 들은 터였다. 대리는 여러 장의 서류를 들춰가며 상자 수를 읊었다. 숫자가 불릴 때마다 내 머리는 꽃의 숫자를 헤아려갔다. 백 개, 이백 개, 삼백 개, 상자 수는 점점 늘어나고…… 그날의 합계는, 본사로 들어와야 할 물량이 꽃 다섯 개짜리 120여 상자, 지점으로 보내야 할 물량이 꽃 하나짜리 5백여 상자였다. 내 왼쪽 뇌가 바쁘게 돌아갔다.

암산해보니 꽃이 총 1100개 정도가 필요했다. 우리는 명절이면 통상 천오백여 개의 꽃수를 소비하는데, 1100이라는 숫자는 그 반의반도 넘었다. 그런데 이게 다가 아니란다. 각 지점에 보낸 공문에 아직 회신이 오지 않은 곳이 있어서 얼마가 더 늘어날지 아직은 모른다고 했다. 일이 생각보다 커졌다. 까딱하다가는 명절용 준비물량을 다 쓰고도 모자라게 생겼다.

문제는 또 있었다. 꽃 다섯 개짜리의 경우, 가운데 꽃은 그 은행의 로고를 수놓은 것으로 해달란다. 또 꽃 한 개짜리 상자는 꽃수 하나 외에 은행 로고의 수를 추가로 넣어달라고 했다. 그렇다면 대체 은행로고의 수놓기는 몇 개가 되는 건가. 내 왼쪽 뇌가 다시 빠르게 계산기를 두드렸다. 무려 600개가 넘었다. 그렇다면 청록색과 연녹색의 S자를 길게 늘인 로고는 어떤 정과로 해야 하나? 수박 안쪽의 연두색 부분? 그러자면 수박은 대체 몇 통이 필요한 건가. 아니다, 차라리 흰색 박을 물들여서 쓰는 게 낫지 않을까? 이번에는 오른쪽 뇌도 가세해서 분주히 정과 재료를 탐색했다. 입고일도 예상보다 빨랐다. 각 지점에선 우리 제품을 받아서 전달해야 하므로 가능한 한 빨리 배송해주어야 한단다.

그날 미팅은 대강의 윤곽을 확인하는 선에서 끝났다. 최종 수량은 담당이사가 출장에서 돌아오고, 지점의 회신이 완료되는 시점에 확정짓기로 했다. 상황이 예상 외로 심각했다. 하지만 한 달이라는 시간적 여유가 있어서인지 나는 사태의 심각성을 피부로 느끼지 못하고 있었다. 매출 때문에 조바심을 치느니 고되더라도 바쁘게 설칠 일이 있다는 사실이 고맙기만 했다. 힘 좀 들면 어떠랴, 매출만 올릴 수 있다면. 나는 이미 매출에 의해 희비가 엇갈리는 매출에 살고 매출에 죽는 몸이었다.

밖으로 나오자 날은 어느새 저물어있었다. 어둠이 깔리기 시작한 거리는 전조등을 밝힌 차량의 물결로 밤바다처럼 넘실거렸다. 가로수에 매달린 꼬마전구들은 지상의 샛별인 양 무수히 반짝거리고, 고층 빌딩에선 휘황한 네온 빛이 짙어가는 어둠을 밀어내며 형형색색으로 쏟아지고 있었다. 그날 밤만큼은 낯선 불빛 속에서도 가야 할 곳을 헤매지 않고 찾아갈 것 같았다. 그 기분은 푸근한 안도감이 되어 가슴을 따스하게 데워주었다.

하지만 그때는 미처 알지 못했다. 그 겨울에 갑자기 꽃수를 두 배로 늘리는 것이 얼마나 험난한 일인지를.

"꽃수를 천백 개나요?"

왕언니는 너무 놀란 나머지 입도 다물지 못하고 나를 쳐다보았다. 당연하다, 예상했던 일이다. 나는 수첩으로 시선을 옮기며 재빨리 준비한 내용을 읊기 시작했다. 새로 사람을 뽑아서 왕언니 밑으로 열 사람을 붙여준다는 것, 재료 준비는 모두 한과팀에서 맡을 것이니 왕언니는 수만 놓으면 된다는 것, 은행 로고 수놓기는 내가 맡는다는 것, 아직 한 달여의 시간이 있다는 것 등등.

내 말이 이어지는 동안 왕언니는 '어디 한번 지껄여보소' 하는 얼굴로 듣고만 있었다. 말이 끝나자 왕언니는 지금 이 판세가 웃어야 할 판인지, 울어야 할 판인지 누가 좀 가르쳐달라는 듯 주위를 돌아보았다. 주변 사람들 또한 어리둥절하기는 매한가지. 하룻밤 사이에 느닷없이 천 개가 넘는 꽃수라니. 다만, 수놓기에선 보조라는 점에 한과 팀들은 한숨 돌리는 기색이었다. 영순 씨가 왕언니를 향해 입을 열었다.

"정과 만드는 건 도와드릴 거구만요. 형님은 입으로 갈차만 주시오. 손으로 하는 건 지가 다 할랑께."

그러자 순득 씨가 "사람도 더 뽑고, 시간여유도 있고 하이카네……" 하며 왕언니의 기색을 슬쩍 살피더니 내게 눈길을 주었다. "근데, 철이 이래서 정과재료 구하기가 쉽겠어요?"

물론 쉽지 않다. 쉽지는 않지만 그렇다고 불로초를 구하는 건 아니지 않는가. "쉽진 않겠지만 어떻게 해봐야지."

그렇게 한 마디씩 하며 꽃수 천여 개를 받아들이는 분위기로 흐르자, 왕언니는 그제야 제정신이 돌아온 듯 주섬주섬 말을 이었다.

"딸기는 지난 추석에 다 쓰고 없고, 홍옥은 철이 지나 구하지도 몬하는데…… 마, 꽃은 우째 본다 해도, 그 많은 꽃을 할라몬 이파리 만들 수박은 또 우짤낀데요. 그걸 언제 다……." 왕언니의 말은 한숨으로 변하더니 중간에 사라졌다.

하기야 왕언니가 그렇게 난색을 표하는 것도 무리는 아니다. 정과에 수놓는 일은 시간과 집중력, 더하여 솜씨가 필요하다. 이 세 가지는 긴밀히 연결돼 있다. 시간이 부족하면 집중할 수 없고, 집중이 안 되면 제대로 된 솜씨를 발휘할 수가 없다. 천재 예술가들은 영감이 떠오르면 앉은자리에서 작품 하나를 완성한다지만 수놓기에선 어림도 없는 일이다. 꽃잎 한 장 한 장, 잎사귀 하나하나를 틀로 찍어내고, 공들여 붙이는 과정을 통해야 솜씨가 살아난다. 제아무리 재주가 뛰어나도 이 과정을 소홀히 하면 허술한 결과물을 얻을 수밖에 없다.

이처럼 까다로운 작업을 수행할 담당자로서 왕언니가 느낄 부담이 얼마나 크겠는가. 그런 줄 알면서도 나는 그 일을 밀고 나가지 않을 수 없었다.

연말이 지나자 하룻밤 사이에 해가 바뀌었다. 새천년이 십년을 넘기고도 또다시 몇 해가 흐른 것이다. 작업실이 문을 연 지도 어언 스무 해를 바라보고 있다. 그 긴 세월동안 나는 대체 무얼 했을까. 새해가 밝았다고 포부나 희망, 기대 같은 걸 가져본 게 언제였던지 아스라한 꿈만 같다. 하지만 꿈 타령이나 하며 감회에 젖을 정도로 한가하지 않은 건 천만다행이다. 지난날을 돌이켜 봤자 세월의 두께를 덮어쓴 비감함이 날씨만큼이나 차갑게 내 심장을 조여 왔을 테니 말이다.

초하룻날 아침, 아들과 떡국을 끓여 먹고 작업실로 나왔다. 전날까지 가래떡과 떡국떡으로 몸살을 앓던 작업장이 썰물 진 뒷자리처럼 휑뎅그렁하다. 그 빈자리에 차디찬 정적만이 가득한데 탁자 위 수북한 과일들이 나 여깄어요, 하고 시선을 잡아끈다.

열대의 빛깔인 듯 새파란 이파리들이 삐죽삐죽한 파인애플. 그 옆에는 손님을 기다리다 꼭지가 배배 말라버린 수박 몇 통이 오토바이에 실려 덤으로 따라와 있다. 또 남쪽 지방에서 올라온 선홍빛 대봉, 홍옥 대신 찾아낸 양광 사과도 택배로 도착해있다. 모두들 정과가 되려고 순서를 기다리는 참이다.

커피를 한 잔 타고 TV를 켰다. 화면에서 발신되는 시끌벅적한 소리에 차가운 정적이 깜짝 놀라 저만치 물러난다. 커피를 후르륵거리며 건조기를 살핀다. 건조기 세 대에 딸린 24개의 건조판에는 물들인 박이 꾸덕꾸덕 말라있다. 초겨울에 들여놓은 박이 몇 통 있어서 간밤에 정과로 만들어 밤새 건조시킨 것이다. 연두색은 녹차로, 청록색은 쑥으로 물들였는데 S자 로고에 쓸 재료들이다.

꾸덕꾸덕 마른 정과의 건조판을 난롯불에 쪼여가며 한 장 한 장 조심스레 떼어낸다. 정과는 설탕이나 물엿으로 절이는 것이라 마르면서 판에 들러붙어, 분리해내는 일이 여간 조심스럽지 않다. 그럴 때는 따뜻한 열기를 쪼이면서 떼면 손쉽게 떨어진다.

떼어낸 정과는 사이사이 랩을 깔며 차곡차곡 담는다. 커다란 통에 랩을 깐 다음 정과로 한 바닥을 채우고, 다시 랩을 깔아 그 위에 정과를……. 켜켜이 랩을 깔지 않았다가는 끈적이는 정과들이 지들끼리 달라붙어서 일껏 작업한 것들을 버리게 된다.

부지런히 손을 놀리며 정과 옮겨 담는 일로 하루해가 저무는데, 머릿속에선 온갖 생각이 널을 뛴다.

작업일정은 어떻게 진행해야 할까. 시즌과 겹치면 난리도 그런 난리가 없을 테니 은행 건은 시즌이 닥치기 전에 끝내야 하는데, 그러려면 물량은 며칠까지 맞춰야 하려나. 늦어도 1월 중순까지는 은행 건을 해결하고, 다음은 일주일 간격으로 작업실 주문 건, 그러고는 백화점 건으로 넘어가야 한다. 일정이 그리되면 왕언니 쪽은 열 명을 투입하는 걸로 일손이 충당될까? 정과가 모자라는 일은 없을까? 한과 주문은 얼마나 들어오려나? 떡은? 모양송편은 만들어놓은 걸로 충분할까? 육포는?

내 작은 뇌는 명절상품이 첩첩이 들어앉은 냉장고와 냉동고를 헤집고 다니며 지치지도 않고 생각의 바퀴를 굴렸다. 하루 해가 다 저물도록.

8.
장렬하게
타오른
마지막 불꽃

머리에 수첩에 빽빽이 계획을 밀어 넣고 새해 첫 업무가 시작되었다. 사람을 뽑고, 설탕을 부대로 들여와 정과를 절이고, 한과를 만들어 종이 접시에 담고……. 덩달아 유과를 포장하는 언니네 팀도 꽁지에 불이 붙었다. 눈 뜨자마자 출근해서 밤늦도록 산자와 손가락강정을 낱개 포장했다. 사무실 안쪽의 별실은 포장해야 할 벌크유과와 포장이 끝난 유과 더미로 일하는 사람은 숫제 보이지도 않았다.

은행 쪽에서 최종적인 상자 숫자와 입고 날짜를 통보해 왔다. 예상대로 입고일은 1월 중순이었다. 상자 수도 조금 늘었다. 각오한 바다. 나는 일꾼들에게 속도를 내자고 독려하면서도 상자가 늘어난 데 대해선 입도 뻥긋하지 않았다. 이 명절에 필요한 꽃수가 삼천여 개에 이른다는 사실은 모두들 알고도 남았다. 그 미친 상황에서 삼천 개가 됐든 삼천 이삼백 개가 됐든 누가 일일이 꽃의 수를 헤아리고 있겠나. 어차피 보자기는 내가 싸니까, 나만 정신 차리고 숫자를 똑바로 세면 된다.

작업실 인원을 뽑으면서 수놓는 팀으로도 열 명을 따로 뽑았다. 그 열

명을 왕언니 주변에 조르르 앉히고 작업내용을 설명했다. 사실 설명이고 자시고 할 것도 없는 너무도 간단한 일이었다. 정과재료에서 꽃잎 하나씩을 찍어내면 되는 것이다. 장미건 매화건 코스모스건. 신입들한테 꽃잎 틀을 하나씩 쥐어주고, 새끼 입에 먹이 넣어주는 어미새처럼 일일이 한사람씩 붙들고 꽃잎 찍는 요령을 가르쳐주었다. 그렇게 그 겨울의 '수놓기 호'가 무사히 출항하는가 싶었는데……

당장 그날 저녁부터 볼멘소리가 들려왔다. 팔이 아파죽겠다는 둥, 허리가 펴지지 않는다는 둥, 온종일 이 일만 하냐는 둥. 그러더니 다음날부터 하나둘씩 빠져나가기 시작했다. 팔도 아프고, 허리도 목도 제대로 안 돌아가 도저히 못하겠다는 것이다. 아니, 콩밭에 엎드려 김을 매라고 했나, 쌀독을 짊어지라고 했나. 가만 앉아서 꽃잎파리만 똑 똑 따주면 되는 일인데 뭐가 힘들다고. 그것만 하면 돈도 주고 밥도 주고 간식도 주는데. 나는 신입들의 가당찮은 불만에 속이 터지고, 그네들의 헝그리정신 부족에 화도 났지만 어쩌겠나, 본인들이 싫다는 데야. 다시 정보지에 구인기간을 연장해서 사람을 뽑고……

내가 맡은 S자 로고도 만만치 않았다. 우선 S자를 산자 사이즈에 맞춰 비율을 조정한 다음 두꺼운 판지로 본을 여러 장 떴다. 다음은 본뜬 S자를 정과에 대고 카터로 싸악 오리기만 하면 된다. 그 일 때문에 수놓는 데서 인원을 빼올 수 없으니, 한과 팀의 보조 가운데 두 사람을 불러 일을 맡겼다. 헌데 그 단순한 일조차 뜻대로 되지 않았다. 판지를 대고 S자곡선을 유려하게 오려내야 하는데, 정과가 얇고 끈적거리는데다 솜씨가 서툴다보니 칼질이 제멋대로였다. 다시 삐뚤삐뚤한 부분에 가위를 갖다 대고……. 결과는, S자 곡선이 매끄럽지도 반듯하지도 않았다. 두 번 다시 쓸 일이 없을 것 같아 그 틀까지는 맞추고 싶지 않았으나 어쩔 수 없었다. 방산시장에 쫓아가 S자 틀을 맡겼다.

그러는 사이 시즌을 앞두고 백화점마다 호출이 잦아졌다. 명절이면 소집되는 식품부 미팅이다. 백화점마다 돌아가며 회의에 참석하고 나면 다음은 백화점 팸플릿 촬영. 그 시점이면 우리 팸플릿은 이미 나와 있지만 그것과는 별개다. 질 좋은 종이에, 고급스러움이 물광피부처럼 묻어나는 백화점 팸플릿은 명절을 알리는 신호탄이자 애드벌룬이다. 실상은 불꽃 튀는 매출경쟁의 선발대지만. 행사 참여업체들은 지정된 날짜, 장소에 제품을 들고 가서 상품촬영을 한다. 우리 제품도 그 팸플릿에 얼굴을 내밀어야 하니 빠트릴 수는 없는 일정이다. 백화점마다 돌아가며 촬영을 끝내고 나면 줄지어 온갖 잡다한 일들이 기다리고 있다.

매장행사에 필요한 판매사원 뽑기, 그들에게 사원카드 만들어주기, 교육에 참여시키기, 행사 의상 마련해주기……. 이런 일들을 모두 내손으로 처리해야 했다. 은수 씨마저 그만두었으나 나는 매니저를 충원하지 않았다. 인건비를 하나라도 줄이려면 내 몸으로 때우는 수밖에.

그런가 하면 작업실에서는 작업장으로 주방으로 내실로 쫓아다니며 물건 만들고 관리하고 배송 내보내고, 밤이면 육포나 특별주문 상품 포장하고, 틈틈이 쌈 자르고. 그 비 사이를 헤집고 홈페이지로 들어온 주문메일 확인하고, 새로 제휴한 온라인 쇼핑몰의 주문물량 체크하고, 명단과 명함 챙겨서 배송장 쓰고……. 이런 형편이니 내가 어찌 차분히 앉아 S자 수를 놓고 앉았겠나.

하지만 시간은 시한폭탄의 초침처럼 정확하고 어김없이 흘러가는 법. 드디어 은행 건의 마감시간이 다가오고…… 폭탄의 폭발 직전, 영화 속 주인공이 극적으로 사건을 해결하듯 은행 건이 마무리되었다. 그 일을 무사히 끝낼 수 있었던 것은 무엇보다 예비해둔 물량이 있었던데다, 주문이 몰리는 시기가 아니어서 여러 팀에서 일손을 보탠 덕이다. 또, 시즌 초반이라 일꾼들 에너지에도 여력이 있었기 때문일 게다.

은행 건이 마무리되자 기다렸다는 듯 시즌의 막이 올랐다. 문제는 이제부터. 그때까지는 전투지역이 은행 한 곳이었다면 이제는 전선이 작업실 주문부터 백화점, 온라인으로까지 확대되었다. 전투의 양상도 수놓기 한 가지만이 아니었다. 떡에 한과에 육포에…… 게다가 만들어 놓은 꽃도 없고, 정과재료들도 바닥을 보이기 시작했다. 이런 절체절명의 위기 앞에서, 만약 영화의 주인공이라면 어떻게 그 난관을 뚫고 나가겠나. 더욱이 그것이 각본 없는 드라마라면?

그때는 모든 것이 감독 손에 달렸다. 나는 감독이 되었다가 주인공이 되었다가 스태프가 되었다가…… 신묘한 변검술의 달인처럼 순간순간 얼굴을 바꾸며 드라마를 만들어갔다. 스릴과 서스펜스가 속출하는 장면들이 매일처럼 재생되었다면, 믿어지겠는가? 그건 감독이나 주인공이 미치지 않고는 찍을 수 없는 장면들이었다.

어떻든 그 겨울의 드라마는 마지막 신까지 찍었다. 어느 때는 가벼운 화상이나 부상을 입기도 하고, 어느 때는 지뢰를 건드리는 아슬아슬한 순간도 있었지만 그래도 치명적인 부상이나 팔다리가 날아가는 일까지는 발생하지 않았다. 그렇다면 드라마의 엔딩 장면은?

어느 영화에서처럼 주인공이 몸매 잘 빠진 애인과 지도에도 없는 무인도로 날아가지도 않았고, 스위스 비밀계좌로 입금도 되지 않았다. 또 홀가분하게 배낭 하나만 짊어지고 고향 역에 내리지도 않았다. 내 드라마의 주인공은 상처투성이 얼굴로 먼지 풀풀 날리는 사막을 향해 홀로 떠났다. 그것도 빈손으로.

전투에서는 이겼지만 전쟁에서는 졌다는 말이 무슨 뜻인지 알 것 같았다. 어쩔 수 없다. 이제 그만 이 전쟁을 끝내야겠다. 사업을 접자는 쪽으로 마음이 기울자, 그동안 승리한 크고 작은 전투들이 떠오르며 다시금 미련이 되살아나려 했다. 하지만 그럴 수 없음을 나 자신에게 누누이 타일렀다.

이듬 해 봄, 나는 깨끗이 사업체를 접었다. 그리고 〈번역 아카데미〉의 문을 두드렸다. 아들이 사다준 책의 저자가 운영하는 학원이었다. 이때의 심경을 번역 아카데미 '지원 동기'에서 이렇게 밝혔다.

……[전략]

사업 막판에 눈가리개를 한 경주마처럼 앞만 보고 달릴 때, 천둥처럼 귓전을 울리는 소리가 있었다. 비워라! 비워라! 그 무렵 내 삶은 팽팽히 당겨진 고무줄 같아서 여차하면 끊어져버릴 듯 긴장감이 최고조에 달했었다. 그때 만난 노자의 '비움'의 가르침은 나 자신을 내려치는 죽비가 되어 긴장으로 팽배해있던 삶의 귀퉁이를 조금씩 허물기 시작했다.

그때까지 나는 자신이 하는 일이 얼마나 자연自然 – 스스로自 그러한

然 것에 가까운 일인지를 역설力說하며, 또 실천하며 살아왔던가. 그러나 참으로 역설逆說적이게도 그 스스로 그러함을 닮은 제품, 보는 사람으로 하여금 감탄을 자아내게 하는 자연 그대로의 제품을 만들기 위해 정작 나 자신은 얼마나 자연스럽지 않은 삶을 살고 있는지, 얼마나 아등바등 하며 투쟁적인 삶을 살고 있는지 보게 되었다. 그 모순을 깨닫기까지 걸린 시간은 결코 짧지 않았다.

사업을 접으려 하자 '일만 시간의 법칙'이 떠올랐다. 하루 서너 시간씩 꾸준히 노력해서 만 시간 이상을 투자하면 성공할 수 있다는 이야기다. 내 사업의 경우는 하루 10시간, 아니 그 이상의 시간을 20년 가까이 공들여 왔으니 일만 시간의 몇 배를 투자한 셈이다. 그래서일까, 남들이 입에 올리기 좋아하는 성공이란 것도 잠시 만져보았다. 하지만 금전적 성공이 뒤따르지 않는 제품이나 브랜드의 성공은 한낱 모래성일 뿐이라는 현실을 받아들이지 않을 수 없었다.

그런데 과연, 일만 시간의 법칙은 내 생의 후반부를 관통한 사업체에만 해당하는 것일까? 나는 지나온 날들을 되돌아보았다. 거기엔 또 다른 일만 시간이 있었다. 활자와 친하게 지내던 시절부터 일본어를 익히고 가르치며 보낸 시간들이다. 그 세월은 사업체 못지않은 노력과 열성으로 나 자신을 단련해온 시간이었다. 나는 그때로 돌아가기로 했다.

다시 돌아가 일만 시간의 몇 배의 공력을 들인 이 분야에서 작으나마 자신의 역량을 시험하고, 아직은 내 삶이 무용하지 않다는 걸 스스로 확인하고 싶다.

−끝−

능소화와 또 다른 삶을 지으며

사업을 접고는 그 길로 세속의 삶이라는 무대에서 퇴장했습니다. 그리고는 죽은 듯이 살았지요. 그 이야기를 2018년 입추에 능소화를 빌려 글로 남겼습니다. 그 글이 이 책의 뒷이야기가 되었습니다.

뜨거움을 생명으로 키워내는 꽃

오늘이 입추라는군요. 말 그대로 여름이 가고 가을로 접어든다는 소리니, 아무리 폭염이 대지의 점령군 행세를 해도 머잖아 서늘한 바람에 그 자리를 내주지 않겠어요.

돌아보면 올 여름은 참으로 이상하지 않았나요? 한차례 태풍이 여름의 허리를 뚝 끊어서, 아 이제 장마가 시작되는구나 싶었죠. 쁘라삐룬이란 태풍이 '비의 신'이라는 이름답게 제법 많은 비를 몰고 왔으니까요. 덕분에 올해는 계곡마다 물이 넘쳐나겠구나, 설레기도 했지요. 해서, 사나흘씩이나 퍼붓는 비가 조금도 짜증나지 않았어요.

헌데 웬걸, 삼사일 그러고 나더니 장마가 뉘 집 강아지 이름이냐는 듯 하늘이 딴전을 피우기 시작한 거예요. 하늘의 뜻을 알 리 없는 백성들은 무심한 머리 위를 올려다보며 애타게 비를 기다렸지요. 그러나 하늘은 계속 무심하기로 작정을 한 것 같았어요. 숨 돌릴 사이 없이 이글거리는 땡볕을 내리쬐며 속 타는 백성들의 사정을 계속 모른 체했으니까요. 더 위에 녹초가 된 백성들은 얼음이다, 선풍기다, 에어컨이다 하며 하늘에 원망 섞인 푸념을 늘어놓았지요.

하늘에서 보기에도 무심이 지나쳤다싶었나 봐요. 이번엔 멀리 남태평양에서 이름도 귀여운 종다리를 날려 보내주었는데……, 아 글쎄 얘는 병아리 눈물만큼도 안 되는 비를 적선하듯 뿌리고는 그냥 날아갔지 뭡니까. 그래서 지금 한반도는 백년 만에 나타난 무더위에 점령당한 채 가쁜 숨을 헐떡이고 있지요.

그런데 말이죠, 하늘이 작심이라도 한 듯 지글거리는 폭염을 토해내는 속에서도 낯빛 하나 변하지 않는 것이 있더란 말입니다. 낯을 찡그리기는커녕, 그 뜨거움을 고스란히 받아 오롯이 생명으로 키워내는 것이……. 얼굴에는 수줍은 미소까지 발그레하게 띠고서요.

오늘은 그 기특한 것의 이야기를 해볼까 합니다.

1. 화려한 죽음으로 다가온 꽃

그 꽃이 처음 내 눈에 들어온 것은 언제였을까요?

오륙 년 전쯤, 6월의 어느 날이었어요. 봄의 찬란함이 물러간 그 즈음 나는 한적한 골목길을 걷고 있었어요. 바람 한 점이 없었지요. 그때 홀연히 꽃송이 하나가 나풀나풀 땅으로 떨어져 내렸어요. 눈앞을 스치듯 떨어지는 그 주황색 낙화는 곧바로 내 심장을 건드렸어요. 떨어진 꽃을 주워들었어요. 보아하니 시들기는커녕 벌레 먹은 흔적조차 없었지요.

이런 말짱한 꽃이 왜 떨어졌을까. 주위를 둘러보니 별다른 생채기도 없이 땅에 떨어진 꽃들이 여기저기 눈에 띄었어요. 꽃들의 이유 없는 낙화, 그것이 서서히 내 가슴을 의아함으로 물들였어요. 대체 이 꽃들은 왜 떨어진 것일까? 그제야 손에 들고 있던 꽃을 들여다보았어요. 거기에는 화사한 듯 화려하고, 우아한 듯 요염한 경계를 알 수 없는 묘한 아름다움이 있었어요. 하지만 모습이야 어떻든 그 꽃은 처음 마주한 내게 진한 주홍빛 이미지를 남겼는데, 그건 바로 화려한 죽음이었지요.

나는 그때까지 꽃의 이름조차 몰랐답니다. 나중에야 그 꽃이 능소화라는 걸 알게 되었어요. 꽃만큼이나 이름도 마음에 들더군요. 나는 그 꽃을 여느 꽃들처럼 그에 맞는 재료로 정과를 만들어, 먹을 수 있는 능소화로 재현해냈어요. 그런데 꽃을 만드는 내내 궁금증이 가시지 않는 거예요. 이 아이들은 무슨 연유로 말짱한 상태에서 목숨을 버리는 것일까? 왜? 어째서?

하지만 이런 의문을 오래 붙들고 있을 수는 없었어요. 나는 그때 스무 해 가까이 이어온 작업실을 접어야 하나 말아야 하나로 마음이 갈팡거리고 있었거든요. 고객들은 여전히 우리 제품에 탄성을 자아내고, 우리의 손재간은 날로 솜씨를 더해 누구도 따라잡기 어려운 신경지를 향해 달리고 있는데…… 왜 그걸 접어여 하나?

하지만 자본주의 논리는 그렇지 않잖아요. 수지 타산이 맞지 않는 사업은 간판을 내려야 마땅하지요. 나날이 누적되는 세금이나 각종 공과금의 고지서, 거기에 적힌 체납, 압류 따위의 빨간 글씨들은 그걸 압박하는 무언의 도구인 셈이죠. 그러니 이익이 발생하지 않는 사업은 폐업을 하든가, 취미생활이나 재능기부로 종목을 바꾸는 게 당연하지요. 하지만 나는 취미니 재능이니 하는 종목으로 갈아탈 생각은 추호도 없었어요. 하려면 제대로 하고 아니면 말 것이지, 그 언저리를 맴도는 일 따위는 하고 싶지 않았거든요. 더욱이 거기서 떨어진 낙수거리로 내 남은 삶을 연명하는 일 같은 건 받아들일 수 없었어요.

그런 오기가 고개를 들 때면 이상하게 능소화가 떠오르는 거예요. 그 주홍색 낙화로 상징되는 화려한 죽음이요. 그때 내 속의 능소화는 그러는 것 같았어요. 미련을 두지 마라, 깨끗이 던져라!

얼마 후 나는 사업을 접었어요. 하지만 그건 결코 능소화에 비견되는 '화려한 죽음'이 아니었어요. 화려함과는 거리가 멀어도 너무나 먼 굴욕으로 얼룩진 패배였지요. 나는 그 참패를 견뎌낼 재간이 없었어요. 그것은 내 상상을 뛰어넘는 무게로 나를 짓누르며, 악몽이 되어 낮이고 밤이고 나타났으니까요. 도저히 견딜 수 없었던 나는 그 20년간의 기억을 몽땅 쓸어버리기로 했어요. 철저히 잊어주기로요. 그래서 20년 세월과 관련된 것이면 무엇이든 커다란 자루에 꽁꽁 담아 망각 저편으로 던져버렸어요. 두 번 다시 그걸 열어보는 일은 없으리라, 하고요. 그러고는 나 자신을 일신했어요. 집을 이사하고, 전화번호를 바꾸고, 이름도 집에서 쓰던 이름으로 고치고…… 홀연히 세상 밖으로 사라졌어요. 20년의 망령에서 헤어 나오려면 그 수밖에 없었지요. 그러지 않았다가는 한강물에 풍덩 할 판이었으니까요.

어느 나라 속담엔가 이런 말이 있잖아요.

'돈을 잃으면 적게 잃는 것이요, 명예를 잃으면 많이 잃는 것이요, 건강을 잃으면 다 잃는 것이다.'

나는 수시로 이 말을 떠올리며 스스로를 돌아봤어요. 나는 과연 무엇을 잃었을까. 다행히 건강을 잃진 않았어요(이 점은 튼튼한 유전자를 물려주신 부모님과 하늘의 가호에 감사할 따름이에요). 하지만 대신 돈을 대폭, 아니 다 잃었지요.

그런데 위의 속담대로라면 나는 돈이라는 가장 작은 것을 잃고, 모든 것이 걸린 건강은 잃지 않았으니 크게 손해 본 장사를 한 건 아니라는 생각이 들더라고요. 내 머리는 그렇게 결론지으려고 했어요. 맞잖아요. 그런데 마음은 그렇지 않았어요. 한사코 머리의 계산방식에 따르길 거부하며 줄기차게 외쳐대는 거예요. 너는 인생의 패배자다, 모든 게 끝났다, 더 이상 버둥거려도 소용없다……. 정말이지 한강물에 풍덩 하는 수밖에 없겠더라고요,

그래서 잠시 두 번째 '명예'에 대해 생각해봤어요. 그런데 명예라는 말은 지나치게 엄숙한데다, 나는 명예라는 걸 특별히 가져본 적이 없으니 새삼 잃어버리고 말고 할 게 없더라고요. 아무튼 명예로는 계산이 잘 되지 않는 거예요. 그래서 훨씬 사람냄새가 나는 존엄이라는 말로 바꿔봤지요. 이렇게요. '존엄을 잃으면 많이 잃는 것이요……'

순간 정신이 번쩍 들었어요. 나는 마음이 왜 그렇게 머리의 계산방식을 따르려 하지 않는지 그제야 알 것 같았어요. 나는 존엄을 잃었던 거예요. 그것도 아주 많이. 그런데 사업을 접은 일이 왜 존엄을 잃은 일이

되었을까요? 내가 만든 제품은 줄곧 정상을 향해 달음질치고 있었고, 고객들은 마지막까지 칭찬의 말을 아끼지 않았는데……. 이유는 바로, 내 자신이 자본주의 경쟁논리의 한복판에 있었기 때문이지요.

우리가 입점한 백화점은 어디랄 것도 없이 모두들 그랬어요. '매출은 인격'이라고. 공공연히 수도 없이 되풀이했지요. 매출에 의해 몫이 좋은 자리 나쁜 자리가 결정되고, 매출에 의해 업체 대표의 대접이 달라지고, 매출에 의해…… 매출은 모든 가치를 재는 척도이며, 모든 길은 로마가 아닌 매출로 통했어요. 이런 자본주의의 소용돌이에 부대껴본 나로선, 내 물질적 자산이 썰물처럼 빠져나갈 때 내 존엄도 인격과 함께 사정없이 쓸려나갔다는 걸 인정하지 않을 수 없었어요. 자본주의의 존엄은 매출이고 통장잔고니까요. 그걸로 판가름 나지요.

나는 그제야 마음을 이해했어요. 그렇구나, 내 마음은 돈을 잃은 사실보다 존엄을 잃은 나 자신을 용서할 수 없었던 거구나. 그래서 깨끗이 인정하기로 했어요. 그래, 나는 실패한 인간이다, 낙오한 패배자다. 하지만 이대로 끝낼 수는 없다.

그로부터 이삼 년은 죽은 듯이 살았어요. 예전의 이력 같은 건 미련 없이 던져버리고 번역 아카데미에서 글쓰기의 원리와 번역의 이론을 기초부터 익히기 시작했어요. 내 아들보다도 한참이나 어린 이십대 아이들 틈에 끼어서요. 그러면서 도서관과 집, 집과 도서관을 내 활동 영역의 전부로 알고 살았지요.

그런데 말이죠, 면벽수행은 꼭 암자나 토굴에서만 하는 게 아니더군요. 완벽한 침잠, 감쪽같이 존재를 감춘 잠행, 그런 것이 일상에서도 가능하더라고요. 굴속에서 쑥과 마늘만 먹고 산 곰보다 열 곱이나 되는 시간을 그렇게 살던 즈음…… 바로 그 무렵이었어요, 내가 능소화를 다시 만난 것은.

2. 다시 만난 능소화

매일 도서관에서 한 자리에 줄곧 앉아있는 건 지루하기도 하거니와 갑갑하기 짝이 없는 노릇이잖아요. 그래서 두어 시간이 멀다하고 밖으로 나와, 도서관 주변을 이리저리 돌아다녔어요. 도심 한복판이긴 해도 새소리도 들리고 하늘도 보였어요. 나는 밖으로 나오면 으레 하늘을 쳐다봤어요. 하루에도 몇 번씩. 바람을 쏘이는 건 핑계고, 갑갑한 마음을 너른 창공에 풀어놓는 일이 무엇보다 필요했으니까요. 아마 기상청 사람들도 그 무렵의 나만큼 하늘을 올려다보며 살지는 않을 거예요. 그런 일상이 계속되던 어느 날 좁다란 골목에서 능소화와 딱 마주쳤어요.

그 길은 경사가 급한 좁은 골목길로, 비탈을 따라 올라가면 시야가 트여 하늘이 잘 보였지요. 그래서 자주 가던 곳인데, 며칠 뿌리던 비가 그치고 오랜 만에 가보니 거기에 능소화가 있는 거예요, 느닷없이. 아마 능소화가 그 해의 첫 꽃망울을 터트린 날이었나 봐요. 그 꽃을 마주한 순간 소름 돋는 전율이 초고속 전산망보다 더 빠르게 내 몸을 달렸어요. 나는 우뚝 서서 바라보기만 할 뿐 선뜻 다가가지 못했어요. 그때의 심정을 어떻게 표현해야 할까요? 뭔가, 복잡 미묘했는데 굳이 단어로 바꾼다면 놀라움, 반가움, 두려움…… 뭐, 그런 게 아니었을까요.

놀라움은, 거기에 그런 나무가 있는 줄도 몰랐다가 꽃을 보고서야 그 존재를 알아차린 탓이겠죠. 반가움은, 화려한 죽음으로 기억되던 그 꽃이 너무도 환한 얼굴로 나타나서일 거예요. 비가 갠 높푸른 하늘을 배경으로 활짝 핀 그 꽃은, 치장을 막 끝낸 규수가 첫나들이를 하는 그런 모습이었어요. 조롱조롱 매달린 봉오리들이 이제 막 망울을 터트릴 무렵이라 땅 위에는 떨어진 꽃잎 하나가 없었지요. 그건 화려한 죽음과는 전혀 상반된 이미지였어요. 싱싱하고 앳된 생명이 싱그럽게 살아 숨 쉬는 현장이었지요. 나는 망연히 선 채 그 꽃을 한참동안 바라보았어요.

그리고 두려움은, 꽁꽁 싸매 망각 저편으로 던져버린 '20년 세월'의 봉인이 풀릴까봐…… 그래서일 거예요. 오랜 세월 내 작업의 대부분은 자연을 아름다운 먹거리로 재현해내는 일이었지요. 그래서 길을 걸을 때면 으레 나무나 꽃들을 유심히 살피며, 그것들이 나서 자라고 죽는 모습까지를 일일이 머리에 새기며 다녔었지요. 그러다 사업을 접은 뒤로는 이번엔 길을 다닐 때면 땅만 보고 걸었어요. 눈에 띄는 사소한 모든 것들이 20년의 그 세월을 생각나게 했으니까요. 길에서 스치는 나무와 꽃, 심지어는 풀 한포기조차도 가슴을 건드리는 아픔 없이는 무심히 바라볼 수가 없었던 거죠. 그런 내가 어느 날 우연히 능소화와 만난 거예요. 원수는 아니지만, 외나무다리에서 딱 마주친 기분이랄까, 어쩐지 그런 예감이 강하게 들었어요.

3. 스스로 존엄을 지키는 꽃

이후 그 길은 내 발길이 가장 많이 닿는 단골 터가 되었어요. 사실 그 골목은 너무도 허름해서 모두가 탐내는 강남땅과는 거리가 먼 곳이었지요. 그래서 '강남에 있다고 다 금싸라기 땅인 줄 아느냐'고 빈정 상하는 소리를 들어도, 전혀 억울할 게 없을 그런 후진 골목이었어요. 사람의 발길도 뜸했지요. 그런 곳에 백여 평 정도의 공터가 담장에 둘러싸인 채 근처 식당들의 주차장으로 이용되고 있었어요. 아마 예전 주택이 헐릴 때, 뒤란의 나무들은 그냥 버려두었던 모양이에요. 내가 다니던 길은 담장의 뒤쪽 길이어서 눈에 보이는 건, 고목을 타고 올라온 능소화가 담장가를 따라 무수히 꽃을 피워내는 모습뿐이었지요.

쉬는 시간이면 으레 그곳으로 가서 능소화를 말없이 바라봤어요. 봉오리가 맺히고, 꽃잎이 열리고, 아 꽃이 피었구나싶으면 어느새 훌쩍 져버리는 모습까지를…… 하염없이 바라보기만 했어요. 그럴 때면 내 안에 봉인돼있던 기억들이 단단한 틈을 비집고 고개를 내미는 게 느껴졌어요. 나는 '싫어, 싫어'하면서도, 한사코 비집고 나오는 옛 기억들을 못 이기는 체 조금씩 반추하기 시작했어요. 그러노라면 지난 시간의 기억들은 소리 없는 통곡이 되어 내 눈물샘을 무자비하게 공격했어요.

그렇게 지난 것들이 눈물 콧물을 빼며 한바탕 내 속을 휘젓고 지나가면 이상하게도 마음 어딘가가 후련해지고, 서러움도 그 무게가 조금은 가벼워지는 듯했어요. 마치도 내 서러움의 무게가 눈물샘 때문이었다는 듯이요. 말하자면 그 담장은 능소화를 빌미로 내가 나를 만나는 장소이며, 나만의 소리 없는 통곡을 풀어놓는 '통곡의 벽'이었던 셈이지요.

이런 시간은 오래도록 지속되었어요. 6월에 피기 시작한 꽃이 장마를 이기고, 무더위를 견디고, 선선한 가을바람이 쌀쌀함을 품을 때까지요. 그러다 겨울이 오면 앙상한 가지들만 남은 모습도 나쁘지 않았어요. 다음 해가 되면 또 백 일이 넘는 날을 쉬임없이 피고 지며, 모진 비에도 폭염에도 꺾이지 않는 능소화를 다시 만날 수 있을 테니까요. 능소화가 안 보여도 거기는 내가 능소화를 기다리는 장소였지요.

그곳을 찾는 횟수가 거듭됨에 따라 나는 차츰 내 안에 쌓인 서러움을 녹여내고, 지난날의 아픔과 화해하며, 누구도 원망하거나 미워하지 않고 마음의 평화를 찾을 수 있게 되었어요.

그런 해가 두어 차례 지나고, 이듬해 초여름의 어느 날이었어요. 그 무렵은 일이 겹쳐서 며칠 만에 도서관을 찾았어요. 오전에 책을 읽다가 쉬는 시간이 되자 늘 가던 골목으로 발걸음을 서둘렀어요. 능소화나무에 꽃은 아니더라도 꽃망울정도는 맺혔을 테지…… 하면서 골목으로 막 접어들려는 순간, 이게 웬일인가요. 나는 그만 우뚝 멈춰서고 말았어요. 눈앞의 광경을 믿을 수가 없었어요. 어디서 나타났는지 포크레인의 묵직한 갈고리손이, 좁은 골목을 통째로 가로막고 선 트럭에다 흙과 돌덩이들을 와그르르 쏟아 붓고 있는 게 아니겠어요. 나는 들어가지도 못하고 멀찍이 선 채 골목 안을 살폈어요.

거기에는 이미 담장 같은 건 없었어요. 능소화도, 능소화가 기대 담장을 넘던 고목도 흔적조차 없었어요. 모두가 깨끗이 사라져버린 거예요. 담장이 헐린 공터는 땅을 헤집는 포크레인의 위력 앞에서 뭉텅뭉텅 바닥이 패이고 있었어요. 그때만큼 그 기계가 흉물스런 괴물로 보인 적은 없었어요.

나는 그르렁거리는 포크레인의 굉음을 뒤로 하고 힘없이 돌아섰어요. 난폭한 기계에 의해 무참히 뽑혀나갔을 능소화와 고목을 생각하면 가슴이 저려왔지만 내가 할 수 있는 일이란 아무 것도 없었어요. 이제는 영원히 생명을 잃었을 능소화를 추억해보는 게 고작이었지요. 여름의 시작 무렵부터 국화가 필 때까지 쉬지 않고 꽃을 피우는 부지런함과 사그라지지 않는 열정, 또한 그 고운 자태를 접어야 할 순간이 오면 미련 없이 몸을 던져 스스로 존엄을 지키는 고결함. 그런 능소화의 미덕을 마음에 새겨두고 오래오래 기억하려고 했어요.

그런데 말입니다, 능소화의 미덕이 거기까지였다면 이렇게 글까지 쓰지는 않았을지 몰라요. 능소화의 또 다른 미덕을 발견한 건 그로부터 얼마를 지난 후였답니다.

4. 능소화, 그리고 죽음의 미학

골목길의 능소화가 사라질 즈음엔 나의 잠행도 어느덧 삼 년여를 헤아리게 되었어요. 그 사이 아카데미 과정도 모두 끝났고, 순전히 운이 좋아 번역서도 두어 권 빛을 보게 되었지요. 서점에 책도 깔리고요. 그러면서 차츰 가슴의 아린 상처에도 새살이 돋는 걸 느낄 수 있었어요. 그러면 되었어요. 그거면 됐지, 더 이상 욕심낼 일이 뭐가 있겠어요. 그렇게 조용히 살다가 세상에서 진짜 사라져야 할 순간이 오면, 소리 없이 흔적도 없이 가만히 퇴장하려 했어요. 능소화가 떨어져내리 듯이요.

나는 젊어서 한때 죽음과 꽤 친한 사이였거든요. 죽음을 늘 곁에 느끼며 살았으니까요. 내가 '죽음'에 대해 알게 된 건 어떤 책에서였어요. 거기서 이런 구절을 읽은 거죠.

'사과에 씨앗이 들어있듯, 인간은 태어날 때부터 죽음의 씨앗을 품고

있다.'

갓 고교생이 된 열대여섯 살의 어린 내가 이 글귀와 처음 만났을 때 어떤 느낌이었을까요. 인간은 태어날 때부터 죽을 운명을 받고 태어났다……? '나'라는 소우주에 있어서 그건 마치 천동설이 뒤집혀 지동설을 인정해야 할 때만큼이나 혼란스러운 사건이었어요. 그 무렵 나는 멋도 모르고 실존주의에 혹해서, '인간은 우연히 세상에 던져진 존재'라는 글을 읽고는 얼이 빠져 있던 때였거든요. '우연히 세상에 던져진 존재'로도 모자라 반드시 죽어야 할 운명이라니요. 원해서 태어난 것도 아닌 내가 죽을 운명까지 받아들여야 하다니, 그런 숙명을 안고 우연히 우주에 던져진 나란 존재는 과연 무엇인가.

이렇게 심각한 존재의 의문에 휩싸이자, 당시 세상에 널리 퍼져있던 염세주의니 허무주의니 하는 것들이 마구잡이로 나를 끌어당기기 시작했어요. 그 어떤 자석보다 강력하게요. 그래도 교복을 입었을 시절에는 참을 만했어요. 교복을 벗자, 그런 생각들은 걷잡을 수 없는 한 마리의 짐승이 되어 날뛰기 시작했어요. 방황이라는 갈기를 휘날리며, 그것도 삶이 아니라 죽음을 향해서요.

그런 내 꼴을 하늘에서 보기에 심히 가소로웠나 봐요. 대학을 마치고도 그 모양이자 더는 두고 볼 수 없었던지 어느 날 내게 과제물을 한 보따리 안겨주었어요. 그래서 무언지도 모를 그 보따리를 끌어안은 채 결혼도 하고 아들도 얻었어요. 그런데 참으로 신기한 것이 방황을 잠재우기에는 아이만한 특효약이 없더라고요. 아들을 처음 품에 안는 순간 내 안의 오랜 방황은 흔적도 없이 사라져버렸어요. 햇빛을 본 뱀파이어처럼 빠르게요.

하늘에서 아들까지 점지해주었으니 고마워서라도 나는 내게 주어진 숙제를 열심히 풀었어요. 사십 년이 넘도록 죽을힘을 다해서요. 하지만 그렇다고 젊은 시절에 호되게 앓던 열병인 존재에 대한 회의가 아주 사라진 건 아니었어요. 방황이란 갈기는 다 떨어져나갔지만, 그래도 이따금 이런 질문을 하며 내게 그 존재를 알려왔지요. '죽음이 바로 옆방에 있다면 지금 당장 그리로 걸어 들어갈 수 있겠니?' 라면서요.

이렇듯 삶속에서 드문드문 죽음을 환기하며 살았기에 능소화의 낙화가 곧장 죽음으로 다가오고, 깨끗이 지는 그 모습에서 죽음의 미학을 찾으려 했는지도 몰라요.

5. 능소화에서 발견한 또 다른 미덕

골목길의 능소화가 사라지던 무렵 나는 또 이사를 했어요. 그 동네에는 고택이라기엔 좀 뭣하지만 크고 오래된 단독주택이 많이 있었어요. 잘 손질된 각종 정원수라든가 가지가 휘도록 열매를 맺는 감나무 정도는 그곳에서라면 예사로 볼 수 있었지요. 그런 몇몇 집에 능소화가 있었던 건 물론이고요.

나는 차츰 새로 만나는 능소화에 익숙해졌어요. 하지만 그곳의 어떤 능소화도 골목에서 만났던 능소화만큼 빽빽이 꽃을 피우지는 못했어요. 짐작컨대, 골목길의 능소화는 수령이 상당히 오래되고 뿌리가 아주 튼튼했던 것 같아요. 여름내 꽃을 피우고도 무슨 힘이 남았는지 국화가 필 때까지 꽃을 피웠으니까요.

무덥던 여름이 물러가고 가을바람이 불기 시작했어요. 아침저녁으로 찬기운이 돌면서 이집 저집의 능소화들이 서서히 종막을 고하는 게 느껴졌어요. 그러다 추석 무렵이 되자 더는 그 꽃의 자취를 찾을 수 없게 되었지요. 그런 중에 어느 집의 능소화가 담장 너머로 가느다란 줄기를 늘어뜨린 게 눈에 띄었어요. 본줄기의 꽃들은 벌써 다 졌는데, 그 가지에만 꽃봉오리들이 올망졸망 매달려있는 거예요. 그 모습이 희한하다싶었어요. 능소화의 미덕이라면 충분히 터득하고 있었기에 내 관심은 가느다란 줄기의 봉오리들이 마지막까지 꽃으로 피느냐 마느냐로 향했지요.

추석이 가까워오자 가을을 재촉하는 비가 차갑게 뿌리는가 하면, 때로는 바람도 세차게 불었어요. 그런 날은 가슴이 조마조마했지요. 기어이 봉오리들이 다 떨어지겠구나. 헌데 아니었어요. 비온 다음날도, 세찬 바람이 분 다음날도 그 봉오리들은 여전히 가느다란 가지에 매달린 채 차례차례 꽃을 피워내고 있었어요. 꽃이 무성하던 철에는 까닭 없이 후드득 져버리는 꽃들이 그리도 많더니, 이 아이들은 차갑고 거친 날씨에도 어찌 이리 끈질길 수 있는지 자못 궁금해지더군요.

드디어 추석이 닥치고……. 봉오리들은 위에서부터 차례로 꽃으로 피었다 지고, 마지막 두 개만 남았어요. 그러자 어쩐 일인지 나는 봉오리들이 무사히 꽃으로 피어날지 말지에 대한 궁금증보다 안쓰러운 마음 쪽이 더 커졌어요. 왜냐하면 아침저녁으로 두터운 긴팔 옷이 필요할 정도로 기온이 뚝 떨어졌거든요. 그 차가운 날씨에 가느다란 가지 끝에 매달려 바람에 이리저리 흔들리는 모습이 마지막 안간힘을 쓰고 있는 것 같아 무척이나 애처로워 보였지요.

추석 연휴를 보내고 다시 능소화를 보러갔어요. 바람이 꽤 불었어요. 코스모스조차 목을 움츠릴 만큼 냉랭한 바람이었지요. 나는 속으로, 분명 다 떨어졌을 거야. 그러면서 실망으로 서운해질 마음을 미리 단속했어요. 그러나 저런, 내 예측은 빗나갔어요. 그날 눈에 들어온 모습은 보고도 믿기 어려웠는데…… 가지 끝에 매달린 두 봉오리가 꽃으로 활짝 피어나 바람에 몸을 맡기고 살랑살랑 춤을 추고 있는 게 아니겠어요.

바람에 위태롭게 흔들리면서도, 두 송이가 나란히 한 가지에 의지한 채 당당히 꽃나무의 마지막을 장식하고 있었던 거예요. 게다가 두 송이 꽃은 여름의 꽃들과 크기나 색깔에서 조금도 다르지 않았어요. 다른 종류의 꽃들은 한창 시기엔 크고 탐스럽다가도 끝물에 가서는 꽃송이가 작아지거나 빛이 바래기 마련인데, 능소화는 그렇지 않았어요. 초여름이나 한여름이나 마지막 가을볕의 꽃까지가 모두 똑같았어요.

잔잔한 감동이 밀려왔어요. 능소화의 미덕이라면 이미 알만큼 알았던지라 새삼 보탤 말이 있으리라고는 생각지 않았거든요. 하지만 그건 어쭙잖은 속단이었어요. 처음부터 마지막까지 한결같은 모습으로 꽃을 피워내는 일, 그것이야말로 능소화의 미덕 가운데서도 가장 으뜸인 미덕이었어요. 그 사실을 뒤늦게 발견한 것이죠, 쇠잔해가는 가을볕 속에서.

아마도 이런 감상은 내가 '종심'을 생각할 나이에 이르렀기 때문일지도 몰라요. 종심이란 '마음이 원하는 바를 따라 해도 이치에 어긋나지 않는다而從心所欲不踰矩'는 뜻으로, 공자가 나이 70을 맞아 자신의 소회를 말한 것이지요. 나도 어느덧 그 나이에 이르다보니 세상 보는 눈이 달라지나 봐요. 나는 이따금 죽음을 떠올리며 살았지만 그건 어디까지나 종착점으로서의 죽음이지, 거기까지 이르는 과정에 대한 것은 아니었지요. 그러나 이젠 종착점이 아닌, 거기에 이르기까지의 과정이 훨씬 중요하다는 사실을 깨달았어요. 마지막 한 송이까지 최선을 다해 꽃피우는 능소화를 보면서.

이제는 누가 '사과에 씨앗이 들어있듯, 인간은 태어날 때부터 죽음의 씨앗을 품고 있다'고 해도 그저 그런가 보다 해요. 살다보면 삶의 끝에 죽음이 있을 뿐이지, 우리가 죽음에 이르려고 기를 쓰고 사는 건 아니라는 사실을 알았으니까요. 어려서는 그걸 모르고 삶의 끝에 버티고 있는 죽음이 못 견디게 신경 쓰여, 스스로 번뇌를 만들며 지레 좌절하고 절망했지요. 하지만 살다보니, 죽음은 삶의 마침표일 뿐 과정도 목적지도 아니라는 걸 깨우치게 되더라고요.

또, '인간은 우연히 세상에 던져진 존재'라고 해도 얼이 빠지거나 그러지 않아요. 우연히 세상에 던져졌다 해도 그것이 지구처럼 살기 좋은 행성, 그것도 사시사철이 뚜렷한 아름다운 한반도에 던져졌으니 우연치고는 복 받은 우연이 아닐까 생각해요. 오히려 그런 우연에 감사하죠. 이 고마운 우연에 경의를 표하기 위해서라도 마지막까지 최선을 다해 남은 삶을 간추려야겠다고 새삼 마음을 다잡아봅니다.

2020년 입추에
윤현희

제품화보 | **한과 & 양갱**

02

제품화보 | **꽃산자**

03

제품화보 | **떡케이크**

04

제품화보 | 모양송편과 손송편

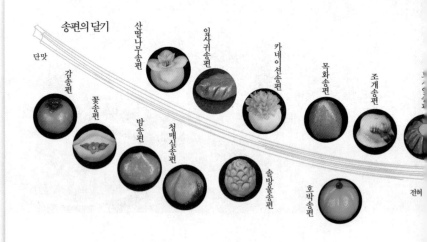

송편의 달기

단맛

감송편

꽃송편

산딸나무송편

잎사귀송편

밤송편

청매실송편

솔방울송편

카네이션송편

목화송편

조개송편

호박송편

전혀

제품화보 | **구절판**

제품화보 | **이바지**

제품화보 | 육포 · 한과 · 산자 모듬